JOHN GRISHAM

DIE ENTFÜHRUNG

AF216863

Das Buch

Vor fünfzehn Jahren ist Mitch McDeere gerade noch davongekommen: Er konnte sich aus den kriminellen Banden seiner Firma lösen und gemeinsam mit seiner Frau Abby untertauchen. Inzwischen leben die beiden friedlich in Manhattan und sind stolze Eltern von Zwillingssöhnen. Aber dann gerät Mitch unversehens wieder ins Zentrum eines Verbrechens. Es beginnt damit, dass ihn ein alter Wegbegleiter und Mentor um Unterstützung in einem internationalen Rechtsstreit bittet. Mitch reist nach Libyen, wo er ein Bauvorhaben in Augenschein nehmen soll. Doch auf dem Weg dorthin kommt es zu einem brutalen Überfall mit Geiselnahme. Als Lösegeld wird die absurd hohe Summe von 100 Millionen Dollar verlangt. Mitch setzt alle Hebel in Bewegung, um die Forderung zu erfüllen. Dabei beobachten ihn die Entführer genau – ihn und seine Familie.

Der Autor

John Grisham ist einer der erfolgreichsten amerikanischen Schriftsteller. Seinen großen Durchbruch feierte er mit dem Roman »Die Firma«, der mit Tom Cruise kongenial verfilmt wurde. All seine Romane sind Bestseller. Zudem hat er ein Sachbuch, einen Erzählband und Jugendbücher veröffentlicht. Seine Werke werden in fünfundvierzig Sprachen übersetzt. Er lebt in Virginia.

Ein ausführliches Werkverzeichnis finden Sie am Ende dieses Buchs.

JOHN GRISHAM

DIE ENTFÜHRUNG

ROMAN

*Aus dem Amerikanischen
von Imke Walsh-Araya
und Bea Reiter*

Wilhelm Heyne Verlag
München

Die Originalausgabe erschien unter dem Titel
THE EXCHANGE
bei Doubleday, a division of Penguin Random House LLC, New York

Der Verlag behält sich die Verwertung der urheberrechtlich
geschützten Inhalte dieses Werkes für Zwecke des Text- und
Data-Minings nach § 44 b UrhG ausdrücklich vor.
Jegliche unbefugte Nutzung ist hiermit ausgeschlossen.

Penguin Random House Verlagsgruppe FSC® N001967

Vollständige Taschenbuchausgabe 05/2025
Copyright © 2023 by Belfry Holdings, Inc.
Copyright © 2024 der deutschsprachigen Ausgabe
by Wilhelm Heyne Verlag, München,
in der Penguin Random House Verlagsgruppe GmbH,
Neumarkter Straße 28, 81673 München
produktsicherheit@penguinrandomhouse.de
(Vorstehende Angaben sind zugleich Pflichtinformationen nach GPSR)

Redaktion: Oliver Neumann
Umschlaggestaltung: Nele Schütz Design
unter Verwendung von Shutterstock / S. Borisov / Ozphotoguy
und AdobeStock / CleverStock
Satz: satz-bau Leingärtner, Nabburg
Druck und Bindung: GGP Media GmbH, Pößneck
Printed in Germany
ISBN 978-3-453-42979-6

www.heyne.de

1

Im siebenundvierzigsten Stock eines in der Sonne funkelnden Hochhausturms an der Südspitze von Manhattan stand Mitch McDeere allein in seinem Büro am Fenster und sah hinab auf den Battery Park und den lebhaften Verkehr auf dem Fluss. Boote jeder Art kreuzten im Hafen. Riesige, mit Containern beladene Frachtschiffe warteten nahezu bewegungslos. Die Fähre nach Staten Island schob sich an Ellis Island vorbei. Ein mit Touristen vollgepacktes Kreuzfahrtschiff nahm Kurs auf das Meer. Dazwischen flitzte irgendwer todesmutig mit einem fünf Meter langen Katamaran umher. Dreihundert Meter über dem Wasser schwirrten nicht weniger als fünf Hubschrauber wie wütende Hornissen. In der Ferne stauten sich auf der Verrazano Bridge die Lastwagen. Die Freiheitsstatue betrachtete das Bild aus majestätischer Höhe. Es war eine fantastische Aussicht, die Mitch zumindest einmal am Tag zu genießen versuchte. Manchmal gelang es ihm, aber die meisten Tage waren zu hektisch für Müßiggang. Die Uhr bestimmte sein Leben, wie das von Hunderten anderer Rechtsanwälten im Gebäude. Scully & Pershing beschäftigte zweitausend Juristen weltweit und hielt sich für die beste internationale Kanzlei überhaupt. In New York belohnten sich die Partner – und Mitch war einer – mit großzügigen Büros im Herzen des Financial District. Die Kanzlei war mittlerweile über hundert Jahre alt und verströmte die Aura von Prestige, Macht und Geld.

Mitch sah auf die Uhr, und die visuelle Besichtigungstour fand ein Ende. Zwei angestellte Anwälte klopften und kamen zu einer seiner vielen Besprechungen herein. Sie setzten sich an einen kleinen Tisch, eine Sekretärin bot Kaffee an. Als sie ablehnten, ging sie wieder. Ihre Mandantin war eine finnische Reederei, die Probleme in Südafrika hatte. Die dortigen Behörden hatten einen Frachter beschlagnahmt, der mit Elektronikgeräten aus Taiwan vollgepackt war. Leer war das Schiff um die hundert Millionen wert. Voll beladen doppelt so viel, und die Südafrikaner regten sich über irgendwelche Zollfragen auf. Mitch war im vergangenen Jahr zweimal in Kapstadt gewesen und hatte keine Lust auf einen erneuten Besuch dort. Nach etwa einer halben Stunde schickte er die Anwälte mit einer ganzen Liste von Anweisungen weg und begrüßte das nächste Gespann.

Um Punkt fünf Uhr verabschiedete er sich von seiner Sekretärin, die Feierabend machte, und ging an den Aufzügen vorbei zum Treppenhaus. Wenn er nur ein paar Stockwerke nach oben oder unten musste, vermied er die Aufzüge, um sich das sinnlose Geschwätz der Anwälte zu ersparen, von denen er noch nicht einmal alle kannte. Er hatte viele Freunde in der Kanzlei und, soweit er wusste, nur eine Handvoll Feinde, aber es schwappte immer wieder eine neue Welle angestellter Anwälte und Juniorpartner herein, deren Gesichter und Namen er eigentlich hätte kennen sollen. Das war aber oft nicht der Fall, und er hatte auch nicht die Zeit, das Mitarbeiterverzeichnis zu studieren und sie sich einzuprägen. Zu viele waren ohnehin schon wieder weg, bevor er sich ihre Namen gemerkt hatte.

Wenn er die Treppe nahm, trainierte er Beine und Lunge. Dabei wurde ihm immer wieder bewusst, wie lange seine Collegezeit zurücklag, in der er oft stundenlang Football und Basketball gespielt hatte. Trotzdem war er mit einundvierzig gut in Form, weil er auf seine Ernährung achtete und mindestens dreimal in der Woche das Mittagessen ausfallen ließ, um im Fitnessraum der Kanzlei zu trainieren. Ein weiteres Privileg, das den Partnern vorbehalten war.

Er verließ das Treppenhaus im einundvierzigsten Stock und steuerte das Büro von Willie Backstrom an, einem Partner, der den Luxus genoss, nicht nach Stunden abrechnen zu müssen. Willie hatte die beneidenswerte Aufgabe, die Pro-bono-Programme der Kanzlei zu managen, und führte zwar Buch über seine Stunden, stellte aber keine Rechnungen. Es hätte sie ohnehin niemand bezahlt. Anwälte verdienten bei Scully & Pershing hervorragend, besonders die Partner, und die Kanzlei war bekannt für ihr Engagement im ehrenamtlichen Bereich. Sie übernahm unentgeltlich schwierige Fälle überall auf der Welt. Jeder Anwalt war verpflichtet, mindestens zehn Prozent seiner Zeit in den Dienst einer guten Sache zu stellen, die von Willie abgesegnet war.

Die Kanzlei war beim Thema ehrenamtliche Arbeit tief gespalten. Die Hälfte der Anwälte freute sich, zur Abwechslung einmal nicht für Firmenmandanten schuften zu müssen, die enormen Druck ausübten. Ein paar Stunden pro Monat konnte ein Anwalt einen echten Menschen oder um ihr Überleben kämpfende gemeinnützige Organisationen vertreten, ohne sich Gedanken um Rechnungen und Honorare zu machen. Die andere Hälfte zeigte sich zwar überzeugt vom edlen Gedanken, etwas zurückzugeben, hielt das Programm aber für reine Verschwendung. Die zweihundertfünfzig Stunden im Jahr konnten sinnvoller genutzt werden, nämlich um Geld zu verdienen und die eigene Position bei den verschiedenen Ausschüssen zu sichern, die bestimmten, wer befördert oder gar Partner und wer vor die Tür gesetzt wurde.

Willie Backstrom sorgte für Frieden unter ihnen, was nicht schwer war, weil kein noch so ehrgeiziger Rechtsanwalt es gewagt hätte, die aggressive Pro-bono-Politik der Kanzlei zu kritisieren. Scully & Pershing zeichnete sogar jedes Jahr Anwälte aus, die im Dienste der Bedürftigen über ihre Pflicht hinausgingen.

Mitch arbeitete im Augenblick vier Stunden pro Woche zusammen mit einer Obdachlosenunterkunft in der Bronx für Mandanten, die sich gegen eine Zwangsräumung wehrten. Es war sichere, saubere Schreibtischarbeit, was genau seinen Vorstellungen entsprach. Sieben Monate zuvor war er dabei gewesen, als ein zum Tode Verurteilter in Alabama seine letzten Worte sprach, bevor er hingerichtet wurde. Er hatte sechs Jahre und achthundert Stunden lang vergeblich darum gekämpft, den Mann zu retten, und ihn sterben zu sehen war herzzerreißend, die bitterste aller Niederlagen.

Mitch wusste nicht genau, was Willie wollte, aber dass er ihn überhaupt zu sich gerufen hatte, verhieß nichts Gutes.

Willie war der einzige Anwalt bei Scully mit Pferdeschwanz, noch dazu einem sehr ungepflegten. Sein Haar war grau und passte damit zu seinem Bart. Wenige Jahre zuvor hätte ihn ein Vorgesetzter angewiesen, sich zu rasieren und zum Friseur zu gehen. Aber die Kanzlei arbeitete hart daran, ihr angestaubtes Image als Schreibtischtäterverein weißer Anzugträger loszuwerden. Eine der radikalen Veränderungen war die Abschaffung jeglicher Kleiderordnung. Willie ließ sich Haar und Schnurrbart wachsen und kam fortan in Jeans zur Arbeit.

Mitch, der zwar einen dunklen Anzug trug, aber keine Krawatte, setzte sich auf die andere Seite des Schreibtischs und wechselte ein paar belanglose Worte mit Willie. Endlich kam Willie zum Thema. »Mitch, ich möchte, dass du dir unten im Süden einen Fall ansiehst.«

»Sag bloß nicht, dass es um die Todesstrafe geht.«

»Es geht um die Todesstrafe.«

»Das kann ich nicht, Willie. Ich hatte in den letzten fünf Jahren zwei solche Fälle, und beide Männer sind hingerichtet worden. Meine Erfolgsquote ist bescheiden.«

»Du hast hervorragende Arbeit geleistet, Mitch. Niemand hätte die beiden retten können.«

»Ich kann so was nicht noch einmal übernehmen.«

»Hörst du's dir wenigstens an?«

Mitch zuckte resigniert mit den Schultern. Willies Engagement für Todeskandidaten war legendär, und nur wenige Anwälte in der Kanzlei schafften es, Nein zu sagen. »Okay, schieß los.«

»Sein Name ist Tad Kearny, und er hat noch neunzig Tage. Vor einem Monat hat er merkwürdigerweise seine Anwälte gefeuert, ausnahmslos alle, dabei war sein Team hochkompetent.«

»Klingt verrückt.«

»Das ist er auf jeden Fall. Völlig durchgeknallt, wahrscheinlich gar nicht schuldfähig, aber Tennessee macht trotzdem Druck. Vor zehn Jahren hat er drei verdeckt ermittelnde Drogenfahnder bei einer Razzia erschossen, die völlig aus dem Ruder gelaufen war. Überall Tote und Verletzte, insgesamt fünf Leute starben vor Ort. Tad wäre auch fast umgekommen, aber es gelang den Ärzten, ihn zu retten, damit man ihn später hinrichten konnte.«

Mitch lachte frustriert. »Und ich soll mich als edler Ritter in die Schlacht werfen und den Mann retten? Also wirklich, Willie. Ich brauche schon Argumente.«

»Argumente gibt es praktisch keine, bis auf Schuldunfähigkeit. Das Problem ist, dass er sich wahrscheinlich weigern wird, dich zu sehen.«

»Und warum verschwenden wir dann unsere Zeit damit?«

»Weil wir es versuchen müssen, Mitch, und ich glaube, du bist der Beste dafür.«

»Das musst du mir erklären.«

»Er erinnert mich an dich.«

»Herzlichen Dank.«

»Nein, im Ernst. Er ist weiß, in deinem Alter und aus Dane County, Kentucky.«

Für einen Augenblick hatte es Mitch die Sprache verschlagen, dann fasste er sich wieder. »Na toll. Wahrscheinlich sind wir Cousins.«

»Das glaube ich nicht, aber sein Vater hat im Kohlebergbau gearbeitet, genau wie deiner. Und beide sind dort gestorben.«

»Meine Familie ist tabu.«

»Entschuldigung. Du hattest Glück und warst clever genug, um da nicht hängen zu bleiben. Tad war anders gestrickt und hatte bald mit Drogen zu tun, als Konsument und als Dealer. Er und ein paar Kumpel wurden bei einer Großlieferung in der Nähe von Memphis von den Drogenfahndern überrascht. Außer Tad kamen alle ums Leben. Jetzt hat ihn das Glück wohl verlassen.«

»Und er ist eindeutig schuldig?«

»Für die Geschworenen bestimmt. Die Frage ist nicht, ob er schuldig, sondern ob er schuldfähig ist. Ich stelle mir vor, dass wir ihn von Spezialisten, unseren eigenen Ärzten, begutachten lassen und in letzter Minute ein Gnadengesuch einreichen. Zuerst einmal muss aber jemand hinfahren und mit dem Mann reden. Im Augenblick lehnt er alle Besuche ab.«

»Und du meinst, wir sind auf einer Wellenlänge?«

»Unwahrscheinlich, aber einen Versuch ist es wert.«

Mitch holte tief Luft und überlegte, wie er sich aus der Affäre ziehen konnte. Er spielte auf Zeit. »Wer verteidigt ihn?«

»Streng genommen niemand. Tad hat sich umfassende Rechtskenntnisse angeeignet und die nötigen Anträge gestellt, um seinen Anwälten das Mandat zu entziehen. Amos Patrick hat ihn lange Zeit vertreten, einer der Besten da unten. Du kennst Amos?«

»Ich bin ihm einmal bei einer Konferenz begegnet. Ziemlich ungewöhnlicher Mann.«

»Die meisten Anwälte, die sich auf Todeskandidaten spezialisiert haben, sind ungewöhnlich.«

»Willie, ich habe nicht die geringste Lust, mir als Verteidiger von Todeskandidaten einen Namen zu machen. Das habe ich zweimal erlebt, und mir reicht das. Solche Fälle fressen einen auf. Wie viele von deinen Mandanten hast du sterben sehen?«

Willie schloss die Augen und holte tief Luft. »Tut mir leid«, flüsterte Mitch.

»Zu viele, Mitch. Sagen wir, ich weiß, wie sich das anfühlt. Hör mal, ich habe mit Amos gesprochen, mehrfach, und er findet die Idee gut. Er fährt dich zum Gefängnis, und wer weiß, vielleicht findet Tad dich interessant genug, um mit dir zu reden.«

»Klingt aussichtslos.«

»In neunzig Tagen ist es mit Sicherheit aussichtslos, aber zumindest haben wir es dann versucht.«

Mitch stand auf und ging zu einem Fenster. Willie hatte Aussicht nach Westen, über den Hudson. »Amos praktiziert in Memphis, richtig?«

»Ja.«

»Ich will auf keinen Fall zurück nach Memphis. Da ist zu viel passiert.«

»Das ist schon lange her, Mitch. Fünfzehn Jahre. Du hast dir den falschen Arbeitgeber ausgesucht und musstest weg.«

»Ich musste weg? Soll das ein Witz sein? Sie haben versucht, mich umzubringen. Es sind Menschen gestorben, Willie, und die komplette Firma ist ins Gefängnis gewandert. Und die Mandanten gleich mit.«

»Sie hatten es alle verdient, oder etwa nicht?«

»Schon, aber sie haben mich dafür verantwortlich gemacht.«

»Von denen ist keiner mehr da, Mitch. Sie sind in alle Winde zerstreut.«

Mitch ging zu seinem Stuhl zurück und lächelte seinen Kollegen an. »Nur aus Neugier, Willie: Wird hier über mich und die Geschichte unten in Memphis geredet?«

»Nein, das wird nie erwähnt. Wir wissen, was passiert ist, aber keiner hat Zeit, darüber zu tratschen. Du hast das Richtige getan, bist davongekommen und hast neu angefangen. Du bist einer unserer Stars, und das ist alles, was bei Scully zählt.«

»Ich will nicht mehr nach Memphis.«

»Du brauchst die Stunden. Du hinkst in diesem Jahr hinterher.«

»Das hole ich schon noch auf. Warum kannst du nicht eine nette kleine Stiftung für mich finden, die einen ehrenamtlichen Rechtsanwalt braucht? Vielleicht eine Organisation, die sich um hungernde Kinder kümmert oder sauberes Wasser nach Haiti liefert?«

»Du wärst todunglücklich. Du magst Action, Drama, Zeitdruck.«

»Das habe ich alles schon gehabt.«

»Bitte. Tu mir den Gefallen. Es gibt sonst niemanden. Und die Chancen stehen gut, dass man dich gar nicht erst ins Gefängnis lässt.«

»Ich will wirklich nicht noch mal nach Memphis.«

»Stell dich nicht so an. Es gibt einen Direktflug morgen um 13.30 Uhr von LaGuardia aus. Amos erwartet dich. Wenn sonst nichts dabei herauskommt, wirst du zumindest eine gute Zeit mit ihm haben.«

Mitch gab sich lächelnd geschlagen. »Okay, von mir aus«, murmelte er, als er aufstand und zur Tür ging. »Weißt du, ich glaube, ich erinnere mich wirklich an eine Familie Kearny aus Dane County.«

»Wusste ich's doch. Besuch Tad, vielleicht ist er ja tatsächlich ein entfernter Cousin.«

»Nicht entfernt genug.«

2

Gegen achtzehn Uhr strömten viele der Partner von Scully, aber auch von deren Rivalen unter den großen Anwaltskanzleien und zahllose Finanzjongleure der Wall Street aus den Wolkenkratzern und nahmen in schwarzen Limousinen Platz, die von Chauffeuren gefahren wurden. Die großen Hedgefonds-Stars saßen auf dem komfortablen Rücksitz der Langversion eines europäischen Autos, das ihnen selbst gehörte, und wurden von Fahrern kutschiert, die auf ihrer Gehaltsliste standen. Die wirklichen Meister des Universums hatten die City allerdings schon hinter sich gelassen und lebten und arbeiteten in aller Diskretion in Connecticut.

Obwohl er sich einen Fahrdienst leisten konnte, nahm Mitch die Subway, eines seiner vielen Zugeständnisse an Sparsamkeit und seine einfache Herkunft. Er erwischte die U-Bahn um 18.10 Uhr an der Station South Ferry, fand auf einer überfüllten Bank einen Platz und vergrub sich wie immer in einer Zeitung. Blickkontakt war zu vermeiden. Der Waggon war voll mit anderen gut bezahlten Führungskräften, die in Richtung Norden fuhren und von denen niemand Lust hatte, sich zu unterhalten. Es war schon in Ordnung, die Subway zu nehmen. Sie war schnell, unkompliziert, billig und – meistens zumindest – sicher. Ihn störte nur, dass die anderen Fahrgäste an der Wall Street arbeiteten und entweder bestens verdienten oder bald bestens verdienen würden. Private Limousinen waren fast in Reichweite. Die Zeit, in der sie den öffentlichen Nahverkehr nutzten, war so gut wie vorbei.

Mitch hatte keine Geduld mit solchem Unfug. Er blätterte in der Zeitung, rutschte nachsichtig noch dichter an andere Fahrgäste heran, als sich der Waggon füllte, und ließ seine Gedanken schweifen. Er hatte nie gesagt, dass er nicht nach Memphis zurückkehren würde. Das war eine unausgesprochene Abmachung zwischen ihm und Abby. Ihre Flucht war damals so traumatisch gewesen, dass sie sich nicht vorstellen konnten, der Stadt jemals wieder einen Besuch abzustatten, egal, aus welchem Grund. Aber je länger er darüber nachdachte, desto interessanter erschien ihm die Sache. Es war ein Kurztrip, der wahrscheinlich ergebnislos verlaufen würde. Er tat Willie einen riesigen Gefallen, und der würde sich mit Sicherheit großzügig dafür revanchieren.

Nach zweiundzwanzig Minuten tauchte er an der Station Columbus Circle aus der Unterwelt auf und ging zu seiner Wohnung, wie jeden Tag. Es war ein herrlicher Aprilabend, mit wolkenlosem Himmel und angenehmen Temperaturen, ein Bilderbuchwetter, das die Hälfte der New Yorker im Freien zu genießen schienen. Mitch hatte es jedoch eilig, nach Hause zu kommen.

Sie wohnten in einem Gebäude an der Kreuzung Sixty-Ninth Street / Columbus Avenue im Herzen der Upper West Side. Mitch wechselte ein paar Worte mit dem Portier, nahm die Post an sich und fuhr mit dem Aufzug nach oben in den dreizehnten Stock. Clark öffnete die Tür und streckte ihm die Arme entgegen. Mit acht war er immer noch ein kleiner Junge, der sich nicht scheute, dem Vater seine Zuneigung durch eine Umarmung zu zeigen. Sein Zwillingsbruder Carter war schon weiter, ihm war es zunehmend peinlich, sich von seinem Vater knuddeln zu lassen. Normalerweise hätte Mitch Abby mit einem Kuss und einer Umarmung begrüßt und sich erkundigt, wie ihr Tag gewesen war, aber sie hatte Gäste in der Küche. In der Wohnung duftete es köstlich. Offenbar war ein Festmahl in Vorbereitung, und er freute sich schon auf das Abendessen.

Die Küchenchefs waren die Rosario-Brüder Marco und Marcello, ebenfalls Zwillinge. Sie stammten aus einem kleinen Dorf in der norditalienischen Lombardei und hatten vor zwei Jahren eine Trattoria in der Nähe des Lincoln Center eröffnet. Das Restaurant war vom ersten Tag an ein Erfolg und bekam von der *Times* sehr bald zwei Sterne verliehen. Einen Tisch zu bekommen war nicht leicht, die aktuelle Wartezeit betrug vier Monate. Mitch und Abby hatten das Restaurant entdeckt und aßen häufig dort, wann immer sie wollten. Abby bekam problemlos einen Tisch, weil sie das erste Kochbuch der Rosarios betreute. Außerdem durften sie in Abbys hochmoderner Küche neue Rezepte ausprobieren. Mindestens einmal pro Woche fielen sie mit Tüten voller Zutaten bei den McDeeres ein und stellten die Küche auf den Kopf. Abby war mittendrin und schnatterte in perfektem Italienisch, während Carter und Clark auf ihren Hockern an der Frühstückstheke saßen und aus sicherer Entfernung zusahen. Marco und Marcello hatten großen Spaß daran, für die Kinder eine Show abzuziehen, und erklärten die Vorbereitungen auf Englisch mit starkem Akzent. Nebenbei brachten sie den Jungen einzelne italienische Wörter und Ausdrücke bei.

Mitch lachte beim Anblick dieser Szenerie in sich hinein, stellte seinen Aktenkoffer irgendwo ab, zog sein Jackett aus und goss sich ein Glas Chianti ein. Er fragte die Jungen nach ihren Hausaufgaben und erhielt die übliche Antwort: alles erledigt. Marco stellte den Jungen eine kleine Platte mit Bruschetta auf die Theke und teilte Mitch mit, Hausaufgaben und dergleichen seien zweitrangig, die Kinder würden als Tester gebraucht. Mitch tat so, als hätte er dafür volles Verständnis. Die Hausaufgaben konnte er später noch kontrollieren.

Das Restaurant trug den wenig originellen Namen Rosario's, der in dicken Lettern auf die roten Schürzen der Köche gestickt war. Marcello bot Mitch eine Schürze an, die er wie immer ablehnte, weil er angeblich nicht kochen konnte. Wenn sie allein in der Küche waren, ließ Abby ihn Gemüse schälen und klein schneiden, Gewürze unter ihren wachsamen Blicken abmessen, den Tisch decken und den Müll wegbringen, alles niedere Arbeiten, die aus ihrer Sicht seinem Talent entsprachen. Einmal hatte er sich bis zur Position eines stellvertretenden Küchenchefs hochgearbeitet, war aber gnadenlos degradiert worden, als er ein Baguette verkokelte.

Abby ließ sich ein kleines Glas Wein einschenken. Marco und Marcello lehnten ab wie üblich. Mitch hatte schon vor Jahren gelernt, dass Italiener – obwohl ihre Heimat so viel Wein produzierte und er bei fast jeder Mahlzeit bereitstand – tatsächlich wenig tranken. Eine Karaffe des weißen oder roten Hausweins reichte einer großen Familie für ein ausgedehntes Abendessen.

Abby kannte sich mit italienischem Essen und Wein bestens aus, was ihr eine Stelle als leitende Lektorin bei Epicurean verschafft hatte, einem kleinen, aber sehr erfolgreichen New Yorker Verlag. Das Unternehmen hatte sich auf Kochbücher spezialisiert und brachte rund fünfzig davon im Jahr heraus. So gut wie immer handelte es sich um dicke, wunderbar gestaltete Sammlungen von Rezepten aus aller Welt. Weil sie viele Köche und Restaurantbesitzer kannte, aßen sie und Mitch oft auswärts und mussten nur selten reservieren. Ihre Wohnung war ein beliebtes Versuchslabor für junge Küchenchefs, die vom Durchbruch in dieser Stadt mit ihren vielen Sternelokalen und anspruchsvollen Feinschmeckern träumten. Die meisten der zubereiteten Mahlzeiten waren köstlich, aber da die Köche beim Experimentieren freie Hand hatten, ging gelegentlich etwas daneben. Carter und

Clark stellten sich gern als Versuchskaninchen zur Verfügung und wuchsen in einer Welt avantgardistischer Rezepte auf. Wenn es ihnen nicht schmeckte, war das Gericht höchstwahrscheinlich misslungen. Die Jungen wurden ermutigt, offen zu sagen, wenn sie etwas nicht mochten. Untereinander scherzten ihre Eltern oft, dass den Kindern ein verwöhnter Gaumen antrainiert werde.

Heute Abend würde es keine Klagen geben. Auf die Bruschetta folgte eine kleine Trüffelpizza. Damit waren die Vorspeisen abgehakt, und Abby bugsierte ihre Familie zum Esstisch. Marco servierte den ersten Gang, der aus Cacciucco, einer würzigen Fischsuppe, bestand. Marcello setzte sich mit an den Tisch. Alle sechs kosteten von der Suppe und überlegten, was sie davon hielten. Beim Essen ließen sie sich Zeit, was den Kindern nicht immer gefiel. Als Pasta gab es Cappelletti, kleine Ravioli in Rinderbrühe. Vor allem Carter liebte Pasta und fand sie köstlich. Abby war nicht überzeugt. Marco servierte einen zweiten Gang: Safranrisotto. Da es sich um ein Experiment handelte, gab es danach mit Spaghetti Vongole noch einmal Pasta. Die Portionen waren klein, nur ein paar Bissen, und sie witzelten darüber, dass sie wohl nicht satt werden würden. Die Rosarios debattierten leidenschaftlich über die Zutaten, die Variationen der Rezepte und so fort. Mitch und Abby mischten sich ein, sodass häufig alle Erwachsenen gleichzeitig redeten. Nach dem Fischgang fingen die Jungen an, sich zu langweilen. Sie durften aufstehen und gingen nach oben, um fernzusehen. Deshalb verpassten sie den Fleischgang, geschmortes Kaninchen, und das Dessert, das aus Panforte bestand, einem massiven Schokoladenkuchen mit Mandeln.

Beim Kaffee debattierten die McDeeres und die Rosarios darüber, welche Rezepte in das Kochbuch aufgenommen werden sollten und welche verfeinert werden mussten. Es würde Monate dauern, bis das Buch fertig war, und es würden noch viele Abendessen folgen.

Kurz nach acht packten die Brüder ihre Sachen. Sie mussten im Restaurant nach dem Rechten sehen. Nach einer kurzen Reinigungsaktion und der üblichen Runde Umarmungen gingen sie, versprachen aber fest, nächste Woche wiederzukommen.

Als es in der Wohnung still geworden war, inspizierten Mitch und Abby erneut die Küche. Wie immer hatten die Brüder ein Chaos hinterlassen. Sie räumten die Geschirrspülmaschine ein, stapelten ein paar Töpfe und Pfannen neben der Spüle und schalteten das Licht aus. Die Haushälterin würde sich am nächsten Morgen darum kümmern.

Als sie die Jungen ins Bett gebracht hatten, zogen sie sich mit einem Glas Barolo ins Arbeitszimmer zurück. Sie besprachen das Abendessen in allen Einzelheiten, unterhielten sich über ihre Arbeit und ließen den Tag ausklingen.

Mitch brannte darauf, seine Neuigkeiten loszuwerden. »Ich bin morgen Nacht nicht zu Hause«, sagte er. Das war nicht ungewöhnlich. Er war bestimmt zehn Tage im Monat geschäftlich unterwegs, und Abby hatte sich längst mit den Anforderungen abgefunden, die seine Arbeit an ihn stellte.

»Das steht aber nicht im Kalender«, sagte sie. Uhr und Kalender bestimmten ihren eng getakteten Alltag. »Was Interessantes?«

»Memphis.«

Sie nickte und versuchte vergeblich, ihre Überraschung zu verbergen. »Raus mit der Sprache. Du hast hoffentlich eine überzeugende Erklärung.«

Er lächelte und fasste kurz sein Gespräch mit Willie Backstrom zusammen.

»Bitte, Mitch, nicht schon wieder ein Todeskandidat. Du hast es versprochen.«

»Ich weiß, ich weiß, aber ich konnte es Willie nicht abschlagen. Die Lage ist verzweifelt, und vermutlich ist die Reise völlig umsonst. Aber ich habe ihm versprochen, dass ich es versuche.«

»Ich dachte, wir würden uns da nie wieder blicken lassen.«

»Dachte ich auch. Es sind ja nur vierundzwanzig Stunden.«

Sie nippte an ihrem Wein und schloss die Augen. »Wir haben lange nicht mehr über Memphis gesprochen«, stellte sie fest, als sie sie wieder öffnete.

»Stimmt. Es gab keinen Grund dafür. Aber die Geschichte ist jetzt fünfzehn Jahre her, und alles ist anders.«

»Es gefällt mir trotzdem nicht.«

»Mir passiert schon nichts, Abby. Mich erkennt niemand. Von den Gangstern von damals ist keiner mehr da.«

»Das denkst du. Wenn ich mich recht erinnere, Mitch, mussten wir mitten in der Nacht die Flucht ergreifen, weil sie uns auf den Fersen waren.«

»Richtig. Aber diese Leute sind weg. Die Firma existiert nicht mehr, einige von damals sind tot, andere sitzen irgendwo im Gefängnis.«

»Sie gehören auch ins Gefängnis.«

»Klar. Auf jeden Fall sind die Leute von damals nicht mehr in Memphis. Und ich bin so schnell wieder weg, dass niemand etwas mitbekommt.«

»Ich habe keine guten Erinnerungen an die Stadt.«

»Abby, wir haben uns vor Jahren entschieden, ein normales Leben zu führen, ohne ständige Angst. Was damals passiert ist, ist lange vorbei.«

»Wenn du den Fall übernimmst, wird dein Name in den Nachrichten erwähnt, oder?«

»Wenn ich den Fall übernehme, und das ist noch längst nicht sicher, bleibe ich nicht in Memphis. Das Gefängnis ist in Nashville.«

»Was willst du dann in Memphis?«

»Der Anwalt, vielmehr der frühere Anwalt arbeitet da. Ich besuche ihn in seiner Kanzlei, lasse mich auf den aktuellen Stand bringen, und dann fahren wir zum Gefängnis.«

»Bei Scully gibt es eine Million Anwälte. Wieso finden sie nicht jemand anderen?«

»Die Zeit ist knapp. Wenn sich der Mandant weigert, mit mir zu sprechen, bin ich aus dem Schneider und wieder zu Hause, bevor du mich überhaupt vermisst.«

»Wer sagt, dass ich dich vermissen werde? Du bist doch ständig weg.«

»Ja, und ich weiß, wie sehr du darunter leidest.«

»Du denkst, wir kommen nicht ohne dich zurecht?« Sie lächelte, schüttelte den Kopf und rief sich ins Gedächtnis, dass jeder Streit mit Mitch Zeitverschwendung war. »Bitte sei vorsichtig.«

»Versprochen.«

3

Als Mitch das opulente Foyer des Hotels Peabody im Zentrum von Memphis zum ersten Mal betreten hatte, sollte er zwei Monate später seinen fünfundzwanzigsten Geburtstag feiern. Er studierte im dritten Jahr in Harvard Jura und würde im folgenden Frühjahr als Viertbester seines Jahrgangs abschließen. Drei der ganz großen Kanzleien wollten ihn, zwei in New York und eine in Chicago. Keiner seiner Freunde konnte verstehen, warum er seine Zeit mit einem Gespräch in Memphis verschwendete, noch dazu bei einer Firma, die nicht gerade in der obersten Liga der Anwaltskanzleien mitspielte. Auch Abby war skeptisch.

Dahinter stand die nackte Gier. Bendini war mit vierzig Anwälten zwar klein, bot aber mehr Geld und Zusatzleistungen. Und es war einfacher, Partner zu werden. Mitch hatte seine Gier mit Argumenten untermauert und sich eingeredet, als Kleinstadtjunge würde er sich in einer kleineren Stadt eher zu Hause fühlen. Die Firma gab sich wie eine große Familie, niemand hatte sie je verlassen. Zumindest nicht lebend. Er hätte wissen müssen, dass ein Angebot, das zu gut schien, um wahr zu sein, einen gewaltigen Haken haben musste. Nach sieben Monaten waren er und Abby heilfroh, als sie mit dem Leben davonkamen.

Damals waren sie händchenhaltend durch das Foyer gewandert und hatten die üppige Einrichtung, die Orientteppiche, die Kunstwerke und den berühmten Springbrunnen in der Mitte der Halle bewundert, in dem Enten ihre Kreise zogen.

Sie schwammen dort immer noch, und Mitch fragte sich, ob es dieselben Enten waren. Er holte sich an der Bar eine Diätlimo und ließ sich in einen tiefen Sessel in der Nähe des Brunnens fallen. Erinnerungen stürmten auf ihn ein: das Hochgefühl, weil er so gefragt war, die Erleichterung, das Jurastudium fast hinter sich zu haben, das ungebrochene Vertrauen, dass ihn eine vielversprechende Zukunft erwartete – eine neue Stelle, ein neues Haus, ein teures Auto, ein üppiges Gehalt. Er und Abby hatten sogar davon gesprochen, eine Familie zu gründen. Natürlich hatte er Zweifel gehabt, aber sie waren wie verflogen gewesen, als er das Peabody betrat.

Wie hatte er so dumm sein können? War das wirklich fünfzehn Jahre her? Sie waren fast noch Kinder gewesen und unglaublich naiv.

Er trank aus und ging zur Rezeption, um einzuchecken. Er hatte ein Zimmer für eine Nacht auf den Namen Mitchell Y. McDeere gebucht, und während er darauf wartete, dass die Rezeptionistin seine Reservierung fand, hatte er flüchtig die Befürchtung, dass sich jemand an ihn erinnern könnte. Die Rezeptionistin offenkundig nicht, und bestimmt auch sonst niemand. Es war zu lange her, und die zwielichtigen Gestalten, die ihm im Nacken gesessen hatten, waren längst aus dem Verkehr gezogen worden. Er ging auf sein Zimmer, zog eine Jeans an und unternahm einen Spaziergang.

Dreihundert Meter weiter, in der Front Street, blieb er vor einem fünfstöckigen Gebäude stehen, das einst als Bendini Building bekannt gewesen war. Ihn schauderte geradezu bei der Erinnerung an seine kurze, aber dramatische Zeit dort. Er erinnerte sich an die Namen und sah die Gesichter der Kollegen von damals vor sich, die entweder tot oder inhaftiert waren oder woanders ein zurückgezogenes Leben führten. Das Gebäude war renoviert und umbenannt worden. Jetzt waren dort Eigentumswohnungen untergebracht, für die mit dem Blick auf den Fluss geworben wurde. Er ging weiter und stieß auf Lansky's Deli, der in Memphis zur Tradition gehörte und sich nicht verändert hatte. Er ging hinein, nahm auf einem Hocker an der Theke Platz und bestellte Kaffee. Rechts von ihm befanden sich mehrere Nischen, die jetzt, am späten Nachmittag, leer waren. In der dritten hatte er gesessen, als aus dem Nichts ein FBI-Beamter auftauchte und anfing, ihn über seine Firma auszufragen. Es war der Anfang vom Ende gewesen, das erste eindeutige Anzeichen, dass die Dinge nicht so waren, wie sie zu sein schienen. Mitch schloss die Augen und ließ im Geiste das gesamte Gespräch Revue passieren, Wort für Wort. Wayne Tarrance hatte der Beamte geheißen, ein Name, den er nie vergessen würde, und wenn er sich noch so bemühte.

Als er den Kaffee getrunken hatte, bezahlte er und ging vom Lokal aus zur Main Street, wo er die historische Straßenbahn nahm und eine kurze Strecke mitfuhr. Manche Gebäude hatten sich verändert, manche sahen aus wie damals. Viele davon erinnerten ihn an Ereignisse, die er gern vergessen hätte. Er stieg an einem Park aus, setzte sich auf eine Bank unter einem Baum und rief in der Kanzlei an, um herauszufinden, ob das Chaos ohne ihn außer Kontrolle geraten war. Dann meldete er sich bei Abby und fragte nach den Jungen. Zu Hause war alles in Ordnung. Nein, er wurde nicht verfolgt. Niemand erinnerte sich an ihn.

Als es dunkel wurde, schlenderte er zurück zum Peabody und fuhr mit dem Aufzug ganz nach oben. Von der beliebten Bar auf der Dachterrasse konnte man zusehen, wie die Sonne über dem Fluss unterging, und dabei einen Drink mit Freunden genießen. Meistens am Freitagnachmittag nach einer harten Woche. Bei seinem ersten Besuch in Memphis, als er sich endgültig für Bendini entschieden hatte, waren er und Abby von den jüngeren Anwälten und deren Ehefrauen dorthin eingeladen worden.

Jeder hatte eine Ehefrau. Alle Rechtsanwälte waren männlich. So lauteten damals die ungeschriebenen Gesetze bei Bendini. Später, als sie allein waren, hatten sie ganz für sich etwas auf dem Dach getrunken und die verhängnisvolle Entscheidung getroffen, die Stelle anzunehmen.

Mitch holte sich ein Bier, lehnte sich an ein Geländer und sah zu, wie sich der Mississippi auf seiner ewigen Reise nach New Orleans an Memphis vorbeiwälzte. Schwere, mit Sojabohnen beladene Lastkähne schoben sich unter der Brücke nach Arkansas durch, als die Sonne endgültig hinter den endlosen Feldern der Ebene unterging. Er spürte keinerlei Wehmut. Sein hoffnungsvoller Start war innerhalb weniger Wochen vergessen gewesen, als ihr Leben zu einem unfassbaren Albtraum wurde.

Er brauchte nicht lange zu überlegen, wo er zu Abend essen wollte. Er überquerte die Union Avenue, bog in eine Gasse ein und konnte die Spareribs schon riechen. Das Rendezvous war mit Abstand das bekannteste Restaurant der Stadt, und er hatte viele Male hier gegessen. Gelegentlich hatte er sich nach der Arbeit mit Abby zu den berühmten Spareribs und eiskaltem Bier getroffen. An diesem Dienstag war dort wie immer viel los, aber es war kein Vergleich mit dem Wochenende, wo man häufig eine Stunde auf einen Tisch warten musste. Reservierungen wurden nicht angenommen. Ein Kellner deutete auf einen Tisch in einem der vielen überfüllten Räume, und Mitch setzte sich so, dass er die Hauptbar im Blick behalten konnte.

Ein weiterer Kellner kam vorbei. »Sie wissen, was Sie wollen?«, fragte er.

»Eine große Portion mit kleiner Käseplatte, ein großes Bier.« Der Kellner blieb nicht einmal stehen.

Mitch waren viele Veränderungen in der Stadt aufgefallen, aber es würde immer eine Konstante geben: Das Rendezvous würde sich nie ändern. Die Wände waren tapeziert mit Fotos berühmter Gäste, Programme des Liberty Bowl Memorial Stadium, Neonreklame für Bier und Softdrinks, Skizzen des alten Memphis und noch mehr Fotos, von denen manche Jahrzehnte alt waren. Es war Tradition, eine Visitenkarte an die Wand zu heften, bevor man ging, und es gab bestimmt eine Million davon. Er selbst hatte das auch getan, und er fragte sich, ob noch Karten anderer Anwälte von Bendini, Lambert & Locke dort hingen. Da offenkundig niemand die Karten entfernte, wahrscheinlich schon.

Zehn Minuten später brachte der Kellner eine Platte Spareribs, Cheddar und Krautsalat als Beilage. Das Bier war so kalt, wie Mitch es in Erinnerung hatte. Er riss ein Rippchen ab, biss kräftig zu und genoss den Geschmack. Seine erste angenehme Erinnerung an Memphis.

Die Capital Defense Initiative, kurz CDI, war 1976 von Amos Patrick gegründet worden, nachdem der Oberste Gerichtshof das Verbot der Todesstrafe aufgehoben hatte. Daraufhin hatten die »Todesstrafe-Staaten« in aller Eile ihre elektrischen Stühle und Gaskammern auf den neuesten Stand gebracht, um loslegen zu können. Sie wetteiferten immer noch darum, wer die meisten Menschen umbrachte. Texas lag eindeutig in Führung, während mehrere Staaten Anspruch auf den zweiten Platz erhoben.

Amos wuchs in bitterer Armut im ländlichen Georgia auf und hatte als Kind nicht immer genug zu essen. Seine besten Freunde waren alle schwarz, und als Kind hatte er sich häufig darüber geärgert, wie schlecht sie behandelt wurden. Als Teenager wurde ihm allmählich klar, was Rassismus bedeutete und welche verheerende Wirkung er auf Schwarze hatte. Obwohl er zunächst nicht recht wusste, was die Bürgerrechtsbewegung war, wurden seine

Überzeugungen mit der Zeit immer ausgeprägter. An der High-school erkannte ein Biologielehrer seine Fähigkeiten und sorgte dafür, dass er studieren konnte. Ansonsten hätte er sein Leben lang auf den Erdnussfeldern geschuftet wie seine Freunde.

Amos war im beschränkten Kreis der Verteidiger, die Todes-kandidaten vertraten, eine Legende. Seit dreißig Jahren zog er für kaltblütige Mörder in die Schlacht, deren Verbrechen unerträg-lich waren. Um das zu überleben, hatte er gelernt, sich mental von den Verbrechen abzuschotten und sie zu ignorieren. Es war keine Frage der Schuld. Es ging darum, ob der Staat mit all sei-nen Unzulänglichkeiten, Vorurteilen und seiner Anfälligkeit für Irrtümer das Recht hatte, Menschen zu töten.

Doch nun war er müde. Die Arbeit belastete ihn zunehmend. Er hatte vielen Menschen das Leben gerettet, andere verloren und dabei eine gemeinnützige Organisation aufgebaut, die aus-reichend Geld anzog, um sich selbst zu finanzieren, und über genügend kompetente Anwälte verfügte, die mit ihm kämpften. Allerdings ließ sein eigener Kampfgeist zunehmend nach, und seine Frau und sein Arzt drängten ihn kürzerzutreten.

Amos' Büro war ebenfalls legendär. Das Gebäude war eine schlechte Imitation des Art-déco-Stils der 1930er-Jahre und im Laufe der Jahrzehnte immer wieder erweitert und umgebaut wor-den. Ein Autohändler hatte es hier, an der zehn Kilometer vom Fluss entfernten Summer Avenue, in der sich ein Händlerbe-trieb an den anderen reihte, errichtet, um neue und gebrauchte Pontiacs zu verkaufen. Mit der Zeit waren die Händler wie ein Großteil der Stadt in Richtung Osten abgewandert. Die Ausstel-lungsräume wurden mit Brettern verrammelt oder dem Erdbo-den gleichgemacht. Amos rettete den Pontiac-Händlerbetrieb bei einer Auktion, auf der er der einzige Bieter war. Die Sicher-heit für seine Hypothek stellten wohlgesinnte Rechtsanwälte aus

Washington. Stil, Erscheinungsbild und öffentliche Wahrnehmung interessierten ihn nicht, und er hatte kaum Geld für Renovierungen. Er brauchte große Räumlichkeiten, die an die Strom- und Wasserversorgung angeschlossen waren, sonst nichts. Um Mandanten brauchte er sich nicht zu bemühen, weil er mehr als genug hatte. Es tobte ein Kampf um die Todesstrafe, und die Staatsanwälte liefen sich zunehmend warm.

Amos gab ein paar Dollar für Farbe, Trockenbau und Installation aus und verlegte seine wachsende Belegschaft in den alten Pontiac-Händlerbetrieb. Praktisch auf Anhieb identifizierten sich die Anwälte und Anwaltsassistenten der CDI mit ihrem Arbeitsplatz, der notdürftig mit zusammengewürfeltem Mobiliar ausgestattet war. Welcher Jurist konnte schon von sich sagen, dass er in einer umgebauten Werkstatt praktizierte, in der früher Öl gewechselt und Auspufftöpfe montiert worden waren?

Einen Empfangsbereich gab es nicht, weil keine Mandanten vorbeikamen. Sie saßen von Arizona bis Virginia in der Todeszelle oder einem anderen Teil des Gefängnisses. Auch Besucher wurden keine erwartet. Mitch klingelte an der Eingangstür, betrat einen offenen Bereich, der früher der Ausstellungsraum des Händlers gewesen war, und wartete darauf, dass ein menschliches Wesen erschien. Er amüsierte sich über die Wanddekoration, die vor allem aus Werbeplakaten mit glänzenden neuen Pontiacs, die vor Jahrzehnten aktuell gewesen waren, Kalendern aus den 1950er-Jahren und ein paar gerahmten Zeitungsberichten über Fälle bestand, in denen die CDI jemandem das Leben gerettet hatte. Es gab weder Teppichboden noch Läufer. Die Fußböden waren höchst originell – glänzender Beton mit hartnäckigen Öl- und Farbflecken.

»Guten Morgen«, sagte eine junge Frau, die mit einem Papierstapel vorbeihastete.

»Guten Morgen«, erwiderte Mitch. »Ich habe um neun einen Termin bei Amos Patrick.«

Sie hatte ihn nur flüchtig gegrüßt und keine Hilfe angeboten. »Okay, ich gebe ihm Bescheid, aber es kann dauern«, sagte sie mit einem gestressten Lächeln, als hätte sie Besseres zu tun. »Heute Morgen läuft es richtig schlecht.« Dann war sie weg, ohne ihm einen Stuhl oder gar einen Kaffee anzubieten.

Er fragte sich, was es bedeuten mochte, wenn es »richtig schlecht« lief – hier, in einer Kanzlei, die sich nur mit Hinrichtungen befasste. Trotz der hohen Fenster, die viel Licht hereinließen, war die Atmosphäre angespannt und bedrückend, als ob die meisten Tage schon schlecht anfingen, wenn die Anwälte im ganzen Land in aller Früh ihren Wettlauf gegen die Zeit begannen. In einer Ecke standen drei Plastikstühle und ein Couchtisch, der mit alten Illustrierten bedeckt war. Eine Art Wartezimmer. Mitch setzte sich, holte das Handy heraus und fing an, seine E-Mails zu lesen. Um halb zehn vertrat er sich die Beine, beobachtete den Verkehr in der Summer Avenue, rief in der Kanzlei an, weil das von ihm erwartet wurde, und versuchte, sich nicht zu ärgern. In seiner eng durchgetakteten Welt war eine Verspätung von einer halben Stunde eine Seltenheit und erforderte eine angemessene Erklärung. Andererseits arbeitete er hier unentgeltlich und stellte seine Zeit ohnehin in den Dienst der guten Sache.

Um 9.50 Uhr kam ein sehr junger Mann in Jeans um die Ecke. »Hier entlang, Mr. McDeere«, sagte er.

»Danke.«

Mitch folgte ihm aus dem Ausstellungsraum an einer langen Theke vorbei, wo einem verblichenen Schild zufolge einmal Ersatzteile verkauft worden waren. Sie gingen durch eine breite Schwingtür, die zu einem Korridor führte. An einer geschlossenen Tür blieb der Junge stehen. »Amos erwartet Sie.«

»Danke.« Mitch hatte den Raum kaum betreten, als Amos Patrick, eine wilde Gestalt mit rebellischer grauer Mähne und ungepflegtem Bart, ihn in die Arme schloss. Nach der ungestümen Umarmung schüttelten sie sich die Hand und unterhielten sich über Belanglosigkeiten: Willie Backstrom, andere Bekannte, das Wetter.

»Hätten Sie gern einen Espresso?«, fragte Amos.

»Klar.«

»Einfach oder doppelt?«

»Was nehmen Sie?«

»Dreifach.«

»Dann einen doppelten.«

Amos lächelte und ging zu einer Theke mit einer hochkomplexen Espressomaschine, neben der verschiedene Sorten Bohnenkaffee und Tassen standen. Kaffee war für ihn offenbar eine ernste Angelegenheit. Er nahm zwei der größeren Tassen – Porzellan, keine Pappbecher –, betätigte verschiedene Tasten und wartete, dass der Mahlvorgang begann.

Sie setzten sich in eine Ecke des riesigen Büros, unter ein Rolltor, das in Schienen an der Decke lief, aber offensichtlich seit Jahren nicht geschlossen worden war. Mitch fiel auf, dass Amos' Augen rot und verquollen waren.

»Ich fürchte, Sie sind umsonst gekommen, Mitch«, sagte Amos. »Es tut mir leid, aber Sie können nichts ausrichten.«

»Okay. Willie hat mich schon darauf vorbereitet.«

»O nein, das meine ich nicht. Es ist viel schlimmer. Heute früh wurde Tad Kearny in der Dusche gefunden, er hat sich mit einem Elektrokabel erhängt. Sieht so aus, als wäre er ihnen zuvorgekommen.« Amos' Stimme brach, und er verstummte.

Mitch hatte es die Sprache verschlagen.

Amos räusperte sich. »Selbstmord nennen sie das«, sagte er mühsam, fast im Flüsterton.

»Tut mir leid.«

Lange Zeit saßen sie da und schwiegen, das einzige Geräusch war das Tropfen des Kaffees. Amos tupfte sich mit einem Papiertaschentuch über die Augen, erhob sich schwerfällig, holte die Tassen und stellte sie auf ein Tischchen. Dann ging er zu seinem überquellenden Schreibtisch, nahm einen Ausdruck und reichte ihn Mitch. »Das kam vor etwa einer Stunde hier an.«

Das Bild war schockierend – ein nackter, ausgezehrter Weißer hing in grotesker Haltung an einem Elektrokabel, das über eine freiliegende Wasserleitung geschlungen war und in das Fleisch an seinem Hals schnitt. Mitch warf einen Blick darauf, wandte sich ab und gab das Foto zurück.

»Verzeihen Sie«, sagte Amos.

»Wow.«

»Im Gefängnis ist das keine Seltenheit, aber im Todestrakt kommt so etwas eigentlich nicht vor.«

Erneut kehrte Schweigen ein, während sie ihren Espresso schlürften. Mitch hatte keine Ahnung, was er sagen sollte, aber die Botschaft war klar: Der Selbstmord war verdächtig.

Amos starrte auf die Wand. »Ich mochte den Mann«, sagte er kaum hörbar. »Er war völlig durchgeknallt, und wir haben uns die ganze Zeit gestritten, aber ich konnte ihn verstehen. Ich habe schon vor Langem gelernt, dass es keinen Sinn hat, sich emotional auf Mandanten einzulassen, aber bei Tad konnte ich nicht anders. Der Junge hatte nie eine Chance im Leben, er war vom Tag seiner Geburt an zum Scheitern verurteilt. Damit war er allerdings keine Ausnahme.«

»Warum hat er Ihnen das Mandat entzogen?«

»Er hat mich immer wieder mal gefeuert. Es war geradezu ein Witz. Tad war gewieft und hat sich selbst Rechtskenntnisse angeeignet, bis er dachte, er weiß mehr als jeder Anwalt. Aber ich habe ihn nicht aufgegeben. Sie wissen, wie das ist. Es ist schwer, sich von der Verzweiflung dieser Menschen nicht auffressen zu lassen.«

»Ich habe selbst zwei verloren.«

»Ich zwanzig, jetzt einundzwanzig – aber Tad wird immer was Besonderes bleiben. Ich habe ihn acht Jahre lang vertreten, und in dieser Zeit hat er nicht ein einziges Mal Besuch bekommen. Keine Freunde, keine Familie, nur ich und ein Geistlicher. Das ist echte Einsamkeit. Ein Leben hinter Gittern mit niemandem in der Außenwelt, bis auf einen Anwalt. Sein Geisteszustand verschlechterte sich über die Jahre, und bei meinen letzten Besuchen sagte er kein Wort mehr. Dann wieder schrieb er mir fünfseitige Briefe mit Gedanken und Ausführungen, die so absurd waren, dass sie allein schon als Beweis für eine Schizophrenie hätten reichen müssen.«

»Sie haben es doch mit Schuldunfähigkeit versucht.«

»Versucht, ja, aber ohne Erfolg. Die Staatsanwaltschaft hat keinen Millimeter nachgegeben, und die Gerichte hatten kein Mitgefühl. Wir haben alles versucht, und bis er vor einigen Monaten leider beschlossen hat, seine Anwälte zu feuern, hatten wir zumindest noch eine Chance.«

»War er schuldig?«

Amos trank einen Schluck und wiegte langsam den Kopf. »Sagen wir so: Die Fakten haben nicht gerade für ihn gesprochen. Ein Drogenkurier, der bei einer Razzia mit Cops aneinandergerät, von denen drei in den Kopf geschossen wird und die praktisch sofort tot sind. Das kommt bei den Geschworenen nicht gut an. Die Beratung dauerte gerade einmal eine Stunde.«

»Also hat er sie getötet?«

»O ja, zwei von ihnen durch einen Schuss in die Stirn aus zwölf Meter Entfernung. Dem Dritten wurde ins Kinn geschossen. Sie müssen wissen, Tad war ein hervorragender Schütze. Er wuchs mit Waffen auf, sie waren allgegenwärtig – in jedem Auto und Pick-up, jedem Schrank, jeder Schublade. Als Kind konnte er Ziele mit verbundenen Augen treffen. Die Cops haben dem Falschen eine Falle gestellt.«

Mitch brauchte einen Augenblick, um das zu verdauen. »Eine Falle?«

»Das ist eine lange Geschichte, Mitch, deswegen bekommen Sie von mir die Kurzfassung. Damals in den Neunzigerjahren gab es eine Gruppe von Beamten der Drogenfahndung DEA, die auf eigene Faust agierten und den Krieg gegen die Drogen gewinnen wollten, indem sie die Schmuggler aus dem Weg räumten. Sie arbeiteten mit Informanten, Spitzeln und anderen zwielichtigen Gestalten zusammen und inszenierten Razzien. Wenn die Kuriere mit der Ware auftauchten, wurden sie kurzerhand getötet. Keine Scherereien mit Verhaftungen, Verhandlungen und solchem Zeug, schlicht Selbstjustiz, die bei den Behörden und der Presse bestens ankam. Eine höchst effiziente Methode, um Kuriere aus dem Verkehr zu ziehen.«

Mitch war sprachlos und beschloss, seinen Kaffee zu trinken und zuzuhören.

»Bis heute sind sie nicht aufgeflogen, daher weiß niemand, wie viele Kuriere sie in einen Hinterhalt gelockt haben. Ehrlich gesagt interessiert das auch keinen. Rückblickend sieht es so aus, als hätte ihre Begeisterung nachgelassen, als Tad drei ihrer Kumpel erschossen hat. Das Ganze ist gut dreißig Kilometer nördlich von Memphis passiert, an einer Übergabestelle mitten auf dem Land. Es gab einige Verdächtigungen, manche Anwälte zogen ihre eigenen Schlüsse, aber niemand wollte zu viele Fragen stellen. Die Drogenfahnder waren skrupellos und gewalttätig und befolgten nur ihre eigenen Regeln. Wer eingeweiht war, half fleißig mit, die Sache zu vertuschen.«

»Und Sie wussten davon?«

»Sagen wir, ich hatte Vermutungen, aber wir haben nicht genug Leute, um so etwas Unvorstellbares zu untersuchen. Ich bin vollkommen ausgelastet, mir läuft ständig die Zeit davon. Aber Tad wusste immer, dass es ein Hinterhalt gewesen war, und er stieß wilde Vorwürfe aus, als er uns feuerte. Ich glaube, er spürte einer Sache nach. Andererseits war der arme Junge psychisch so gestört, dass man ihn nur schwer ernst nehmen konnte.«

»Wie stehen die Chancen, dass es kein Selbstmord war?«

Amos knurrte etwas und putzte sich mit dem Ärmel die Nase ab. »Ich würde gutes Geld – und das ist bei mir Mangelware – darauf verwetten, dass Tad nicht durch eigene Hand gestorben ist. Vermutlich wollten die Behörden dafür sorgen, dass er den Mund hält, bis er im Juli ordnungsgemäß hingerichtet wird. Das werden wir nie erfahren, weil es bei der Untersuchung, wenn man es so nennen kann, nur darum gehen wird, dass alle eine weiße Weste behalten. Es gibt keine Möglichkeit, die Wahrheit herauszufinden, Mitch. Ein Toter mehr, und keinen interessiert es.« Er schniefte und fuhr sich erneut über die Augen.

»Das tut mir leid.« Mitch war überrascht, dass ein Anwalt, der zwanzig Mandanten durch Hinrichtung verloren hatte, so emotional werden konnte. Wurde man im Laufe der Zeit nicht abgehärtet? Er hatte nicht vor, es herauszufinden. Seine Zeit in dieser Nische ehrenamtlicher Arbeit war soeben zu Ende gegangen.

»Mir auch, Mitch – jetzt sind Sie ganz umsonst hergekommen.«

»Macht nichts. Zumindest kenne ich jetzt Sie und Ihre Kanzlei, das war es wert.«

Amos deutete auf das Rolltor. »Was halten Sie davon? Welcher Anwalt praktiziert schon in einem alten Pontiac-Händlerbetrieb? In New York gibt es das bestimmt nicht.«

»Wahrscheinlich nicht.«

»Probieren Sie es aus. Bei uns ist eine Stelle frei, letzte Woche hat jemand gekündigt.«

Mitch schmunzelte und hätte fast laut gelacht. Das Angebot in allen Ehren, aber das Gehalt war wahrscheinlich nicht einmal genug, um die Steuern auf seine Immobilie in Manhattan zu bezahlen. »Danke, aber in Memphis habe ich es schon einmal versucht.«

»Ich erinnere mich. Die Bendini-Geschichte war hier eine Zeit lang in aller Munde. Eine ganze Kanzlei fliegt auf, und alle wandern ins Gefängnis. Wer könnte das vergessen? Aber Ihr Name ist selten gefallen.«

»Ich hatte Glück und habe mich rechtzeitig abgesetzt.«

»Und Sie haben nicht vor zurückzukommen.«

»Richtig – ich werde nicht zurückkommen.«

4

Von seinem Mietwagen aus rief Mitch seine Sekretärin an und bat sie, die Reisepläne zu ändern. Den Direktflug nach LaGuardia am Morgen hatte er verpasst. Umsteigen würde Stunden dauern und ihn kreuz und quer durch das Land führen. Um 17.20 Uhr ging ein Direktflug von Nashville, und sie buchte ein Ticket für ihn. Die Fahrt zum Flughafen passte bestens zu der Idee, die ihm durch den Kopf ging.

Der Verkehr wurde dünner, und als Memphis hinter ihm lag, überkam ihn ein unerwartetes Hochgefühl. Ein erschütterndes Erlebnis war ihm erspart geblieben, und die Hintergrundgeschichte mit den kriminellen Drogenfahndern allein reichte, um Magengeschwüre zu bekommen, wenn nicht mehr. Er hatte sich für das Team geopfert, und Willie Backstrom schuldete ihm dafür einen riesigen Gefallen. Doch jetzt ließ er Memphis erneut hinter sich, diesmal ohne dass ihm jemand auf den Fersen war.

Da er jede Menge Zeit hatte, blieb er auf zweispurigen Landstraßen und genoss die friedliche Fahrt. Er ignorierte mehrere Anrufe aus New York, meldete sich bei Abby und trödelte mit achtzig Stundenkilometern dahin. Sumrall lag zwei Stunden östlich von Memphis, eine Stunde westlich von Nashville. Die Stadt war der Verwaltungssitz des County und mit achtzehntausend Einwohnern relativ groß für diesen Teil der ländlichen Südstaaten. Er folgte den Wegweisern und erreichte bald die Main Street, die den Stadtplatz auf einer Seite begrenzte. Mitten auf dem Platz erhob sich ein schönes Gerichtsgebäude aus dem 19. Jahrhundert, das von Statuen, Pavillons, Denkmälern und Sitzbänken im Schatten massiger Eichen umgeben war.

Mitch parkte vor einem Bekleidungsgeschäft und ging um den Platz herum. Wie überall gab es hier jede Menge Rechtsanwälte und kleine Kanzleien. Wieder einmal fragte er sich, warum sein ehemaliger Kollege dieses Leben gewählt hatte.

Kennengelernt hatten sie sich in Mitchs drittem Studienjahr in Harvard, als im Spätherbst wie üblich die renommiertesten Kanzleien der Welt zur Hochschule pilgerten und die Absolventen zu sich einluden, damit sie ihnen ihr wunderbares Angebot präsentieren konnten. Die Rekrutierungsrunde war nicht die Belohnung für harte Arbeit, wie sie ein Jurastudium an jeder Hochschule erforderte, sondern dafür, dass die Kandidaten das Glück gehabt hatten, in Harvard angenommen zu werden. Für einen Jungen aus einfachen Verhältnissen wie Mitch war die Rekrutierung besonders aufregend, weil er zum ersten Mal in seinem Leben Geld witterte.

Lamar war für das wichtige jugendliche Image mitgenommen worden, weil er nur sieben Jahre älter war als Mitch. Er und seine Frau Kay hatten die McDeeres bei ihrer Ankunft in Memphis sehr freundlich aufgenommen.

In den letzten fünfzehn Jahren hatte es keinen Kontakt gegeben. Das Internet machte es leicht, Menschen aufzuspüren, vor allem wenn es sich um Anwälte handelte, die – ganz unabhängig von ihrem Erfolg oder Misserfolg – jede Art von Aufmerksamkeit genossen. Sie kurbelte das Geschäft an. Lamars Website war sehr schlicht, ebenso wie seine Kanzlei mit ihrem belanglosen Angebot: Verträge, Testamente, einvernehmliche Scheidungen, Immobiliengeschäfte und natürlich Personenschäden. Jeder Kleinstadtanwalt träumte davon, dass ein lohnender Autounfall bei seiner Kanzlei landete.

Unannehmlichkeiten wie die Anklage gegen Lamar, seine Verurteilung, sein Geständnis und die nachfolgende Gefängnisstrafe fanden keine Erwähnung.

Lamars Büro befand sich über einem Geschäft für Sportartikel. Mitch stapfte die knarrenden Stufen hinauf, holte tief Luft und öffnete die Tür. Eine dicke Frau hinter einer Schreibmaschine stutzte und lächelte ihn freundlich an. »Guten Morgen.«

»Guten Morgen. Ist Lamar da?«

»Er ist bei Gericht.« Sie deutete mit dem Kopf in Richtung Gerichtsgebäude.

»Eine Verhandlung?«

»Nein, nur ein kurzer Termin. Es dürfte nicht lange dauern. Kann ich Ihnen helfen?«

Mitch gab ihr eine Visitenkarte von Scully. »Mein Name ist Mitch McDeere. Vielleicht erwische ich ihn drüben. Welcher Gerichtssaal?«

»Es gibt nur einen. Erster Stock.«

»Alles klar. Danke.«

Es war ein schöner Saal der alten Art: dunkle Holzverkleidung, hohe Fenster, Porträts längst verstorbener weißer, natürlich männlicher Würdenträger an den Wänden. Mitch betrat den Raum leise und setzte sich in die letzte Reihe. Er war der einzige Zuschauer. Der Richter war schon weg, und Lamar unterhielt sich mit einem anderen Anwalt. Als er Mitch bemerkte, stutzte er, sprach aber weiter. Nach dem Abschluss des Gesprächs ging er langsam durch den Mittelgang zum Ende der Reihe.

Sie musterten sich einen Augenblick, bevor Lamar fragte: »Was machen Sie denn hier?«

»Ich bin auf der Durchreise.« Das war Unsinn. Niemand bei klarem Verstand reiste durch ein Provinznest wie Sumrall.

»Noch einmal: Was machen Sie hier?«

»Ich war seit gestern Abend wegen eines Termins in Memphis, aber das hat sich erledigt. Mein Flug geht in ein paar Stunden von Nashville, deswegen bin ich mit dem Auto unterwegs. Ich dachte, ich schaue mal vorbei.«

Lamar hatte so viele Haare verloren, dass er kaum wiederzuerkennen war. Was noch übrig war, war grau. Wie viele Männer versuchte er, das schüttere Kopfhaar durch einen dichten Bart auszugleichen. Aber der Bart war, wie nicht anders zu erwarten, ebenfalls grau und ließ ihn noch älter wirken. Er ging durch die Reihe vor Mitch, blieb in drei Meter Abstand stehen und lehnte sich gegen die Bank. Ein Lächeln hatte er sich bisher nicht abgerungen. »Wollten Sie über was Bestimmtes sprechen?«

»Eigentlich nicht. Ich denke ab und zu an Sie und wollte nur Hallo sagen.«

»Hallo. Wissen Sie, Mitch, ich denke auch an Sie. Ihretwegen habe ich siebenundzwanzig Monate in einem Bundesgefängnis gesessen, das bleibt einem im Gedächtnis.«

»Sie haben siebenundzwanzig Monate in einem Bundesgefängnis gesessen, weil Sie sich bereitwillig an einer Verabredung zur Begehung von Straftaten beteiligt haben, in die ich hineingezogen werden sollte. Ich bin davongekommen, aber nur um Haaresbreite. Wenn Sie mir das verübeln – das beruht auf Gegenseitigkeit.«

Im Hintergrund ging eine Justizangestellte am Richtertisch vorbei. Sie beobachteten sie und warteten, bis sie verschwunden war, bevor sie sich wieder mit Blicken durchbohrten.

Lamar zuckte kaum merklich mit den Schultern. »Okay, da haben Sie nicht unrecht. Ich hatte eine Strafe verdient. Die Sache ist für mich erledigt.«

»Ich will keinen Ärger machen. Ich hatte gehofft, wir könnten ein freundschaftliches Gespräch führen und Frieden schließen.«

Lamar holte tief Luft. »Wenn das alles ist, Respekt, dass Sie sich hergewagt haben. Ich dachte, ich sehe Sie nie wieder.«

»Ging mir genauso. Sie waren damals der einzige Kollege, mit dem ich auf einer Wellenlänge war. Wir hatten eine gute Zeit zusammen, trotz des ganzen Drucks. Abby und Kay haben sich auf Anhieb verstanden. Wir denken gern an Sie zurück.«

»Das beruht *nicht* auf Gegenseitigkeit. Wir haben alles verloren und immer das Gefühl gehabt, dass wir das Ihnen zu verdanken haben, Mitch.«

»Die Kanzlei war am Ende, Lamar, das wissen Sie. Das FBI war der Firma schon auf den Fersen. Mich haben sie gewählt, weil ich neu war und sie dachten, ich wäre das schwächste Glied.«

»Und sie hatten recht.«

»Allerdings. Da ich mir nichts vorzuwerfen hatte, habe ich beschlossen, meinen Hals zu retten. Ich habe kooperiert und bin um mein Leben gerannt. Nicht einmal das FBI hat mich gefunden.«

»Wo waren Sie?«

Mitch lächelte und erhob sich langsam. »Das ist eine lange Geschichte. Darf ich Sie zum Mittagessen einladen?«

»Nein, aber wir können uns irgendwo einen Tisch suchen.«

Im ersten Lokal am Stadtplatz saßen »zu viele Anwälte«, wie Lamar sagte. Sie gingen einen Block weiter und fanden einen Tisch in einem Sandwich-Imbiss im Keller eines alten Eisenwarengeschäfts. Jeder bezahlte sein Essen selbst. Sie setzten sich in eine ruhige Ecke.

»Wie geht es Kay?«, fragte Mitch. Er ging davon aus, dass sie noch verheiratet waren. Eine flüchtige Internetsuche hatte keine Hinweise auf eine Scheidung in den letzten zehn Jahren ergeben. Von Zeit zu Zeit erinnerte Mitch sich an ein Gesicht oder einen

Namen von damals und schnüffelte ein paar Minuten lang im Internet herum. Nach fünfzehn Jahren ließ seine Neugier jedoch immer mehr nach. Er schrieb nichts auf und führte keine Akte.

»Es geht ihr gut, sie verkauft Medizinprodukte. Läuft bestens. Und Abby?«

»Ebenfalls. Sie ist Lektorin bei einem Verlag in New York.«

Lamar biss von seinem Wrap mit Putenstreifen ab und nickte wissend. Epicurean Press, leitende Lektorin, Expertin für Essen und Weine aus Italien. Er war in einer Buchhandlung in Nashville auf einige ihrer Bücher gestoßen und hatte darin geblättert. Im Gegensatz zu Mitch führte er eine Akte. *Scully-Partner. Weltweit tätiger Anwalt.* Die Akte diente nur seiner Neugier und besaß keinen weiteren Wert.

»Kinder?«

»Zwillinge, zwei Jungen, acht Jahre alt, Carter und Clark. Und Ihre?«

»Wilson studiert im ersten Jahr in Sewanee. Suzanne geht auf die Highschool. Sie sind schön auf die Füße gefallen, was, Mitch? Partner in einer großen Kanzlei, Niederlassungen weltweit und all das. Ein Leben auf der Überholspur in New York. Alle anderen wandern ins Gefängnis, während Sie Ihren Hals retten.«

»Ich hatte es nicht verdient, im Gefängnis zu landen, Lamar, und ich hatte Glück, dass ich mit dem Leben davongekommen bin. Denken Sie an die, die nicht so viel Glück hatten, wie Ihre Freunde. Wenn ich mich recht erinnere, gab es in zehn Jahren fünf ungeklärte Todesfälle. Könnte das stimmen?«

Lamar nickte und kaute weiter. Er schluckte den Bissen hinunter und spülte mit Eistee nach, den er durch einen Strohhalm schlürfte. »Sie haben sich geradezu in Luft aufgelöst. Wie haben Sie das geschafft?«

»Wollen Sie's wirklich wissen?«

»Unbedingt. Das frage ich mich schon lange.«

»Okay. Ich habe einen Bruder, Ray, der damals im Gefängnis saß. Ich habe das FBI überredet, ihn als Gegenleistung für meine Kooperation freizulassen. Er hat sich nach Grand Cayman abgesetzt, dort einen Freund von mir getroffen und ein Boot für uns organisiert, einen Zwölf-Meter-Schoner. Nicht, dass ich viel von Booten verstehen würde. Abby und ich sind nur mit dem, was wir am Leib getragen haben, aus Memphis geflohen und haben uns bis in die Nähe von Destin in Florida durchgeschlagen. Wir haben uns von dem Boot abholen lassen und sind in die Nacht hinausgesegelt. Einen Monat lang sind wir auf Grand Cayman geblieben, dann zu einer anderen Insel gefahren.«

»Und Sie hatten genug Geld?«

»Allerdings. Ich habe mich mit einem Teil der illegalen Gelder der Firma selbst entschädigt, und das FBI hat es durchgehen lassen. Nach ein paar Monaten hatten wir genug von den Inseln und sind herumgereist, aber wir haben in ständiger Angst gelebt. Das Leben auf der Flucht ist auf die Dauer nicht aufzuhalten.«

»Aber das FBI hat Sie unterstützt?«

»Ja, klar. Ich habe denen alle Unterlagen überlassen, die sie gebraucht haben, ich war nur nicht bereit, in der Verhandlung auszusagen. Ich wollte nie wieder nach Memphis. Wie Sie wissen, kam es nie zu einer Verhandlung.«

»Ganz richtig. Wir sind umgefallen wie die Dominosteine. Ich wurde vor die Wahl gestellt, zu kooperieren und für drei Jahre ins Gefängnis zu gehen oder zu riskieren, dass ich im Verfahren zu mindestens zwanzig Jahren verurteilt werde. Wir sind alle eingeknickt. Entscheidend war Oliver Lambert. Der Druck war letztendlich zu viel für ihn. Als er umfiel, waren wir alle geliefert.«

»Und er ist im Gefängnis gestorben.«

»Möge er in Frieden ruhen, der Dreckskerl. Royce McKnight hat sich nach seiner Entlassung erschossen. Avery wurde, wie Sie wahrscheinlich wissen, von der Mafia beseitigt. Das letzte Kapitel in der Geschichte der Firma ist nicht schön. Niemand ist je nach Memphis zurückgekehrt. Keiner von uns stammte von dort. Nachdem wir alle unsere Zulassung verloren hatten und vorbestraft waren, zerstreuten wir uns in alle Winde und versuchten zu vergessen, dass wir uns je gekannt hatten. Bendini ist kein angenehmes Thema.«

Mitch spießte eine Olive auf, die sich ganz unten in seinem Salat versteckt hatte, und aß sie. »Keinen Kontakt zu den anderen?«

»Nein, überhaupt nicht. Es war ein Albtraum. Eben war ich noch ein gefragter Anwalt mit besten Referenzen, jeder Menge Geld und einem entsprechenden Lebensstil, und bevor ich wusste, wie mir geschah, fällt das FBI in die Kanzlei ein, hält uns Dienstmarken unter die Nase, stößt Drohungen aus, beschlagnahmt Computer und verriegelt Türen. Wir standen unter Schock, haben das Gebäude fluchtartig verlassen und sind auf die Suche nach guten Strafverteidigern gegangen. So viele hat es in Memphis gar nicht gegeben. Monatelang haben wir in ständiger Angst gelebt, und als die Katastrophe schließlich eintrat, da ist für uns eine Welt zusammengebrochen. Meine erste Nacht im Gefängnis war entsetzlich, weil ich gefürchtet habe, dass mich jemand attackieren würde. Drei Nächte saß ich hinter Gittern, bevor ich gegen Kaution freigelassen wurde. Jeder Tag schien weitere schlimme Nachrichten zu bringen – noch jemand war umgekippt und kooperierte. Ich habe mich in der Verhandlung am Bundesgericht in Memphis schuldig bekannt, Sie kennen ja den Saal in der Innenstadt. Kay und meine Eltern haben in der ersten Reihe gesessen und geweint. Ich habe jeden Tag daran gedacht, mich umzubringen. Dann bin ich verlegt worden. Zuerst nach Leavenworth in Kansas. Ein Rechtsanwalt im Gefängnis ist für Personal und Mithäftlinge eine leichte Zielscheibe. Zum Glück blieb es bei Beschimpfungen.«

Erschöpft vom Reden, biss er wieder in seinen Wrap.

»Ich wollte das Thema Gefängnis nicht ansprechen, Lamar«, sagte Mitch. »Tut mir leid.«

»Das geht schon in Ordnung. Ich habe es überlebt und bin dadurch stärker geworden. Kay hat zu mir gehalten, obwohl es nicht einfach war. Wir haben das Haus und vieles andere verloren, aber das waren nur materielle Dinge. Man merkt, was wichtig ist. Kay und die Kinder haben sich nicht unterkriegen lassen. Ihre Eltern waren eine große Hilfe. Aber es gab viele Scheidungen, viele Leben waren zerstört. Ich war nach einem Jahr ganz unten, habe mir aber vorgenommen, mich vom Gefängnis nicht kaputtmachen zu lassen. Ich habe in der juristischen Bibliothek gearbeitet und vielen Mitgefangenen geholfen. Außerdem habe ich angefangen, noch einmal für die Zulassungsprüfung der Rechtsanwaltskammer zu lernen. Ich habe mein Comeback geplant.«

»Wie viele von Ihren früheren Freunden praktizieren heute noch?«

Lamar lächelte und knurrte etwas Unverständliches. »Ich kenne keinen. Mit einer Vorstrafe ist das praktisch unmöglich. Aber ich habe mich im Gefängnis tadellos verhalten und abgewartet, bis die Zeit reif war. Ich habe die Zulassungsprüfung bestanden, jede Menge Empfehlungen bekommen und so weiter. Ich wurde zweimal abgelehnt, aber beim dritten Mal hat's geklappt. Jetzt bin ich ein Feld-Wald-und-Wiesen-Anwalt in einer Kleinstadt und froh, wenn ich im Jahr sechzigtausend verdiene. Zum Glück verdient Kay mehr, sodass wir uns die Studiengebühren leisten können.« Er biss wieder in seinen Wrap. »Genug von mir«, sagte er dann. »Wie haben Sie es von einem Penner, der am Strand abhängt, zum Partner bei Scully geschafft?«

Mitch lächelte und trank von seinem Tee. »Das Strandleben hat nicht lange gedauert, das war mir zu langweilig. Ein Monat war in Ordnung, aber dann sind wir in die Realität zurückgekehrt. Wir haben die Inseln verlassen und sind mehrere Monate lang durch Europa gereist, haben aus unseren Rucksäcken gelebt und sind mit dem Zug herumgefahren. Eines Tages sind wir in einer malerischen Kleinstadt in der Toskana gelandet. Cortona, nicht weit von Perugia.«

»Ich war noch nie in Italien.«

»Ein hübsches Städtchen in den Bergen. Wir sind an einem kleinen Haus ganz in der Nähe des Stadtplatzes vorbeigekommen und haben ein Schild im Fenster gesehen. Es war zu vermieten, dreihundert Euro im Monat. Was soll's, haben wir gedacht. Der erste Monat war so schön, dass wir noch einen drangehängt haben. Unsere Vermieterin hatte ganz in der Nähe eine Pension, in der viele amerikanische und britische Touristen abgestiegen sind, die Kochen lernen wollten. Abby hat sich da als Hilfe angeboten und schnell ihre Leidenschaft für die italienische Küche entdeckt. Ich habe mich auf die Weine konzentriert. Drei Monate, dann vier, dann fünf, und schließlich haben wir das Haus für ein Jahr gemietet. Abby hat als stellvertretende Küchenchefin gearbeitet, während ich die Gegend erkundet und so getan habe, als wäre ich ein echter Italiener. Wir haben Italienischunterricht genommen und uns richtig ins Zeug gelegt. Nach einem Jahr haben wir nur noch Italienisch miteinander gesprochen.«

»Während ich im Gefängnis saß.«

»Wollen Sie mir das immer noch vorhalten?«

Lamar faltete das Wachspapier um die Reste seines Wraps und schob ihn beiseite. »Nein, Mitch. Ab heute bin ich darüber hinweg.«

»Danke. Ich auch.«

»Wie kommt Scully & Pershing ins Spiel?«

»Nach drei Jahren hatten wir genug von diesem Leben. Wir wollten beide einen richtigen Beruf und eine Familie. Also sind wir nach London gezogen, und ich habe mich aus einer Laune heraus bei der dortigen Niederlassung von Scully vorgestellt. Einem Juristen mit Harvard-Abschluss öffnen sich viele Türen. Sie haben mir eine Stelle als angestellter Anwalt angeboten, und ich habe angenommen. Nach zwei Jahren in London haben wir beschlossen, in die Staaten zurückzukehren. Abby war schwanger, und wir wollten, dass unsere Kinder hier aufwachsen. Das ist meine Geschichte.«

»Besser als meine.«

»Sie wirken ganz zufrieden.«

»Wir sind gesund und glücklich. Alles andere ist unwichtig.«

Mitch ließ das Eis in seinem leeren Becher klirren. Wrap und Salat waren aufgegessen, das Mittagessen vorbei.

Lamar lächelte. »Vor einigen Jahren war ich in New York, eine geschäftliche Angelegenheit im Auftrag eines Mandanten. Ich habe ein Taxi zur Broad Street 110, Ihrem Bürogebäude, genommen, mich davorgestellt und nach oben geschaut, zum achtzigsten Stock. Ein spektakulärer Wolkenkratzer, aber nur einer von tausend. Die internationale Zentrale von Scully & Pershing, der größten Kanzlei, die die Welt je gesehen hat, aber nur ein Name unter den vielen, die am Gebäude standen. Ich bin hineingegangen und habe das Atrium bewundert. Ganze Batterien von Aufzügen. Rolltreppen, die in alle Richtungen führen. Rätselhafte moderne Kunst, die ein Vermögen gekostet hat. Ich habe mich auf eine Bank gesetzt und das Kommen und Gehen beobachtet, die hektische Eile der gut gekleideten jungen Fachkräfte. Die Hälfte von ihnen war mit angespannter Miene in wichtige Telefonate vertieft. Alle auf der Jagd nach dem nächsten Dollar. Ich habe nicht nach Ihnen Ausschau gehalten, Mitch, aber an Sie gedacht. ›Was, wenn er mich jetzt sieht und herkommt?‹, habe ich mich gefragt. ›Was würde er sagen?‹ Ich hatte keine Antwort darauf, aber ich war ein wenig stolz, dass Sie, mein ehemaliger Kollege, tatsächlich Karriere gemacht hatten. Sie haben Bendini überlebt, und jetzt spielen Sie in der obersten Liga.«

»Ich wünschte, ich hätte Sie da sitzen sehen.«

»Wie denn? Keiner blickt sich auch nur um. Niemand nimmt sich einen Augenblick Zeit, um die Umgebung zu genießen, die Kunst, die Architektur. Ein Hamsterrad, das ist die perfekte Beschreibung dafür.«

»Ich bin dort glücklich, Lamar. Wir haben ein gutes Leben.«

»Dann freue ich mich für Sie.«

»Falls Sie je wieder nach New York kommen, würden wir uns freuen, wenn Sie uns besuchen, Sie und Kay.«

Lamar lächelte und schüttelte den Kopf. »Mitch, mein alter Freund, das wird nicht passieren.«

5

Es war fast Mitternacht, als Mitch aus dem Aufzug stieg und die Wohnung betrat. Endlich hatte er die Rückreise hinter sich, auf der rein gar nichts wie vorgesehen gelaufen war. Alles war verspätet gewesen: das Boarding, das Rollen zur Startbahn, der Start selbst, sogar das kalte Abendessen wurde zu spät serviert. Es dauerte eine halbe Stunde, bis er in LaGuardia ein Taxi fand, und ein Unfall auf der Queensboro Bridge hatte ihn noch einmal vierzig Minuten gekostet. Sein Tag hatte pünktlich mit einem entspannten Frühstück im Peabody begonnen. Danach hatte nichts mehr nach Plan funktioniert

Aber er war zu Hause, alles andere war zweitrangig. Die Zwillinge schliefen seit Stunden. Normalerweise wäre Abby auch schon längst im Bett gewesen, aber sie saß auf dem Sofa und wartete auf ihn. »Warum bist du noch auf?«, fragte er, nachdem er sie mit einem Kuss begrüßt hatte.

»Weil ich alles über deine Reise hören will.«

Er hatte sie angerufen, um ihr mitzuteilen, dass sich der Fall erledigt hatte, und sie waren beide erleichtert darüber. Den Abstecher zu Lamar Quin hatte er nicht erwähnt. Abby goss ihm ein Glas Wein ein, und sie unterhielten sich eine Stunde. Er versicherte ihr mehr als ein Mal, dass er sich nicht im Geringsten nach der Zeit in Memphis zurücksehnte. Sie hatten dort nichts zurückgelassen.

Als er eindöste, schickte sie ihn ins Bett.

Fünf Stunden später, um Punkt sechs Uhr, klingelte wie immer der Wecker, und Mitch kroch aus dem Bett, während Abby weiterschlief. Seine erste Aufgabe am Morgen bestand darin, den

Kaffee aufzusetzen. Während das Wasser durchlief, klappte er den Laptop auf und ging auf die Seite des *Commercial Appeal*, der Tageszeitung von Memphis. TAD KEARNY RICHTET SICH SELBST lautete die Schlagzeile auf der ersten Seite des Lokalteils. Der Artikel hätte vom Gefängnisdirektor selbst verfasst sein können. Die Todesursache stehe zweifelsfrei fest. Woher der »verurteilte Polizistenmörder« das Elektrokabel gehabt habe, sei unklar. Todeskandidaten dürften pro Woche zweimal zehn Minuten lang duschen und seien während dieser Zeit »unbeaufsichtigt«. Die Gefängnisbeamten stünden vor einem Rätsel, aber so sei das eben im Gefängnis, Selbstmord sei dort an der Tagesordnung. Tads Hinrichtung habe ohnehin unmittelbar bevorgestanden, und er habe seinen Anwälten das Mandat entzogen. Wen interessiere die Sache überhaupt? Die Ehefrau eines getöteten Drogenfahnders wurde mit den Worten zitiert: »Wir sind sehr enttäuscht. Wir wollten dabei sein, wenn er seinen letzten Atemzug macht.«

Sein letzter Anwalt, Amos Patrick aus Memphis, sei kontaktiert worden, habe sich jedoch nicht geäußert.

Der *Tennessean* aus Nashville zeigte noch weniger Mitgefühl. Der Verurteilte habe drei wackere Gesetzeshüter »kaltblütig« ermordet, hieß es da. Die Geschworenen hätten ihr Urteil gefällt. Das System habe seine Arbeit getan. Möge er in Frieden ruhen.

Mitch goss sich eine Tasse Kaffee ein, den er schwarz trank, murmelte ein Gebet für Tad und dankte erneut dem Himmel, dass ihm ein weiterer hässlicher, hoffnungsloser Fall erspart geblieben war. Hätte er sich mit Tad getroffen und ihn irgendwie überzeugen können, ihn zu verpflichten, hätte Mitch die nächsten neunzig Tage verzweifelt versucht nachzuweisen, dass sein Mandant schuldunfähig war. Falls er Glück gehabt und den richtigen Arzt aufgetrieben hätte, dann hätte er immer noch ein Gericht überzeugen müssen. Jede erdenkliche Instanz hatte Tad bereits abgewiesen. Jede verbliebene Strategie – und es gab kaum eine – wäre eine Verzweiflungstat mit äußerst geringen Erfolgsaussichten gewesen. Mitch hätte zwischen New York und Memphis oder Nashville hin- und herfliegen, in billigen Motels übernachten, Tausende von Kilometern in Mietwagen herumkurven und sich mit einer Verpflegung begnügen müssen, die sich nicht im Entferntesten mit den Köstlichkeiten messen konnte, die aus Abbys Küche kamen.

Er hätte sie und die Zwillinge vermisst, seine zahlenden Mandanten sträflich vernachlässigt, ein enormes Schlafdefizit aufgebaut, um dann die letzten achtundvierzig Stunden im Gefängnis entweder in sein Handy zu brüllen oder durch Gitterstäbe Tad in die Augen zu sehen und ihm gezwungenermaßen vorzulügen, dass es noch eine Chance gebe.

»Guten Morgen«, sagte Abby und tätschelte ihm die Schulter. Sie goss sich einen Kaffee ein und setzte sich an den Tisch. »Gibt es irgendwo auf dieser Welt gute Neuigkeiten?«

Er klappte den Laptop zu und lächelte. »Das Übliche. Eine Rezession droht. Unsere Invasion im Irak scheint sich zunehmend zu einem Fehlschlag zu entwickeln. Das Klima heizt sich auf. Eigentlich alles wie gehabt.«

»Sehr erfreulich.«

»Ein paar Berichte aus dem tiefen Süden über Tad Kearnys Selbstmord.«

»Es ist eine Tragödie.«

»Das ist es, aber für mich ist der Vorgang abgeschlossen. Und ich habe mich entschieden, keine Verfahren mehr anzunehmen, in denen die Todesstrafe im Raum steht.«

»Das hast du schon öfter gesagt.«

»Diesmal meine ich es ernst.«

»Das werden wir ja sehen. Arbeitest du heute länger?«

»Nein. Ich werde wohl gegen sechs zu Hause sein.«

»Gut. Erinnerst du dich an das laotische Restaurant im Village, wo wir vor zwei Monaten waren?«

»Klar. Wie könnte ich das vergessen? Irgendwas mit Vang.«

»Bida Vang.«

»Und der Koch hat einen Familiennamen mit mindestens zehn Silben.«

»Er nennt sich ›Chan‹ und hat beschlossen, ein Kochbuch zu verfassen. Heute Abend wird er hier in der Küche sein Unwesen treiben.«

»Klingt fantastisch. Was gibt es?«

»Viel zu viel, aber er will experimentieren. Unter anderem hat er eine Kräuterwurst und gebratenen Kokosnussreis erwähnt. Vielleicht solltest du das Mittagessen ausfallen lassen.«

Clark tauchte aus der Dunkelheit auf und ging schnurstracks zu seiner Mutter, um sie zu umarmen. Carter würde erst fünf Minuten später erscheinen. Mitch goss zwei kleine Gläser Orangensaft ein und erkundigte sich nach der Schule. Wie immer wurde Clark nur langsam wach und war beim Frühstück schweigsam. Dafür redete Carter, der eine echte Plaudertasche war, morgens meistens umso mehr.

Während die Jungen beschlossen, Waffeln mit Bananen zu essen, ging Mitch unter die Dusche. Pünktlich um 7.45 Uhr verabschiedeten sich die Zwillinge mit einer Umarmung von Abby und machten sich auf den Weg zur Schule. Wenn er nicht auf Geschäftsreise war und das Wetter es erlaubte, brachte Mitch die beiden zu Fuß hin. Die River Latin School war nur vierhundert Meter entfernt und der Schulweg angenehm, vor allem wenn der Vater dabei war. In der Nähe der Schule tauchten andere Jungen auf, die eindeutig dasselbe Ziel hatten. Sie trugen Uniform: marineblauer Blazer, weißes Hemd und Baumwollhose. Für die Schuhe galt die Kleiderordnung nicht, und sie waren eine wilde Mischung von hochwertigen Basketballschuhen, L. L. Bean-Stiefeln, verdreckten Wildlederhalbschuhen und Mokassins.

Mitch und Abby sorgten sich immer noch um die Schulbildung ihrer Söhne. Sie konnten sich die beste Schule der Stadt leisten, aber wie die meisten Eltern hätten sie sich mehr Vielfalt gewünscht. Im Gegensatz zum Rest der Welt war River Latin zu neunzig Prozent weiß und nur für Jungen. Da sie selbst mittelmäßige staatliche Schulen besucht hatten, war ihnen aber klar, dass sie keine Experimente riskieren sollten. Im Augenblick konnten sie sich keinen Schulwechsel vorstellen, aber sie waren zunehmend besorgt.

Ohne peinliche Gefühlsbekundungen verabschiedete Mitch sich von den Zwillingen, versprach ihnen, dass er abends zu Hause sein würde, und hastete zur Subway.

Als er den Wolkenkratzer in der Broad Street erreichte und durch das luftige Atrium ging, musste er an Lamars Besuch hier denken. An einer Glaswand entdeckte er die Lederbänke mit Chromgestell und setzte sich einen Augenblick darauf. Mit einem Lächeln beobachtete er den Marsch der Ameisen, Hunderte gut gekleideter, hoch qualifizierter junger Menschen, die es gar nicht erwarten konnten, sich in die Arbeit zu stürzen, und denen die Aufzüge zu langsam waren. Für einen Kleinstadtanwalt, der gemächlich vor sich hin arbeitete, musste es ein Schock sein.

Er war froh, dass er sich die Mühe gemacht hatte, seinen Kollegen von damals zu besuchen, aber es würde bei diesem einen Besuch bleiben. Lamar hatte ihm zum Abschied nicht die Hand geschüttelt. Es gab einfach zu viele unangenehme Erinnerungen.

Für Mitch ging das in Ordnung.

Er warf einen Blick auf seine Uhr und stellte fest, dass er vor vierundzwanzig Stunden im früheren Ausstellungsraum eines Pontiac-Händlers gesessen und endlos lange auf ein Treffen gewartet hatte, zu dem er eigentlich gar nicht hatte gehen wollen.

»Mitch!« Der Klang seines Namens riss ihn aus seinen weitschweifigen Gedanken und brachte ihn in die Realität zurück. Willie Backstrom kam auf ihn zu, eine dicke Aktentasche mit Lederriemen über die Schulter gehängt.

Mitch erhob sich. »Guten Morgen, Willie.«

»Ich bin seit dreißig Jahren hier und habe nie jemanden auf diesen Bänken sitzen sehen. Geht es dir gut?«

»Uns fehlt die Zeit dafür. Wir können ja schlecht einem Mandanten in Rechnung stellen, dass wir in der Lobby herumsitzen.«

»Ich schon.«

Sie gingen zu den unzähligen Aufzügen und gesellten sich zu den anderen Wartenden. Als sie sich in einen Lift gezwängt hatten und nach oben fuhren, sagte Willie leise: »Komm heute doch kurz vorbei, wenn du Zeit hast, und lass uns über Amos sprechen.«

»Klar. Warst du schon mal in seinem Pontiac-Betrieb?«

»Nein, aber ich höre seit Jahren davon.«

»Sieht aus, als könnten Anwälte, die eine Zeugenaussage aufnehmen wollen, gleich auch den Ölwechsel erledigen lassen.«

An der Spitze von Scully & Pershing stand Jack Ruch, der vierzig Jahre Erfahrung vorzuweisen hatte und sich selbst in den letzten Monaten vor der Ziellinie, seinem siebzigsten Geburtstag, noch mächtig ins Zeug legte. In der Kanzlei musste jeder mit spätestens siebzig in Rente gehen, Ausnahmen gab es nicht. Es war eine kluge Regelung, aber eine sehr unbeliebte. Die meisten älteren

Partner waren angesehene Experten auf ihrem Fachgebiet und stellten die höchsten Honorare in Rechnung. Wenn sie aus der Kanzlei gedrängt wurden, nahmen sie ihr Fachwissen und die langjährigen vertrauensvollen Beziehungen zu ihren Mandanten mit. Diese willkürliche Altersgrenze wirkte kurzsichtig, aber die Jüngeren bestanden darauf. Partner in den Vierzigern wie Mitch wollten Aufstiegschancen. Angestellte junge Anwälte waren extrem ehrgeizig, und viele wollten nur bei Großkanzleien arbeiten, die Platz schufen, indem sie die Senioren loswurden.

Jack Ruch zählte daher die Tage. Sein offizieller Titel lautete geschäftsführender Partner, und als solcher leitete er die Kanzlei ähnlich wie ein Vorstandsvorsitzender eine Kapitalgesellschaft. Eine Rechtsanwaltskanzlei war kein gewöhnliches Unternehmen, sondern eine Organisation stolzer Juristen, die großen Wert auf Titel legten. Geschäftsführender Partner traf es sehr gut.

Wenn Jack rief, ließ jeder Anwalt im Gebäude alles stehen und liegen, weil es nichts gab, was wichtiger war als Jacks Anliegen. Aber er verstand sich darauf, Menschen zu führen, und beging nicht den Fehler, andere bei der Arbeit zu stören und den Chef herauszukehren. In seiner E-Mail wurde Mitch gebeten, um zehn Uhr in seinem Büro zu sein, sofern es ihm passe.

Ob es ihm passte oder nicht, Mitch hatte vor, fünf Minuten vor zehn dort zu sein.

Das gelang ihm, und um Punkt zehn Uhr führte ihn eine Sekretärin in die spektakuläre Bürosuite. Sie schenkte Kaffee aus einer silbernen Kanne ein und bot Mitch tagesfrisches Gebäck an, das auf einer Platte auf einem Sideboard stand. Mitch rief sich in Erinnerung, dass Chan und seine laotischen Köche in wenigen Stunden in seine Küche einfallen würden, und lehnte ab.

Sie setzten sich an einen kleinen Couchtisch in einer Ecke der Suite. Vom neunundfünfzigsten Stock aus war die Aussicht auf den Hafen noch eindrucksvoller, doch Mitch war zu konzentriert, um sie zu genießen. Wer in den höchsten Wolkenkratzern Manhattans arbeitete, hatte sich angewöhnt, die Aussicht zu ignorieren, während Besucher den Blick nicht abwenden konnten.

Jack war gebräunt und durchtrainiert. Er trug einen seiner edlen Leinenanzüge und wirkte fünfzehn Jahre jünger, als er wirklich war. Kaum zu fassen, dass er aus der Kanzlei ausscheiden würde. Aber er verschwendete keine Zeit damit, sich über eine Regelung aufzuregen, der er vor dreißig Jahren zugestimmt hatte und die er bestimmt nicht ändern würde. »Ich habe gestern mit Luca gesprochen«, sagte er ernst. Offenbar war etwas Gravierendes passiert.

In der Sphäre von Scully gab es nur einen Luca. Als zwanzig Jahre zuvor amerikanische Großkanzleien andere Kanzleien weltweit geschluckt hatten, war es Scully gelungen, Luca Sandroni für sich zu gewinnen. Er hatte eine erstklassige international tätige Kanzlei in Rom aufgebaut und genoss überall in Europa und Nordafrika hohes Ansehen.

»Wie geht es ihm?«

»Nicht gut. Er hat sich nicht konkret geäußert, sondern ist ziemlich vage geblieben, aber offenbar war er beim Arzt und hat eine unerfreuliche Diagnose erhalten. Er hat nicht gesagt, was es ist, und ich habe nicht gefragt.«

»Das ist ja furchtbar!« Mitch kannte Luca gut. Er war mehrmals im Jahr in New York und ließ es sich gut gehen. Er hatte Abbys gute Küche genossen, und die McDeeres waren in seiner großzügigen Villa im Zentrum von Rom abgestiegen. Dass das junge amerikanische Paar in Italien gelebt hatte und mit Kultur und Sprache vertraut war, bedeutete Luca viel.

»Er möchte, dass Sie nach Rom kommen, so bald wie möglich.« Merkwürdig, dass er Mitch nicht direkt mit dieser Bitte kontaktiert hatte, aber Luca hielt den Dienstweg immer strikt ein. Indem er sich an Jack wandte, übermittelte er Mitch die eindeutige Botschaft, dass er alles stehen und liegen lassen sollte.

»Geht klar. Haben Sie eine Ahnung, was er will?«

»Es geht um ein türkisches Bauunternehmen, Lannak.«

»Ich habe schon für Lannak gearbeitet, aber nichts Großes.«

»Luca vertritt das Unternehmen seit einer Ewigkeit, ein hervorragender Mandant. Im Moment gibt es in Libyen mal wieder einen Rechtsstreit, in dessen Zentrum Lannak steht.«

Mitch nickte beflissen und versuchte, ein Lächeln zu unterdrücken. Das klang nach einem großen Abenteuer! In seinen vier Jahren hatte er sich den Ruf eines juristischen Notfallretters erworben, der von Scully losgeschickt wurde, wenn es für Mandanten brenzlig wurde. Es war eine Rolle, die er liebte und als seine persönliche Kompetenz auszubauen versuchte.

»Wie üblich hat sich Luca mit Details zurückgehalten«, fuhr Jack fort. »Er telefoniert immer noch ungern und hasst E-Mails. Wie Sie wissen, bespricht er Geschäftliches lieber bei einem ausgedehnten Mittagessen in Rom, am liebsten unter freiem Himmel.«

»Dann werde ich mich wohl opfern müssen. Ich mache mich Sonntag auf den Weg.«

6

Scully & Pershing war für die luxuriöse Ausstattung der Büros bekannt. Das galt auch für die Niederlassungen in mittlerweile einunddreißig großen Städten auf fünf Kontinenten, zu denen ständig neue kamen, weil Scully auf Expansion setzte und dafür Immobilien in Bestlagen anmietete, vor allem in immer höheren und neueren Wolkenkratzern, die von den angesagtesten Architekten entworfen worden waren. Die Kanzlei entsandte ihr eigenes Team für Inneneinrichtung, um alle Büros mit Kunstwerken, Stoffen, Möbeln und Beleuchtung auszustatten, die der lokalen Kultur entsprachen. Beim Betreten einer Scully-Niederlassung wirkten Optik, Anmutung und anspruchsvoller Geschmack auf alle Sinne. Das erwarteten die Mandanten. Für die Stundenhonorare, die sie zahlten, wollten sie Leistung sehen.

In seinen elf Jahren bei der Kanzlei hatte Mitch rund ein Dutzend Niederlassungen besucht, vor allem in den Vereinigten Staaten und Europa, und seine Begeisterung ließ zunehmend nach. Jede war anders, aber alle ähnelten sich, und er hatte ein Stadium erreicht, in dem er der kostspieligen Innenausstattung kaum noch einen Blick gönnte. Nach einer Weile sah für ihn alles gleich aus. Aber er rief sich ins Gedächtnis, dass der Luxus nicht für ihn gedacht war. Er war eine Show für andere: wohlhabende Mandanten, potenzielle Geschäftspartner und Anwälte, die zu Besuch kamen. Er ertappte sich dabei, dass er wie die anderen Partner über die Kosten für die teure Fassade grummelte. Ein Großteil der Gelder hätte in den Taschen der Partner landen können.

In Rom sah es anders aus. Dort bestimmte Luca Sandroni, der Gründer der örtlichen Kanzlei, die Büroeinrichtung und alles andere. In über dreißig Jahren hatte er nach und nach eine Kanzlei aufgebaut, die in einem vierstöckigen Steinbau ohne Aufzüge und spektakuläre Aussicht untergebracht war. Das Gebäude lag versteckt in der Via della Paglia in der Nähe der Piazza Santa Maria im ehemaligen Arbeiterviertel Trastevere. Die Umgebung bestand aus anderen vierstöckigen Häusern mit stuckverzierten Fassaden und roten Ziegeldächern, deren edle Patina von ihrer jahrhundertealten Geschichte zeugte. Die Römer hatten noch nie viel für Hochhäuser übriggehabt, und daran hatte sich nichts geändert.

Mitch war oft dort gewesen und liebte die Räume. Es war wie eine Reise in die Vergangenheit und eine angenehme Abwechslung zum gnadenlos modernen Image der anderen Scully-Büros. In keiner anderen Niederlassung der Kanzlei konnte man auf eine solche Geschichte zurückblicken oder hätte Besucher mit den Worten »Piano, piano ...« gebeten, unnötige Hektik zu vermeiden. Luca und sein Team arbeiteten hart und genossen Prestige und Wohlstand, aber sie waren Italiener und ließen sich nicht von der Arbeitswut der Amerikaner anstecken.

Mitch blieb in der schmalen Straße stehen und bewunderte die massive Doppeltür. »SANDRONI STUDIO LEGALE« stand auf dem alten Schild daneben. Die Fusion hatte Luca erlaubt, den Namen seiner Kanzlei zu behalten, ein Punkt, bei dem er kompromisslos gewesen war. Einen Augenblick lang dachte Mitch an die Kanzleien, die er in dieser Woche gesehen hatte, vom funkelnden Wolkenkratzer in Manhattan über den schäbigen Pontiac-Händlerbetrieb in Memphis bis zu Lamar Quins verschlafenem, kleinem Büro über dem Stadtplatz – und jetzt das hier.

Er ging durch die Tür und betrat ein schmales Foyer, in dem wie immer Mia saß. Sie lächelte, sprang auf und begrüßte Mitch mit den obligatorischen theatralischen Küsschen auf beide Wangen, ein Ritual, bei dem er sich immer noch ein wenig unbehaglich fühlte. Sie unterhielten sich auf Italienisch über das Übliche: seinen Flug, Abby, die Jungen, das Wetter. Er saß ihr gegenüber, trank Espresso, der in Rom einfach besser schmeckte, und kam schließlich auf Luca zu sprechen. Sie wirkte etwas bedrückt, äußerte sich aber nicht dazu. Ihr Telefon klingelte ununterbrochen.

Luca wartete in seinem Büro, das seit Jahrzehnten unverändert war. An Scully-Standards gemessen war es klein, zumindest für einen geschäftsführenden Partner, aber das war ihm völlig egal. Er begrüßte Mitch ebenfalls mit einer Umarmung und Wangenkuss und den üblichen Willkommensformeln. Falls er krank war, ließ er es sich nicht anmerken. Er deutete auf einen kleinen Couchtisch in einer Ecke, wo er seine Besprechungen am liebsten abhielt, während seine Sekretärin Getränke und Gebäck anbot.

»Wie geht es der bezaubernden Abby?«, fragte Luca in perfektem Englisch, das er lediglich mit dem Hauch eines Akzents sprach. Seinen zweiten Abschluss in Jura hatte er in Stanford gemacht. Außerdem sprach er Französisch und Spanisch und hatte vor Jahren auch Arabisch gelernt, das aber mangels Übung in Vergessenheit geraten war.

Während sie die letzten Informationen über die McDeeres austauschten, fiel Mitch auf, dass Lucas Stimme schwächer als sonst klang, auch wenn es kaum zu merken war. »Ich sehe, Sie rauchen immer noch«, sagte er, als Luca sich eine Zigarette anzündete.

Luca zuckte mit den Schultern, als hätte er noch nie davon gehört, dass Rauchen die Gesundheit gefährdete. Beide Flügel seines Fensters standen offen, sodass der Qualm nach draußen abzog. Von unten drang der Straßenlärm der Piazza Santa Maria herauf. Mia brachte auf einem Silbertablett Kaffee und schenkte ihnen ein.

Mitch erkundigte sich vorsichtig nach Lucas Familie, ein heikles Thema. Es war nie klar, ob seine aktuelle Beziehung etwas Festes war, und weder Mitch noch sonst jemand hätte gewagt, danach zu fragen. Luca hatte zwei erwachsene Kinder mit seiner ersten Frau, die Mitch nie kennengelernt hatte, und ein Kind im Teenageralter mit der zweiten. Sie war eine höchst attraktive junge Anwaltsassistentin gewesen, deretwegen seine erste Ehe gescheitert war, die Luca dann aber verlassen hatte, um sich mit dem gemeinsamen Kind nach Spanien abzusetzen.

Der einzige Lichtblick in dem ganzen Debakel war seine Tochter Giovanna, die als Anwältin bei Scully in London angestellt war. Fünf Jahre zuvor hatte Luca ihr unter geschickter Umgehung der Kanzleivorschriften gegen Vetternwirtschaft eine Stelle besorgt. Wenn man den Gerüchten glauben wollte, war sie genauso brillant und ambitioniert wie ihr Vater.

So chaotisch Lucas Privatleben verlaufen war, seine Karriere war bilderbuchmäßig gewesen. Sandroni Studio Legale war von allen Akteuren in der Welt der Großkanzleien umworben worden, bevor sich Luca mit Scully schließlich so einigte, wie er es sich vorstellte.

»Ich fürchte, ich habe ein kleines Problem, Mitch«, sagte er bedrückt. Nachdem er jahrelang an seinem Akzent gefeilt hatte, war davon fast nichts mehr zu hören, aber »Mitch« klang immer noch eher wie »Miitch«.

»Die Ärzte haben mich seit einem Monat auf alles Mögliche getestet und sind schließlich zu dem Schluss gekommen, dass ich Krebs habe. Einen sehr aggressiven. Es ist die Bauchspeicheldrüse.«

Mitch schloss die Augen und ließ die Schultern hängen. Soweit er wusste, war das der schlimmste Krebs überhaupt. »Das tut mir furchtbar leid«, flüsterte er.

»Die Prognose ist nicht gut, und mir steht eine harte Zeit bevor. Ich lasse mich freistellen, damit die Ärzte ihre Arbeit tun können. Vielleicht habe ich Glück.«

»Tut mir wahnsinnig leid, Luca. Das ist entsetzlich.«

»Ist es, aber ich bin optimistisch, und Wunder gibt es immer wieder, sagt zumindest mein Priester. Ich verbringe neuerdings mehr Zeit mit ihm.« Er lachte gequält.

»Ich weiß gar nicht, was ich sagen soll.«

»Da gibt es nichts zu sagen. Es ist absolut geheim und vertraulich. Ich will nicht, dass meine Mandanten zum jetzigen Zeitpunkt davon erfahren. Wenn es bergab geht, werde ich sie nach und nach informieren. Einige meiner Fälle gebe ich bereits an die Partner hier ab. Da kommen Sie ins Spiel, Mitch.«

»Ich bin da – sagen Sie mir, was ich tun kann.«

»Die wichtigste Sache, die ich im Moment auf dem Schreibtisch habe, betrifft das türkische Bauunternehmen Lannak, einen langjährigen Mandanten. Einen extrem wertvollen Mandanten, Mitch.«

»Ich habe Lannak vor ein paar Jahren mal vertreten.«

»Ja, ich weiß, und Sie haben hervorragende Arbeit geleistet. Lannak zählt zu den größten Bauunternehmen im Nahen Osten und Asien. Sie errichten Flughäfen, Brücken, Dämme, Kraftwerke, Wolkenkratzer, einfach alles. Es handelt sich um ein Familienunternehmen, das sehr kompetent geführt wird. Termine und Kostenvoranschläge werden eingehalten, und Lannak versteht sich auf Geschäfte in einer Welt, in der vom saudischen Prinzen bis zum kenianischen Taxifahrer alle die Hand aufhalten.«

Mitch nickte immer wieder und registrierte, dass Lucas Stimme schwächer wurde. Auf dem Flug nach Rom hatte er die internen Dossiers der Kanzlei zu Lannak gelesen. Sitz in Istanbul, viertgrößtes Bauunternehmen der Türkei mit einem geschätzten Jahresumsatz von 2,5 Milliarden Dollar, Großprojekte weltweit, aber vor allem in Indien und Nordafrika, rund fünfundzwanzigtausend Beschäftigte, im Privatbesitz der Familie Celik, die so verschwiegen wie Schweizer Bankiers zu sein schien. Vermögen der Familie vermutlich im Milliardenbereich, aber das war nur geraten.

Luca zündete sich eine weitere Zigarette an und blies halbherzig den Rauch über seine Schulter. »Haben Sie schon einmal vom Great Man-Made River in Libyen gehört?«

Mitch hatte von dem Projekt gelesen, kannte aber keine Einzelheiten. Was er wusste oder vielmehr nicht wusste, spielte jedoch keine Rolle, wenn Luca in Erzähllaune war. »Nur dem Namen nach.«

Luca nickte, das war die richtige Antwort. »Ein Megaprojekt, das seit Jahrzehnten läuft. 1975 beschloss Muammar al-Gaddafi, die Grundwasservorkommen unter der Sahara anzuzapfen, um die Küstenstädte im Norden des Landes über einen unterirdischen Kanal mit Wasser zu versorgen. Als die Ölkonzerne vor rund achtzig Jahren nach Öl suchten, stießen sie auf Grundwasservorkommen tief unter der Wüste. Aus denen sollte das Wasser abgepumpt und nach Tripolis und Bengasi transportiert werden, aber die Kosten waren zu hoch. Bis Öl gefunden wurde. Gaddafi gab grünes Licht für das Projekt, das die meisten Experten für unmöglich hielten. Es dauerte dreißig Jahre und kostete zwanzig Milliarden Dollar, aber die Libyer bekamen es hin. Die Pipeline funktionierte, und Gaddafi pries sich selbst als Genie – nicht zum ersten Mal. Nachdem die Natur bezwungen war, beschloss er, einen Fluss anlegen zu lassen. Davon gibt es im gesamten Land keinen einzigen, nur Flussbetten, die im Sommer austrocknen, sogenannte Wadis. Gaddafis nächstes Megaprojekt sah vor, einige der größeren Wadis miteinander zu verbinden und das Wasser so umzuleiten, dass ein Fluss entstand, der dauerhaft Wasser führte, um dann eine spektakuläre Brücke darüber zu errichten.«

»Eine Brücke in der Wüste.«

»Ja, Mitch, eine Brücke in der Wüste, mit größenwahnsinnigen Plänen, eine Verbindung zwischen den Gebieten zu beiden Seiten der Wüste herzustellen und große Städte zu errichten. Wenn die Brücke erst einmal stand, sollte der Verkehr von selbst kommen. Vor sechs Jahren, 1999, schloss Lannak mit der libyschen Regierung einen Vertrag über achthundert Millionen Dollar. Gaddafi wollte ein Milliardenprojekt, deshalb gab er Änderungen in Auftrag, bevor der Bau überhaupt begonnen hatte. In seinen Zeitungen posierte er auf Fotos mit Modellen der ›Great Gaddafi Bridge‹ und prahlte damit, dass sie eine Milliarde kosten würde, alles durch libysches Öl bezahlt. Nicht ein Cent davon sollte durch Kredite finanziert werden. Da Lannak schon seit vielen Jahren in Libyen tätig war, wusste man, wie chaotisch die Sache laufen würde. Ehrlich gesagt, sind Gaddafi und seine Warlords nicht die cleversten Geschäftsleute. Von Waffen und Öl verstehen sie etwas, Verträge sind ihnen nur lästig. Deshalb fing Lannak mit den Arbeiten erst an, als fünfhundert Millionen Dollar bei einer deutschen Bank hinterlegt worden waren. Das Vier-Jahres-Projekt dauerte sechs Jahre und ist mittlerweile fertig, ein Wunder, das vom Durchhaltevermögen von Lannak zeugt. Das Unternehmen hat den Vertrag erfüllt. Die Libyer nicht. Das Budget wurde völlig überzogen. Die libysche Regierung schuldet Lannak vierhundert Millionen und zahlt nicht. Das begründet unsere Forderung.«

Luca legte seine Zigarette beiseite, griff nach einer Fernbedienung und richtete sie auf einen Flachbildschirm an der Wand. Kabel liefen vom Bildschirm zum Fußboden, wo sie auf weitere Kabel trafen, die sich in alle Richtungen schlängelten. Moderne Technologie erforderte eine gewisse Ausstattung, aber da die Wände aus massivem Stein und sechzig Zentimeter dick waren, wollten die IT-Leute nicht bohren. Mitch gefiel der Kontrast zwischen Alt und Neu: modernste Geräte in diesem weitläufigen Labyrinth von Räumen, das vor der Entdeckung der Elektrizität für die Ewigkeit gebaut worden war.

Der Bildschirm zeigte ein Farbfoto einer gewaltigen Hängebrücke mit sechsspurigen Zubringerstraßen auf beiden Seiten, die sich über ein ausgetrocknetes Flussbett spannte. »Das ist die Great Gaddafi Bridge in Zentrallibyen über einem namenlosen Fluss, der bisher kein Wasser führt. Es war und ist eine schwachsinnige Idee, weil die Region unbewohnt ist und niemand dort hinziehen will. Allerdings gibt es jede Menge Öl, sodass die Brücke vielleicht doch irgendwann genutzt wird. Lannak ist das egal. Das Unternehmen war nicht damit beauftragt, die Zukunft Libyens zu planen. Gemäß Vertrag sollte es eine Brücke bauen, und diesen Vertrag hat es erfüllt. Jetzt will unser Mandant bezahlt werden.«

Mitch genoss das Gespräch, auch wenn ihm unklar war, worauf Luca hinauswollte. Er hatte eine Vermutung, versuchte aber, seine gespannte Erwartung nicht zu zeigen.

Luca drückte seine Zigarette aus und schloss die Augen, als hätte er Schmerzen. Er betätigte eine Taste auf der Fernbedienung, und der Bildschirm wurde schwarz. »Ich habe im Oktober die Gemeinsame Kommission für Schiedsgerichtsbarkeit in Genf angerufen.«

»Dort war ich schon mehrmals.«

»Ich weiß, und deshalb möchte ich, dass Sie die Sache übernehmen.«

Mitch versuchte, keine Miene zu verziehen, konnte aber ein Lächeln nicht unterdrücken. »Alles klar. Aber warum ich?«

»Weil ich weiß, dass Sie unseren Mandanten gut vertreten und das Verfahren für uns entscheiden können. Außerdem muss ein Amerikaner die Leitung übernehmen. Die Vorsitzende oder Obfrau der Kommission hat in Harvard studiert. Sechs der zwanzig Schiedsrichter sind Amerikaner. Drei stammen aus Asien und schließen sich meistens ihren amerikanischen Kollegen an. Ich will, dass Sie das Mandat übernehmen, Mitch, weil ich wahrscheinlich nicht mehr da sein werde, um das Verfahren zu Ende zu führen.« Seine Stimme brach, als er an seinen eigenen Tod dachte.

»Es ist mir eine Ehre, Luca. Natürlich übernehme ich die Sache.«

»Gut. Ich habe heute Morgen mit Jack Ruch gesprochen und grünes Licht bekommen. New York ist an Bord. Omar Celik, der Vorstandsvorsitzende von Lannak, ist nächste Woche in London, und ich werde versuchen, ein Treffen zu arrangieren. Die Akte ist bereits Tausende von Seiten dick, Sie müssen sich also ins Zeug legen.«

»Ich kann es kaum erwarten. Haben die Libyer etwas zu ihrer Verteidigung vorzubringen?«

»Den üblichen Unfug. Konstruktions- und Materialfehler, unnötige Verzögerungen, fehlende Beaufsichtigung, mangelnde Kontrolle, unbegründete Überziehung des Budgets. Die libysche Regierung lässt die Drecksarbeit von der Kanzlei Reedmore in London erledigen, die höchst unangenehm werden kann. Diese Leute sind sehr aggressiv und skrupellos.«

»Ich kenne sie. Ist unser Anspruch wasserdicht?«

Luca kommentierte die Frage mit einem Lächeln. »Nachdem ich der Anwalt bin, der das Schiedsgericht angerufen hat, kann ich nur sagen, dass ich volles Vertrauen in meinen Mandanten habe. Hier ein Beispiel, Mitch. In ihrem ursprünglichen Entwurf wollten die Libyer eine achtspurige Autobahn als Zubringer auf beiden Seiten der Brücke. Achtspurig, das muss man sich mal auf der Zunge zergehen lassen. Es gibt im ganzen Land nicht genügend Autos, um acht Spuren zu füllen. Und die Brücke über dem Fluss sollte auch achtspurig sein. Lannak ließ sich darauf nicht ein und überzeugte sie schließlich davon, dass eine vierspurige Brücke mehr als genug war. Im Vertrag steht vierspurig. Irgendwann hat sich Gaddafi das Projekt näher angesehen und wollte wissen, wo seine acht Spuren sind. Als seine Leute ihm sagten, die Brücke werde nur vierspurig, drehte er durch. Der große Herrscher wollte acht! Lannak überredete ihn schließlich, sich mit sechs zu begnügen, und verlangte einen Auftrag für die Änderung des ursprünglichen Entwurfs. Die Erweiterung von vier auf sechs Spuren kostete rund zweihundert Millionen zusätzlich, die die Libyer jetzt nicht zahlen wollen. Eine einschneidende Änderung folgte auf die andere. Noch komplizierter wurde es, als der Rohölmarkt einbrach und Gaddafi einen strikten Sparkurs verordnete, was in Libyen bedeutet, dass alle bis auf das Militär den Gürtel enger schnallen müssen. Als die Libyer mit hundert Millionen Dollar im Rückstand waren, drohte Lannak, die Arbeiten einzustellen. Da Gaddafi Gaddafi ist, schickte er die Armee, genauer gesagt seine Revolutionsgarden, zur Baustelle, um den Fortschritt zu überwachen. Niemand kam zu Schaden, aber die Lage war angespannt. Als die Brücke fast fertig war, fiel jemandem in Tripolis auf, dass sie gar nicht gebraucht wurde. Die Libyer verloren das Interesse an dem Projekt und weigerten sich zu zahlen.«

»Lannak hat seine Arbeiten also abgeschlossen?«

»Alles bis auf die letzten Übergabeunterlagen. Das Unternehmen stellt seine Projekte immer fertig, auch wenn rechtliche Schritte eingeleitet wurden. Ich schlage vor, Sie reisen so schnell wie möglich nach Libyen.«

»Ist es dort sicher?«

Luca zuckte lächelnd mit den Schultern. Er schien außer Atem zu sein. »So sicher wie eh und je. Ich war mehrmals dort, Mitch, und kenne das Land gut. Gaddafi kann unberechenbar sein, aber er hat Militär und Polizei fest unter Kontrolle, und die Kriminalität ist sehr niedrig. Im Land gibt es jede Menge ausländische Arbeitskräfte, die er schützen muss. Sie werden von Personenschützern begleitet werden. Sie werden sicher sein.«

Mittags schlenderten sie über die Piazza zu einem Bistro, vor dem Tische unter großen Sonnenschirmen standen. Luca lächelte der Empfangsdame zu, sagte im Vorübergehen etwas zum Kellner, und als er an seinem Tisch ankam, empfing ihn der Inhaber mit Umarmung und Küsschen. Mitch war schon früher hier gewesen und hatte sich oft gefragt, warum Luca jeden Tag im selben Lokal aß. In einer Stadt mit so vielen hervorragenden Restaurants hätte er durchaus experimentieren können. Aber wie immer behielt er seine Gedanken für sich. Er war ein Statist in Lucas Welt und freute sich, dass er daran teilhaben durfte.

Ein Kellner schenkte Mineralwasser mit Kohlensäure ein, brachte aber keine Speisekarten. Luca bestellte das Übliche, einen kleinen Meeresfrüchtesalat mit Rucola und Tomatenscheiben in Olivenöl als Beilage. Mitch nahm dasselbe.

»Wein, Mitch?«, fragte Luca.

»Nur, wenn Sie welchen trinken.«

»Ich verzichte.« Der Kellner verschwand. »Mitch, ich muss Sie um einen Gefallen bitten.«

Wie hätte Mitch in dieser Situation Nein sagen können, ganz gleich, was Luca von ihm wollte? »Worum geht es?«

»Sie kennen doch meine Tochter Giovanna.«

»Ja, wir haben uns in New York zum Abendessen getroffen, sogar zweimal, wenn ich mich recht erinnere. Sie hat einen Sommer lang ein Praktikum bei einer Kanzlei gemacht. Skadden, glaube ich.«

»Das stimmt. Wie Sie wissen, arbeitet sie jetzt in unserer Niederlassung in London, schon im fünften Jahr, und durchaus erfolgreich. Ich habe mit ihr über Lannak gesprochen, und sie brennt darauf, dabei zu sein. Giovanna arbeitet in der Kanzlei schon seit einer ganzen Weile neunzig Wochenstunden, sie fühlt sich eingeengt und braucht dringend frische Luft und Sonne. Für das Verfahren werden Sie mehrere Anwälte benötigen, die Ihnen zuarbeiten, Mitch, und ich möchte, dass Giovanna eine davon ist. Sie ist hochintelligent und arbeitet hart. Sie werden nicht enttäuscht sein.«

Außerdem war sie äußerst attraktiv, was Mitch noch lebhaft in Erinnerung war.

Es fiel ihm leicht, Ja zu sagen. Vor ihnen lagen viele Stunden Routinearbeit: Unterlagen mussten gelesen und sortiert, Beweismittel geprüft, Befragungen von Zeugen geplant und Schriftsätze verfasst werden. Mitch würde all das überwachen, aber die eigentliche Plackerei mussten angestellte Anwälte übernehmen.

»Holen wir sie an Bord«, sagte er. »Ich rufe sie an und heiße sie im Team willkommen.«

»Danke, Mitch. Sie wird sich freuen. Ich versuche, sie zu überreden, nach Rom zurückzukehren, zumindest für das nächste Jahr. Ich brauche sie in meiner Nähe.«

Mitch nickte, wusste aber nicht, was er dazu sagen sollte. Das Essen kam und erforderte ihre Aufmerksamkeit. Die Piazza füllte sich, als die Büroangestellten aus den Gebäuden strömten, um sich etwas zu essen zu besorgen. Das Kommen und Gehen war faszinierend, und Mitch bekam nie genug davon, die Passanten zu beobachten.

Luca hörte auf zu essen und erstarrte unter der Wucht einer plötzlichen Schmerzattacke. Als sie nachließ, lächelte er, als wäre alles in Ordnung. »Waren Sie schon einmal in Libyen, Mitch?«

»Nein. Ich habe nie einen Grund dafür gesehen.«

»Es ist ein faszinierendes Land. Mein Vater hat dort in den Dreißigerjahren gelebt, als Italien versuchte, das Land zu kolonisieren. Wie Sie wahrscheinlich wissen, waren die Italiener als Kolonialherren eher ungeeignet. Ganz im Gegensatz zu den Briten, den Franzosen, den Spaniern, ja selbst den Holländern und Portugiesen. Aus irgendeinem Grund haben die Italiener nie begriffen, wie das läuft. Nach dem Krieg sind wir abgezogen, aber mein Vater blieb bis 1969 in Tripolis, als Gaddafi durch einen Militärputsch an die Macht kam. Libyen hat eine faszinierende Geschichte, es lohnt sich damit zu befassen.«

Mitch hatte bisher nie einen Besuch in Libyen geplant und sich nicht im Geringsten für dessen Geschichte interessiert. »Bis nächste Woche bin ich Experte«, versprach er lächelnd.

»In meinen ersten zehn Jahren als Anwalt vertrat ich italienische Unternehmen, die in Libyen Geschäfte tätigten. Ich war oft dort, hatte einige Jahre lang sogar eine kleine Wohnung in Tripolis. Außerdem war eine Frau im Spiel, eine Marokkanerin.« Der verschmitzte Blick war zurück, und Mitch fragte sich unwillkürlich, wie viele Frauen zu Lucas bester Zeit überall auf der Welt auf ihn gewartet hatten. »Sie war eine Schönheit«, sagte er leise und sehnsüchtig.

Natürlich, was sonst. Hätte Luca Sandroni seine Zeit mit einer unattraktiven Frau verschwendet?

Bei Espresso und der obligatorischen Zigarette, die in Italien auf das Mittagessen folgte, sprach Luca weiter. »Warum legen Sie nicht einen Zwischenstopp in London ein und treffen sich mit Giovanna? Sie würde sich sehr freuen, wenn sie persönlich gebeten wird, an der Sache mitzuarbeiten. Sehen Sie nach ihr, sagen Sie ihr, dass es mir gut geht.«

»*Geht* es Ihnen gut, Luca?«

»Ganz und gar nicht. Mir bleiben keine sechs Monate mehr. Der Krebs ist aggressiv, und es gibt wenig, was ich dagegen tun kann. Das Verfahren liegt in Ihren Händen.«

»Danke für Ihr Vertrauen, Luca. Ich werde Sie nicht enttäuschen.«

»Bestimmt nicht, aber ich werde wohl nicht mehr erleben, wie es ausgeht.«

7

Zwei Stunden, bevor er an Bord des Direktflugs von Rom nach London gehen sollte, änderte Mitch schlagartig seine Pläne und ergatterte den letzten Platz auf einem Flug zum JFK. Zu Hause in New York warteten dringende Angelegenheiten. Das Abendessen mit Giovanna konnte warten.

Nachdem er die nächsten acht Stunden an seinen engen Sitz gefesselt sein würde, nahm er sich vor, wie immer auf Langstreckenflügen die Zeit für die Lektüre dicker Schriftsätze zu nutzen, die so langweilig waren, dass er erfahrungsgemäß ab und zu eindösen würde. Zunächst sah er sich die Terminplanung sowie die aktuelle Zusammensetzung der Gemeinsamen Kommission für Schiedsgerichtsbarkeit an und las die Lebensläufe ihrer zwanzig Mitglieder. Sie wurden von einem der vielen Gremien der Vereinten Nationen ernannt und absolvierten ihre fünfjährige Amtszeit, mit einem üppigen Spesenkonto ausgestattet, zu einem Großteil in Genf. Ein früheres Mitglied hatte Mitch bei einem Drink in New York einmal verraten, die Gemeinsame Kommission sei einer der besten Jobs weltweit für alternde Juristen mit internationalen Referenzen und Kontakten. Wie immer umfasste die aktuelle Besetzung kluge Köpfe von allen Kontinenten, von denen die meisten irgendwann entweder an einer amerikanischen Eliteuniversität studiert oder gelehrt hatten. Die Verfahren wurden auf Englisch und Französisch durchgeführt, doch alle Sprachen waren willkommen und wurden berücksichtigt. Vor zwei Jahren hatte Mitch vor der Kommission eine Genossenschaft argentinischer Getreideproduzenten vertreten, die von einem südkoreanischen Importeur Schadenersatz forderte. Er und Abby hatten drei höchst romantische Tage in Genf verbracht, von denen sie immer noch schwärmten. Er gewann das Verfahren, sorgte dafür, dass seine Mandantin ihr Geld bekam, und schickte eine gesalzene Rechnung nach Buenos Aires.

Ein solches Schiedsverfahren zu gewinnen war nicht so schwierig, sofern die Fakten stimmten. Die Schiedskommission war zuständig, wenn Verträge wie der zwischen Lannak und der libyschen Regierung über den Brückenbau geschlossene eine Klausel enthielten, mit der sich beide Parteien bei Streitigkeiten der Kommission unterwarfen. Außerdem war Libyen wie praktisch alle anderen Staaten verschiedenen Abkommen beigetreten, die den internationalen Handel erleichtern und dafür sorgen sollten, dass säumige Schuldner, an denen kein Mangel war, zur Rechenschaft gezogen wurden.

Das Verfahren zu gewinnen war also nicht das Problem. Schwieriger war es, die zugesprochenen Gelder einzutreiben. Dutzende von skrupellosen Staaten unterzeichneten bereitwillig alle Verträge und Abkommen, die für ein Geschäft verlangt wurden, hatten aber nicht die Absicht, Schadenersatz zu leisten, wenn sie im Schiedsverfahren dazu verurteilt wurden. Je mehr Mitch las, desto klarer wurde ihm, dass Libyen grundsätzlich versuchte, seine Pflichten einfach zu ignorieren, wenn Geschäfte, die bei der Vertragsunterzeichnung vielversprechend aussahen, nicht wie geplant liefen.

Der Recherche von Scully zufolge war die Brücke ein perfektes Beispiel für Gaddafis unberechenbares Verhalten, wenn es um die Verwirklichung seiner Träume ging. Er hatte sich in seine Vision des in der Wüste schwebenden Bauwerks verliebt. Aber als es Realität geworden war, verlor er das Interesse und wandte sich anderen wichtigen Projekten zu. Bis er zu der Überzeugung gelangt war, dass der Bau eine Fehlplanung war, verlangten die aufmüpfigen Türken allerdings schon hohe Summen von ihm.

Der Schriftsatz, den Luca bei der Schiedskommission eingereicht hatte, war neunzig Seiten lang, und als Mitch ihn zu Ende gelesen hatte, war er fast eingeschlafen.

Die dringende Angelegenheit zu Hause war ein Jugend-Baseballspiel im Central Park. Carter und Clark spielten für die Bruisers, die gute Aussichten auf den Titel der U8-Junioren der Police Athletic League hatten, die den Kinder- und Jugendsport in der Stadt New York förderte. Carter war Catcher und hatte keine Angst, ins Schwitzen zu geraten und sich schmutzig zu machen. Clark durchstreifte das Outfield und trat nur selten in Aktion. Mitch hatte kaum Zeit, die Mannschaft zu trainieren, aber er war als ehrenamtlicher Bench Coach für die Aufstellung zuständig. Es war eine wichtige Aufgabe, weil jedes Kind ungeachtet seines Talents oder seiner Begeisterung für den Sport genauso viele Innings spielen musste wie die anderen, wenn er nicht wollte, dass die anderen Eltern nach dem Spiel über ihn herfielen.

Nach einigen Scharmützeln mit den Eltern überlegte Mitch bereits, wie er die Zwillinge für Individualsport wie Golf oder Tennis interessieren konnte. Allerdings konnten die Eltern dort genauso furchteinflößend sein. Vielleicht sollten sie doch lieber wandern oder Ski fahren.

Die Jungen standen Seite an Seite im Eingangsbereich, während Mitch ihre Spielerkleidung inspizierte. Abby machte sich Sorgen wegen der Zeit, sie waren ohnehin spät dran. In aller Eile verließen sie die Wohnung und fuhren über die Sixty-Eighth Street zur Central Park West. Die Mannschaften hatten sich bereits auf einem der vielen Baseballplätze des Great Lawn versammelt und wärmten sich im Outfield unter dem Gebrüll der

Trainer auf, während die Eltern versuchten, sich trotz der sinkenden Temperaturen irgendwie warm zu halten.

Der Platz unten auf der Spielerbank brachte seine eigenen Herausforderungen mit sich, aber Mitch war er lieber als die Tribüne, wo sich die Erwachsenen ununterbrochen über ihre beruflichen Erfolge, Immobilien, neue Restaurants, neue Kindermädchen, neue Trainer, Schulen und Ähnliches unterhielten.

Die Schiedsrichter, die Umpires, liefen ein, und das Spiel begann. Neunzig Minuten lang saß Mitch inmitten eines Dutzends Achtjähriger auf der Bank und verdrängte erfolgreich die Ereignisse im Rest der Welt. Er führte das Scorebook, in dem alle Einzelheiten des Spielverlaufs festgehalten wurden, nahm Auswechslungen vor, besprach sich mit Mully, dem Cheftrainer, schimpfte über die Schiedsrichter, zog über den gegnerischen Trainer her und genoss die Augenblicke, in denen seine Söhne auf der Bank neben ihm saßen und über Baseball fachsimpelten.

Die Bruisers brachten den Rams eine vernichtende Niederlage bei. Anschließend stellten sich Spieler und Trainer in einer Reihe auf, um sich wie üblich die Hände zu schütteln. Mully und Mitch war es wichtig, dass sie als Trainer ihre Spieler Fairness lehrten und dabei selbst Vorbild waren. Gewinnen war wichtig, aber viel wichtiger war, mit Anstand zu gewinnen.

In der engen Großstadt mit viel zu wenigen Baseballplätzen für die vielen Kinder waren die Spiele nach einer festgelegten Zeit zu Ende, nicht nach den üblichen neun Innings. Die nächsten Mannschaften warteten schon, sodass sie so schnell wie möglich das Feld räumen mussten. Die siegreichen Bruisers und ihre Eltern gingen zu Fuß zu einer Pizzeria in der Columbus Avenue, wo sie einen langen Tisch hinten im Restaurant mit Beschlag belegten. Die Väter bestellten Bier, die Mütter Chardonnay, während sich die stolzen Sieger in ihren verdreckten Trikots Pizza einverleibten und dabei ein Spiel der Mets auf einem Großbildschirm verfolgten.

Fast alle Väter waren Banker, Juristen oder Ärzte und stammten aus gut situierten Familien im ganzen Land. Woher sie kamen, war aber kaum jemals Thema. Die Gespräche drehten sich fast immer um rivalisierende College-Football-Mannschaften, beliebte Golfplätze und Ähnliches, die Heimatstädte wurden nur selten erwähnt. Schließlich waren sie jetzt in New York und spielten auf der ganz großen Bühne, führten das Leben, von dem alle träumten, waren stolz auf ihren Erfolg und sahen sich als echte New Yorker.

Danesboro, Kentucky, war eine andere Welt, die Mitch mit keinem Wort erwähnte. Aber er dachte daran, wenn er zusah, wie seine Söhne mit ihren Freunden lachten und plauderten. Er hatte in allen Sportmannschaften gespielt, die die kleine Stadt zu bieten hatte, und konnte sich nicht erinnern, dass seine Eltern auch nur bei einem Spiel zugesehen hätten. Sein Vater war gestorben, als er ein Kind gewesen war, und danach hatte seine Mutter alle möglichen schlecht bezahlten Jobs angenommen, um für ihn und seinen Bruder Ray zu sorgen. Sie hatte nie Zeit gehabt, bei einem Ballspiel zuzusehen.

Was für ein Glück diese Kinder hatten. Ein Leben in Wohlstand, Privatschulen und Eltern, die sie unterstützten und sich fast zu sehr für alles interessierten, was ihr Nachwuchs trieb. Mitch plagte immer wieder die Sorge, seine Söhne könnten verwöhnt und verweichlicht werden, aber Abby beruhigte ihn. Die Schule sei anspruchsvoll und verlange von den Schülern beste Leistungen. Carter und Clark erhielten in jeder Hinsicht eine umfassende Bildung und lernten sowohl in der Schule als auch zu Hause die richtigen Werte.

Abby war entsetzt, als sie von Lucas schwerer Erkrankung erfuhr. Sie hatte viele, vielleicht zu viele Scully-Partner aus der ganzen Welt kennengelernt, aber Luca war ihr mit Abstand am liebsten. Sie war nicht begeistert bei der Vorstellung, dass Mitch nach Libyen reisen sollte, aber wenn Luca es für sicher hielt, dann wollte sie sich nicht einmischen. Es hätte ohnehin nichts gebracht. Seit er vor vier Jahren Partner geworden war, war Mitch ständig unterwegs. Oft begleitete sie ihn, vor allem wenn es an interessante Orte ging. Besonders gern besuchte sie europäische Städte. Ihre Eltern, ihre jüngere Schwester und eine ganze Reihe von Kindermädchen kümmerten sich dann um die Jungen. Aber die Zwillinge wurden älter und unternehmungslustiger, und Abby fürchtete, dass ihre Tage als Globetrotterin gezählt waren. Außerdem hegte sie den unausgesprochenen Verdacht, dass der Erfolg ihres Ehemanns bedeutete, er würde noch seltener zu Hause sein.

Am späten Abend kochte sie eine Kanne Kamillentee, der angeblich schlaffördernd wirkte, und sie kuschelten sich auf dem Sofa zusammen und redeten, um müde zu werden.

»Und du bist eine ganze Woche weg?«, fragte Abby.

»So ungefähr. Es gibt keine genaue Planung, weil niemand weiß, wie sich die Dinge entwickeln. Lannak hat immer noch eine Notbesetzung an der Brücke, und einer der leitenden Ingenieure soll uns zur Verfügung stehen.«

»Was verstehst du denn von Brückenbau?«, fragte sie und lachte in sich hinein.

»Nichts, aber ich lerne schnell. Jeder Fall ist ein neues Abenteuer. Im Augenblick sind praktisch alle Anwälte bei Scully neidisch auf mich.«

»Das sind ziemlich viele.«

»Stimmt, und während ich mit einem Jeep durch die Wüste presche und nach einer spektakulären Brücke im Nirgendwo

Ausschau halte, die rein zufällig über eine Milliarde Dollar gekostet hat, sitzen meine Kollegen an ihren Schreibtischen und zerbrechen sich den Kopf über ihre Stundenhonorare.«

»Das kommt mir bekannt vor.«

»Und du hörst es bestimmt nicht zum letzten Mal.«

»Dein Timing ist auf jeden Fall gut. Meine Mutter hat heute angerufen, meine Eltern kommen über das Wochenende her.«

Mein Timing ist *perfekt*, dachte Mitch. Früher wäre er damit herausgeplatzt und hätte seine Frau verärgert, aber er war dabei, sich widerwillig mit seinen Schwiegereltern abzufinden. Dafür hatte er hart an sich arbeiten müssen, denn die Beziehung zu ihnen war hoffnungslos verfahren gewesen.

»Habt ihr irgendwas geplant?«, fragte er aus reiner Höflichkeit.

»Eigentlich nicht. Vielleicht treffe ich mich am Samstag mit meiner Clique und lasse meine Eltern babysitten.«

»Tu das. Du hast einen freien Abend verdient.«

Der Krieg hatte fast zwanzig Jahre zuvor begonnen, als Abbys Eltern darauf bestanden, dass sie ihre Verlobung mit diesem McDeere löste. Beide Familien stammten aus Danesboro, einer Stadt, die so klein war, dass jeder jeden kannte. Ihr Vater leitete eine Bank, und die Familie war hoch angesehen. Die McDeeres dagegen hatten gar nichts.

»Dad hat gesagt, er geht mit den Jungen vielleicht zu einem Spiel der Yankees.«

»Die Mets wären besser.«

»Da würde Carter dir bestimmt zustimmen. Und allein deswegen wird Clark immer mehr zum Yankee-Fan.«

Mitch lachte. »Ich habe einen Bruder, ich weiß, wie das ist.«

»Wie geht es Ray eigentlich?«

»Gut. Ich habe vor zwei Tagen mit ihm geredet, alles beim Alten.«

Eine Woche vor ihrem Collegeabschluss hatten Mitch und Abby in einer kleinen Kapelle auf dem Campus geheiratet, in Anwesenheit von zwanzig Freunden, aber ohne Familie. Ihre Eltern hatten sich geweigert, zur Hochzeit zu kommen, was Abby so traf, dass sie erst nach Jahren mit ihrem Therapeuten darüber sprechen konnte. Mitch hatte ihnen das nie verziehen. Ray wäre zur Hochzeit gekommen, saß aber im Gefängnis. Im Augenblick arbeitete er als Kapitän eines Charterboots in Key West.

Mitch war mittlerweile so weit mit seinen Schwiegereltern versöhnt, dass er sich ihnen gegenüber zivilisiert benahm, mit ihnen aß und ihnen erlaubte, auf ihre Enkel aufzupassen. Doch wenn sie ins Zimmer kamen, machte er die Schotten dicht, und alle anderen Themen waren tabu. Sie durften nicht bei ihnen übernachten. Mitch behauptete, die Wohnung sei zu klein. Sie durften sich nicht nach seiner Arbeit erkundigen, obwohl seine Position als Partner bei Scully ihm und seiner Familie offenkundig einen Lebensstil ermöglichte, den sich in Danesboro niemand leisten konnte. Ein Besuch der McDeeres in Kentucky kam nicht infrage, und das wussten sie. Mitch wollte ohnehin nie wieder einen Fuß in seine Heimatstadt setzen.

Sein Abschluss in Jura an der Harvard University hatte bewirkt, dass sie ihren Schwiegersohn nicht mehr ganz so missbilligten, aber das war nicht von Dauer. Den Umzug nach Memphis konnten sie nicht nachvollziehen, und als ihnen alles um die Ohren flog und Abby monatelang verschwunden war, gaben sie natürlich Mitch die Schuld und sahen sich in ihrer vorgefassten Meinung bestätigt.

Mit der Zeit trat eine gewisse Abgeklärtheit ein, die manche Probleme milderte. Abby lernte im Rahmen einer Therapie, ihren Eltern zu vergeben. Der Therapeut merkte schnell, dass deren Konflikt mit Mitch nicht so leicht auszuräumen war, und sah es schon als Durchbruch, als er sich bereit erklärte, zumindest höflich zu sein, wenn sie sich im selben Raum aufhielten. Nach und nach gab es weitere Fortschritte, die aber eher Mitchs Liebe zu seiner Frau als den Manövern des Therapeuten zu verdanken waren. Wie so oft bei komplizierten Familienbeziehungen stimmte die Geburt der Enkel alle milder und ließ sie frühere Verletzungen vergessen.

»Und deine Mutter?«, fragte sie leise.

Er trank einen Schluck Tee und schüttelte den Kopf. »Alles beim Alten, denke ich. Ray sieht einmal pro Woche nach ihr, sagt er zumindest. Ich habe da meine Zweifel.« Seine Mutter verbrachte ihre letzten Jahre in einer Einrichtung für betreutes Wohnen in Florida. Angesichts ihrer fortschreitenden Demenz war das Ende absehbar.

»Und was ist in Tripolis so geboten?«

»Keine Ahnung. Kamelreiten. Schießereien mit Terroristen.«

»Sehr witzig. Ich habe mir die Website des amerikanischen Außenministeriums angesehen. Unsere Regierung stuft Libyen als Terrorstaat ein, in dem Amerikaner verhasst sind.«

»Wo sind sie das nicht?«

»Das Außenministerium rät nicht grundsätzlich von Reisen dorthin ab, empfiehlt aber Vorsichtsmaßnahmen.«

»Luca weiß mehr über Libyen als die Bürokraten in Washington.«

»Mir wäre es lieber, du würdest nicht dorthin reisen.«

»Muss ich aber. Mir passiert schon nichts. Unsere Leibwächter sind schneller als die Terroristen.«

»Ha, ha.«

Lieber verbringe ich meine Zeit mit den Revolutionsgarden als mit deinen Eltern, hätte er vor noch nicht allzu vielen Jahren gesagt.

Er lächelte bei dem Gedanken, verkniff sich aber jede Bemerkung. Nach einer Therapie, die mehrere Tausend Dollar gekostet hatte, wusste er, wann er besser den Mund hielt.

Auch wenn es ihm schwerfiel.

8

Es gab keine Direktflüge von New York nach Tripolis. Die Geduldsprobe begann mit einem achtstündigen Nachtflug von New York nach Mailand, dann folgte ein zweistündiger Zwischenstopp, bevor er an Bord eines EgyptAir-Flugs nach Kairo ging, der um zwei Stunden verspätet war, ohne dass sich jemand dafür entschuldigt hätte. Stornierungen und Umbuchungen erfolgten ohne ungebührliche Eile, und Mitch verbrachte dreizehn Stunden am Flughafen Kairo dösend und lesend, während irgendwer irgendwo den Vorgang klärte. Zumindest hoffte er das. Das einzig Erfreuliche war, dass seine Zeit nicht völlig verschwendet war. Letztendlich würden die Stunden Lannak in Rechnung gestellt werden.

Als er New York verließ, schien zumindest die Hälfte der Passagiere aus westlich geprägten Ländern zu stammen, mit anderen Worten, es waren Menschen, die ihm in Aussehen, Kleidung, Sprache und Verhalten im Großen und Ganzen ähnelten. Die meisten stiegen in Italien aus, und als Mitch an Bord der Maschine nach Tripolis ging, um den letzten Streckenabschnitt zurückzulegen, war das Flugzeug voller Menschen, die definitiv nicht aus westlichen Ländern stammten.

Es beunruhigte ihn nicht weiter, dass er jetzt eindeutig einer Minderheit angehörte. Libyen warb für seinen Tourismus und zog jedes Jahr eine halbe Million Besucher an. Tripolis war eine quirlige Stadt mit zwei Millionen Einwohnern und Geschäftsvierteln, in denen einheimische Banken und Unternehmen ihren Sitz hatten. Dutzende ausländischer Unternehmen waren in Libyen eingetragen, und in manchen Vierteln von Tripolis und Bengasi gab es lebendige internationale Gemeinden mit britischen und französischen Schulen für die Kinder der nach Libyen entsandten Führungskräfte und Diplomaten.

Wie so oft, wenn er in fernen Ländern unterwegs war, lächelte Mitch bei dem Gedanken, dass er mit Sicherheit der einzige Passagier aus Kentucky auf diesem Flug war. Auch wenn er nie davon sprach, war er stolz auf das, was er erreicht hatte, wollte sich aber nicht damit zufriedengeben. Er brannte immer noch vor Ehrgeiz.

Fast dreißig Stunden, nachdem er New York verlassen hatte, stieg er am Mitiga International Airport in Tripolis aus dem Flugzeug und trottete mit der Menge in Richtung Passkontrolle. Die Schilder waren hauptsächlich in arabischer Sprache gehalten, aber es gab genügend Hinweise auf Englisch und Französisch, um zu gewährleisten, dass es nicht zu Verzögerungen kam. Libyen, das von Oberst Gaddafi seit fünfunddreißig Jahren mit eiserner Hand regiert wurde, war eine Militärdiktatur. Wie in vielen Staaten, die auf Einschüchterung setzten, sollten Neuankömmlinge durch die massive Präsenz schwer bewaffneter Soldaten beeindruckt werden. Sie patrouillierten in ihren adretten Uniformen in den Terminals des modernen Flughafens, bewachten die Kontrollpunkte und bedachten alle westlich aussehenden Einreisenden mit finsteren Blicken.

Mitch versteckte sich hinter seiner Sonnenbrille und versuchte, sie zu ignorieren. Blickkontakt galt es möglichst zu vermeiden. Das hatte er schon vor vielen Jahren in der New Yorker Subway gelernt.

Die Schlangen an der Passkontrolle waren lang und bewegten sich im Schneckentempo vorwärts. Die riesige Halle war heiß und schlecht belüftet. Als ein Wachmann mit dem Kopf auf einen freien Schalter deutete, trat Mitch vor und zeigte Pass und Visum. Der Zollbeamte rang sich kein Lächeln ab. Als er feststellte, dass Mitch Amerikaner war, verfinsterte sich seine Miene noch weiter. Eine Minute verging, dann eine zweite. Grenzkontrollen konnten selbst bei der Rückkehr in das eigene Land nervenzerfetzend sein. Was, wenn mit dem Pass etwas nicht stimmte? In einem Land wie Libyen bestand immer die Möglichkeit, dass ein Amerikaner plötzlich zu Boden geworfen, mit Handschellen gefesselt, verschleppt und für den Rest seines Lebens ins Gefängnis geworfen wurde. Mitch liebte den Kitzel des Unerwarteten.

Der Beamte schüttelte den Kopf und griff zum Telefon. Mitch, mittlerweile ohne Sonnenbrille, sah sich nach den Hunderten müder Reisender hinter ihm um.

»Da drüben«, sagte der Beamte brüsk und deutete mit dem Kopf nach rechts. Mitch entdeckte einen Mann im gut geschnittenen Anzug, der auf ihn zukam. Er hielt ihm lächelnd die Hand hin. »Mr. McDeere, ich bin Samir Jamblad. Ich arbeite für Lannak und Luca, einen alten Freund von mir.«

Mitch hätte ihn am liebsten geküsst, was bei der plötzlichen, innigen Umarmung wahrscheinlich nicht einmal aufgefallen wäre. »Wie war Ihr Flug?«, fragte Samir, nachdem er ihn gebührend begrüßt hatte.

»Wunderbar. Ich komme mir vor, als wäre ich in mindestens dreizehn Ländern gewesen, seit ich von New York abgeflogen bin.«

Sie entfernten sich von den Schaltern, den Menschenschlangen und den Wachleuten. »Hier entlang«, sagte Samir und nickte den Beamten zu. Luca hatte Mitch versichert, die Einreise sei kein Problem. Er werde sich um alles kümmern.

Samir benutzte nicht öffentlich zugängliche Türen weitab vom Gedränge, und binnen Minuten waren sie draußen. Sein Mercedes parkte in der Nähe des überfüllten Terminals in einer Spur, die für Polizeifahrzeuge reserviert war. Zwei Beamte lehnten an einem Streifenwagen, rauchten und taten offenbar weiter nichts, als auf Samirs teure Limousine aufzupassen. Er bedankte sich und warf Mitchs Tasche auf den Rücksitz.

»Sie sind zum ersten Mal in Tripolis?«, fragte er, als sie den Flughafen hinter sich ließen.

»Ja. Seit wann kennen Sie Luca?«

Samir lächelte. »Schon sehr lange. Ich habe für Scully & Pershing und andere Anwaltskanzleien gearbeitet. Ölkonzerne wie Exxon und Texaco. BP. Shell. Und für türkische Firmen, unter anderem Lannak.«

»Sie sind Anwalt?«

»O nein. Ein amerikanischer Kunde hat mich einmal als Sicherheitsberater bezeichnet. Eine Art Vermittler, ein Mann für alles, ein Ansprechpartner in Libyen. Ich wurde hier geboren und bin hier aufgewachsen, mein ganzes Leben habe ich in Tripolis verbracht. Ich kenne meine Leute, wir sind ja nur sechs Millionen.« Er lachte über seinen Scherz, und Mitch musste unwillkürlich mitlachen.

»Ich kenne die Führer, das Militär, die Politiker und die Regierungsbeamten, die etwas zu sagen haben«, fuhr Samir fort. »Ich kenne den Leiter der Einwanderungsbehörde am Flughafen. Ein Wort von mir, und man lässt Sie in Ruhe. Noch ein Wort von mir, und Sie verbringen ein paar Tage im Gefängnis. Ich kenne Restaurants und Bars, ich weiß, welche Viertel sicher sind und welche nicht. Ich kenne die Opiumhöhlen und die Bordelle, die hochklassigen und die billigen.«

»Ich bin nicht interessiert.«

Samir lachte erneut. »Das sagen alle.«

Der erste Eindruck – eleganter Anzug, glänzende schwarze Lederschuhe, teures Auto – deutete darauf hin, dass Samir sein Geschäft tatsächlich verstand und gut dafür bezahlt wurde.

Mitch sah auf die Uhr. »Wie spät ist es hier?«

»Fast elf. Ich schlage vor, Sie checken ein, packen aus, und wir treffen uns gegen eins im Hotel. Giovanna ist schon hier. Sie kennen sie?«

»Ja, wir sind uns vor ein paar Jahren in New York begegnet.«

»Eine schöne Frau, stimmt's?«

»Ja, wenn ich mich recht erinnere. Und nach dem Mittagessen?«

»Alle Pläne sind vorläufig und müssen von Ihnen abgesegnet werden. In Lucas Abwesenheit haben Sie das Sagen. Für sechzehn Uhr ist eine Besprechung mit den Türken im Hotel angesetzt. Dort treffen Sie auch Ihr Sicherheitsteam, um den Besuch an der Brücke vorzubereiten.«

»Eine Frage geht mir nicht aus dem Kopf. Lannak verklagt die libysche Regierung auf Zahlung von knapp einer halben Milliarde Dollar, eine Forderung, die begründet zu sein scheint. Wie angespannt sind die Beziehungen zwischen dem Unternehmen und der Regierung?«

Samir holte tief Luft, öffnete das Fenster einen Spaltbreit und zündete sich eine Zigarette an. Der Verkehr war zum Stehen gekommen, und sie saßen im Stau fest. »Nicht besonders, würde ich sagen. Türkische Bauunternehmen sind seit vielen Jahren in Libyen tätig und leisten hervorragende Arbeit. Viel besser als die Libyer. Das Militär braucht die Türken, die Türken wollen das Geld. Natürlich streiten und kabbeln sie sich immer wieder, aber letztendlich geht es ums Geschäft, und sie kehren zur Tagesordnung zurück.«

»Okay, dann drängt sich mir eine zweite Frage auf. Warum brauchen wir Personenschützer?«

Samir lachte erneut. »Weil wir in Libyen sind. Haben Sie nicht gehört, dass wir ein Terrorstaat sind? Sagt jedenfalls die amerikanische Regierung.«

»Da geht es um den internationalen Terrorismus. Wie sieht es hier, im Land selbst, aus? Warum brauchen wir türkische Personenschützer, um eine türkische Baustelle zu besuchen?«

»Weil die Regierung nicht alles kontrolliert, Mitch. Libyen hat ein riesiges Staatsgebiet, aber neunzig Prozent davon liegen in der Sahara, sind also Wüste. Das ist eine weitläufige Gegend fernab der Zivilisation und schwer zu kontrollieren. Verschiedene Stämme bekämpfen einander. Verbrecher sind dort nur schwer zu fassen. Da draußen treiben immer noch Warlords ihr Unwesen, die Unruhe stiften.«

»Würden *Sie* sich dort sicher fühlen, wo wir morgen hinfahren?«

»Natürlich. Sonst wäre ich nicht hier, Mitch. Sie sind sicher, zumindest so sicher, wie ein Ausländer hier sein kann.«

»Das hat Luca auch gesagt.«

»Luca kennt das Land. Würde er seine Tochter herschicken, wenn er beunruhigt wäre?«

Das Corinthia Hotel war Stützpunkt für westliche Geschäftsleute, Diplomaten und Regierungsfunktionäre, und in der opulenten Lobby wimmelte es nur so von teuren Anzügen. Als Mitch eincheckte, hörte er Englisch, Französisch, Italienisch, Deutsch und einige Sprachen, die er nicht zuordnen konnte.

Sein Eckzimmer lag im vierten Stock und bot eine fantastische Aussicht auf das Mittelmeer. Im Nordosten blickte er auf die uralten Mauern der Altstadt, aber er stand nur kurz am Fenster. Nach einer heißen Dusche ließ er sich quer auf sein Bett fallen, schlief eine Stunde lang tief und fest und wachte nur auf, weil sein Wecker klingelte. Er duschte erneut, um einen klaren Kopf zu bekommen, zog sich an wie für Geschäftstermine üblich, verzichtete aber auf die Krawatte und ging zum Mittagessen nach unten.

Samir wartete im Restaurant, das von der Lobby aus zugänglich war. Mitch entdeckte ihn an einem Tisch in einer dunklen Ecke. Sie hatten eben die Speisekarten erhalten, als Giovanna Sandroni eintraf. Es folgten die üblichen Umarmungen und Wangenküsse, und als alle ordnungsgemäß begrüßt waren, gingen sie zum Small Talk über. Giovanna erkundigte sich nach Abby und den Zwillingen, und nach einigem Hin und Her waren sie sich sicher, dass sie sich zum ersten Mal vor rund sechs Jahren bei einem Abendessen in New York begegnet waren. Sie hatte einen Sommer lang in New York als Praktikantin bei einer konkurrierenden Kanzlei gearbeitet. Luca war zu Besuch gekommen, und sie trafen sich, wie nicht anders zu erwarten, in einem italienischen Restaurant in Tribeca, wo Abby den Küchenchef kannte, der daran dachte, ein Kochbuch zu veröffentlichen.

Giovanna war eine Vollblutrömerin mit dunklen traurigen Augen und klassischen Gesichtszügen, aber sie hatte ihr halbes Leben im Ausland verbracht. Elite-Internate in der Schweiz und Schottland, ein Bachelor am Trinity College in Dublin, ein Master in Jura an der Queen Mary University of London und ein weiterer an der University of Virginia. Sie sprach Englisch ohne die Spur eines Akzents und Italienisch wie eine Italienerin, was sie natürlich auch war. Luca sagte, sie habe Mandarin »aufgeschnappt«, ihre fünfte Sprache, was Mitch schier verzweifeln ließ. Er und Abby hatten schon zu kämpfen, damit sie ihr Italienisch nicht vergaßen.

Giovanna arbeitete seit fünf Jahren bei Scully und war auf direktem Kurs, Partnerin zu werden. Solch einen Schnelldurchgang gab es bei der Kanzlei offiziell natürlich nicht. Nach dem ersten Jahr Schinderei als angestellter Anwalt wusste die Führungsebene normalerweise, wer auf Dauer bleiben und wer in fünf Jahren wieder weg sein würde. Sie besaß die Intelligenz, das Durchhaltevermögen und die Herkunft, die gefordert waren, ganz zu schweigen von ihrem attraktiven Äußeren, das offiziell nichts bedeutete, aber tatsächlich viele Türen öffnete. Sie war zweiunddreißig, alleinstehend und einmal von der Boulevardpresse mit einem italienischen Playboy in Verbindung gebracht worden, einem Versager, der beim Fallschirmspringen ums Leben kam. Es war das einzige Mal, dass sie im Licht der Öffentlichkeit stand, und das reichte ihr. Als Angehörige einer prominenten Familie war sie in Italien eine leichte Zielscheibe für Klatsch und Tratsch; daher zog sie das ruhigere Leben im Ausland vor und hielt sich seit fünf Jahren in London auf.

»Wie geht es Luca?«, fragte Mitch, sobald sie Platz genommen hatte.

Ihre Miene verdüsterte sich, und sie redete nicht um den heißen Brei herum. Mit seiner Gesundheit ging es rapide bergab, die Aussichten waren finster. Sie sprachen fast fünfzehn Minuten über Luca und gaben ihn praktisch verloren. Samir, der Luca seit dreißig Jahren kannte, war den Tränen nahe. Dann bestellten sie leichte Gemüsegerichte und grünen Tee.

Während sie auf das Essen warteten, holte Samir ein zusammengefaltetes Blatt Papier hervor und hielt es so, dass die anderen aufmerksam wurden. Er schlug vor, am nächsten Morgen ganz früh, gegen fünf Uhr, aufzubrechen, wenn in der Stadt noch nicht viel Verkehr war. Bis zur Brücke südlich von Tripolis war es eine sechsstündige Fahrt. Wenn sie bis zwölf Uhr mittags ankamen, blieben ihnen maximal drei Stunden an der Baustelle, bevor sie zurückfahren mussten. Nach Einbruch der Dunkelheit war die Fahrt zu gefährlich.

»Was heißt gefährlich?«, fragte Mitch.

»Zwei Stunden außerhalb der Stadt ist der Zustand der Straßen gefährlich schlecht. Außerdem treiben dort Banden und alle möglichen üblen Gestalten ihr Unwesen. An der Brücke bricht Lannak die Zelte ab, die Arbeiten sind nahezu abgeschlossen. Das Unternehmen will so schnell wie möglich das Feld räumen. Mindestens zwei Ingenieure sind aber noch vor Ort und werden Ihnen Konstruktion, Geschichte, Probleme und so weiter erläutern. Luca hält es für wichtig, dass Sie einige der Änderungen, die dem Bauunternehmen von der libyschen Regierung aufgezwungen wurden, mit eigenen Augen sehen und verstehen, wie das Projekt außer Kontrolle geriet. Wir haben jede Menge Material – Bauzeichnungen, Skizzen, Fotos, Videos und andere Unterlagen –, aber das Bauvorhaben als Ganzes muss man selbst gesehen haben. Luca war mindestens dreimal dort. Wir werden uns beeilen, damit wir rechtzeitig nach Tripolis zurückfahren können.«

»Haben Sie Lucas Zusammenfassung gelesen?«, fragte Mitch Giovanna.

Sie nickte selbstbewusst. »Allerdings. Alle vierhundert Seiten, nicht direkt eine Zusammenfassung. Manchmal sind seine Schriftsätze etwas langatmig.«

»Kein Kommentar. Er ist Ihr Vater.«

Das Mittagessen kam, und sie nahm ihre übergroße Sonnenbrille ab. Mitch war zu dem Schluss gekommen, dass es sich nur um ein Modeaccessoire handelte und ihre Augen völlig in Ordnung waren. Sie trug ein weit geschnittenes schwarzes Kleid, das fast über den Boden schleifte. Kein Schmuck, kein Make-up, aber sie brauchte weder das eine noch das andere. Sie sprach wenig, trat selbstsicher auf, ohne sich als angestellte Anwältin zu viel herauszunehmen, und konnte sich mit Sicherheit in jeder Diskussion behaupten. Beim Essen sprachen sie über die Great Gaddafi Bridge. Samir unterhielt sie mit den seit Jahren zirkulierenden Geschichten über das Projekt, das so sinnlos war wie viele andere, die sich Gaddafi hatte einfallen lassen. Ein Mann, der in einem Zelt zur Welt gekommen war. Allerdings waren diese Geschichten nie gedruckt worden. Die Presse wurde streng kontrolliert.

Die schillerndste Version – und wohl die wahrscheinlichste – besagte, dass Gaddafi die Brücke nach ihrer Fertigstellung in die Luft sprengen und die Amerikaner dafür verantwortlich machen würde. Seinen Ingenieuren war es nicht gelungen, den nächstgelegenen Fluss umzuleiten. Deshalb wurden sie entlassen und die Zahlungen an Lannak eingestellt.

Da beide noch nie in Tripolis gewesen waren und einige Stunden Zeit hatten, fragten sie Samir, ob er ihnen die Altstadt zeigen könne. Er zeigte sich begeistert. Sie verließen das Hotel zu Fuß und hatten bald das historische Tripolis innerhalb der Stadtmauern erreicht. In den engen Straßen drängten sich kleine Autos, Lieferfahrräder und Rikschas. Auf einem Markt wurden an Ständen frisches Fleisch und ganze Hühner feilgeboten, Nüsse wurde in großen Pfannen geröstet, Tücher und alle möglichen Kleidungsstücke waren zu kaufen. Das ständige Gebrüll und Gefeilsche, das Heulen von Hupen und Sirenen und das ferne Dröhnen von Musik vermischten sich zu einem ohrenbetäubenden Lärm. Um drei Uhr ertönte aus unsichtbaren Lautsprechern der Adhan, mit dem die Gläubigen zum Nachmittagsgebet gerufen wurden, und praktisch jeder Mann in Sicht eilte zur nächsten Moschee.

Mitch war in Syrien und Marokko gewesen und hatte erlebt, wie der Adhan fünfmal am Tag durch Straßen und Stadtviertel hallte. Obwohl er nur wenig über den Islam wusste, faszinierten ihn seine Traditionen und die Disziplin seiner Anhänger. Mitten am Tag zum Gebet in die Kirche zu laufen hatte sich in den Staaten nie durchgesetzt.

Die Märkte und Straßen waren plötzlich sehr ruhig geworden. Giovanna beschloss, einkaufen zu gehen. Mitch schloss sich ihr an und erstand ein Tuch für Abby.

9

Die Sorge, dass sie in der Wüste von Warlords oder Banditen überfallen werden könnten, war vergessen, als Mitch und Giovanna ihre türkischen Personenschützer trafen. Sie waren zu viert: Aziz, Abdo, Gau und einer, dessen Name wie »Haskel« klang. Ihre Vornamen waren schon so schwierig, dass sie sich gar nicht erst mit Familiennamen vorstellten. Alle waren Türken, breit gebaute junge Männer mit muskulösen Armen und Oberkörpern. Ihre unförmige Kleidung bestand aus mehreren Schichten, unter denen sie offenkundig ein ganzes Waffenarsenal trugen. Das Wort führte vor allem Haskel, der unangefochtene Chef der Truppe, in passablem Englisch. Samir ließ ein paar Brocken Türkisch einfließen, nur um Mitch und Giovanna mit seinen Sprachkenntnissen zu beeindrucken.

Sie trafen sich in einem kleinen Raum an einer Lagerhalle, eine halbe Stunde vom Hotel entfernt. Haskel deutete auf verschiedene Orte auf einer großen farbigen Karte, die eine ganze Wand bedeckte. Er war seit vier Jahren in Libyen und hatte mehrmals ohne Zwischenfall die Brücke besucht, weshalb er auch diesmal einen Tag ohne besondere Vorkommnisse erwartete. Sie würden das Hotel um fünf Uhr am folgenden Morgen alle im selben Fahrzeug verlassen, einem umgebauten Lkw mit mehreren Achsen, einem großen Kraftstoffvorrat und verschiedenen Schutzvorrichtungen. Während des Mittagessens verriet ihnen Samir, dass die Führungsspitze von Lannak gern den Hubschrauber nahm, um dem Brückenbauprojekt einen Blitzbesuch abzustatten. Mitch hätte fast gefragt, warum für das Anwaltsteam keiner zur Verfügung stand, überlegte es sich aber anders.

Youssef würde den Lkw fahren, ein bewährter Lannak-Mitarbeiter und echter Libyer. Es würde Kontrollpunkte und vielleicht kleinere Schikanen durch einheimische Soldaten geben, aber nichts, womit Youssef nicht umgehen konnte. Sie würden ausreichend Essen und Wasser mitnehmen, weil es besser war, nicht anzuhalten, sofern nicht ein natürliches Bedürfnis dazu zwang. Die Fahrt war von der Regierung genehmigt, und zumindest offiziell wurden sie nicht überwacht. Samir kam nur für den Fall der Fälle mit, obwohl er offenkundig nicht erfreut über die Aussicht auf einen erneuten Besuch an der Brücke war.

Nach Einbruch der Dunkelheit ließ er Mitch und Giovanna im Hotel zurück und fuhr nach Hause. Nachdem er seine Frau begrüßt und in der Küche in alle Töpfe gesehen hatte, ging er in sein kleines Büro, schloss die Tür hinter sich ab und rief den für ihn zuständigen Beamten bei der libyschen Militärpolizei an. Seine Berichterstattung dauerte eine halbe Stunde und umfasste alles, von der Kleidung, die Giovanna trug, über die Marke ihres Handys bis zur Zimmernummer im Hotel, den Einkäufen auf dem Markt und den Plänen für das Abendessen. Sie und Mitch hatten sich für acht Uhr im Hotel zum Essen verabredet und Samir dazu eingeladen. Er war lieber nach Hause gegangen.

Er hielt den Besuch an der Brücke für Zeitverschwendung, aber typisch für Anwälte aus westlichen Ländern. Lannak bezahlte sie nach Stunden, also reisten sie durch die Gegend, ließen es sich gut gehen und nutzten die Gelegenheit, mal rauszukommen und das achte Weltwunder zu besichtigen – eine Brücke über einen ausgetrockneten Fluss mitten in der Wüste, die eine Milliarde Dollar gekostet hatte.

Da die meisten Gäste im Hotel aus westlichen Ländern kamen, beschloss Giovanna, ihre libyschen Gewänder abzulegen und sich in Schale zu werfen. Das enge Kleid reichte ihr bis zum Knie und betonte ihre fantastische Figur. Sie trug ein Paar großer Goldohrringe, eine Halskette und Armbänder. Als Italienerin verstand sie etwas von Mode. Sie war mit einem attraktiven Amerikaner verabredet, der Partner in ihrer Kanzlei war, da würde es mit Sicherheit knistern. Die Heimat war weit weg.

Mitch trug einen dunklen Anzug, aber keine Krawatte. Er war angenehm überrascht von ihrem neuen Styling und machte ihr Komplimente über ihr Aussehen. Sie trafen sich in der Bar und bestellten Martinis. Alkohol war in muslimischen Ländern streng verboten, aber die Regierung wusste, wie wichtig er Besuchern aus dem Westen war. Den Hotels war es längst gelungen, Gaddafi davon zu überzeugen, dass sie nur erfolgreich arbeiten und im Geschäft bleiben konnten, wenn sie eine gut sortierte Bar und Weinkarte anboten.

Sie setzten sich mit ihren Drinks an einen Tisch an einem großen Fenster, wo sie den Blick auf den Hafen genießen konnten. Da Mitch neugierig auf ihre Geschichte war und sie ihm viel interessanter schien als er selbst, sorgte er taktvoll dafür, dass vor allem Giovanna erzählte. Sie hatte die Hälfte ihrer zweiunddreißig Jahre in Italien verbracht, die andere Hälfte im Ausland. Jetzt verspürte sie das Bedürfnis, nach Hause zurückzukehren. Die Erkrankung ihres Vaters spielte dabei eine Rolle. Falls er tatsächlich starb, was sie sich gar nicht vorstellen mochte, würde das in der Scully-Niederlassung in Rom eine gewaltige Lücke reißen. Luca wollte sie natürlich in dieser schweren Zeit an seiner Seite haben, daher zog sie einen Umzug ernsthaft in Erwägung. Sie liebte London, hatte aber genug von dem trüben Wetter.

Als sie die Martinis getrunken hatten, winkte Mitch den Kellner heran. Da sie am nächsten Morgen früh aufbrechen mussten, konnten sie sich den Luxus eines ausgedehnten Abendessens mit üppigen Fleischgerichten und Soßen nicht leisten. Sie einigten sich auf einen leichten Meeresfrüchteeintopf, und Giovanna bestellte eine Flasche Pinot Grigio.

»Wie alt waren Sie, als Sie aus Rom weggegangen sind?«, fragte Mitch.

»Fünfzehn. Ich habe dort die amerikanische Schule besucht und bin schon als Kind viel gereist. Meine Eltern waren dabei, sich zu trennen, und die Stimmung zu Hause war angespannt. Ich wurde auf ein Schweizer Internat geschickt, eine absurd teure Einrichtung, in der die Kinder der Reichen landeten, wenn ihre Eltern keine Zeit hatten, sie selbst großzuziehen. Kinder und Jugendliche aus der ganzen Welt, viele Araber, Asiaten und Lateinamerikaner. Es war eine wunderbare Atmosphäre, und ich amüsierte mich bestens, obwohl ich mir ständig Sorgen um meine Eltern machte.«

»Wie oft sind Sie nach Rom zurückgekehrt?«

»Ach, nur gelegentlich, in den Ferien. Ich habe mir Praktikumsstellen für die Sommerferien gesucht, damit ich nicht nach Hause musste. Aus meiner Sicht ist mein Vater an der Scheidung schuld, aber wir haben einen Waffenstillstand geschlossen.«

»Was ist aus Ihrer Mutter geworden?«

Sie zuckte mit den Schultern, lächelte und gab ihm zu verstehen, dass ihre Mutter tabu war. Mitch war das nur recht. Er würde ihr bestimmt nicht von seinen Eltern erzählen. »Warum haben Sie in Dublin studiert?«

Der Wein kam, der Kellner öffnete die Flasche, sie probierten und waren zufrieden. Nachdem er zwei Gläser eingeschenkt hatte und wieder gegangen war, sprach Giovanna weiter. »Ich hatte das Leben im Internat zu sehr genossen, und mein Zeugnis war eher mittelmäßig. Die amerikanischen Eliteuniversitäten waren jedenfalls nicht beeindruckt und lehnten mich ab, Oxford und Cambridge ebenfalls. Luca ließ seine Beziehungen spielen, damit mich das Trinity College in Dublin aufnimmt. Ich war sauer, dass mich niemand haben wollte, und wollte es allen zeigen. Ich habe fleißig gelernt und mir vorgenommen, ab jetzt unter den Besten zu sein. Meinen Master in Jura hatte ich schon nach zwei Jahren, aber mit dreiundzwanzig habe ich mich noch nicht für die Anwaltsprüfung bereit gefühlt. Luca hat vorgeschlagen, dass ich in die Staaten gehe, und so habe ich drei wunderschöne Jahre an der University of Virginia angehängt. Aber genug von mir. Wie haben Sie es geschafft, in Harvard aufgenommen zu werden?«

Mitch lächelte und trank einen Schluck. »Sie wollen wissen, wie ein armer Junge aus einer Kleinstadt in Kentucky es an eine Eliteuniversität geschafft hat?«

»So etwas in der Art.«

»Hochintelligent, charismatisch, Führungsqualitäten. Reicht das?«

»Nein, im Ernst.«

»Im Ernst? Ich habe das College mit Bestnoten abgeschlossen und hatte praktisch die volle Punktzahl in der Zulassungsprüfung für das Jurastudium. Außerdem stamme ich aus der Bergbaugegend von Kentucky, ein wichtiger Faktor. Harvard bekommt aus diesem Teil der Welt nicht viele Bewerbungen, und den klugen Leuten, die für die Aufnahme der Studenten zuständig sind, kam ein Exot wie ich gerade recht. Die Wahrheit ist, dass ich Glück hatte.«

»Sie haben selbst dafür gesorgt, dass Sie Glück hatten, Mitch. Sie haben in Harvard hervorragend abgeschnitten.«

»Wie Sie wollte ich es allen zeigen, mich beweisen. Deswegen habe ich hart gearbeitet.«

»Luca hat gesagt, Sie waren der Beste Ihres Jahrgangs.«

Warum sollte Luca so etwas sagen? »Nein, das stimmt nicht. Ich war Nummer vier.«

»Von?«

»Fünfhundert.«

Es war fast neun Uhr abends, und an jedem Tisch saßen Männer, die sich in voller Lautstärke in so vielen Sprachen unterhielten, dass Mitch den Überblick verlor. Einige wenige trugen Kaftan und Kufija, aber die meisten hatten sich für teure Anzüge entschieden. Der Alkohol floss in Strömen, es wurde kräftig geraucht, und die Lüftung des Restaurants war dem nicht gewachsen. Erdöl war der Motor der libyschen Wirtschaft, und Mitch fing englische Gesprächsfetzen auf, bei denen es um Märkte, Rohölpreise und Bohrvorhaben ging. Er ignorierte sie erfolgreich. Schließlich aß er mit einer von nur zwei Frauen im Raum zu Abend, und sie verdiente seine Aufmerksamkeit. Sie zog die Blicke auf sich, was ihr bewusst und für sie eine Selbstverständlichkeit zu sein schien.

Giovanna wollte über Abby und die Zwillinge sprechen, was sie ausführlich taten, während sie in ihrem mittelmäßigen Essen herumstocherten und Wein tranken, der zwar in Ordnung war, aber in der Lombardei viel besser geschmeckt hätte. Als sie Mitchs Kernfamilie abgehakt hatten, schob Giovanna den Teller beiseite und sagte, sie brauche seinen Rat. Sie sei seit fünf Jahren bei Scully, immer nur in London, und wolle unbedingt Partnerin werden. Ob ihre Chancen besser stünden, wenn sie in London bliebe? Oder solle sie nach Rom zurückkehren? Wie lange sie wohl warten müsse? Der Durchschnitt bei Scully waren acht Jahre, wie bei den anderen Großkanzleien.

Mitch war in Versuchung, ihr inoffiziell von den Gerüchten zu erzählen, die er gehört hatte. Bei ihrem aktuellen Tempo würde sie vermutlich nach der üblichen Zeit Partnerin werden, ganz gleich an welchem Standort. Als Tochter von Luca Sandroni würden sich ihr aber sicher in Rom mehr Türen öffnen. Sie war intelligent, ehrgeizig und hatte die richtigen Beziehungen. Außerdem engagierte sich die Kanzlei für Diversität und brauchte mehr Frauen an der Spitze.

Er sagte, es sei egal. Scully sei für die Wertschätzung bekannt, die die Kanzlei juristischen Talenten entgegenbrachte, ob sie nun aus dem eigenen Haus stammten oder bei anderen Kanzleien abgeworben worden waren.

Nachdem sie gegessen und die Flasche geleert hatten, waren beide müde. Morgen erwartete sie ein Abenteuer. Mitch ließ das Abendessen auf seine Zimmerrechnung setzen. Er brachte Giovanna zu ihrem Zimmer auf demselben Stockwerk und wünschte ihr eine gute Nacht.

10

Er schlief tief und fest und hatte keine Ahnung, wie spät es war, als er in der Dunkelheit erwachte und sich ins Laken krallen musste, weil sich das Bett um ihn drehte. Die Bettwäsche war völlig durchnässt von Wasser oder Schweiß oder einer anderen Flüssigkeit, das hätte er in den ersten furchtbaren Sekunden nicht sagen können. Er versuchte, sich aufzusetzen, um wieder atmen zu können. Sein Herz raste und schien seinen Brustkorb sprengen zu wollen. Sein Magen rebellierte, und bevor er den Lichtschalter fand, spürte er, wie die Meeresfrüchte und der Pinot Grigio vom Abendessen in seiner Kehle brannten. Er biss die Zähne zusammen, schluckte verzweifelt, aber der Brechreiz war zu stark, und er fing an, sich auf den Boden neben dem Bett zu übergeben. Er würgte, spuckte und hustete, und nachdem er die erste Ladung von sich gegeben hatte, starrte er im Halbdunkel auf das Erbrochene und versuchte, einen klaren Kopf zu bekommen. Unmöglich. Alles drehte sich – das Bett, die Zimmerdecke, die Wände, Möbel. Ihm brach der Schweiß aus, sein Herz raste, und seine Lunge brannte wie Feuer. Er würgte und übergab sich erneut. Er musste unbedingt zur Toilette, konnte aber nicht aufstehen, weil ihm so schwindelig war. Er rollte sich aus dem Bett, fiel in das Erbrochene und kroch über den Teppich ins Bad, wo er ein Licht einschaltete und sich in die Toilette erleichterte. Als sein Magen leer war, lehnte er sich gegen die Wanne und wusch sein Gesicht mit einem Handtuch und kaltem Wasser. Brennende Schmerzen zuckten durch seinen Kopf und ließen ihn nach Atem ringen. Seine mühsame Atmung wollte sich nicht beruhigen. Sein Puls pochte wie ein Presslufthammer. Er versuchte noch einmal aufzustehen und schaffte es mühsam auf alle viere, bevor ihm schwarz vor Augen wurde und er auf die Seite fiel. Das konnte er unmöglich überleben.

Sein Magen rebellierte erneut, und er übergab sich in die Toilette. Als die Übelkeit nachließ, lehnte er sich gegen die Wanne und drehte das Wasser auf. Er stank und musste sich säubern. Auf dem Rücken liegend, zog er Boxershorts und Schlafanzughose aus, kämpfte dann mit dem Oberteil. Alles war nass geschwitzt und roch nach ranzigem Fischeintopf. Er warf alles in die Dusche, darum würde er sich später kümmern. Irgendwie gelang es ihm, sich in die Badewanne zu rollen, ohne sich die Knochen zu brechen. Das Wasser war zu kalt, und er drehte an einem Wasserhahn. Es lief ihm über Kopf und Hals, und als die Wanne halb voll war, stellte er das Wasser ab und lag lange mit geschlossenen Augen in der Wanne. Das Schwindelgefühl wurde und wurde nicht besser. Auf einer Kommode sah er eine Uhr. 1.58 Uhr. Er hatte keine drei Stunden geschlafen. Wieder schloss er die Augen, massierte seine Schläfen und wartete, dass die Übelkeit nachließ.

Wenn es eine Lebensmittelvergiftung war, hatte es Giovanna bestimmt genauso schlimm erwischt wie ihn. Sie hatten die gleichen Meeresfrüchte gegessen, den gleichen Wein getrunken und beide mit einem Martini angefangen. Er musste nach ihr sehen – ihr Zimmer war nur vier Türen weiter. Was, wenn es ihr auch so schlecht ging? Wenn sie im Sterben lag?

Das Problem war, dass er keinen Schritt gehen konnte. Er hatte schon Probleme, still im lauwarmen Badewasser zu liegen, weil sein Kopf sich drehte wie ein Kreisel. Er entdeckte einen flauschigen weißen Bademantel, der an der Tür hing, und beschloss ihn anzuziehen. Er wand und schlängelte sich aus der

Wanne, griff sich ein Handtuch, trocknete sich ab, riss dann den Bademantel vom Haken und zog ihn an. Wieder überkam ihn die Übelkeit, und er streckte sich auf dem kalten Fliesenboden aus und wartete, bis das Gefühl nachließ. Er hätte sich wieder erbrochen, wäre sein Magen nicht komplett entleert gewesen.

Er kroch zu einer Kommode, griff nach dem Zimmertelefon und drückte die Taste für die Rezeption. Keine Antwort. Er fluchte, versuchte es noch einmal. Nichts. Er fluchte weiter und dachte an Samir, seinen einzigen Freund in dieser Stadt, der einen Arzt, vielleicht ein Krankenhaus für ihn finden konnte. Ihm graute bei dem Gedanken, in Tripolis in einen Krankenwagen verfrachtet und in ein Dritte-Welt-Krankenhaus gebracht zu werden, aber die Vorstellung, dass er fern der Heimat in einem Hotel tot aufgefunden wurde, war auch nicht besser.

Er brauchte Wasser, sah aber keine Flasche. Fünf Minuten vergingen, dann zehn, und er schwor sich, es bis dreißig zu schaffen. Dann musste es ihm einfach besser gehen. Seine Eingeweide brannten plötzlich wieder wie Feuer und krampften sich zusammen. Er legte sich auf die Seite und versuchte, nicht zu würgen, aber er konnte nicht anders. Das Erbrochene war nicht das Abendessen vom Vorabend, das war schon auf dem Fußboden gelandet. Jetzt spuckte er Blut und Wasser. Er versuchte es bei der Rezeption, aber vergeblich.

Dann gab er die Nummer von Giovannas Zimmer ein. Nach viermaligem Klingeln meldete sie sich endlich. »Hallo, wer ist da?«

»Ich bin's, Mitch. Geht es Ihnen gut?« Ihrer Stimme nach war alles in Ordnung, sie klang höchstens ein wenig verschlafen. Mit seinem brennenden Rachen und dem trockenen Mund röchelte er, als läge er im Sterben.

»Ja, aber was ist los?«

»Sie sind nicht krank?«

»Nein.«

»Mir geht es schlecht, Giovanna. Ich glaube, ich habe eine Lebensmittelvergiftung und brauche einen Arzt. An der Rezeption meldet sich niemand.«

»Okay. Ich komme sofort.« Sie legte auf, bevor er noch etwas sagen konnte. Jetzt musste er es nur bis zur Tür schaffen, um ihr aufzuschließen.

Während der nächsten halben Stunde lag er im Bademantel auf der abgezogenen Matratze und versuchte, sich weder zu bewegen noch zu sprechen, während Giovanna ihm kalte Tücher auf Hals und Nacken legte. Sie hatte Laken, Decke und Kissenbezüge auf den Boden geworfen, wo sie das Erbrochene zumindest zum Teil verdeckten. Samir wollte in zwanzig Minuten da sein.

Die Übelkeit war verflogen, aber Magen und Eingeweide wurden immer wieder von Krämpfen gepackt. Einmal litt er unerträgliche Schmerzen, dann wieder war er völlig weggetreten.

Samir stürzte herein und redete wütend auf den Empfangschef ein, der ihm gefolgt war und vor allem im Weg herumstand. Er und Samir stritten sich auf Arabisch. Hinter ihnen tauchten zwei uniformierte Sanitäter mit einer Trage auf. Samir übersetzte, was sie zu Mitch sagten. Sie kontrollierten seinen Blutdruck – zu hoch. Sein Puls war 150. Er war definitiv dehydriert. Samir tätschelte Mitch den Arm. »Wir fahren jetzt ins Krankenhaus, Mitch.«

»Gut. Sie kommen mit?«

»Natürlich. Hier in der Stadt haben wir ein gutes Krankenhaus. Vertrauen Sie mir. Machen Sie sich keine Sorgen.«

Mitch wurde aus dem Zimmer gerollt und durch den Gang zu den Aufzügen geschoben, dicht gefolgt von Samir und Giovanna. Ein weiterer Sanitäter wartete in der Lobby. Der Krankenwagen stand vor dem Haupteingang. »Ich nehme Sie mit«, sagte Samir zu Giovanna. »Wir fahren hinterher.« Dann wandte er sich an Mitch. »Ich habe die richtigen Ärzte angerufen. Sie kommen zum Krankenhaus.«

Mitch nickte mit geschlossenen Augen. Von seiner ersten Fahrt in einem Krankenwagen sollten ihm nur die heulenden Sirenen im Gedächtnis bleiben.

Da es keinen Verkehr gab, der sie behindert hätte, rasten sie durch die Straßen, und nach wenigen Minuten wurde er in die Notaufnahme des Metiga Military Hospital geschoben, ein Komplex, der so modern war, dass er in jeder amerikanischen Vorstadt hätte stehen können.

»Ein Militärkrankenhaus?«, fragte Giovanna.

»Ja, das beste in Libyen. Wer Geld oder Beziehungen hat, geht hierher. Unsere Generäle bekommen in Libyen nur das Beste.«

Ohne mit der Wimper zu zucken, stellte Samir das Auto im Parkverbot ab. Sie liefen in die Notaufnahme und folgten der Trage. Mitch wurde in ein Untersuchungszimmer gebracht und auf ein Bett gehoben. Pflegekräfte und medizinisches Hilfspersonal stürzten sich geradezu auf ihn, und nachdem er schon das Schlimmste befürchtet hatte, war er erleichtert, so gut versorgt zu sein. Samir und Giovanna durften ins Zimmer. Ein Dr. Omran erschien an seinem Bett und übernahm. »Mr. McDeere«, sagte er mit breitem Lächeln und starkem Akzent, »ich habe auch in Harvard studiert.«

Die Welt war klein. Mitch lächelte schwach, zum ersten Mal seit Stunden, und versuchte, sich zu entspannen. Mit Giovannas Hilfe ließen sie jeden Bissen Revue passieren, den sie beim Abendessen und mittags zu sich genommen hatten. Während sie sprachen, legten zwei Krankenpfleger einen Zugang und hängten ihn an den Tropf. Sie maßen die Vitalwerte und nahmen ihm Blut ab.

Dr. Omran schien die Schilderung zu denken zu geben, aber besorgt wirkte er nicht. »Es kommt vor, dass eine Person krank wird, während den anderen nichts anzumerken ist. Das ist ungewöhnlich, aber es passiert.« Er sah Giovanna an. »Es besteht durchaus die Möglichkeit, dass Sie sich infiziert haben und später erkranken. Das kann ein oder zwei Tage dauern.«

»Nein, mir geht es bestens«, erwiderte sie. »Überhaupt keine Symptome.«

Er sprach auf Arabisch mit dem Pflegepersonal. Eine Hilfskraft verschwand, um etwas zu holen. »Wir probieren es mit einer Kombination von Medikamenten«, sagte Dr. Omran. »Eines gegen die Übelkeit und die Krämpfe, ein zweites gegen die Schmerzen, damit Sie hoffentlich schlafen können.«

Beides klang wunderbar, und Mitch lächelte erneut. »Wann kann ich wieder gehen?«, fragte er so tapfer wie möglich.

»Sie werden stationär aufgenommen, Mr. McDeere«, erklärte der Arzt lächelnd. »Sie bleiben eine Weile hier.«

Im Grunde war er froh darüber. Besonders erfreulich war die Aussicht auf ein Schmerzmittel, das ihn schlafen ließ. Immer noch schüttelten ihn Bauchkrämpfe. Sein Kopf drehte sich. Sein einziger Wunsch war, ein paar Stunden wegzudämmern. Er dachte an Abby und die Jungen, denen es gut ging. Das Letzte, was sie brauchten, war ein Anruf aus Libyen mit alarmierenden Nachrichten. In ein paar Stunden war er bestimmt wieder auf dem Damm.

»Mitch, es ist fast vier Uhr morgens«, sagte Giovanna. »Wir sollten um fünf aufbrechen.«

»Können wir die Fahrt um vierundzwanzig Stunden verschieben?«, fragte Mitch.

Samir und der Arzt sahen sich an, dann schüttelten beide den Kopf. »Ich bin nicht sicher, dass ich Sie in vierundzwanzig

Stunden entlassen kann«, gab der Arzt zu bedenken. »Erst muss ich mir die Blutwerte ansehen.«

»Die Fahrt ist für heute genehmigt«, sagte Samir. »Ich müsste eine ganz neue Genehmigung beantragen. Wie gesagt, die Regierung lässt kaum noch mit sich reden. Aus offensichtlichen Gründen sind diese Leute nicht begeistert, dass Lannak sie verklagt hat, und die Zustimmung zum heutigen Besuch ist nur erfolgt, weil das vor Gericht besser aussieht.«

»Ein anderer Termin wird also vielleicht nicht genehmigt?«, fragte Mitch.

»Keine Ahnung. Vielleicht, aber die Entscheidung wird bestimmt ein paar Tage in Anspruch nehmen, um uns hinzuhalten. Das sind Bürokraten, Mitch. Die lassen nicht mit sich reden.«

»Ich fahre, Mitch«, erklärte Giovanna. »Ich kenne die Zusammenfassungen, die Checkliste, eigentlich alles. Ich komme schon zurecht. Bringen wir es hinter uns.«

Mitch schloss die Augen, während eine weitere Welle von Krämpfen über ihn hinwegrollte. Von Libyen hatte er bereits mehr als genug und wäre am liebsten sofort abgereist. Er sah Samir an. »Sie glauben immer noch, es ist sicher?«

»Mitch, wenn ich das nicht denken würde, wären wir jetzt nicht hier. Wie gesagt, ich war mehrfach dort und habe mich immer sicher gefühlt.«

»Und Sie fahren mit?«

»Mitch, ich arbeite für Sie, Ihre Kanzlei und Ihren Mandanten. Sie haben das Sagen. Wenn Sie wollen, dass ich das Team begleite, tue ich es.«

Mitch stöhnte auf. »Durchfall!«, krächzte er durch die zusammengebissenen Zähne. »Bettpfanne, schnell!«

Samir und Giovanna flüchteten in den Flur. Minutenlang warteten sie, während Hilfskräfte und Pfleger bei Mitch ein und aus gingen. »Fahren wir zum Hotel zurück«, sagte Giovanna schließlich. »Ich muss mich umziehen.«

Der gepanzerte Lkw wartete am Haupteingang des Hotels. Youssef, der Fahrer, schlief hinter dem Lenkrad. Außerdem saß Walid in der Kabine, der als sechstes Mitglied des Teams und zweiter libyscher Fahrer einspringen sollte, falls Youssef müde wurde. Ihnen stand ein langer Tag mit mindestens zehn Stunden Fahrt bevor. Die vier Türken lungerten am Straßenrand herum. Alle rauchten, alle trugen Wüstentarnuniform und Segeltuchstiefel.

Samir unterhielt sich mit ihnen, während sie warteten, ging dann aber mit dem Telefon am Ohr weg. Er traf Giovanna in der Lobby. »Dr. Omran meint, ich soll heute hierbleiben, weil Mitch Unterstützung braucht«, sagte er. »Es könnte Komplikationen geben.«

»Welche?«

»Vielleicht war es keine Lebensmittelvergiftung.«

»Klingt nicht gerade beruhigend.«

»Sie brauchen nicht zu fahren, Giovanna. Wir können es nächste Woche oder in zwei Wochen noch einmal versuchen.«

»Haben Sie Bedenken?«

»Nein«, erwiderte Samir zum vierten oder fünften Mal. »Sie haben jede Menge Personenschützer, die Sie außerdem bestimmt nicht brauchen werden.«

»Okay, ich fahre. Kümmern Sie sich um Mitch.«

Er verabschiedete sich mit zwei Wangenküssen. »Wir sehen uns heute hier zum Abendessen.«

»Klingt gut. Aber keine Meeresfrüchte mehr.«

Beide lachten, und er sah ihr nach, wie sie mit energischem Schritt durch die Drehtür verschwand.

11

Die Kabine des Lkw war wie ein Cockpit ausgestattet, mit zwei Pilotensesseln für die Fahrer. Ein schmaler Durchgang führte nach hinten, sodass die Fahrer mit den Passagieren sprechen konnten, falls erforderlich. Nicht gekennzeichnete Kisten mit Vorräten stapelten sich vor den hinteren Türen, auf einem Dachträger waren weitere verstaut. Als Youssef sich vergewissert hatte, dass alles sicher verzurrt war, setzte er sich ans Steuer und legte einen Gang ein.

Giovanna und ihre Leibwächter hatten auf üppig gepolsterten Sitzen mit verstellbarer Rückenlehne Platz genommen, die zumindest auf den asphaltierten Straßen der Stadt sehr bequem waren. Haskel, der das Team leitete, erklärte Giovanna, die Straßen auf dem Land seien deutlich holpriger. Der Lkw sei umgebaut worden, um die Ingenieure und Manager von Lannak zur Brücke und zurück zu befördern, und seit Jahren praktisch täglich im Einsatz. Youssef könne die Strecke im Schlaf fahren, was er häufig tatsächlich tue.

Aziz bot ihr dickflüssigen türkischen Kaffee an, von dem ein köstlicher Duft aufstieg, als er ihn in einen Metallbecher goss. Haskel reichte ihr ein gedrehtes Gebäck mit blätterigem Rand, das intensiv nach Sesam roch. »Das nennt sich Kaak«, sagte er. »Sehr lecker.«

»Meine Frau backt das immer für diese Fahrten«, sagte Youssef über die Schulter.

»Danke.« Sie biss hinein und lächelte anerkennend.

Die Straßen der Stadt waren dunkel und menschenleer, der Morgen dämmerte noch nicht einmal. Durch zwei schmale

Fenster auf beiden Seiten des Laderaums sahen sie die Stadt vorbeiziehen. Nach wenigen Minuten waren Gau und Abdo auf ihren Sitzen zusammengesackt und hatten die Augen fest geschlossen. Giovanna wusste nach zwei Schluck Kaffee, dass sie bestimmt nicht schlafen würde. Sie knabberte das libysche Gebäck und ließ ihre Umgebung auf sich wirken. Vor zwei Tagen hatte sie glamourös gekleidet wie immer an ihrem Schreibtisch in London gesessen und sich kein bisschen auf die langweiligen Routinebesprechungen gefreut, die sie erwarteten. Jetzt war sie in Tripolis, saß mit vier schwer bewaffneten Türken im Laderaum eines umgebauten Lkw und war unterwegs in die Wüste, zu einer Brücke im Nirgendwo. Sie trug eine bequeme Jeans und feste Stiefel und war völlig ungeschminkt. Sie holte ihr Handy heraus. Haskel war das nicht entgangen. »Der Empfang ist in der nächsten Stunde wahrscheinlich noch ganz gut, danach funktioniert nichts mehr«, warnte er sie.

»Wie läuft die Kommunikation mit Ihrem Bauteam an der Brücke?«

»Über ein Satellitensystem für Telefon und Internet. Das können Sie nutzen, wenn wir dort sind.«

Sie sorgte sich um Mitch und schickte ihm eine Textnachricht, rechnete aber nicht mit einer Antwort. Deshalb schrieb sie auch an Samir, der sofort reagierte und ihr mitteilte, Mitch gehe es besser. Er, Samir, habe vor, den Tag im Krankenhaus zu verbringen. Sie dachte an Luca, beschloss aber zu warten. Er schlief hoffentlich noch.

Aziz döste ein, sodass nur noch Haskel für die Sicherheit sorgte, was im Augenblick mehr als ausreichend war. Giovanna langweilte sich so, dass sie eine mäßig spannende interne Mitteilung öffnete, die angeblich eine Zusammenfassung der traurigen Zustände im modernen Libyen enthielt, zumindest seit 1969, als

Gaddafi durch einen Putsch an die Macht kam und sich selbst als Diktator und unumschränkten Herrscher auf Lebenszeit einsetzte. Als die Ausfallstraße am Stadtrand schmaler wurde, fing sie an zu gähnen und merkte deutlich, dass sie keine drei Stunden geschlafen hatte. Mitch hatte sie um zwei Uhr morgens sterbenskrank angerufen, und seitdem hatte die Anspannung sie wach gehalten.

Sie sah auf ihr Handy. Kein Empfang. Noch vier Stunden Fahrt.

Die Wachposten am Kontrollpunkt gehörten zur regulären libyschen Armee. Sie waren zu fünft und seit einer Stunde tot, als Youssef eine lange Kurve nahm und die Betonbarrieren in Sicht kamen. Ihre Leichen lagen hinten in einem gestohlenen Lkw, der bald in Flammen aufgehen würde. In ihren Uniformen steckten jetzt ihre Mörder.

Youssef hatte die Wachen bemerkt. »Kontrollpunkt«, sagte er. »Kann sein, dass wir aussteigen müssen.«

Haskel sah Giovanna an. »Das ist der Hauptkontrollpunkt, und wir steigen normalerweise aus, damit sich die Wachposten umsehen können. Außerdem können wir uns so die Beine vertreten. Eine Art Toilette gibt es auch, falls Sie die brauchen. Das ist alles kein Problem.«

Sie nickte. »In Ordnung. Danke.«

Der Lkw hielt. Zwei der Wachen gaben ihnen mit ihren Gewehren ein Zeichen. Youssef und Walid stiegen aus und begrüßten sie. Es war alles Routine. Ein anderer Posten öffnete eine hintere Tür und gab den vier Türken und Giovanna zu verstehen, dass sie aussteigen sollten.

»Keine Waffen!«, brüllte er auf Arabisch.

Wie üblich ließen die Türken ihre Waffen auf den Sitzen liegen und traten in die Sonne hinaus. Es war fast neun Uhr morgens, und in der Wüste war es bereits sehr heiß. Zwei Uniformierte stiegen in den Lkw und sahen sich um. Eine Minute nach der anderen verging, und Youssef wurde unruhig. Er kannte die Wachen nicht, aber es hatten immer wieder andere Leute Dienst. Zwei mit Kalaschnikows Bewaffnete verfolgten alles aus nächster Nähe und hatten den Finger bedrohlich nah am Abzug.

Der Anführer kam mit Haskels vollautomatischer Pistole in der Hand aus dem Lkw. Er wedelte damit herum und brüllte sie auf Arabisch an. »Hände hoch, ganz hoch!«

Die vier Türken, die beiden Libyer und Giovanna hoben langsam die Hände.

»Auf die Knie!«, schrie der Mann.

Statt auf die Knie zu fallen, tat Youssef einen Schritt in die falsche Richtung. »Was soll das? Wir haben eine Genehmigung!«

Der Anführer richtete die Pistole auf sein Gesicht und drückte ab, aus einem Meter Entfernung.

Haskel hatte seinen Vorgesetzten im Lannak-Camp an der Baustelle angerufen, als sie die Stadt verließen, und gesagt, sie würden planmäßig um zehn Uhr eintreffen. Das war ein Routineablauf, seit die Bauarbeiten an der Brücke begonnen hatten. Spontanbesuche gab es nicht, jede Fahrt war geplant und wurde vorab angekündigt. Die Abfahrtszeit wurde genauso gemeldet wie die erwartete Ankunftszeit. Jemand an höherer Stelle hatte sie im Auge und wartete auf ihr Eintreffen. Die meisten Fernstraßen waren sicher, aber sie waren eben in Libyen, einem Land, das seit Jahrhunderten von Stammeskriegen zerrissen wurde.

Um 10.30 Uhr versuchte das Camp, Haskel über Funk zu erreichen, aber er ging nicht dran. Auch um 10.45 Uhr und um 11.00 Uhr: keine Antwort. Hätte der Lkw eine Panne gehabt, was durchaus vorkam, hätte sich der Fahrer sofort im Camp gemeldet. Um 11.05 Uhr ging im Camp ein Anruf der libyschen Armee ein. Die Nachricht löste große Besorgnis aus: Ein nachfolgender Lkw hatte den Kontrollpunkt verlassen vorgefunden. Die fünf Wachposten der Armee waren verschwunden, wie auch ihre beiden Lkw und zwei Jeeps. Ein anderes Fahrzeug war nirgends zu entdecken. Die Armee würde Hubschrauber und Soldaten in das Gebiet schicken.

Die Suche verlief ergebnislos, man verlor sich aber auch schnell in der Weite der Sahara. Um fünfzehn Uhr rief der zuständige Lannak-Manager Samir an, der gerade in seinem Büro war. Er fuhr ins Krankenhaus, wo er Mitch schlafend vorfand, und beschloss, eine Stunde zu warten, bevor er die schlechte Nachricht überbrachte.

Um siebzehn Uhr war für Mitch die Lebensmittelvergiftung vergessen. Er telefonierte mit Jack Ruch in New York, der Riley Casey, seinen Gegenpart von der Londoner Niederlassung, zugeschaltet hatte. Angesichts der wenigen Einzelheiten, die bisher bekannt waren, schien es unfassbar, dass eine Anwältin von Scully & Pershing in Libyen verschwunden war. Aber es hatte seit zwölf Stunden kein Lebenszeichen von Giovanna oder den Männern, die sie begleiteten, gegeben. Keinerlei Kontakt. Ihre schlimmsten Befürchtungen schienen sich zu bewahrheiten, und mit jeder Stunde wurden die Aussichten düsterer.

Am dringendsten war jetzt, Giovannas Vater zu informieren. Mitch wusste, dass er keine Wahl hatte, er musste es selbst tun, und zwar bald, bevor Luca aus anderer Quelle davon erfuhr.

Um 18.30 Uhr rief Mitch Luca in Rom an und sagte ihm, dass seine Tochter vermisst wurde.

12

Gaddafis Libyen war aus der internationalen Staatengemeinschaft weitgehend ausgeschlossen und galt als Paria, was normale diplomatische Beziehungen selbst zu befreundeten Ländern erschwerte. Mit verfeindeten Staaten gab es in heiklen Angelegenheiten Kontakte nur unter erschwerten Bedingungen, wenn überhaupt. Der türkische Botschafter war der Erste, der zu einer in aller Eile vereinbarten Besprechung im Volkspalast eintraf. Er sprach mit einem hohen Militärberater von Gaddafi und bekam mitgeteilt, die Regierung tue alles, um das vermisste Team aufzuspüren. Inoffiziell wurde dem Botschafter versichert, die Regierung beteilige sich nicht an Entführungen oder Menschenraub oder wie immer man es nennen wolle. Er verließ die Besprechung sehr unzufrieden und mit mehr Fragen als bei seiner Ankunft, aber das war im Umgang mit dem Regime nicht außergewöhnlich.

Die Nächsten waren die Italiener. Aufgrund ihrer Kolonialgeschichte unterhielten sie weiterhin offizielle Beziehungen zur Regierung und erledigten häufig die schmutzige Arbeit für westliche Länder, die wegen des Öls Geschäfte mit Libyen machen wollten. Der italienische Botschafter telefonierte mit einem libyschen General, der bei der offiziellen Position blieb: Die Regierung habe nichts damit zu tun und wisse auch nicht, wer dahinterstecke und wohin die Geiseln verschleppt worden seien. Die libysche Armee suche die Wüste ab. Der Botschafter informierte Luca, mit dem er persönlich bekannt war, und berichtete von dem Gespräch. Aus unerfindlichen Gründen war der Diplomat zuversichtlich und ging davon aus, dass Giovanna und die anderen wohlbehalten wieder auftauchen würden.

Weder die Briten noch die Amerikaner unterhielten diplomatische Beziehungen zu Libyen. Nachdem Präsident Reagan das Land 1986 hatte bombardieren lassen, herrschte ein nicht erklärter Kriegszustand. Seitdem war jeder Kontakt zu Gaddafi und dessen Lakaien kompliziert und von Intrigen belastet. Die Lage wurde dadurch verschärft, dass keine Amerikaner betroffen waren. Giovanna hatte die italienische und die britische Staatsangehörigkeit. Die Zentrale von Scully & Pershing saß zwar in New York, war aber eine Kanzlei, ein Unternehmen, keine natürliche Person. Dennoch waren das amerikanische Außenministerium und seine Geheimdienste in höchster Alarmbereitschaft, verfolgten die Entwicklungen im Internet und versuchten, Funknachrichten aufzufangen. Vergeblich. Die Satellitenbilder lieferten bisher keinerlei Informationen.

Die britischen Spione in Tripolis hörten sich ebenfalls nach Gerüchten um. Aber bisher war kaum etwas über die Ereignisse bekannt, und ihre üblicherweise zuverlässigen Quellen wussten praktisch nichts.

Um zehn Uhr abends hatten sich die Entführer immer noch nicht gemeldet. Niemand wusste, wie man sie bezeichnen sollte, weil völlig unklar war, um wen es sich handelte. Terroristen, Verbrecher, Revolutionäre, Stammeskrieger, Fundamentalisten, Aufständische, Banditen – viele Bezeichnungen waren in Umlauf. Da der Staat die Presse kontrollierte, hatte es keine Bestätigung für den Vorfall gegeben. Nicht ein einziges Wort war an die westlichen Medien durchgesickert.

Samir verbrachte den langen, bedrückenden Nachmittag und Abend an Mitchs Krankenbett oder wanderte mit dem Telefon am Ohr auf dem Parkplatz herum. Das eine war so unangenehm wie das andere. Mitch war schwer erkrankt, vermutlich durch eine Lebensmittelvergiftung. Zumindest konnte Dr. Omran keine andere Ursache finden. Erbrechen und Durchfall hatten endlich aufgehört, weil Mitch nichts mehr im Körper hatte. Er hatte Angst, etwas zu sich zu nehmen, und keinen Appetit. Aber seine gesundheitlichen Probleme waren vergessen, seit er die schockierende Nachricht von dem Hinterhalt bekommen hatte. Jetzt wollte er so schnell wie möglich aus dem Krankenhaus entlassen werden.

Samirs Kontaktleute bei der Militärpolizei hatten sich bedeckt gehalten. Ihm wurde versichert, es handle sich nicht um einen Versuch der Regierung, Lannak aus dem Land zu drängen, natürlich ohne die vierhundert Millionen Dollar oder was auch immer das Unternehmen für die verwünschte Brücke verlange. Seine Quellen schienen ebenso im Dunkeln zu tappen wie alle anderen. Aber er war misstrauisch, weil er Gaddafi hasste und ihm alles zutraute. Diese Gedanken behielt er jedoch für sich.

Um dreiundzwanzig Uhr amerikanischer Ostküstenzeit entschied Scully, Mitch McDeere aus Tripolis abzuziehen. Die Kanzlei hatte eine Versicherung abgeschlossen, die Notfallevakuierungen übernahm, falls einer ihrer Anwälte in einem Land mit unzureichender Gesundheitsversorgung erkrankte. Dazu gehörte auch Libyen. Jack Ruch rief die Versicherungsgesellschaft an, die bereits informiert war und sich bereithielt. Dann telefonierte er mit Mitch, bereits zum dritten Mal, und besprach mit ihm die Details. Mitch wäre einerseits gern geblieben, weil er Giovanna nicht im Stich lassen wollte. Andererseits wollte er unbedingt weg, weil er sich immer noch sterbenselend fühlte und libyschen Boden so schnell wie möglich hinter sich lassen wollte.

Er hatte mit Abby gesprochen, die darauf bestand, dass er das Land sofort verließ. Jack machte ihm klar, dass er nicht das Geringste für Giovanna und deren Personenschützer tun konnte. Jeder Versuch wäre Wahnsinn gewesen.

Um 6.30 Uhr am Samstag, dem 16. April, wurde Mitch in einen Rollstuhl gesetzt und zu einem vor der Klinik wartenden Krankenwagen gebracht. Samir und ein Krankenpfleger begleiteten ihn. Vierzig Minuten später hielten sie auf dem Vorfeld in einem Bereich des Flughafens, der nicht öffentlich zugänglich war. Ein halbes Dutzend Firmenjets waren dort abgestellt und wurden von bewaffneten Sicherheitskräften bewacht. Eine silberne Gulfstream 600 stand bereit. Mitch beharrte darauf, die Stufen zum Flugzeug ohne fremde Hilfe hinaufzusteigen. Ein Arzt und eine Krankenschwester nahmen ihn oben in Empfang und schnallten ihn sofort auf einer bequemen Trage fest. Er schüttelte Samir die Hand und verabschiedete sich.

Puls und Blutdruck waren zu hoch, aber das war angesichts der Aufregung der letzten Stunden nicht ungewöhnlich. Seine Temperatur war leicht erhöht. Er trank einen Becher Eiswasser, lehnte aber die angebotenen Kräcker ab. Der Arzt fragte, ob er schlafen wolle, und er sagte, nichts lieber als das. Die Krankenschwester gab ihm zwei Tabletten und etwas Wasser, und er schlummerte bereits tief und fest, als die Gulfstream abhob.

Der Flug nach Rom dauerte eine Stunde und fünfzig Minuten. Mitch wurde in ein Einzelzimmer des Policlinico Universitario Agostino Gemelli gebracht und erneut untersucht. Alles war normal, und der Arzt sagte, er könne noch am Vormittag entlassen werden. Nachdem das medizinische Personal gegangen war, trat ein Scully-Partner namens Roberto Maggi ein. Mitch und er waren sich im Laufe der Jahre mehrmals begegnet, kannten sich aber nicht näher. Er habe den ganzen Nachmittag bei Luca verbracht, sagte Roberto, alle stünden unter Schock. Lucas Zustand sei schon vor der Hiobsbotschaft besorgniserregend gewesen. Jetzt nehme er Beruhigungsmittel und werde von seinem Arzt betreut.

Mitch, der mittlerweile hellwach und plötzlich hungrig war, ließ jeden Schritt Revue passieren, den er und Giovanna in Tripolis getan hatten. Nichts davon brachte ihn weiter. Er wusste weniger über die Entführung als Roberto. Offenbar tappten die libyschen Behörden noch im Dunkeln, oder sie wollten sich nicht äußern. Soweit bekannt, hatten sich die Entführer bisher nicht gemeldet.

Roberto ging, versprach aber, in einigen Stunden wiederzukommen, um Mitch bei der Entlassung aus dem Krankenhaus zu helfen. Eine Krankenschwester brachte eine Schale mit klein geschnittenem Obst, eine Diätlimo und Kräcker. Mitch aß langsam, rief dann Abby an und berichtete, er erhole sich in einem komfortablen Krankenhauszimmer in Rom und fühle sich schon viel besser.

Abby verfolgte die Nachrichten und durchforstete das Internet, aber es gab keinerlei Berichte über die Ereignisse in Libyen.

13

Die Nachrichtensperre fand ein jähes Ende, als die vier Türken mit abgeschnittenem Kopf aufgefunden wurden. Sie waren in einer Entfernung von gut anderthalb Kilometern von der Brücke an den Füßen an einem Seil aufgehängt worden, das zwischen zwei Lagergebäuden gespannt war. Ihre nackten, blutüberströmten Leichen wiesen Schnitt- und Brandwunden auf, und offenkundig hatten sie vor ihrer Enthauptung furchtbar gelitten. Ganz in der Nähe hatte jemand ein Brett über ein großes Ölfass gelegt. Auf dem Brett lagen fein säuberlich aufgereiht die vier Köpfe.

Haskel, Gau, Abdo, Aziz.

Der Lannak-Wachmann, der sie am frühen Morgen fand, versuchte gar nicht erst herauszufinden, welcher Kopf zu welchem Körper gehörte. Das überließ er anderen, die klüger waren als er.

Von Youssef, Walid und Giovanna fehlte jede Spur. Kein Hinweis auf die Mörder. Keine Nachricht, keine Forderung, nichts. Die Wachmänner, die im Auftrag von Lannak die Brücke sicherten, hatten nichts gehört, aber der nächste Posten stand knapp hundert Meter entfernt. Die Sicherheitsmaßnahmen waren ausgedünnt worden, weil das Unternehmen seine Leute nach und nach von der Baustelle abzog und nach Hause schickte. Die Arbeiten waren so gut wie abgeschlossen. Alle Überwachungskameras in der Gegend waren abgebaut worden.

Die vier Enthauptungen würden den Abzug des Unternehmens mit Sicherheit weiter beschleunigen.

Ein libyscher Beamter sperrte das Gebiet eilig ab und verbot alle Foto- und Videoaufnahmen. Seine Anweisungen aus Tripolis lauteten, alle, einschließlich der Mitarbeiter von Lannak, von den Leichen fernzuhalten. Das schaurige Bild hätte sich in Windeseile verbreitet und die Regierung blamiert. Die Geschichte ließ sich jedoch nicht geheim halten, und so veröffentlichte Tripolis noch am Vormittag eine Erklärung, in der die Morde und Entführungen bestätigt wurden. Nach wie vor kein Wort über die »Terroristen«. Das Regime unternahm einen ersten Versuch, Fehlinformationen zu verbreiten, und erklärte, der Anschlag sei »das Werk einer berüchtigten Bande von Stammeskriegern, die vom Tschad aus operiert«. Die libysche Regierung schwor, die Verbrecher aufzuspüren und ihrer gerechten Strafe zuzuführen, natürlich erst, nachdem die Geiseln gefunden worden waren.

Mitch fuhr gerade mit Roberto Maggi vom Krankenhaus weg, als der Anruf kam. Ein angestellter Anwalt in der Niederlassung in Rom hatte soeben die Meldung aus Tripolis gesehen. Die Regierung bestätigte die Entführung von Giovanna Sandroni zusammen mit zwei libyschen Lannak-Mitarbeitern. Ihr Aufenthaltsort sei unbekannt. Die türkischen Personenschützer seien ermordet worden.

Sie fuhren zu Lucas Villa im Viertel Trastevere, das im Süden des historischen Zentrums von Rom lag, und fanden ihn allein auf der Terrasse vor, wo er in eine Decke gewickelt im Schatten einer Schirmkiefer saß und auf einen Brunnen in seinem kleinen Innenhof starrte. An der offenen Doppeltür saß eine Krankenschwester. Er lächelte Mitch zu und deutete auf einen leeren Stuhl.

»Schön, Sie zu sehen, Mitch«, sagte er. »Ich bin froh, dass Ihnen nichts passiert ist.«

»Ich bin im Haus, Luca«, sagte Roberto und verschwand.

»Wie geht es Ihnen?«, fragte Mitch.

Luca zuckte mit den Schultern und ließ sich mit der Antwort Zeit. »Ich gebe nicht auf. Ich habe den ganzen Vormittag mit meinen zuverlässigsten Kontaktleuten in Libyen telefoniert, aber keiner kann mir etwas sagen.«

»Könnte es Gaddafi gewesen sein?«

»Das lässt sich nie ausschließen. Er ist ein Wahnsinniger, der zu allem fähig ist. Aber ich habe meine Zweifel. Soeben wurden fünf Soldaten der libyschen Armee tot aufgefunden, die Posten vom Kontrollpunkt. Alle mit Kopfschuss getötet, die Leichen waren verbrannt. Ich bezweifle, dass Gaddafi seine eigenen Leute umbringen würde, aber wer weiß das schon.«

»Warum sollte er Lannak-Mitarbeiter töten?«

»Einschüchterung vielleicht.«

Eine gut gekleidete Frau um die fünfzig erschien und fragte Mitch, ob er etwas trinken wolle. Er bat um einen Espresso, und sie verschwand wieder.

Luca ignorierte sie und sprach einfach weiter. »Gaddafi schuldet Lannak mindestens vierhundert Millionen Dollar für sein Wunderwerk von Brücke in der Wüste. Der Ölpreis ist eingebrochen. Die Libyer sind immer knapp bei Kasse, weil Gaddafi in großen Mengen Waffen kauft. Eben erst hat er noch einmal vierzig MiGs bei den Russen bestellt.« Seine Stimme erstarb, und er zündete sich eine Zigarette an. Er war blass und wirkte zehn Jahre älter als noch vor zwei Wochen.

Mitch hätte gern etwas über Giovanna gesagt, konnte sich aber nicht überwinden, das Thema anzusprechen. Sein Espresso wurde auf einem kleinen Tablett gebracht, und er bedankte sich bei der Frau.

Als sie gegangen war, blies Luca eine Rauchwolke in die Luft. »Das ist Bella, meine Freundin«, sagte er.

Luca hatte praktisch immer eine Frau in seinem Umkreis.

»Irgendwie hatte ich das Gefühl, dass ich sie nicht reisen lassen sollte, Mitch«, fuhr er fort. »Mir gefiel der Gedanke überhaupt nicht, aber sie ließ sich nicht davon abhalten. Giovanna hat genug von London, und ich fürchte, auch von ihrem Beruf. Sie wollte ein Abenteuer. Als sie Weihnachten zu Hause war, habe ich mich verplappert und Gaddafis Brücke in der Wüste erwähnt – und dass ich Lannak vertrete, ein sehr erfolgreiches türkisches Unternehmen. Small Talk, was Anwälte eben so sagen, nichts Vertrauliches. Ich habe überhaupt nicht damit gerechnet, dass sie gern selbst nach Libyen geflogen wäre. Solange ich verantwortlich war, kam das auch nicht infrage. Dann wurde ich krank, zog Sie hinzu, Mitch, und jetzt stehen wir da.«

Mitch trank den Espresso und hörte nur zu. Was hätte er auch sagen können?

»Wie geht es Ihnen, Mitch?«

Er zuckte mit den Schultern und machte eine wegwerfende Handbewegung. Angesichts von mittlerweile neun Toten – fünf verkohlten Leichen und vier Enthauptungen – war eine üble Lebensmittelvergiftung nicht der Rede wert. »Ich bin in Ordnung«, sagte er. »Körperlich zumindest.«

Luca hatte zwei Telefone auf dem Tisch liegen, von denen eines zu vibrieren begann. Er griff danach und sah auf das Display. »Die libysche Botschaft in Mailand. Da muss ich dran.«

»Natürlich.«

Mitch ging ins Haus und sah Roberto am Küchentisch vor einem Laptop sitzen. Er winkte Mitch zu sich. »Es gibt ein neues Video, das gerade viral geht«, sagte er leise. »Irgendwer hat die vier toten Türken gefilmt. Die Nachrichtensender zeigen die Aufnahmen nicht, aber praktisch alle anderen. Wollen Sie es sehen?«

»Ich weiß nicht.«

»Es ist schockierend. Sind Sie noch angeschlagen?«

»Lassen Sie sehen.«

Roberto schob ihm den Laptop zu und betätigte eine Taste. Das Video war mit einem Handy aufgenommen, und wer auch immer gefilmt hatte, hatte ganz dicht bei den Leichen gestanden. So dicht, dass er aufgefordert wurde zurückzutreten, weil sich das Blut auf dem Boden unter den Opfern zu Pfützen gesammelt hatte. Der Clip lief dreißig Sekunden und stoppte abrupt, als jemand etwas auf Arabisch brüllte.

Mitch richtete sich auf und spürte, wie sich sein Magen erneut verkrampfte. »Davon würde ich Luca nichts erzählen.«

»Werde ich nicht, aber wahrscheinlich wird er es sowieso sehen.«

In New York war es sechs Stunden früher als in Rom. Mitch rief Abby an, die die Nachrichten verfolgt hatte. Bisher war nichts über Libyen zu hören gewesen. Schlechte Nachrichten aus Nordafrika verkauften sich in den Vereinigten Staaten nicht gut. Als die Londoner Boulevardpresse Wind davon bekam, dass eine skrupellose Bande eine junge britische Anwältin in Libyen entführt und deren Leibwächter enthauptet hatte, gab es für die Online-Berichterstattung kein Halten mehr. Die Scully-Niederlassung in Canary Wharf verstärkte hastig die Sicherheitsmaßnahmen, nicht aus Angst vor einem Terroranschlag, sondern um das Personal vor einer Attacke der britischen Presse zu schützen.

Mitch und Roberto aßen mit Luca, der so gut wie nichts zu sich nahm, auf der Terrasse zu Mittag. Dafür langte Mitch, der am Verhungern war, umso kräftiger zu. »Mitch«, sagte Luca, »fliegen Sie nach Hause. Ich rufe Sie an, wenn ich Sie brauche. Im Augenblick können Sie nichts tun.«

»Es tut mir leid, dass das passiert ist, Luca. Ich hätte dabei sein sollen.«

»Seien Sie froh, dass Sie *nicht* dabei waren, mein Freund.« Er nickte Roberto zu, der das Wort ergriff.

»Wir haben uns die letzten dreißig Jahre angesehen und uns mit jeder Geiselnahme befasst, bei der in muslimischen Ländern Menschen aus dem Westen verschleppt worden sind. Unsere Nachforschungen laufen noch. Fast alle Frauen haben überlebt, und nur wenige wurden misshandelt. Sie waren zwei Wochen bis zu sechs Jahre in Gefangenschaft, aber praktisch alle kamen frei, entweder gegen Lösegeld, bei einer Rettungsaktion oder durch Flucht. Bei den Männern sieht es anders aus. Praktisch alle wurden körperlich misshandelt, rund die Hälfte hat nicht überlebt. Wir wissen von vierzig, die noch in Gefangenschaft sind. Also, seien Sie froh und dankbar, dass Sie eine heftige Lebensmittelvergiftung hatten, Mitch.«

»Besteht die Möglichkeit einer diplomatischen Lösung?«, fragte Mitch.

Luca schüttelte den Kopf. »Unwahrscheinlich. Wir kennen unsere Gegner bisher nicht, aber ich vermute, dass sie nicht viel von Diplomatie halten.«

»Also entweder Rettungsaktion oder Lösegeld?«

»Ja, und mit Rettungsaktionen sollten wir uns nicht aufhalten. So etwas ist immer unglaublich gefährlich. Die Briten werden wahrscheinlich ihre ganze Maschinerie anwerfen und eine ausgefeilte Operation in militärischem Stil planen. Die Italiener werden zahlen wollen. Aber all das ist noch verfrüht. Im Augenblick können wir nur darauf warten, dass das Telefon klingelt.«

»Es tut mir so leid, Luca«, sagte Mitch erneut. »Ich dachte, wir wären sicher.«

»Ich auch. Wie Sie wissen, war ich oft da. Ich liebe Libyen, trotz der instabilen Lage.«

»Samir war überzeugt davon, dass keine Gefahr bestand.«

»Samir ist nicht zu trauen, Mitch. Er ist ein libyscher Agent und berichtet an die Militärpolizei.«

Mitch schluckte und versuchte, sich nichts anmerken zu lassen. »Ich dachte, er arbeitet für uns.«

»Er arbeitet für jeden, der ihn bezahlt. Für Samir ist Loyalität ein Fremdwort.«

»Er sollte Giovanna begleiten«, gab Roberto zu bedenken, »ist aber unter einem Vorwand bei Ihnen im Krankenhaus geblieben.«

»Jetzt verstehe ich gar nichts mehr«, sagte Mitch.

Luca lächelte gequält. »Mitch, in Libyen kann man niemandem trauen.«

14

In den zwölf Stunden, die KLM brauchte, um Mitch von Rom über Amsterdam nach New York zu befördern, blieb alles unverändert. Es gab noch einen Platz auf einem Direktflug nach JFK, aber nur Economy, und Mitch brauchte die Beinfreiheit in der Businessclass. Außerdem musste er sich in der Nähe der Toiletten aufhalten. Sein Magen hatte sich immer noch nicht beruhigt, und er fürchtete, ihm könnte plötzlich wieder schlecht werden. Nach allem, was sein Körper in den letzten vier Tagen durchgemacht hatte, überließ er nichts dem Zufall. Unterwegs rief er zweimal Abby an und erkundigte sich, was es bei Familie und Freunden Neues gab. Dann meldete er sich bei Roberto Maggi und fragte nach Luca, der sich hingelegt hatte. Kein Wort aus Libyen, keine Nachricht von den Entführern. Er telefonierte mit seiner Sekretärin und verschob alle Termine. Über dem Atlantik nahm er eine Schlaftablette, die kaum Wirkung zeigte, aber zumindest dafür sorgte, dass er letztendlich eine halbe Stunde lang unruhig döste. Als er aufwachte, rief er seinen Anwaltsassistenten und zwei Anwälte aus seiner Kanzlei an.

Er versuchte, den Gedanken an Giovanna zu verdrängen, aber es gelang ihm nicht. Wie wurde sie behandelt? Wo wurde sie versteckt gehalten? Bekam sie zu essen und zu trinken? Wurde sie verhört, gequält, misshandelt? Für Aufständische galt die Folterung und Ermordung Bewaffneter, die zum Töten ausgebildet waren, als akzeptabel, aber bei unbeteiligten Zivilisten sah das anders aus. Vor allem wenn es um eine junge Anwältin ging, die nur zufällig vor Ort gewesen war.

Vor Ort? Mitch hätte sich ohrfeigen können, wenn er daran dachte, wie überheblich und dumm er sich weitgehend unvorbereitet in ein Land begeben hatte, das als instabil und gefährlich bekannt war. Und zu allem Überfluss hatte er Giovanna mitgenommen, um ihrem Vater einen Gefallen zu tun. Natürlich hatte Luca den Besuch in Libyen vorgeschlagen und ihm versichert, es bestehe keine Gefahr, aber Mitch war kein Anfänger und hätte darauf bestehen können, dass weitere Vorkehrungen getroffen wurden. Immer wieder hatte er sich gefragt, ob der Besuch der Brücke überhaupt notwendig gewesen war. Die Antwort lautete: wahrscheinlich nicht. Hatte er sich zu sehr auf das Abenteuer gefreut? Ja. Da er Libyen noch nicht gekannt hatte, war er viel zu begierig gewesen, es auf die Liste der Länder zu setzen, die er besucht hatte.

Während er am Amsterdamer Flughafen die Zeit totschlug, rief er Cory Gallant an, den Sicherheitschef von Scully. Als Mitch elf Jahre zuvor bei Scully angefangen hatte, hatte er keine Ahnung gehabt, dass die Kanzlei über eine Armee von Sicherheitsexperten verfügte. Er hatte lernen müssen, dass die meisten Großkanzleien weltweit ein Vermögen dafür ausgaben, ihre Partner zu schützen und Nachforschungen über ihre Gegner, ja sogar die eigenen Mandanten anzustellen. Bevor er nach Rom und Tripolis aufgebrochen war, hatte Cory ihn über die Lage in Libyen informiert. Gallant hatte der Brücke ein Jahr zuvor zusammen mit Luca einen Besuch abgestattet. Er war der Ansicht, das Risiko bei dieser Reise sei vertretbar. Es sei im Interesse der Libyer, ausländische Geschäftsleute und Fachkräfte zu schützen.

Cory wartete am JFK draußen vor der Gepäckausgabe zusammen mit einem Fahrer, einem breitschultrigen jungen Mann, der Mitchs Taschen an sich nahm und zu einem schwarzen SUV trug, der im Parkverbot in der Nähe der Taxis abgestellt war. Er setzte sich ans Steuer, während Mitch und Cory hinten ins Auto stiegen. Eine Scheibe aus Plexiglas trennte sie von dem Fahrer.

Es war Sonntag, der 17. April, kurz vor zwanzig Uhr, und die Straßen vom Flughafen in die Stadt waren so verstopft wie eh und je.

Nachdem Mitch die Freuden seiner zwölfstündigen Reise geschildert hatte, kam er auf den Punkt. »Gibt es Neuigkeiten aus Libyen?«

»Nichts Besonderes.«

»Nichts Besonderes? Das klingt wie nichts, so weit waren wir schon vor Stunden.«

»Es hat eine Entwicklung gegeben.«

»Ich höre.«

»Es gibt ein weiteres Video. Wir haben es vor etwa einer Stunde im Deep Web gefunden. Die Entführer haben die Enthauptungen gefilmt.«

Mitch holte tief Luft und sah aus dem Fenster.

»Live und in Farbe«, fuhr Cory fort. »Mit sämtlichen grauenhaften Details. Ich habe es mir angesehen und wünschte, ich hätte es nicht getan. Diese Leute schrecken vor nichts zurück.«

»Vielleicht schaue ich es mir besser nicht an.«

»Ersparen Sie sich das, Mitch. Bitte. Es hat nichts mit Giovanna zu tun, bis auf die Tatsache, dass sie von skrupellosen Sadisten gefangen gehalten wird.«

»Soll das beruhigend sein?«

»Nein.«

Der Verkehr setzte sich in Bewegung, und sie schwiegen einen Augenblick. »Vielleicht können Sie es zusammenfassen, aber ohne Details.«

»Sie haben eine Kettensäge verwendet und die anderen gezwungen zuzusehen. Der Letzte, ein gewisser Aziz, hat also gesehen, wie seine drei Kollegen enthauptet worden sind, bevor er an der Reihe war.«

Mitch hob abwehrend die Hände. »Danke, das reicht.«

»Es ist das Schlimmste, was ich je gesehen habe.«

»Ich habe Aziz gekannt. Alle vier. Sie waren am Tag vor der Fahrt zu einer Einführung in der Niederlassung von Lannak in Tripolis. Keiner von ihnen war besorgt, sie sagten, sie fahren ständig zwischen der Brücke und Tripolis hin und her.«

Cory nickte bedrückt. »Sie haben sich getäuscht.«

Mitch schloss die Augen und versuchte, den Gedanken an Aziz, Haskel, Gau und Abdo zu verdrängen. Er versuchte, nicht daran zu denken, wie sie an den Füßen aufgehängt worden waren. Sein Magen rebellierte, und sein Puls schoss in die Höhe. »Tut mir leid, dass ich gefragt habe«, murmelte er.

»Ich habe schon viel gesehen, aber das hatte eine ganz neue Qualität.«

»Allerdings. Hat Washington etwas dazu zu sagen?«

»Unsere Leute dort haben mit ihren Kontaktleuten im Außenministerium, bei der CIA und der NSA Verbindung aufgenommen. Alle sind in Aufruhr, niemand weiß etwas. Aus verschiedensten Gründen haben wir kaum zuverlässige Quellen in Libyen. Gaddafi hat nicht viel für uns übrig. Die Briten sind besser vernetzt, die Italiener ebenfalls, und es handelt sich eben um eine ihrer Staatsbürgerinnen. Die Türken machen den Libyern die Hölle heiß. Die Lage ist extrem volatil und unberechenbar, niemand fühlt sich verantwortlich. Wir können nicht einfach dort einfallen, wie wir es sonst so gern tun.«

»Was ist sie wert?«

»Das hängt davon ab, wer sie hat. Wenn es wirklich eine Splittergruppe oder eine abtrünnige Miliz mit großen Ambitionen ist, wird es um Lösegeld gehen. Dann reichen vielleicht ein paar

Millionen Dollar. Aber wenn es Gaddafi selbst ist – wer weiß? Er könnte sie als Verhandlungsmasse einsetzen, um den Rechtsstreit beizulegen.«

»Schon möglich, sie könnte ihm viel Geld sparen«, sagte Mitch.

»Das ist Ihre Abteilung, Mitch.«

»Wenn es Gaddafi ist, hat er einen schweren Fehler gemacht, denn Lannak wird sich nicht auf einen Vergleich einlassen. Das Unternehmen ist extrem verärgert, weil es seit zwei Jahren auf sein Geld wartet. Jetzt, wo vier ihrer Personenschützer ermordet worden sind, werden sie noch kompromissloser auftreten. Und das Gericht wird ihnen recht geben, schätze ich. Wodurch Giovanna natürlich ins Kreuzfeuer geraten würde.«

»Erste Spekulationen in Washington gehen davon aus, dass es nicht Gaddafi war. Er ist vielleicht wahnsinnig, aber nicht dumm. Auf jeden Fall gibt es morgen früh um sieben eine Informationsrunde mit unseren Leuten in Washington, eine Videokonferenz. Bei Jack Ruch im Büro.«

»Um sieben kann ich nicht, Cory. Verschieben Sie den Termin.«

»Mr. Ruch hat sieben gesagt.«

»Ich bringe meine Söhne morgens zur Schule und komme gegen halb neun ins Büro wie üblich. Die Sache ist wichtig, aber eine dringende Besprechung morgens um sieben, hier in New York, hilft Giovanna kein bisschen.«

»Wie Sie meinen. Ich nehme an, Mr. Ruch ruft Sie an.«

»Er ruft mich ständig an, und normalerweise tue ich auch, was er sagt.«

Carter und Clark waren im Schlafanzug und freuten sich, dass sie eine Stunde länger fernsehen durften, während sie auf ihren Vater warteten. Als Mitch kurz vor neun zur Tür hereinkam, stürzten sie sich auf ihn. Er hob sie hoch, warf sie auf ein Sofa und fing an, sie am Bauch zu kitzeln. Als beide vor Lachen brüllten, schaltete sich Abby ein, die sich wie immer Sorgen wegen der Nachbarn machte. Nachdem sich alle beruhigt hatten, nutzte Carter die Gelegenheit. »Dad, können wir heute bis zehn aufbleiben?«, fragte er.

»Kommt nicht infrage«, erwiderte Abby.

»Natürlich könnt ihr das«, sagte Mitch. »Und am besten machen wir Popcorn.« Beide Jungen rannten in die Küche, während Mitch versuchte, seine Frau zu küssen.

»Popcorn zum Abendessen?«, fragte sie.

»Besser als der Fraß im Flugzeug.«

»Willkommen zu Hause. Im Kühlschrank sind noch Manicotti.«

»Die Rosario-Brüder?«

»Ja, sie waren gestern Abend hier. Es sind vielleicht die besten Manicotti, die ich je gegessen habe.«

»Wir heben sie besser auf. Ich habe keinen großen Hunger, und mein Magen ist, sagen wir, noch etwas angegriffen.«

»Wir haben viel zu besprechen.«

»Allerdings.«

Als die Jungen in ihre Decken gewickelt waren und sich Popcorn in den Mund stopften, verschwanden Mitch und Abby unauffällig in der Küche. Sie schenkte zwei Gläser Wein ein und gab ihrem Ehemann einen richtigen Kuss. »Gibt es etwas Neues?«, fragte sie leise.

»Nichts von Giovanna.«

»Ich nehme an, du weißt von dem Video.«

Mitch schloss die Augen und verzog das Gesicht. »Welches meinst du?«

»Du kennst doch Gina Nelligan. Sie unterrichtet die oberen Klassen in Kunst.«

Mitch schüttelte den Kopf. *Nein.*

»Ihr Sohn ist im ersten Jahr an der Purdue University. Vor einer Stunde hat er zu Hause angerufen und ihr von dem Video im Deep Web erzählt.«

»Den Enthauptungen?«

»Ja. Hast du es gesehen?«

»Nein. Habe ich auch nicht vor. Unser Sicherheitschef hat es mir beschrieben. Das reicht mir voll und ganz.«

»Kanntest du diese Männer, die Personenschützer?«

»Ja. Ich habe sie am Tag vor ihrer Ermordung kennengelernt. Sie sollten mit uns zur Brücke fahren, zusammen mit zwei libyschen Fahrern und Giovanna. Alle gemeinsam in einem gepanzerten Fahrzeug.«

»Das ist unglaublich, Mitch. Und das arme Mädchen. Niemand weiß, wo sie ist?«

»Nein, es gibt keinerlei Hinweise, aber das wird sich bestimmt bald ändern. Sie ist viel Geld wert, und irgendwann werden die Entführer Kontakt aufnehmen.«

»Hoffst du.«

»Ja, im Augenblick können wir uns auf gar nichts verlassen.«

»Sicher ist nur, dass du nie wieder nach Libyen fliegst. Abgemacht?«

»Abgemacht.«

Um halb zehn fingen die Kinder an zu gähnen, und Abby verfrachtete sie ins Bett. Mitch half, sie zuzudecken, und wünschte ihnen eine gute Nacht. Er schaltete den Fernseher aus, während sie Wein nachschenkte. Sie saßen zusammen auf dem Sofa und genossen die Ruhe.

»Wie du vielleicht weißt, gibt es jede Menge Presseberichte, besonders in Großbritannien«, sagte sie. »Ich surfe seit Stunden im Internet, um möglichst viel herauszufinden. Jede Menge

Artikel hier und in Rom. Scully & Pershing wird ständig erwähnt, aber deinen Namen habe ich bisher nicht gefunden.«

»Ich auch nicht. Meine Sekretärin und zwei Anwaltsassistenten suchen ebenfalls.«

»Machst du dir Sorgen?«

»Natürlich mache ich mir Sorgen um Giovanna. Ich fühle mich teilweise verantwortlich für das, was passiert ist. Es war meine Inspektion, um mich mit den Fakten vertraut zu machen. Ich hatte darum gebeten und trug die Verantwortung.«

»Ich dachte, Luca hätte dich damit beauftragt.«

»Er hat die Reise nach Libyen vorgeschlagen, aber die Entscheidung lag bei mir. Seine Tochter sollte mich in dem Rechtsstreit unterstützen, weil sie sich in London langweilte und ein bisschen Aufregung wünschte. Im Nachhinein war der ganze Plan nicht besonders sinnvoll.«

»Das verstehe ich, aber ich dachte mehr an uns. Machst du dir Sorgen wegen der Kanzlei?«

»Wegen der Sicherheit?«

»Ja, das meine ich.«

»Nein, überhaupt nicht. Höchstwahrscheinlich gehören die Entführer zu einer Stammesmiliz, die die Sahara unsicher macht. Diese Leute sind weit weg und ziemlich einfach gestrickt.«

»Hoffen wir, dass du recht hast.«

Mitch trank einen Schluck Wein und streichelte ihr Bein. »Wir tappen eben im Dunkeln, Abby. Morgen werden wir voraussichtlich mehr wissen. Ich sage dir Bescheid, wenn du dir Sorgen machen musst. Jetzt jedenfalls noch nicht.«

»Habe ich das nicht schon mal gehört?«

15

Was auch immer sie waren – Verbrecher oder Terroristen –, die Verantwortlichen hatten ein Faible für dramatische Effekte. Vier Tage nach dem Angriff auf den Kontrollpunkt und der Ermordung von fünf Wachposten, die der libyschen Armee angehörten, drei Tage nach der Enthauptung der türkischen Personenschützer mit der Kettensäge und zwei Tage, nachdem sie ihr Video in die Weiten des Deep Web gestellt hatten, hängten sie Youssefs Leiche an einen Telefonmast in der Nähe einer belebten Ausfallstraße in Bengasi. Er war nicht geköpft worden, aber in seinem Schädel klaffte ein Loch. Seine blutüberströmte Leiche war splitternackt, an Händen und Füßen gefesselt und drehte sich im Licht der aufgehenden Sonne langsam an einem dicken Drahtseil. An seinem rechten Knöchel war mit einer Schnur eine Nachricht befestigt. Sie lautete: *Youssef Ashour, Verräter.*

Die Militärpolizei schwärmte aus, sperrte alle Straßen und ließ ihn stundenlang dort hängen, während sie auf Befehle wartete. Vielleicht wurde ja ein Video von seiner Ermordung ins Netz gestellt, das Hinweise lieferte.

Samir fuhr an den Ort des Geschehens, bestätigte, dass es sich um Youssef handelte, den er seit Jahren kannte, und rief zuerst bei Lannak, dann bei Luca an.

Jetzt waren nur noch Walid und Giovanna übrig, soweit bekannt war.

Cory Gallant nahm den Anruf um vier Uhr morgens entgegen und war nach drei Stunden unruhigen Schlafs froh, als er aufstehen und in die Kanzlei fahren konnte. Er wartete bereits vor Mitchs Büro, als dieser um 8.30 Uhr eintraf.

Mitch wusste auf den ersten Blick, dass er ihm nichts Gutes zu sagen hatte.

»Es hat eine weitere Entwicklung gegeben«, begann Cory übergangslos.

»Allmählich hasse ich das Wort ›Entwicklung‹.«

»Mr. Ruch erwartet uns.«

Im Aufzug erzählte Cory, was er wusste, und das war wenig mehr als Fundort und Zustand von Youssefs Leiche. Er war rund neun Stunden zuvor gefunden worden, und erwartungsgemäß hatten sie nichts von den Leuten gehört, die ihn aufgehängt hatten.

Jack Ruch war genervt, weil die Videokonferenz um sieben Uhr nicht in Mitchs Zeitplan gepasst hatte. Jack arbeitete immer noch sechzehn Stunden am Tag und war berüchtigt dafür, dass er Besprechungen vor Sonnenaufgang ansetzte, um sich als besonders hart im Nehmen zu erweisen. Mitch hatte keine Geduld mehr mit solchen Machospielchen, wie sie bei Scully nicht unüblich waren.

Jack deutete auf einen Konferenztisch und warf dabei einen Blick auf einen im oberen Wandbereich angebrachten Großbildschirm. Ein Nachrichtensender, der rund um die Uhr berichtete, zeigte Bilder eines Erdbebens, aber glücklicherweise war der Ton ausgeschaltet. Bisher noch nichts über Libyen. Eine Sekretärin schenkte Kaffee ein. »Ich nehme an, Cory hat Sie auf den aktuellen Stand gebracht«, begann Jack.

»Ich habe im Aufzug die Kurzfassung gehört«, erwiderte Mitch.

»Viel mehr wissen wir im Moment noch nicht.« Jack sah erneut zum Bildschirm, als erwartete er jeden Augenblick eine neue

Meldung. Die Sekretärin ging und schloss die Tür hinter sich. Jack knackste mit den Knöcheln und sah Mitch an. »Haben Sie heute Morgen schon mit Lannak gesprochen?«, fragte er.

»Noch nicht. Das steht ganz oben auf meiner Liste.«

»Erledigen Sie das. Die Leute sind verstört und sehr aufgebracht. Ihr Chefsyndikus ist Denys Tullos.«

»Den kenne ich.«

»Gut. Ich habe gestern Nacht mit ihm gesprochen. Lannak versucht, die vier Toten nach Hause zu holen, aber die Libyer sind immer noch verärgert wegen des Rechtsstreits und legen ihnen Steine in den Weg. Alle sind unzufrieden. Lannak will Geld sehen, und zwar deutlich mehr als ursprünglich gefordert, weil Libyen seine Zusage nicht eingehalten hat, ausländische Arbeitskräfte zu schützen. Die Klage wird wahrscheinlich erweitert, um eine höhere Entschädigung herauszuholen. Wann wird die Hauptverhandlung voraussichtlich stattfinden?«

»Das kann Monate dauern, vielleicht ein Jahr, wer weiß das schon?«

»Okay. Ich will, dass Sie Gas geben, Mitch. Sorgen Sie dafür, dass sich die Schiedskommission mit der Sache befasst. Lannak ist ein wertvoller Mandant, der uns letztes Jahr Honorare von rund sechzehn Millionen gezahlt hat. Vereinbaren Sie einen Termin für nächste Woche, um die Gemüter zu beruhigen.«

»Verstanden.«

»Wie groß ist Ihr Team?«

»Ich hatte zwei Anwälte, die mich unterstützt haben, Giovanna inbegriffen. Jetzt weiß ich nicht, wie es weitergeht. Roberto Maggi in Rom ist sicherlich weiter an Bord.«

»Personalfragen besprechen wir später. Im Augenblick haben wir ein viel größeres Problem. Eine Scully-Anwältin wurde in Libyen entführt, und wir müssen alles tun, um sie freizubekommen.

Sie kennen Benson Wall, unseren geschäftsführenden Partner in Washington?«

»Ja, ich kenne Benson.«

»Er wird uns gleich per Video zugeschaltet. Wir haben in Washington drei Partner, die entweder im Außenministerium oder bei der CIA gearbeitet haben, wir haben also Beziehungen. Haben Sie schon einmal von einer Firma namens Crueggal gehört?«

»Klingt wie eine Cornflakes-Marke.«

»Weit gefehlt. Cory.«

Cory übernahm und war direkt im Thema. »Sie werden das Unternehmen weder im Internet noch sonst irgendwo finden. Das Team besteht aus ehemaligen Spionen und Experten für militärische Aufklärung, die weltweit als Supersicherheitsdienst agieren, der sich mit MI6, Mossad, CIA, KGB und so weiter messen kann. Sie sind vor Ort, wo es Ärger gibt, deswegen verbringen sie viel Zeit im Nahen Osten. Bei einer Geiselnahme, die Bürger westlicher Länder betrifft, sind sie mit Sicherheit die Besten. Sie kennen sich aus und waren bisher sehr erfolgreich.«

»Und wir haben sie verpflichtet?«, fragte Mitch.

»Ja.«

»Weil wir weltweit agieren«, sagte Jack, »und manchmal in Ländern, in denen die Sicherheit nicht gewährleistet ist, sind wir für alle möglichen Fälle versichert, Mitch. Verhandlungsführung bei Geiselnahmen, Lösegeldzahlungen, Aktionen dieser Art.«

»Militäreinsätze?«

»Nicht mitversichert. Und nicht zu erwarten.«

»Wenn man unbedingt das Leben der Geiseln gefährden will, hetzt man ihnen die Meute auf den Hals«, sagte Cory.

»Die Meute?«

»Cops oder Spezialeinsatzkräfte, die sich für besonders cool halten und ständig den Finger am Abzug haben. Diplomatie, Verhandlungen und Geld haben sich in diesen Situationen viel besser bewährt. Haben Sie schon mal von K&R-Versicherungen gehört?«

»Ich denke schon.«

»Das steht für ›Kidnapping & Ransom‹, also Lösegeld-Policen. Ein gewaltiges Geschäft, und die meisten großen Versicherungsgesellschaften bieten solche Versicherungen an.«

»Wir haben schon vor Jahren entsprechende Verträge abgeschlossen«, sagte Jack, »aber das halten wir geheim. Wir sprechen nicht darüber, um potenzielle Entführer nicht auf dumme Gedanken zu bringen.«

»Ich bin also versichert?«

»Wir sind alle versichert.«

»Für welche Summe? Was bin ich wert?«

Cory sah Jack an und schwieg. Die Antwort musste der Chef geben.

»Fünfundzwanzig Millionen«, sagte Jack. »Kostet uns einhunderttausend pro Jahr.«

»Das müsste reichen. Nur aus Neugier: Was ist der Marktpreis für eine Geisel wie Giovanna?«

»Wer weiß?«, fragte Cory. »Das sind reine Spekulationen. Glaubwürdige Quellen behaupten, dass die französische Regierung vor zwei Jahren achtunddreißig Millionen für einen Journalisten gezahlt hat, der in Somalia festgehalten wurde, was natürlich bestritten wurde. Vor fünf Jahren haben die Spanier zwanzig Millionen für den Mitarbeiter einer Hilfsorganisation in Syrien gezahlt. Frankreich und Spanien verhandeln. Großbritannien, Italien und die USA nicht, zumindest nicht offiziell. Und die Grenze zwischen einer Verbrecherbande und einer terroristischen Vereinigung ist meistens fließend.«

»Hier kommt Crueggal ins Spiel«, ergänzte Jack. »Wir haben das Unternehmen engagiert und unsere Versicherung dazu gebracht, dass sie Crueggal ebenfalls in Anspruch nimmt.«

»Wer ist unsere Versicherung?«

»DGMX.«

»DGMX? Interessanter Name.«

»Eine Tochtergesellschaft eines großen britischen Versicherers«, sagte Cory.

»Wie dem auch sei«, unterbrach Jack, der offenbar genug von dem Geplänkel hatte, »wir haben Benson Wall und Darian Kasuch in der Leitung. Kasuch ist ein Amerikaner mit israelischen Wurzeln und managt weltweit das Geschäft von Crueggal.«

Er betätigte eine Taste auf seinem Keyboard und aktivierte damit einen Bildschirm am anderen Ende des Tisches. Zwei Gesichter erschienen, Benson Wall und Darian Kasuch. Beide waren um die fünfzig und starrten verlegen in ihre Webkamera.

Jack stellte sie kurz vor. Benson Wall leitete die Scully-Niederlassung in Washington, D. C., mit zweihundert Anwälten. Er begnügte sich mit einem knappen »Hallo«.

Kasuch sparte sich auch das und kam sofort zum Thema. »Im Süden Libyens treiben verschiedene Banden ihr Unwesen. Sie machen sich gegenseitig Gebiete streitig und bekämpfen sich untereinander, aber alle hassen Gaddafi, und mindestens zwei oder drei planen ständig einen Staatsstreich. Wie Sie wissen, hat Gaddafi seit seiner Machtergreifung 1969 acht Umsturzversuche überstanden und braucht zu seinem Schutz schätzungsweise zehntausend Soldaten, die ihm treu ergeben sind. Wenn seine Feinde keine Mordpläne schmieden, versuchen sie, anderweitig Unruhe zu stiften. Entführungen sind an der Tagesordnung und für die Banden ein lohnendes Geschäft. Sie haben es besonders auf die Arbeiter auf den Ölfeldern abgesehen, und wenn sie Glück haben, erwischen sie gelegentlich einen Manager eines Ölkonzerns. Dabei geht es immer um Geld. Diese Entführung weist allerdings beunruhigende Aspekte auf, die so nicht üblich sind. Zunächst einmal das brutale Gemetzel. Bisher sind es zehn Tote.«

Darian hatte extrem kurzes graues Haar, eine von der Sonne gegerbte Haut und den harten Blick eines Mannes, der sich in einer gefährlichen Schattenwelt bewegte und dem der Anblick toter Menschen nicht fremd war. Mitch war froh, dass sie auf derselben Seite standen.

»Für Verbrecherbanden ist diese Vorgehensweise ungewöhnlich, deshalb könnten Terroristen dahinterstecken«, fuhr er fort. »Zum anderen wurde das letzte Opfer, der Fahrer, ganz in der Nähe von Bengasi aufgefunden. Die Banden halten sich normalerweise von den großen Städten fern. Allein diese beiden Faktoren deuten darauf hin, dass wir es mit einer neuen, bedrohlicheren Gefahr zu tun haben.«

Er legte eine Pause ein. »Sie glauben also nicht, dass es Gaddafi war?«, fragte Mitch.

»Nein, aus mehreren Gründen. Es ist allgemein bekannt, dass das Regime in den letzten fünfunddreißig Jahren Geschäfte mit ausländischen Unternehmen gemacht hat, ohne dass es zu solchen Gewalttaten kam. Die Libyer sind auf ausländische Arbeitskräfte angewiesen und haben es bisher geschafft, sie zu schützen. Lannak ist seit zwanzig Jahren im Land, ohne dass es schwere Zwischenfälle gegeben hätte. Warum sollte die Regierung das Unternehmen jetzt angreifen? Weil sie sich über die Klage ärgert? Unwahrscheinlich. Rechtsstreite kommen und gehen, und letztendlich werden sie immer beigelegt. Wie viele Bauprojekte hat Lannak in Libyen fertiggestellt?«

»Acht«, erwiderte Mitch.

»Und wie oft war das Unternehmen gezwungen, die Regierung zu verklagen?«

»Fünfmal.«

»Und wie oft kam es letztendlich zu einer Einigung?«

»In allen fünf Fällen kam es zu einer Verhandlung, in der die libysche Regierung unterlag. Nachdem die entsprechenden Beschlüsse ergangen waren, wurde doch noch ein Vergleich geschlossen.«

Darians leichtes Nicken ließ vermuten, dass ihm die Fakten bekannt waren. »Das ist genau mein Punkt. Man geht vor Gericht, die libysche Regierung wird zur Zahlung verurteilt, lässt sich aber endlos Zeit, bis das Gericht Zwangsmaßnahmen anordnet. Das Wort ›Zwangsmaßnahmen‹ gefällt den Libyern nicht, sodass es letztendlich doch eine Einigung gibt.«

»Ganz so einfach ist es nicht«, wandte Mitch ein. »Bei einigen Vergleichen gab sich Lannak mit viel weniger als dem ursprünglichen Anspruch zufrieden. Das ist knallharte Prozessführung.«

»Das ist mir klar, aber so laufen Geschäfte dort. Die Libyer haben das schon viele Male durchgespielt und Routine darin. Warum sollten sie plötzlich anfangen, Menschen zu ermorden? Um Ihre Frage zu beantworten – zumindest für den Augenblick schließen wir deshalb jede Beteiligung des Regimes aus. So etwas wäre viel zu riskant. Die Regierung würde es nicht überleben, wenn ausländische Unternehmen in Panik geraten und fluchtartig das Land verlassen.«

Darians Ausführungen klangen überzeugend, und Mitch hatte dem nichts entgegenzusetzen.

»Wir haben Leute vor Ort in Tripolis und hören uns weiter um. Es gibt einige Verdächtige, aber das ist kein Thema für eine Videokonferenz. Ein Problem ist momentan, dass die Hälfte aller Spione und Doppelagenten weltweit in Libyen herumschnüffelt. Briten, Türken, Italiener, sogar die Libyer selbst. Und die Amerikaner brennen darauf, sich ins Getümmel zu stürzen. Auf jeden Fall sollten uns aber bis zum späten Nachmittag konkrete Ergebnisse vorliegen. Ich kann morgen früh um acht in Ihrem Büro in Manhattan sein. Passt Ihnen das?«

Alle nickten. »Ja, wir werden da sein«, sagte Jack.

Es regnete, als Mitch am Nachmittag aus dem Büro kam. Regen in der Großstadt war kein Spaß, auch wenn die New Yorker gelassen reagierten, weil sie mit jedem Wetter zurechtkamen. Mitch störte der Regen nicht, es sei denn, ein Spiel war angesetzt. Wenn die Bruisers spielen sollten, war Regen eine Katastrophe.

Als er aus der Subway kam, war aus dem unangenehmen Nieselregen ein Wolkenbruch geworden, und im Central Park würde mit Sicherheit kein Spiel stattfinden. Zu Hause bot sich ihm ein jämmerlicher Anblick: Clark und Carter saßen nebeneinander in voller Bruisers-Montur auf dem Sofa. Der eine hielt einen Baseball in der Hand, der andere starrte auf den Fernseher. Sie waren zu enttäuscht, um ihren Vater zu begrüßen.

»Harte Zeiten«, flüsterte Mitch Abby zu, als er sie auf die Wange küsste.

»Ich nehme an, es regnet immer noch.«

»Es schüttet. Das Spiel findet hundertprozentig nicht statt.«

»Dabei hätten die beiden dringend an die frische Luft gemusst.«

Carter warf den Baseball auf einen Sessel und stand auf, um seinen Vater zu umarmen. »Ich sollte pitchen, Dad«, sagte er, den Tränen nahe.

»Ich weiß, aber so ist Baseball eben. Sogar den Mets verregnet es mal ein Spiel. Das Match wird am Samstag nachgeholt.«

»Versprochen?«

»Versprochen, außer es regnet wieder.«

»Ihr könnt euch jetzt wohl umziehen«, stellte Abby fest.

»Ich habe eine bessere Idee«, sagte Mitch. »Bleibt, wie ihr seid. Ich schlage vor, wir trommeln alle Bruisers zusammen, sagen ihnen, sie sollen ihre Spielerkleidung anbehalten, und treffen uns mit ihnen bei Santo's zu einer Pizza.«

Clark sprang mit einem breiten Lächeln vom Sofa.

»Superidee, Dad«, lobte Carter.

»Sie sollen ihre Regenschirme nicht vergessen«, fügte Abby hinzu.

16

Giovanna war vierzehn, als sich ihre Eltern scheiden ließen. Sie liebte beide, und sie liebten ihre einzige Tochter heiß und innig, aber als es in der Ehe zu kriseln begann, hielten Luca und Anita es für das Beste, die Kinder aus der Schusslinie zu bringen. Ihr Sohn Sergio wurde in England auf ein Internat geschickt, Giovanna in der Schweiz. Als sie aus dem Weg waren, stritten sich die Eltern weiter, bis sie genug davon hatten und schriftliche Vereinbarungen schlossen. Anita zog aus der Villa aus und verzichtete auf alle diesbezüglichen Ansprüche. Das Haus war seit Jahrzehnten im Besitz von Lucas Familie, und das italienische Eherecht sprach eindeutig zu seinen Gunsten.

Anita bekam eine Abfindung und ein Ferienhaus auf Sardinien und verließ Rom, um ein neues Leben anzufangen. Als sie auszog, hatte Luca schon dafür gesorgt, dass seine Freundin und künftige zweite Ehefrau umgehend einziehen konnte. Die neue Beziehung war für Giovanna ein guter Grund, sich fernzuhalten.

Sie verfolgte die Entwicklungen aus sicherer Entfernung und war froh, in der Schweiz zu sein. Sie liebte ihren Vater immer noch, aber zu dieser Zeit mochte sie ihn nicht besonders. Sie hatten sich nie nahegestanden, vor allem weil er unbedingt die größte Kanzlei Italiens aufbauen wollte. Allzu oft hielt ihn sein Ehrgeiz im Büro fest oder führte ihn auf Geschäftsreise. Ihr Bruder Sergio war so angewidert von Lucas Arbeitsalltag, dass er sich schwor, nie einen Beruf zu erlernen. Im Augenblick lebte er in Guatemala in den Tag hinein und malte das Straßenleben in der Stadt Antigua.

Auch zu ihrer Mutter Anita, einer Schönheit, die zunehmend eifersüchtig beobachtete, wie Giovanna ebenfalls zu einer schönen Frau heranwuchs, hatte sie ein distanziertes Verhältnis. Anita sah ihre Tochter als Konkurrentin, die für sie mit ihrem Gespür für Mode und Stil, ihrem Gewicht, ihrer Größe, praktisch allem, zur Bedrohung wurde. Anita konnte sich nicht mit ihrem Alter abfinden und verübelte es Giovanna, als diese schöner, größer und schlanker wurde als sie selbst. Manchmal genoss sie die Zeit mit ihrer Tochter, aber unterschwellig war immer zu spüren, dass sie sie als Rivalin empfand.

Als Anita merkte, dass ihr Ehemann sie betrog, war sie am Boden zerstört und weinte sich bei ihrer Tochter aus, die damals noch im Teenageralter war. Giovanna, die mit diesem Gefühlswirrwarr überfordert war, zog sich zurück. Lange Zeit ging sie ihrem Vater aus dem Weg, konnte es ihm aber insgeheim nicht verübeln, dass er sich anderweitig umgesehen hatte. Um Abstand von beiden zu gewinnen, schien ihr das Internat eine gute Lösung.

Als Lucas zweite Ehe scheiterte, triumphierte Anita, die ihm alles erdenklich Schlechte wünschte. Giovanna fand ihre Schadenfreude abstoßend und versuchte, beide Elternteile zu ignorieren. In ihren letzten beiden Jahren im Internat sah sie keinen von beiden. Als sie sich für ihre Abschlussfeier ankündigten, drohte sie damit unterzutauchen.

Die Zeit heilte die Verletzungen, und die Wut legte sich. Luca, der immer auf Diplomatie setzte, versuchte, sich mit Giovanna zu versöhnen. Immerhin bezahlte er ihr Studium. Als sie davon sprach, Jura zu studieren, war er begeistert und tat alles, um ihr alle Steine aus dem Weg zu räumen. Anita fand ihr Glück mit einem etwas älteren Lebensgefährten, der mehr Geld hatte als Luca. Er hieß Karlo und war ein reicher Grieche, der so oft verheiratet gewesen war, dass er vor allem seine Ruhe haben wollte. Heiraten wollte er nicht mehr, aber wie Luca hatte er eine Schwäche für Frauen. Er bestand darauf, Luca kennenzulernen, und vermittelte letztendlich einen Waffenstillstand zwischen den beiden Ex-Partnern.

Luca und Anita saßen in Decken gewickelt auf der Terrasse und tranken Tee, während die Sonne unterging. Die Nachtluft war kühl, aber angenehm. Die breiten Türen standen offen, im Esszimmer dahinter spielte Karlo Backgammon mit Lucas aktueller Lebensgefährtin Bella. Alle vier sprachen mit gedämpfter Stimme, und immer wieder war lange Zeit nur das Rollen der Würfel auf dem Spielbrett zu hören. Es war alles sehr zivilisiert.

Wie immer war Luca Anita gegenüber nicht vollkommen ehrlich gewesen. Er gab zu, dass er seine Beziehungen hatte spielen lassen, damit ihre Tochter dem Lannak-Verfahren zugewiesen wurde, hatte aber nichts davon gesagt, dass er Mitch gebeten hatte, sie mit nach Tripolis zu nehmen. Das behielt er lieber für sich.

Anita gegenüber spielte er den weisen Experten, der Libyen in- und auswendig kannte, und gab sich zuversichtlich, dass Giovanna diese Tortur lebend überstehen würde. Ob das ihre Mutter beruhigte, war nicht klar. Anita war hoch emotional und theatralisch. Vielleicht war sie mit dem Alter und durch Karlos beruhigenden Einfluss vernünftiger geworden. Oder es waren die Pillen, die sie im Bad schluckte. Was auch immer der Grund war, sie hatte Luca einige Stunden zuvor überrascht, indem sie ihm telefonisch mitteilte, sie und Karlo seien in Rom und sie halte es für wichtig, dass sie einander als Eltern unterstützten. Ob sie vorbeikommen und vielleicht gemeinsam zu Abend essen könnten? Luca hielt das für eine wunderbare Idee.

Und so saßen sie gemeinsam in der Dämmerung, als es dunkel wurde, und erinnerten sich an herzerwärmende, spaßige Erlebnisse mit ihrem kleinen Mädchen. Sie sprachen nicht darüber, wie es ihr jetzt wohl ging, das war zu furchtbar, um auch nur daran zu denken. In einem Gespräch, das immer wieder von langen Pausen unterbrochen wurde, in denen sie ihren Erinnerungen nachhingen, unterhielten sie sich über frühere Zeiten. Sie bereuten vieles. Der Scheidungskrieg war ausschließlich Lucas Schuld, und das hatte er mehrfach zugegeben. Er hatte seine Familie im Stich gelassen. Sein selbstsüchtiges Verhalten hatte dazu geführt, dass Giovanna von zu Hause und ihren Eltern wegwollte. Sich zerknirscht zu geben war allerdings nicht seine Stärke, und er hatte nicht vor, sich noch einmal zu entschuldigen. Seitdem war so viel passiert.

Zumindest war sie am Leben. Und sie wurde nicht mehr in einem Zelt in der Wüste gefangen gehalten. Ihre ersten beiden Nächte in Gefangenschaft waren höchst unangenehm gewesen: Sie hatte auf einer verdreckten Matte auf einer schmutzigen Decke geschlafen, die als Fußboden diente, während der heulende Wind an den Seitenwänden des Zelts rüttelte. Zum Überleben hatte eine einzige Flasche Wasser reichen müssen, denn zu essen gab es nichts, und jedes Mal, wenn ihre maskierten Entführer den engen Raum betraten, fürchtete sie um ihr Leben. Danach hatten sie ihr ein Stück groben Stoff um den Kopf gewickelt und sie nach draußen zu einem Fahrzeug geführt, sie unsanft zwischen Kisten gestoßen und waren losgefahren. Sie fuhren stundenlang, der einzige Laut waren das Tuckern des Motors und das Knirschen der Gangschaltung. Wenn sie eine Pause einlegten, hörte sie Stimmen, hektische, brüske Worte von Männern, die offenbar extrem angespannt waren. Schließlich hielten sie erneut, der

Motor wurde abgestellt, und die Männer schleiften sie hastig ein paar Stufen hinauf in ein Gebäude. Sehen konnte sie nichts, aber sie hörte Geräusche. Das Hupen eines Autos. Ein Radio oder Fernseher in der Ferne. Sie lösten die Fesseln um ihre Handgelenke und überließen sie sich selbst. Sie befreite sich von dem Stück Stoff, das ihren Kopf verhüllte, und sah sich um. Der Boden in ihrem neuen Zimmer bestand zumindest nicht aus Sand. Fenster gab es keine, nur ein schmales Feldbett und einen kleinen Tisch mit einer Lampe, die den Raum kaum erhellte, als einziger Lichtquelle. In einer Ecke entdeckte sie einen großen Blechtopf, in dem sie wohl ihre Notdurft verrichten sollte. Es war weder warm noch kalt. In der ersten Nacht – sie ging davon aus, dass es draußen dunkel war, obwohl sie völlig die Orientierung verloren hatte – wachte sie immer wieder auf, weil quälender Hunger sie wach hielt. Gelegentlich hörte sie im Gang oder in einem Raum vor ihrem Zimmer gedämpfte Stimmen.

Eine Tür öffnete sich, und eine verschleierte Frau mit einem Essenstablett kam herein, nickte ihr zu und stellte das Tablett auf den Tisch. Sie nickte erneut und ging wieder. Die Tür fiel ins Schloss, als sie sie hinter sich zuzog. Eine Schale mit Trockenfrüchten – Orangen, Kirschen, Feigen – und drei Scheiben Fladenbrot, das sie an Tortillas erinnerte.

Giovanna schlang das Essen hinunter und trank die halbe Flasche Wasser aus. Der quälende Hunger ließ nach, aber sie war noch lange nicht satt. Offenbar war nicht geplant, sie verhungern zu lassen. Sie hatte nicht viel darüber nachgedacht, was sie mit ihr vorhatten, dafür war sie zu hungrig gewesen, aber jetzt, wo ihr Körper sich wieder halbwegs normal anfühlte, kamen ihr verschiedene Möglichkeiten in den Sinn. Keine davon war erfreulich. Es gab keine Hinweise, dass sie misshandelt oder sexuell missbraucht werden sollte. Ab und zu hatte jemand sie angeknurrt, aber davon abgesehen hatte in den vergangenen vierundzwanzig Stunden niemand mit ihr gesprochen. Die einzige Sprache, die sie gehört hatte, war Arabisch, das sie überhaupt nicht beherrschte. Sollte sie verhört werden? Wenn ja, was wollten sie damit erreichen? Sie war Anwältin. Sie konnte sich zur juristischen Strategie äußern, aber es war schwer zu glauben, dass diese Leute sich für rechtliche Fragen interessierten.

Also wartete sie. Da sie nichts zu lesen hatte, es nichts zu sehen oder zu tun gab und niemand mit ihr sprach, versuchte sie, sich die wichtigsten Verfahren im amerikanischen Verfassungsrecht und die Namen der Prozessbeteiligten ins Gedächtnis zu rufen. Erster Verfassungszusatz – Meinungsfreiheit: Schenck, Debs, Gitlow, Chaplinsky, Tinker. Zweiter Verfassungszusatz – das Recht, Waffen zu tragen: Miller, Tatum. Dritter Verfassungszusatz? Dieser Zusatzartikel war bedeutungslos, weil er die Bürger gegen eine zwangsweise Unterbringung von Soldaten in ihrem Haus schützte, eine reine Fußnote der Geschichte. Der Bundesgerichtshof hatte noch nicht einmal in Erwägung gezogen, sich mit diesem Verfassungszusatz zu beschäftigen. Vierter Verfassungszusatz – Schutz vor willkürlicher Durchsuchung, Festnahme und Beschlagnahmung: Weeks, Mapp, Terry, Katz, Rakas, Vernonia. Dieser Zusatzartikel war immer heftig umstritten gewesen.

An der University of Virginia hatte sie in Verfassungsrecht vor nicht allzu vielen Jahren hervorragend abgeschnitten, in erster Linie, weil sie sich auf Anhieb alles merken konnte. In ihrer Abschlussprüfung hatte sie dreihundert Verfahren zitiert.

Ihr Jurastudium war jetzt ganz weit weg. Sie hörte Stimmen und wartete auf ein Klopfen an der Tür. Dann wurden die Stimmen leiser, bis sie ganz verstummten.

Sie hatte keine Ahnung, was aus den anderen geworden war. Nachdem sie zu ihrem Entsetzen mit angesehen hatte, wie Youssef ins Gesicht geschossen worden war, war sie zu Boden geworfen und an den Händen gefesselt worden. Dann hatte man ihr die Augen verbunden, sie weggeschleift und auf die Ladefläche eines Lkw geworfen. Sie hatte gespürt, dass andere Menschen in der Nähe waren – lebende Menschen, die stöhnten, ächzten, atmeten. Wahrscheinlich die Türken. Sie verlor jedes Zeitgefühl. Kurz darauf wurde sie aus dem Fahrzeug geholt und von den anderen Geiseln getrennt.

Sie konnte nur hoffen und beten, dass die anderen in Sicherheit waren, aber sie hatte ihre Zweifel.

17

Um 6.30 Uhr war Mitch längst bei der zweiten Tasse starkem Kaffee und durchforstete intensiv das Internet. Wie schon an den Vortagen klickte er sich von einer Boulevardzeitung zur nächsten und wunderte sich, dass die Briten die dürftigen Fakten derart aufblähten. Die Geschichte an sich war für die Medien natürlich interessant – eine Anwältin der Londoner Niederlassung der größten Kanzlei der Welt war von mordlüsternen Verbrechern in Libyen entführt worden. Aber der Mangel an tatsächlichen Informationen hinderte sie nicht daran, am laufenden Band reißerische Schlagzeilen, Fotos und Spekulationen zu produzieren. Wenn die Fakten für einen Bericht nicht reichten, wurden sie eben erfunden. Die Entführer forderten ein Lösegeld von zehn Millionen Pfund, oder waren es zwanzig? Sie hatten damit gedroht, Giovanna in drei Tagen – oder waren es vier? – hinzurichten. Sie war in Kairo gesichtet worden, aber vielleicht auch in Tunis. Sie war wegen der Machenschaften ihres Vaters mit libyschen Ölkonzernen ins Visier der Entführer geraten. Ein Irrer, der angeblich einmal ihr Freund gewesen war, behauptete, sie habe schon immer von Muammar al-Gaddafi geschwärmt.

Aber die eigentliche Sensation waren natürlich die vielen Leichen. Die meisten Boulevardzeitungen brachten immer wieder Fotos der vier geköpften Türken, die an den Füßen aufgehängt worden waren. Youssef, der am Hals aufgehängt worden war, bot Stoff für Seite drei. Unter seinem Foto fragte eine Zeitung in fetten Lettern: KÖNNTE GIOVANNA DIE NÄCHSTE SEIN? Der provokante Ton ließ kaum Zweifel daran, dass der Reporter eine solche Tragödie geradezu erfreulich gefunden hätte.

Die italienische Presse war etwas zurückhaltender und zeigte bis auf ein Porträtbild von Giovanna keine Fotos mehr. Einige wenige ihrer Freunde sprachen mit den Journalisten und sagten nur Gutes über sie. Luca wurde öfter in der Presse erwähnt, als er sich hätte träumen lassen, aber darauf hätte er gut verzichten können.

Die Amerikaner waren mit ihrer Invasion im Irak und dem unerwarteten Widerstand beschäftigt, der ihnen Kopfzerbrechen bereitete. Die Opferzahlen stiegen. Jeder Tag brachte weitere schlechte Nachrichten, und in einem Land, das an Hiobsbotschaften aus dem Nahen Osten gewöhnt war, schaffte es die Entführung einer britischen Anwältin nicht auf die Titelseiten. Es gab Berichte, aber der Fall wurde nur beiläufig erwähnt.

Scully & Pershing bewahrte eisernes Schweigen. »Stand nicht für einen Kommentar zur Verfügung« hieß es in vielen Artikeln. Die Kanzlei hatte eine Pressemitteilung veröffentlicht, als die Entführung bekannt wurde, und die PR-Abteilung arbeitete rund um die Uhr daran, die Ereignisse im Blick zu behalten. Tag für Tag erhielten alle Anwälte und anderen Mitarbeiter interne Mitteilungen, die der Geheimhaltung unterlagen. Alle besagten praktisch dasselbe: kein Wort zur Presse ohne vorherige Freigabe. Gegen undichte Stellen wurde konsequent vorgegangen.

Aber was hätte schon durchsickern können?

Die Kanzlei würde sich nicht äußern, solange es nichts zu sagen gab, und zu sagen gab es erst etwas, wenn Giovanna sicher zu Hause war.

Abby kam in die Küche und nahm sich wortlos einen Kaffee. Sie setzte sich, trank einen Schluck und lächelte ihren Mann an. »Ich will nur gute Nachrichten hören«, sagte sie.

»Die Yankees haben verloren.«

»Keine weiteren Leichen?«

»Bisher nicht. Nichts Neues von den Entführern. Scully & Pershing und Luca Sandroni werden erwähnt, aber niemand sonst.«

Damit gab sie sich zufrieden und trank noch einen Schluck. Mitch schaltete den Fernseher aus und klappte den Laptop zu. »Was steht bei dir an?«

»So weit bin ich noch nicht. Besprechungen und noch mehr Besprechungen. Marketing, glaube ich. Und bei dir?«

»Eine Lagebesprechung mit unserem Sicherheitsberater in aller Früh. Ich kann die Jungen nicht zur Schule bringen.«

»Das kann ich gern übernehmen. Ein Sicherheitsberater? Ich dachte, Scully hat eine eigene Spionageabteilung.«

»Haben wir auch, vielmehr die Kanzlei. Aber das hier hat eine ganz andere Dimension, deshalb geben wir ein Vermögen für einen externen Nachrichtendienst aus, ein ziemlich zwielichtiges Unternehmen, das von ehemaligen Agenten und Offizieren im Ruhestand betrieben wird.«

»Aber was können sie euch zur Lage sagen?«

»Das ist geheim, topsecret und so. Idealerweise würden sie uns verraten, wer Giovanna entführt hat und wo sie gefangen gehalten wird, aber das wissen sie noch nicht.«

»Sie müssen sie finden, Mitch.«

»Jeder sucht nach ihr, und das könnte Teil des Problems sein. Vielleicht erfahren wir heute Morgen etwas.«

»Und kannst du mir das erzählen?«

»Das ist alles geheim. Wer fällt heute über unsere Küche her?«

»Das ist auch geheim. Tatsächlich niemand. Aber wir haben noch Lasagne vom letzten Besuch der Rosarios im Gefrierschrank.«

»Ich habe allmählich genug von den beiden. Wann seid ihr mit dem Kochbuch fertig?«

»Das kann noch Jahre dauern. Lass uns mit den Jungen essen gehen.«

»Schon wieder Pizza?«

»Nein, sie sollen sich ein richtiges Restaurant aussuchen.«

»Viel Glück damit.«

Das Gebäude war ein nichtssagendes Hochhaus aus den 1970er-Jahren, bei dessen Errichtung mehr brauner Backstein zum Einsatz gekommen war als Stahl und Glas und das zwischen seinen ebenso schmucklosen Nachbarn im selben Block nicht auffiel. Midtown war voll mit solchen Gebäuden, die keinen besonderen Eindruck hinterließen und nur dafür bestimmt waren, Mieteinnahmen zu erzielen, ohne dass jemand einen Gedanken an ihre Ästhetik verschwendet hatte. Es war perfekt für ein geheimnisvolles Unternehmen wie Crueggal geeignet. Der Haupteingang an der Lexington Avenue wurde von Bewaffneten bewacht. Weitere Sicherheitsleute behielten eine Wand mit Monitoren im Auge, die die Bilder der Überwachungskameras zeigten.

Mitch war bestimmt hundertmal an dem Gebäude vorbeigegangen, ohne dass es ihm aufgefallen wäre. Auch diesmal ging er am Eingang vorbei, bog weisungsgemäß in die Fifty-First Street ein und betrat das Gebäude durch eine Seitentür, an der nicht ganz so viele Wachhunde darauf warteten, sich auf Unbefugte zu stürzen. Nachdem er fotografiert und seine Fingerabdrücke genommen worden waren, wurde er von einem Wachmann, der sich tatsächlich ein Lächeln abrang, zu den Aufzügen geführt. Während sie warteten, studierte er den Bürowegweiser und stellte ohne große Überraschung fest, dass Crueggal nicht erwähnt wurde. Er und sein Begleiter fuhren wortlos in den siebenunddreißigsten Stock, wo sie ausstiegen und einen kleinen Empfangsbereich betraten, in dem Gäste offenbar nicht sehr willkommen waren. Es gab keinen Firmennamen, keine exotischen Kunstwerke, keine Sessel oder Sofas, nichts außer weiteren Kameras, die die Neuankömmlinge aufnahmen.

Schließlich hatten sie sich durch die verschiedenen Schutzvorkehrungen gearbeitet und kamen an eine massive Tür, wo Mitch einem jungen Mann in einem hochwertigen Anzug übergeben wurde. Hinter der Tür verbarg sich ein großer offener Raum ohne sichtbare Fenster. Jack Ruch und Cory Gallant standen mitten im Zimmer und unterhielten sich mit Darian Kasuch. Eine allgemeine Begrüßungsrunde folgte. Es gab Kaffee, aber niemand wollte das angebotene Gebäck. Sie versammelten sich um einen breiten Tisch, und Darian griff nach einer Fernbedienung. Er drückte eine Taste, und eine detaillierte Karte von Südlibyen erschien auf einem der großen Bildschirme, von denen mindestens acht an den Wänden des Raums angebracht waren.

Er griff nach einem Laserpointer und deutete mit dem roten Punkt auf die Region um Ubari in der Nähe der südlichen Grenze zum Tschad. »Die erste Frage lautet: Wo ist sie? Darauf haben wir keine Antwort, weil wir nichts von ihren Entführern gehört haben. Die zweite Frage ist: Wer sind sie? Auch hier wissen wir nichts Konkretes. Die Lage in der Region ist in hohem Maße instabil, die Bevölkerung ist Gaddafi nicht freundlich gesinnt. Er stammt von hier.« Der rote Punkt wanderte ganz nach Norden zur Hafenstadt Sirte und dann zurück nach Tazirbu.

Bisher hatte er nichts gesagt, was sie nicht schon gewusst hätten. Er fuhr fort: »Seit mindestens vierzig Jahren kämpfen die Libyer gegen ihre Nachbarn, Ägypten im Osten und den Tschad im Süden. Im Süden von Ubari gibt es eine starke Revolutionsbewegung, die Gaddafi erbittert bekämpft. In den vergangenen fünf Jahren ist es einem Warlord namens Adheem Barakat gelungen, viele seiner Rivalen zu töten und seine Macht zu festigen. Er ist ein Hardliner, der Libyen zu einem islamischen Staat machen und sich gegen alle westlichen Unternehmen und Wirtschaftsinteressen abschotten will. Außerdem ist er ein Terrorist, der Spaß am Blutvergießen hat. Damit ist er allerdings nicht allein.«

Darian betätigte eine Taste, und das finstere Gesicht von Barakat tauchte auf. Schwarzer Vollbart, drohende schwarze Augen, weißes traditionelles Kopftuch, zwei schimmernde Munitionsgurte, die über seine Schultern drapiert waren und sich über seiner Brust kreuzten. »Um die vierzig, in Damaskus aufgewachsen, Familie unbekannt. Brennt darauf, die Regierung zu stürzen.«

»Um an das Öl zu kommen«, ergänzte Jack Ruch.

»Genau, um an das Öl zu kommen«, bestätigte Darian.

Mitch musterte das Gesicht und konnte sich problemlos vorstellen, dass dieser Mann ein Massaker anordnen würde. Ihn schauderte bei dem Gedanken, dass er möglicherweise Giovanna in seiner Gewalt hatte. »Und warum glauben wir, dass er dahintersteckt?«, fragte er.

»Das ist eine reine Vermutung. Bis sie Kontakt mit uns aufnehmen, können wir nur spekulieren. Allerdings hat Barakat letzten Monat versucht, eine Raffinerie hier, in der Nähe der Stadt Sarir, in die Luft zu jagen. Es war ein taktisch durchgeplanter, beeindruckender Überfall mit an die hundert Männern, der wahrscheinlich erfolgreich gewesen wäre, hätte es nicht ein Leck gegeben. Die Libyer erhielten in letzter Minute einen Tipp, und die Armee griff ein. Es gab Dutzende Tote auf beiden Seiten, wobei wie immer keine genauen Zahlen bekannt sind. Kein Wort in den internationalen Nachrichten. Zwei von Barakats Männer wurden gefasst und gefoltert. Unter massivem Druck haben sie geredet, bevor sie gehängt wurden. Wenn man ihnen glauben will, verfügt die Organisation über mehrere Tausend schwer bewaffnete Kämpfer, die an verschiedenen Fronten im Einsatz sind. Ihr Ziel ist, ausländische Investoren aus dem Land zu drängen. Gaddafi habe sich an den Westen verkauft und so fort, das motiviert die Revolutionäre. Einer der Gefangenen sagte, die Brücke in der Wüste sei nach wie vor ein Ziel. Wir haben einen Kontaktmann in Libyen, der das bestätigt. Barakats Operationsgebiet rückt immer näher an Tripolis heran, als wollte er Gaddafi zum Kampf herausfordern. Wahrscheinlich wird er bekommen, was er will.«

Mitch war von der Besprechung genervt. Crueggal präsentierte völlig unbestätigte Daten, und Darian bemühte sich viel zu sehr, Scully mit vagen Informationen zu beeindrucken. Nicht zum ersten Mal sehnte er sich nach der guten alten Zeit, in der sich ein Rechtsanwalt nicht um Geiseln und Terrorismus hatte kümmern müssen.

Jack, der nicht für seine Geduld bekannt war, meldete sich zu Wort. »Wir sind also immer noch auf Vermutungen angewiesen.«

»Aber wir kommen der Sache näher«, sagte Darian ungerührt. »Wir sind auf der Zielgeraden.«

»Schön, aber was ist, wenn wir wissen, wer Giovanna in seiner Gewalt hat? Wer trifft dann die Entscheidungen?«

»Das kommt darauf an, was sie wollen.«

»Verstehe. Welche Hypothesen gibt es? Sie ist britische Staatsbürgerin, also könnten die Briten beschließen, sie mit Waffengewalt zu befreien. Die Italiener könnten sich dagegen aussprechen. Die Libyer dafür. Die Familie dagegen. Wer weiß, wie die Amerikaner reagieren? Aber spielt das überhaupt eine Rolle? Sie ist in Libyen, soweit wir wissen, und solange sie dort ist, sind uns praktisch die Hände gebunden.«

»Die Situation ist in Bewegung, Jack, und verändert sich täglich. Wir können erst planen, wenn wir mehr wissen.«

»Wie viele Leute haben Sie aktuell in Libyen?«, fragte Cory.

»Kontaktleute, Agenten, Doppelagenten, Spione und Kuriere eingerechnet – wahrscheinlich ein Dutzend. Alle werden bezahlt oder bestochen, nennen Sie es, wie Sie wollen. Manche sind vertrauenswürdig und arbeiten schon lange für uns, andere wurden frisch rekrutiert. Es ist eine Schattenwelt, Cory, in der unklar ist, wer zu wem steht, und Beziehungen ohne Vorwarnung abgebrochen oder neu geknüpft werden.«

Mitch trank noch einmal von seinem Kaffee und kam dann zu dem Schluss, dass er für den Augenblick genug Koffein intus hatte. »Wie stehen die Chancen, dass dieser Kerl Giovanna hat?«, fragte er mit Blick auf das Gesicht von Adheem Barakat.

Darian zuckte mit den Schultern und überlegte kurz. »Sechzig zu vierzig.«

»Und was will er, sofern er sie tatsächlich hat?«

»Die naheliegende Antwort ist Geld. Ein fettes Lösegeld, um mehr Waffen zu kaufen und mehr Kämpfer zu bezahlen. Die Alternative ist komplizierter. Vielleicht will er keinen Austausch. Möglicherweise tut er etwas Drastisches, etwas Furchtbares, um die Welt auf sich aufmerksam zu machen.«

»Sie umbringen?«

»Das ist leider durchaus denkbar.«

18

Während Giovannas Abwesenheit brauchte Mitch einen ambitionierten Anwalt, der für ihn die Routinearbeit übernahm. Kandidaten gab es bei Scully mehr als genug. Immerhin stellte die Kanzlei in jedem Frühjahr dreihundert der brillantesten Jura-Absolventen ein und drehte sie durch den Fleischwolf von Hundert-Stunden-Arbeitswochen und gnadenlos knappen Fristen. Nach einem Jahr kristallisierte sich heraus, wer etwas taugte. Nach zwei Jahren gingen diejenigen von Bord, die das Tempo nicht durchhielten, und bis dahin wussten die alten Haudegen, wer dauerhaft bleiben und irgendwann Partner werden würde.

Stephen Stodghill war seit fünf Jahren in der Kanzlei und angestellter Anwalt in gehobener Position. Er stammte aus einer Kleinstadt in Kansas und hatte das Jurastudium an der University of Chicago mit Bestnoten abgeschlossen. Mitch hatte insgeheim eine Schwäche für Kleinstadtjungen, die in der Welt der Großkanzleien ihren Weg machten. Er fragte Stephen, ob er zu seinem Team stoßen wolle, und war nicht überrascht, als dieser sofort zusagte. Es fielen keine sarkastischen Bemerkungen über die letzte Anwältin, die Mitch ausgewählt hatte und die immer noch vermisst wurde.

Giovannas verzweifelte Lage beschäftigte jeden einzelnen der Scully-Juristen, alle zweitausend in den einunddreißig Niederlassungen weltweit. Es herrschte große Sorge, immer wieder sprachen sie in gedämpftem Ton darüber, während sie ihrer Arbeit nachgingen und darauf warteten, dass es neue Entwicklungen gab. In den Niederlassungen in Atlanta und Houston trafen sich kleine Gruppen früh an jedem Morgen zu Kaffee und Gebeten. Eine Partnerin in Orlando war mit einem Pastor der Episkopalkirche verheiratet, der freundlicherweise zu einer Andacht in der Kanzlei vorbeikam.

Mitch arbeitete am Donnerstag bis zum späten Nachmittag und setzte sich dann eine Stunde lang mit Stephen zusammen, um mühsam die verschiedenen Aspekte des Verfahrens »Lannak Construction gegen die Volksrepublik Libyen« zu sortieren. Die Akte war viertausend Seiten dick und wurde immer umfangreicher. Scully hatte acht Sachverständige engagiert, die bereit waren, zu Themen wie Brückenkonstruktion, Architektur, Bauweise, Materialien, Preisgestaltung und Terminen auszusagen. Stephen fand es zunächst aufregend, mit einem exotischen Verfahren in einem fremden Land befasst zu sein, aber seine Begeisterung ließ rasch nach, als sie sich durch das ganze Material wühlten.

Mitch ging um sieben und genoss einen ruhigen Abend mit Abby und den Jungs. Am nächsten Morgen um acht Uhr fand er Stephen genau dort vor, wo er ihn am Abend zuvor verlassen hatte – an dem kleinen Arbeitstisch in einer Ecke seines Büros. Als Mitch klar wurde, was das bedeutete, schüttelte er nachsichtig den Kopf. »Lassen Sie mich raten. Sie haben die ganze Nacht durchgearbeitet?«

»Ja, ich hatte sonst nichts vor und war so richtig in Fahrt. Faszinierend.«

Mitch hatte selbst endlos lange Arbeitstage absolviert, aber er hatte nie das Bedürfnis gehabt, die Nacht durchzuarbeiten. Solche Glanzleistungen waren in Großkanzleien üblich und sollten andere beeindrucken, um an der Legende eines Senkrechtstarters zu stricken, der so schnell wie möglich Partner werden wollte. Mitch hatte dafür nichts übrig.

Aber Stephen war ledig, und seine Freundin war angestellte Anwältin bei einer anderen Großkanzlei, die sie genauso auspresste. Er hätte ihr gern einen Antrag gemacht, fand aber nicht die Zeit. Auch sie wollte heiraten, befürchtete jedoch, dass sie sich nie sehen würden. Wenn sie es schafften, sich zu später Stunde zu einem Abendessen zu treffen, nickten sie oft schon nach dem ersten Cocktail ein.

Mitch lächelte. »Ab jetzt gelten neue Regeln. Wenn Sie weiter an diesem Verfahren beteiligt sein wollen, arbeiten Sie nicht länger als sechzehn Stunden pro Tag daran. Verstanden?«

»Ich denke schon.«

»Merken Sie sich das bitte. Hören Sie mir gut zu, Stephen. Der Prozessvertreter bin ich, und das heißt, ich bin Ihr Boss. Arbeiten Sie nicht mehr als sechzehn Stunden pro Tag an der Sache. Habe ich mich klar ausgedrückt?«

»Glasklar, Boss.«

»Das klingt schon besser. Und jetzt verschwinden Sie aus meinem Büro.«

Stephen sprang auf und schnappte sich einen Stapel Papiere. Auf dem Weg nach draußen musste er noch etwas loswerden. »Boss, ich habe letzte Nacht im Internet herumgeklickt und bin auf das Video gestoßen, das mit der Kettensäge. Haben Sie es gesehen?«

»Nein. Und ich habe es auch nicht vor.«

»Sehr klug. Ich wünschte, ich hätte es mir erspart, weil ich es nie vergessen werde. Das ist ein Grund, warum ich die ganze Nacht wach war. Ich hätte nicht schlafen können. Heute Nacht bestimmt auch nicht.«

»Das hätten Sie sich denken können.«

»Ja, hätte ich. Die Schreie …«

»Das reicht, Stephen. Kümmern Sie sich um etwas anderes.«

Ein weiterer Tag verging ohne ein Wort von den Entführern und denen, die die Jagd nach ihnen aufgenommen hatten. Dann noch einer. Mitch begann jeden Tag mit einer Informationsrunde zur Sicherheitslage mit Cory, die in Jack Ruchs Büro stattfand. Bei den Videokonferenzen hörten sie sich zunehmend frustriert Darians Updates zu Nordafrika an. Er füllte zwanzig Minuten mit halbwegs plausiblen Vorhersagen zu möglichen Entwicklungen, aber in Wahrheit war er auf Vermutungen angewiesen.

Dann wurde es hochdramatisch. In der Nacht von Sonntag, dem 24. April, neun Tage nach der Entführung, griff eine libysche Antiterroreinheit ein Lager in der Nähe der Grenze zum Tschad an. Die Gegend war kaum bewohntes Niemandsland, und die dort lebenden Menschen waren bewaffnet, weil sie entweder auf Unruhen gefasst waren oder selbst welche anzetteln wollten. Das weitläufige, geheime Lager beherbergte angeblich das Hauptquartier von Adheem Barakat und seiner kleinen Armee von Aufständischen. Angesichts der Weite der Sahara war ein Überraschungsangriff praktisch unmöglich, und die Libyer leisteten miserable Arbeit. Möglicherweise war Barakat von Stammesleuten, die auf seiner Gehaltsliste standen, oder seinen Wachposten gewarnt worden, und seine Drohnen waren in höchster Alarmbereitschaft. In jedem Fall stieß der Angriff auf erbitterten Widerstand. Drei Stunden lang tobte eine erbarmungslose Schlacht. Hunderte libysche Einsatzkräfte wurden in Truppentransportern herangekarrt, während andere aus russischen Mi-26-Hubschraubern absprangen. Zwei Helikopter wurden mit schultergestützten Strela-Raketen abgeschossen, die ebenfalls aus russischer Produktion stammten. Die Libyer waren auf diese Feuerkraft nicht gefasst gewesen. Die Opferzahlen auf beiden Seiten waren entsetzlich, und da es so aussah, als würden die Kampfhandlungen weitergehen, bis alle tot waren, rief der libysche Befehlshaber seine Truppen zurück.

Tripolis gab unverzüglich eine Pressemitteilung heraus, in der die Mission als Präzisionsschlag der Regierungstruppen gegen eine Terrororganisation bezeichnet wurde. Sie sei ein uneingeschränkter Erfolg gewesen. Der Feind sei ausgemerzt.

Zugleich ließ die Regierung durchsickern, der eigentliche Grund für den Angriff sei die Rettung von Giovanna Sandroni gewesen. Das sollte als eindeutiger Beweis dafür dienen, dass Gaddafi nichts mit ihrer Entführung zu tun hatte. Vielmehr versuchte er, sie zu retten.

Glücklicherweise war sie mehr als sechshundert Kilometer vom Ort des Geschehens entfernt.

Mitch und Jack Ruch verließen LaGuardia um 8.15 Uhr auf einem Pendlerflug zum Reagan National Airport in Washington. Vor dem Terminal wurden sie von Benson Wall, dem geschäftsführenden Partner von Scully in Washington, in Empfang genommen. Ein Fahrer brauste mit ihnen in einem schwarzen Dienstwagen davon, und nur wenige Minuten nach der Landung hatten sie sich in den Verkehr über den Potomac eingereiht. Ihre Besprechung mit Senator Lake war für 10.30 Uhr angesetzt, sie hatten also reichlich Zeit. Lake war berüchtigt dafür, dass er zu jedem Termin zu spät kam, aber wenn eine Besprechung in seinem Büro stattfand, erwartete er Pünktlichkeit.

Es war bereits die dritte Amtszeit von Elias Lake, aber sein Kollege als Senator für den Bundesstaat New York war noch länger im Amt. Er war bereits 1988 gewählt worden und wirkte keineswegs amtsmüde. Wie nicht anders zu erwarten, unterhielt Scully & Pershing enge Beziehungen zu beiden Politikern, die sehr herzlich waren und darauf beruhten, dass die Kanzlei beträchtliche Summen zur Verfügung stellen konnte und dafür stets Gehör bei den Senatoren fand. Jack hatte wenig Mühe, sie telefonisch zu jeder halbwegs vernünftigen Zeit zu erreichen, aber die Dringlichkeit der Sandroni-Affäre erforderte ein persönliches Treffen. Senator Lake war Vorsitzender eines Unterausschusses für auswärtige Angelegenheiten und hatte in dieser Position eine enge Beziehung zur aktuellen Außenministerin aufgebaut. Außerdem hatte Benson Wall drei Jahre zuvor Lakes Neffen direkt nach dem Abschluss an der Georgetown University als Anwalt eingestellt. Jack und Benson waren sich einig, dass sie bei Lake bessere Karten hatten als bei seinem dienstälteren Kollegen.

Vier Jahre zuvor hatte Mitch zum ersten Mal das Kapitol besucht. Damals war er mit einem anderen Partner und einem Mandanten unterwegs gewesen, einem Unternehmer aus der Rüstungsindustrie, der Scully engagiert hatte, um aus für ihn nachteiligen Verträgen herauszukommen. Dazu musste ein gewisser Senator aus Idaho gehätschelt werden. Mitch mochte das Kapitol nicht und hatte den Eindruck, dass dort viel Aufwand um nichts betrieben wurde. Er hatte sich geschworen, dass es sein letzter Besuch gewesen war.

Aber jetzt war alles anders. Dies war ein Notfall, weil eine Scully-Anwältin entführt worden war und die Kanzlei dringend Hilfe brauchte.

Mitch, Jack und Benson trafen um 10.15 Uhr am Dirksen Senate Office Building ein und gingen in den ersten Stock, wo sie sich an der Tür zu Lakes Büroräumen einer weiteren Sicherheitskontrolle unterzogen. Dann wurden sie in einen kleinen Besprechungsraum geführt, warteten einige Minuten, bis sie von einem stellvertretenden Büroleiter begrüßt wurden, der ihnen mitteilte, der Senator werde sich aufgrund anderer wichtiger Angelegenheiten verspäten.

Um 10.40 Uhr wurden sie in Lakes pompöses Büro geführt, wo er sie herzlich begrüßte und aufforderte, an einem Tisch Platz zu nehmen. Er war ein echter New Yorker aus Brooklyn und liebte alles an seiner Stadt. Seine Wände waren mit Fahnen und Wimpeln sämtlicher Sportmannschaften geschmückt. Kein Politiker, der etwas auf sich hielt, konnte persönliche Vorlieben äußern und erwarten, in New York wiedergewählt zu werden. Lake war um die sechzig, fit, hyperaktiv, voller Energie und ging keinem Konflikt aus dem Weg.

Es war sein Büro, sein Revier, deshalb bestimmte er das Gespräch. »Ich freue mich, dass Sie hier sind, aber wir hätten das auch telefonisch besprechen können. Mir ist klar, worum es geht.«

»Ich weiß«, sagte Jack. »Sie ist italienische und britische Staatsbürgerin, Senator, also rein technisch gesehen keine von uns. Aber eigentlich ist sie es doch. Sie gehört zu Scully, und auch wenn wir weltweit Niederlassungen haben, ist und bleibt Scully eine amerikanische Kanzlei. Eine New Yorker Kanzlei. Sie hat einen Sommer lang ein Praktikum bei Skadden in New York absolviert. Sie hat an der University of Virginia Jura studiert und ihren Abschluss gemacht. Ihr Englisch ist besser als meins. Uns liegt sehr daran, dass Sie und das Außenministerium Giovanna als eine von uns sehen, praktisch als Amerikanerin.«

»Das ist mir alles klar. Ich habe gestern mit der Außenministerin gesprochen. Glauben Sie mir, Jack, dort wird die Sache sehr ernst genommen. Es gibt tägliche Briefings, hier und im Ministerium. Dutzende von Kontaktleuten wurden aktiviert. Niemand verschläft hier etwas, Jack. Aber das Problem ist, dass niemand etwas weiß. Einige höchst unangenehme Leute haben sie in ihrer Gewalt, doch bisher haben sie sich nicht gemeldet. Habe ich recht?«

Jack nickte und wechselte einen grimmigen Blick mit Benson.

Der Senator sah kurz auf seine Notizen und sprach dann weiter. »Unseren Leuten zufolge – wobei man nicht vergessen darf, dass unsere Leute in Libyen nicht gerade willkommen sind, sodass wir uns auf die Nachrichtendienste der Briten, Italiener und Israelis verlassen müssen ... Auf jeden Fall heißt es, höchstwahrscheinlich stecke eine aufständische Miliz von Wüstenratten unter Führung eines Verbrechers namens Barakat dahinter. Sie sollen Miss Sandroni in ihrer Gewalt haben, aber bisher gibt es keine Kontaktaufnahme. Wie Sie wissen, wurde ursprünglich spekuliert, Gaddafi selbst wäre für die Entführung verantwortlich, aber unsere Leute glauben das nicht.«

Mitch fühlte sich an Darian Kasuchs Informationsrunden erinnert. Hatte denn niemand etwas Neues zu sagen?

Jack hatte behauptet, auch wenn die Besprechung Zeitverschwendung zu sein scheine, könne Senator Lake später noch wichtig werden.

Um sie zu beeindrucken, griff der Senator nach einer vertraulichen Mitteilung auf seinem Schreibtisch. Topsecret natürlich, höchste Geheimhaltungsstufe. Der Angriff vor zwei Tagen, mit dem die Libyer prahlten, sei für sie ein totales Desaster gewesen. Der CIA zufolge, die dem Senator alle möglichen sensiblen Informationen anvertraute, seien die Verluste der libyschen Armee viel höher gewesen als die des Gegners, und sie sei nach einem brutalen Gegenangriff zum Rückzug gezwungen gewesen.

Das alles hatte höchstwahrscheinlich nichts mit Giovanna zu tun, aber da der Senator über die Informationen verfügte, wollte er sie auch weitergeben. Unter dem Siegel der Verschwiegenheit natürlich.

An drei Wänden hingen Uhren, um den Besuchern vor Augen zu führen, dass Lakes Zeit kostbar und seine Tage durchgetaktet waren. Um Punkt elf Uhr klopfte eine Sekretärin an die Tür. Lake tat so, als würde er nichts hören, und sprach weiter. Sie klopfte erneut, öffnete die Tür einen Spalt weit und sagte: »Ihr nächster Termin ist in fünf Minuten.«

Lake nickte, ohne seinen Redeschwall zu unterbrechen, und sie trat den Rückzug an. Er schwadronierte, als wären ihm seine Besucher viel wichtiger als die dringlichen Termine, die danach anstanden. Die erste Unterbrechung war Theater und sollte dafür sorgen, dass sich die Besucher unbehaglich und zum Gehen gedrängt fühlten. Die zweite Unterbrechung stand ebenfalls im Drehbuch und folgte fünf Minuten später, als der Büroleiter klopfte und hereinkam. In der Hand hielt er Unterlagen, die – sofern sie jemals irgendwer zu Gesicht bekam – belegten, dass der Zeitplan eingehalten werden musste und der Senator bereits im Verzug war. Der Büroleiter lächelte Jack, Mitch und Benson zu und sagte: »Danke, meine Herren. Der Senator hat eine Besprechung mit dem Vizepräsidenten.«

Welchem Vizepräsidenten?, hätte Mitch am liebsten gefragt. Dem Vizepräsidenten des Rotary Clubs? Oder seiner Bankfiliale?

Der Senator redete weiter, während seine Besucher sich erhoben und zur Tür gingen. Er versprach, die Situation im Auge zu behalten und Jack zu kontaktieren, sollte es weitere Entwicklungen geben. Bla, bla, bla. Mitch konnte gar nicht schnell genug wegkommen.

Das Mittagessen bestand aus einem Sandwich in einer Cafeteria im Untergeschoss des Kapitols.

Um dreizehn Uhr trafen sie sich mit einem Juristen vom Büro des Rechtsberaters der Außenministerin. Er hatte früher in der Scully-Niederlassung in Washington gearbeitet und war nach einem Burn-out in den Staatsdienst gewechselt. Benson hatte ihn direkt nach dem Studium eingestellt und war mit ihm weiterhin befreundet. Er hatte nach eigener Aussage enge

Kontakte zum stellvertretenden Außenminister und verfolgte die inoffiziellen Gerüchte. Kaum vorstellbar, dass eine Scully-Anwältin entführt worden sei, meinte er.

Als sie auf dem Rückweg zum Flughafen erneut den Potomac überquerten, zeigte Mitch Teamgeist und stimmte den anderen zu, als sie fanden, der Tag sei gut gelaufen. Insgeheim schwor er sich wieder einmal, einen weiten Bogen um das Kapitol zu machen, wenn es sich irgendwie einrichten ließ.

19

Die Gemeinsame Kommission für Schiedsgerichtsbarkeit hatte ihren Sitz im vierten Stock des Justizpalasts im Genfer Stadtzentrum. Die zwanzig Richter kamen aus der ganzen Welt und wurden für eine Amtszeit von fünf Jahren ernannt, die einmalig um fünf Jahre verlängert werden konnte. Es war eine hoch angesehene Tätigkeit, und die begehrten Posten wurden von den Vereinten Nationen vergeben. Auf der Terminliste der Kommission stand eine schwindelerregende Mischung von Zivilverfahren aus allen Bereichen. Regierungen, die aneinandergeraten waren, Unternehmen, die einander verklagten, Einzelpersonen, die riesige Summen von ausländischen Gesellschaften und Regierungen forderten. Etwa die Hälfte der Verhandlungen fand in Genf statt, aber die Kommission war durchaus mobil. Gereist wurde erster Klasse, und die Spesen waren entsprechend üppig. Wenn beispielsweise Kambodscha eine Schiedsklage gegen Japan eingereicht hatte, war es nicht sinnvoll, alle Anwälte und Zeugen nach Genf zu beordern. Deshalb wählte die Kommission einen leichter erreichbaren Verhandlungsort in Asien, möglichst in Nähe eines mondänen Badeorts.

Luca hatte im Vorjahr, im Oktober 2004, Schiedsklage gegen Libyen eingereicht und eine Verhandlung in Genf beantragt. Die Vorsitzende oder Obfrau der Kommission war einverstanden gewesen.

Jetzt wollte sie einen neuen Termin ansetzen, was für Anwälte immer lästig, aber nicht ungewöhnlich war. Mitch ging davon aus, dass die Kommission neugierig auf das Verfahren war, das plötzlich unerwartete Berühmtheit erlangt hatte. Praktisch alle anderen anstehenden Verfahren waren extrem langweilige Streitigkeiten vom anderen Ende der Welt und nicht vergleichbar mit einer Klage mit einem Streitwert von einer halben Milliarde Dollar, bei der es um eine Brücke in der Wüste ging und die mittlerweile neben den vier Enthauptungen verschiedene andere Morde und die Verschleppung einer Scully-Juristin nach sich gezogen hatte. Als Mitch die Ladung zu dem neuen Termin erhielt, erwog er ernsthaft, eine Verlegung zu beantragen, was ebenfalls durchaus üblich war. Eine Vertagung um dreißig bis neunzig Tage wäre ihm bestimmt gewährt worden. In Absprache mit Lannak kam er jedoch zu dem Schluss, dass der Termin in Genf eine gute Gelegenheit bot, sich persönlich über das Verfahren auszutauschen.

Mitch und Stephen flogen nach Rom und besuchten Luca in seiner Villa. Zwei Wochen waren seit Giovannas Verschleppung vergangen, und immer noch hatten sich ihre Entführer nicht gemeldet. Die Tage wurden für Luca nicht einfacher. Er aß und schlief kaum und verlor an Gewicht. Eigentlich stand eine weitere Runde Chemotherapie an, aber er fühlte sich der Belastung nicht gewachsen. Er stritt sich mit seinen Ärzten herum und war unzufrieden mit seinem Pflegedienst. Aber er freute sich über Mitchs Besuch und trank sogar ein Glas Wein, das erste seit Tagen.

Gemeinsam mit Roberto Maggi setzten sie sich in Lucas Arbeitszimmer zusammen und besprachen ihre Strategie, dann flogen sie nach Genf, um die Vertreter von Lannak zu treffen: Omar Celik, den Vorstandsvorsitzenden und Enkel des Gründers von Lannak, Denys Tullos, seinen Chefsyndikus und Hauptansprechpartner von Mitch, sowie Omars Sohn Adem, Princeton-Absolvent und künftiger Inhaber des Unternehmens. Sie waren keine strenggläubigen Muslime und tranken Alkohol.

Nach einer Runde Cocktails in der Hotelbar gingen sie zu einem Restaurant, wo sie sich für den Abend niederließen. Später stieß Jens Bitterman zu ihnen, ein Schweizer Anwalt, der zu Mitchs Team gehörte und für das Schiedsverfahren zuständig war.

Omar war seit über zwanzig Jahren mit Luca befreundet und machte sich Sorgen um ihn. Giovanna kannte er seit ihrer Kindheit. Mehrmals hatten Luca und seine Familie im Strandhaus der Celiks am Schwarzen Meer Urlaub gemacht. Omar war natürlich verärgert, dass sich die Libyer weigerten, die ausstehenden vierhundert Millionen Dollar für die Brücke zu zahlen, und wollte das Geld unbedingt eintreiben, aber viel größere Sorgen machte ihm Giovannas Schicksal.

Bei einem ihrer vielen Gespräche verriet Denys Tullos Mitch, dass das Unternehmen einen privaten Sicherheitsdienst engagiert habe, der tief im Inneren Libyens nach ihr suche. Mitch gab das an Darian Kasuch von Crueggal weiter, der nicht überrascht war. »Willkommen im Club«, sagte er.

Der Termin war für Donnerstag, den 18. April, vierzehn Uhr angesetzt. Mitch und sein Team verbrachten den Morgen mit den Celiks und Denys Tullos in einem Konferenzraum des Hotels. Sie gingen Lucas Terminplanung durch und suchten nach Möglichkeiten, die Berge von Beweismaterial, die noch zu sichten waren, auf das Wesentliche zu reduzieren. Sie debattierten, wie sie die Klage um Entschädigung für den Tod der vier Personenschützer und von Youssef erweitern konnten, die alle für Lannak gearbeitet hatten. Sehr schnell übernahm Omar die Leitung der Besprechung und zeigte, warum er als knallharter Geschäftsmann galt, der kein Stück nachgab. Er ärgerte sich seit über zwanzig Jahren mit den Libyern herum, und obwohl er sein Geld normalerweise letztendlich bekam, hatte er genug davon.

Keine Projekte mehr in diesem Land. Er bezweifelte, dass das Regime für den Hinterhalt und das Blutvergießen verantwortlich war, weil es immer zugesagt hatte, ausländische Arbeitskräfte zu schützen. Das galt besonders für Lannak-Mitarbeiter. Omar war jedoch überzeugt, dass Gaddafi zunehmend die Kontrolle über einen Großteil seines Gebiets verlor und nicht mehr vertrauenswürdig war. Er wollte die Klage unbedingt erweitern, um die libysche Regierung für den Tod seiner Mitarbeiter zur Verantwortung zu ziehen, war sich aber mit Mitch darin einig, dass sie dafür mehr Zeit brauchten. Wahrscheinlich würde Walid demnächst mit durchschnittener Kehle aufgefunden werden. Niemand konnte vorhersagen, was mit Giovanna geschehen würde. Im Augenblick gab es zu viele unbekannte Faktoren, um eine Strategie festzulegen.

Nach einem Sandwich fuhren sie mittags mit dem Taxi zum Justizpalast und gingen zum Sitzungssaal im vierten Stock. Davor warteten in dem riesigen, menschenleeren Gang zwei Reporter. Der eine hatte sich eine Kamera um den Hals gehängt und war von einem Londoner Boulevardblatt, der andere von einer seriöseren Zeitung. Sie fragten Mitch, ob er Zeit habe, mit ihnen zu reden. Er verneinte höflich, ohne stehen zu bleiben, und ging in den Saal.

Der große, hohe Raum mit riesigen Fenstern, die viel Licht hereinließen, bot Platz für Hunderte von Zuschauern. Allerdings waren keine anwesend – nur Grüppchen von Anwälten, die hier und da die Köpfe zusammensteckten und im Flüsterton gewichtige Worte wechselten, während sie sich von verschiedenen Enden des Saals aus im Auge behielten.

Der Richtertisch war ein eindrucksvolles Möbelstück, gut fünfundzwanzig Meter lang und aus dunklem Edelholz gefertigt, das bestimmt schon vor zweihundert Jahren geschlagen worden war. Hinter dem 1,80 Meter hohen Tisch standen zwanzig Ledersessel auf Rollen, die dreh- und kippbar waren. Sie hatten alle dieselbe dunkelweinrote Farbe und genau dieselbe Höhe, sodass die Mitglieder der Schiedskommission im Bewusstsein ihrer Weisheit und Macht auf Anwälte und Parteien herabblickten, wenn das Schiedsgericht tagte.

Alle zwanzig waren leer. Ein Justizangestellter führte Mitch, Stephen, Jens Bitterman und Roberto zum Tisch der Klagepartei auf der einen Seite des Raums. Sie packten dicke Aktenordner aus, als wären sie auf einen stundenlangen Termin gefasst. Auf der anderen Seite des Gangs marschierte ein zweites Team grimmig dreinblickender Anwälte zu einem Tisch und packte ebenfalls Unterlagen aus. Die Kanzlei Reedmore aus London, von der sich Libyen bevorzugt vertreten ließ, war berüchtigt für ihre Arroganz, und ihre Anwälte schienen ihren Ruf als extrem unangenehme Zeitgenossen zu genießen.

Reedmore kam mit nur fünfhundertfünfzig Anwälten von der Größe her nicht unter die fünfundzwanzig führenden Kanzleien und war lediglich in einer Handvoll Ländern tätig, in erster Linie in Europa. Die Kanzlei arbeitete seit vielen Jahren für das libysche Regime. Luca behauptete, deswegen hätten ihre Leute auch nicht viel Spaß im Leben.

Ein Vorteil der Arbeit bei Scully & Pershing waren nicht nur die vielen begabten, ambitionierten und hochkompetenten Anwälte mit ganz unterschiedlichem Hintergrund, sondern auch die schiere Größe. Die Kanzlei war seit einem Jahrzehnt die größte der Welt und sorgte mit Nachdruck dafür, dass es dabei blieb. Ihre Juristen ließen sich ihren Stolz auf ihren breit aufgestellten Arbeitgeber und seine weitreichende Präsenz häufig anmerken. Eine größere Kanzlei hatte es nie gegeben. Größe war natürlich nicht immer identisch mit Kompetenz und keine Erfolgsgarantie, aber in der Welt der Großkanzleien wurde die Nummer eins von Nummer zwei bis fünfzig heftig beneidet.

Die Reedmore-Juristen waren gefürchtete Gegner, und Mitch hatte keineswegs vor, sie zu unterschätzen. Ihre Überheblichkeit ließ ihn jedoch kalt. Jerry Robb war Prozessbevollmächtigter des libyschen Staates. Er hatte zwei jüngere Kollegen dabei, und alle drei trugen maßgeschneiderte marineblaue Anzüge im selben Stil. Ein Lächeln konnte sich offenbar keiner von ihnen abringen.

Angesichts der schlechten Nachrichten vonseiten der Gegenpartei wollte Robb sich die Gelegenheit nicht entgehen lassen, Salz in die Wunde zu streuen. Er ging zum Tisch der Klagepartei und streckte die Hand aus. »Hallo allerseits.« Er war steif wie ein Brett und hatte einen Händedruck wie ein Zwölfjähriger. »Ich habe letzte Woche mit Luca gesprochen«, verkündete er etwas von oben herab. »Ich hoffe, es geht ihm gut, trotz allem.«

Trotz allem. Trotz der Tatsache, dass er unheilbar an Krebs erkrankt war und seine Tochter von brandgefährlichen Verbrechern entführt worden war.

»Luca geht es gut«, erwiderte Roberto. »Trotz allem.«

»Gibt es etwas Neues von Giovanna?«

Mitch ließ sich nicht provozieren und schüttelte nur den Kopf. *Nein.*

»Nichts«, sagte Roberto. »Ich richte ihm aus, dass Sie sich erkundigt haben.«

»Bitte tun Sie das.«

Das überaus förmliche Gespräch fand ein Ende, als sich ein Justizangestellter am Richtertisch lautstark zu Wort meldete, und Robb kehrte zu seinem Tisch zurück. Auf Englisch mahnte der Angestellte zur Ruhe. Er setzte sich wieder, ein zweiter stand auf und wiederholte dasselbe auf Französisch. Mitch sah sich in dem riesigen Saal um. Es gab zwei Grüppchen von Anwälten, die weit voneinander entfernt saßen, mit einigen wenigen Mandanten dazwischen. Die beiden britischen Journalisten hatten sich in der ersten Reihe niedergelassen. Er bezweifelte, dass irgendwer im Saal Französisch sprach, aber das Gericht hatte seine Vorschriften.

Die drei Mitglieder der Schiedskommission kamen durch eine Tür hinter dem Richtertisch herein und nahmen ihre Plätze ein. Die Obfrau der Kommission saß als Vorsitzende in der Mitte. Ihre beiden Kollegen hatten in einem Abstand von mindestens sechs Metern von ihr Platz genommen. Siebzehn der thronartigen Sessel blieben leer. Der vorgezogene Termin erforderte nicht die Anwesenheit des gesamten Gremiums.

Die Vorsitzende hieß Victoria Poley und war eine Amerikanerin aus Dayton, eine frühere Bundesrichterin und eine der ersten Frauen, die ein Jurastudium in Harvard abgeschlossen hatten. Als Anreden waren »Madame«, »Vorsitzende«, »Richterin«, »Euer Ehren« oder »Lord« zulässig. Alles andere war problematisch. Nur Anwälte von den Britischen Inseln oder aus Australien wagten es, sie mit »Lord« anzusprechen.

Zu ihrer Rechten saß ein Schiedsrichter aus Nigeria, links von ihr ein Richter aus Peru. Keiner der beiden trug Kopfhörer, also würde es wohl keine Verzögerung geben, weil gedolmetscht werden musste.

Madame Poley begrüßte die Anwesenden zur Nachmittagssitzung und sagte, es stünden nur wenige Verfahren auf der Terminliste. Sie warf einer Justizangestellten einen Blick zu, die sich erhob, das Lannak-Verfahren aufrief und den Sachverhalt verlas, beginnend mit der Einreichung der Klage im Oktober des vergangenen Jahres. Der Stoff war an sich schon todlangweilig, aber ihre monotone Stimme legte sich wie Blei über den Saal. Sie sprach weiter und weiter, während ihre Stimme immer ausdrucksloser wurde. Mitchs letzter Gedanke, bevor er in ein Koma versank, war die Hoffnung, dass das Ganze nicht auf Französisch wiederholt wurde.

»Mr. McDeere«, rief eine Stimme, und Mitch erwachte schlagartig wieder zum Leben. »Willkommen vor dem Schiedsgericht«, sagte Madame Poley, »und richten Sie Signor Luca Sandroni bitte Grüße von mir aus.«

»Danke, Euer Ehren, er lässt ebenfalls grüßen.«

»Mr. Robb, ich freue mich wie immer, Sie zu sehen.«

Jerry Robb stand auf, verneigte sich leicht und rang sich die Andeutung eines Lächelns ab, sagte aber kein Wort.

»Sie können sich setzen. Bitte behalten Sie während des Termins Platz.« Beide Anwälte setzten sich.

»Mittlerweile wurde der Verhandlungstermin für Februar nächsten Jahres angesetzt«, begann Madame Poley. »Das ist in knapp einem Jahr. Ich möchte beide Seiten fragen, ob das für die Vorbereitung ausreicht. Mr. McDeere.«

Mitch blieb sitzen und sagte Ja, natürlich, die Klagepartei werde bereit sein. Grundsätzlich drängte immer der Kläger, der die Klage eingereicht hatte, auf eine Verhandlung. Ein Kläger lehnte kaum jemals einen Verhandlungstermin ab. Egal, wie viel Arbeit noch anstand, Mitch war zuversichtlich, dass er den Zeitplan einhalten konnte. Sein Mandant hätte einen noch früheren Verhandlungstermin bevorzugt, aber das konnte zu einem anderen Zeitpunkt angesprochen werden.

Madame Poley erkundigte sich nach der Beweisaufnahme und fragte, wie sie vorankämen. Mitch zeigte sich zuversichtlich, dass sie in neunzig Tagen abgeschlossen sein würde. Es seien weitere Zeugenaussagen zu protokollieren, Unterlagen anzufordern und Sachverständige zu bestimmen, aber neunzig Tage würden dafür ausreichen.

Mr. Robb?

Jerry Robb war ein schlechter Schauspieler und gab wenig überzeugend vor, über den Optimismus seines Anwaltskollegen erstaunt zu sein. Die Beweiserhebung werde mindestens sechs Monate harter Arbeit erfordern, vielleicht mehr, und eine Verhandlung in nicht einmal einem Jahr sei schlicht unmöglich. Robb griff zu den Standardargumenten des Beklagtenvertreters und ratterte eine Handvoll Gründe herunter, warum er mehr Zeit brauchte. »Und ich mag gar nicht daran denken, wie komplex sich die Sache angesichts der kürzlichen Ereignisse in Libyen entwickeln wird«, schloss er, nachdem er ausgiebig Phrasen gedroschen hatte.

»Lassen Sie uns über diese kürzlichen Ereignisse sprechen«, sagte Madame Poley wie auf ein Stichwort. »Mr. McDeere, beabsichtigen Sie eine Erweiterung Ihrer Klage um einen Antrag auf zusätzliche Entschädigung?«

Die Antwort war Ja, aber Mitch hatte nicht vor, das in diesem Termin zu sagen. »Euer Ehren«, sagte er mit gespielter Frustration, »die Entwicklungen in Libyen sind ständig in Bewegung, es kann von einem Tag auf den anderen drastische Veränderungen geben. Ich kann unmöglich vorhersagen, was geschieht und welche rechtlichen Folgen sich daraus ergeben.«

»Natürlich nicht, ich verstehe Ihre Position. Aber angesichts der bisher eingetretenen Ereignisse stimmen Sie mir sicherlich zu, wenn ich sage, dass die Situation nur noch komplexer werden kann?«

»Keineswegs, Euer Ehren.«

Robb sah seine Chance. »Euer Ehren«, meldete er sich zu Wort, »Sie haben völlig recht. Ereignisse, die außerhalb unserer Kontrolle liegen, haben eine undurchsichtige Lage geschaffen, wenn ich das so sagen darf. Es ist nur fair, wenn wir uns auf eine Verlängerung einigen und nichts überstürzen, um eine nicht praktikable Frist einzuhalten.«

Mitch konterte umgehend. »Der Termin ist machbar, Euer Ehren, und ich kann dem Schiedsgericht versichern, dass die Klagepartei bis Februar bereit sein wird, wenn nicht schon eher. Für die beklagte Partei kann ich nicht sprechen.«

»Das sollten Sie auch nicht«, giftete Robb.

Madame Poley griff ein, bevor die Debatte in eine kleinliche Streiterei ausartete. »Warten wir ab, wie sich die Situation da unten entwickelt, und sprechen wir dann noch einmal darüber. Jetzt würde ich gern einige Punkte abarbeiten, die bei der Beweiserhebung bereits zur Sprache gekommen sind. Wenn ich mich nicht irre, hat die Klagepartei acht Sachverständige benannt, die in der Verhandlung aussagen könnten. Die beklagte Partei sechs. Das bedeutet sehr viele Aussagen, und ich bin mir nicht sicher, dass wir sie in diesem Umfang benötigen. Mr. McDeere, ich hätte gern eine kurze Zusammenfassung der jeweiligen Aussage der Sachverständigen. Nichts Kompliziertes. Aus dem Stegreif.«

Mitch nickte und lächelte, als wäre ihm nichts lieber als das. Roberto reagierte schnell und reichte ihm einige Notizen.

Nachdem Mitch die Kompetenzen seines dritten Sachverständigen erörtert hatte, eines Experten für Zement, war er sicher, dass alle drei Richter fest schliefen.

20

Zwei Londoner Zeitungen berichteten über den Schiedstermin. Der *Guardian* unterfütterte seinen Artikel auf Seite zwei mit Informationen über die Geschichte des Verfahrens und erinnerte seine Leser daran, dass es keinen »gemeldeten« Kontakt mit den Entführern gegeben habe. Der Termin in Genf wurde als »langweilig« beschrieben und habe kaum Fortschritte gebracht. Die Kommission scheue sich offenbar, Entscheidungen zu treffen, solange es so viele Unwägbarkeiten gebe. Neben einem kleinen Archivfoto von Giovanna wurde eine neue Aufnahme von Mitch McDeere veröffentlicht, der Seite an Seite mit Roberto Maggi den Justizpalast betrat. Beide wurden vollkommen richtig als Partner der Mammut-Kanzlei Scully & Pershing bezeichnet, die für ihren Mandanten mindestens vierhundert Millionen Dollar von der libyschen Regierung fordere.

Mitch, der bereits wieder auf der anderen Seite des Atlantiks war, inspizierte das Schwarz-Weiß-Foto mit seinem Konterfei. Er war nicht begeistert, dass er namentlich genannt wurde, wusste aber, dass es unvermeidlich war.

Der *Current* begann mit einem Aufmacher auf der Titelseite – GADDAFIS ANWÄLTE VERSCHLEPPEN VERFAHREN: KEINE NACHRICHT VON GIOVANNA – und attackierte auf Seite fünf den »skrupellosen Diktator«, der seine Rechnungen nicht bezahlen wolle. Die Botschaft war klar: Gaddafi sei über das Verfahren gegen ihn verärgert und habe daher die Morde und Entführungen veranlasst. Der Artikel enthielt ein Foto von Mitch, eines von Giovanna und dazu die bereits bekannte verstörende Aufnahme von Youssef, der an einem Drahtseil baumelte.

Am 1. Mai ereilte Walid das Schicksal, mit dem jeder gerechnet hatte. Seine Mörder hatten sein Leiden unnötig verlängert, indem sie ihm die Hoden abschnitten und ihn ausbluten ließen. Er war an einem Fuß an einer hohen Zypresse in der Nähe einer belebten Straße, gut dreißig Kilometer südlich von Tripolis, aufgehängt worden. An dem frei in der Luft hängenden Fuß war die bereits bekannte Nachricht befestigt: *Walid Jamblad, Verräter.*

Ein Anwalt von der Niederlassung in Rom sah den Bericht zuerst und alarmierte Roberto Maggi, der wiederum Mitch anrief. Wenige Stunden später wurde ein Video ins Deep Web gestellt, ein weiterer ekelhafter Clip, der zeigte, wie die Verbrecher einen Unschuldigen zum Vergnügen töteten. Oder gab es doch einen Grund, eine Botschaft? Roberto sah das Video und riet Mitch dringend, sich das zu ersparen.

Nun war nur noch Giovanna übrig. Natürlich war sie die zentrale Figur, und es ließ sich unmöglich vorhersagen, welches Schicksal sie erwartete.

Mitch, Jack Ruch und Cory Gallant quälten sich durch eine weitere Videokonferenz mit Darian von Crueggal. Falls er etwas sagte, das sich nicht entweder von selbst verstand oder ihnen bereits bekannt war, fiel es ihnen zumindest nicht auf. Nach dem Ende der Videokonferenz vergewisserte Mitch sich, dass kein Mikrofon eingeschaltet war, bevor er sich an Jack wandte. »Was zahlen wir diesen Leuten eigentlich?«

»Viel.«

»Das war wieder mal eine halbe Stunde verschwendete Zeit.«

»Nicht ganz. Stellen Sie es Lannak in Rechnung.«

Mitch sah Cory an. »Vertrauen Sie denen immer noch? Bisher haben sie rein gar nichts geliefert.«

»Das werden sie noch, Mitch. Bestimmt.«

»Was ist unser nächster Zug?«

»Wir haben keinen. Wir warten. Bis wir von Giovanna oder den Leuten hören, die sie in ihrer Gewalt haben, sind uns die Hände gebunden.«

»Gibt es Neues von der Schiedskommission?« Jacks Frage galt Mitch.

»Nicht viel. Eigentlich gar nichts. Das Schiedsgericht wartet ebenfalls ab. Die Sache ist ausgesetzt, solange Giovanna in Geiselhaft ist. Vergessen Sie nicht, wie leicht ein Gericht Gründe für eine Verschiebung findet.«

»Und Luca?«

»Ich spreche jeden Tag mit ihm. Manchmal geht es ihm besser, manchmal schlechter, aber er hält durch.«

»Okay. Die Zeit ist um. Wir sprechen uns morgen früh wieder.«

Am 4. Mai traf Riley Casey wie üblich um halb neun im Büro ein. Er war geschäftsführender Partner der Londoner Niederlassung von Scully und gehörte der Kanzlei seit fast drei Jahrzehnten an. Vor elf Jahren hatte er die unangenehme Aufgabe übernehmen müssen, ein Vorstellungsgespräch mit einem jungen amerikanischen Rechtsanwalt zu führen, der in London lebte und Arbeit suchte. Er war überhaupt nur eingeladen worden, weil er einen Harvard-Abschluss in Jura hatte. Seine rasche Auffassungsgabe, seine Wortgewandtheit und sein gutes Aussehen verschafften ihm die Stelle, und so kam Mitch mit dreißig Jahren als angestellter Anwalt zu Scully.

Sechs Jahre später stellte Riley Giovanna Sandroni ein, in die er sich, wie die meisten Männer in der Kanzlei, insgeheim verliebt hatte. Aber er verhielt sich ihr gegenüber professionell und sprach natürlich nie darüber. Riley war glücklich verheiratet und ließ sich nicht auf Bettgeschichten ein, bei denen er sich nur zum Narren machen konnte. Nachdem er Giovanna auf Lucas diskrete Bitte hin eingestellt hatte, verfolgte er mit großem Stolz, wie sie sich zu einer hervorragenden Anwältin entwickelte, die wahrscheinlich eines Tages die Kanzlei leiten würde.

Bevor er seinen Morgenkaffee trinken konnte, kam seine Sekretärin herein und reichte ihm wortlos ihr Mobiltelefon. Das Display zeigte eine Textnachricht. »Unbekannter Anrufer. Riley soll in seinen Spam-Ordner sehen.«

Er blickte seine Sekretärin an. Das war mehr als ungewöhnlich, und angesichts der enormen Anspannung, die in der Kanzlei seit Giovannas Entführung herrschte, wurde jede kleine Abweichung von der Normalität mit äußerster Vorsicht behandelt. Er bedeutete ihr, auf seine Seite des Schreibtischs zu kommen. Beide starrten auf seinen großen Desktop-PC, als Riley den Spam-Ordner aufrief und auf eine E-Mail von einem unbekannten Absender klickte, die elf Minuten zuvor eingegangen war. Ungläubig wichen sie zurück.

Der Bildschirm zeigte ein großes Schwarz-Weiß-Foto von Giovanna, die in einem schwarzen Gewand auf einem Stuhl saß. Ein schwarzer Hidschab ließ nur ihr Gesicht frei. Sie lächelte nicht, wirkte aber auch nicht sonderlich verängstigt. Sie hielt eine Zeitung in der Hand, die Morgenausgabe der *Ta Nea*, der auflagenstärksten griechischen Tageszeitung. Riley vergrößerte das Bild, bis das Datum zu lesen war: 4. Mai 2005. Vom selben Morgen. Der Aufmacher war ein Artikel über einen Streik der Landwirte, und ein Foto zeigte Traktoren, die eine Autobahn blockierten. Nichts über Giovanna, zumindest nicht oben auf der Titelseite.

»Rufen Sie die Techniker an, ich hole den Sicherheitsdienst«, sagte Riley.

Cory wusste, dass Mitch ohnehin früh aufstand, deshalb ließ er ihn bis halb sechs schlafen, bevor er anrief. Sekunden später stand Mitch in der Küche. Zuerst schaltete er die Kaffeemaschine ein, dann klappte er eilig den Laptop auf. *Wenigstens ist sie am Leben!*, war sein erster Gedanke.

»Die griechische Zeitung wurde überprüft, alles ist authentisch«, sagte Cory. »Sie wird in Tripolis verkauft, aber man muss wissen, wo. Sie haben sich heute in aller Früh die heutige Ausgabe besorgt, das Foto gemacht und nach London geschickt. Soweit wir wissen, hat es niemand sonst bekommen.«

»Und keine Nachricht vom Absender?«

»Kein Wort.«

Mitch trank einen Schluck Kaffee und versuchte, den Kopf klar zu bekommen.

»Wollen Sie Luca informieren?«, fragte Cory.

»Ja. Ich rufe Roberto an.«

Am nächsten Morgen gab es beunruhigende Nachrichten aus Athen. Der Alarmanlage zufolge war es 3.47 Uhr, als in der Postzentrale der Niederlassung von Scully & Pershing im Hauptgeschäftsviertel der Stadt eine Bombe explodierte. Da um diese Uhrzeit niemand arbeitete, kam auch niemand zu Schaden. Der Bombenbauer hatte Brandbeschleuniger verwendet, der zwar das Mauerwerk nicht zerstörte, aber dafür sorgte, dass in den Büros ein gewaltiges Feuer ausbrach. Mit nur vier Anwälten war die Niederlassung in Athen einer der kleinsten Vorposten von Scully, und die Büros waren bereits völlig zerstört, als die Feuerwehr eintraf. Die Flammen breiteten sich im gesamten zweiten Stock aus, und aus den geborstenen Fensterscheiben quollen dichte Rauchwolken. Zwei Stunden, nachdem der Alarm ausgelöst worden war, hatte die Feuerwehr den Brand gelöscht. Bei Sonnenaufgang war sie bereits dabei, die Schläuche zusammenzurollen und sich zurückzuziehen. Die Säuberungsarbeiten würden allerdings Tage in Anspruch nehmen.

Der geschäftsführende Partner erhielt die Erlaubnis, das Gebäude zu betreten, und wurde zu den verkohlten Überresten seiner luxuriösen Büroräume geführt. Die Zerstörung war komplett. Alles – Wände, Türen, Möbel, Computer, Drucker, Teppiche – war verbrannt und unbrauchbar. Einige Aktenschränke aus Metall hatten der Hitze standgehalten, waren aber durchnässt vom Löschwasser. Der Inhalt hatte allerdings keinen besonderen Wert. Alle wichtigen Akten und Unterlagen waren online gespeichert.

Bis zum Mittag waren die Brandgutachter zu dem Schluss gekommen, dass das Feuer vorsätzlich gelegt worden war.

Mit dieser Nachricht rief der geschäftsführende Partner in New York an.

21

Epicurean Press belegte die unteren drei Stockwerke eines alt-ehrwürdigen New Yorker Stadthauses aus der Zeit um 1900 in der Seventy-Fourth Street nahe der Madison Avenue in der Upper East Side. Darüber bewohnte die fast neunzigjährige exzentrische Eigentümerin, die völlig zurückgezogen lebte, mit ihren Katzen und ihren Opern den dritten und vierten Stock. Sie hörte den ganzen Tag lang Schallplatten, und da ihr Gehör mit zunehmendem Alter schlechter wurde, drehte sie die Lautstärke immer weiter auf. Niemand beschwerte sich, weil ihr das Gebäude und die beiden Nachbarhäuser gehörten. Die Lektoren im zweiten Stock konnten die Musik manchmal hören, aber das war nie ein Problem. Die Stadthäuser aus jener Zeit hatten dicke Wände und Decken. Die Miete war bescheiden, weil die alte Dame zum einen das Geld nicht brauchte und sich zum anderen freute, nette Mieter unter sich zu haben.

Ein perfekter Morgen begann für Abby mit blauem Himmel, einem fünfzehnminütigen Fußmarsch mit Clark und Carter zu deren Schule, gefolgt von einem dreißigminütigen Spaziergang durch den Central Park zu ihrem Büro bei Epicurean. Als leitende Lektorin war sie im Erdgeschoss untergebracht und damit weit weg von der Opernmusik und nah genug an der Küche. Die Büros waren klein, aber praktisch. Platz war Mangelware, wie überall in Manhattan, allerdings auch, weil der Küche wertvolle Quadratmeter eingeräumt worden waren. Die große, hochmoderne Komplettausstattung sollte gastierenden Küchenchefs, die an ihren Kochbüchern arbeiteten, freie Entfaltung ermöglichen.

Einer von ihnen kam fast jeden Tag, und die Luft war ständig erfüllt von köstlichen Düften aus der ganzen Welt.

Giovanna war vor siebenundzwanzig Tagen entführt worden.

Wie immer ging Abby kurz in einen angesagten Coffeeshop, um sich ihren Lieblings-Latte zu holen. Gegen 9.15 Uhr wartete sie in der Schlange, mit den Gedanken bei dem vor ihr liegenden Tag, den Jungen, der Schule und ihrem Ehemann, der in seinem Büro im siebenundvierzigsten Stock hart arbeitete. Ihr Blick hing am Display ihres Handys, als die Person hinter ihr sie leicht am Arm berührte. Sie wandte sich um und sah in das Gesicht einer jungen Muslima in einem langen braunen Gewand mit passendem Hidschab und einem Schleier, der alles bis auf ihre stark geschminkten Augen verdeckte.

»Sie sind Abby, richtig?«

Sie war aus dem Konzept gebracht und konnte sich nicht erinnern, ob sie überhaupt jemals mit einer vollverschleierten Frau gesprochen hatte. Aber sie war schließlich in New York, einer Stadt, in der viele Muslime zu Hause waren. Sie lächelte höflich. »Ja, und wer sind Sie?«

Der Mann hinter der Muslima las eine zusammengefaltete Zeitung. Der am nächsten stehende Barista füllte eine Vitrine mit Croissants und Quiches. Niemand hier achtete auf seine Umgebung.

Die Frau sprach perfektes Englisch mit kaum wahrnehmbarem nahöstlichem Akzent. »Ich habe Nachrichten von Giovanna.«

Abby starrte ungläubig in die dunklen, jungen Augen, während sie spürte, wie ihre Knie nachgaben und ihr Herz zu rasen begann. Ihr Mund war wie ausgetrocknet. »Wie bitte?«, stammelte sie, obwohl sie genau wusste, was sie gehört hatte.

Aus den Tiefen ihres Gewands holte die Frau einen Umschlag und übergab ihn Abby. Dreizehn mal achtzehn Zentimeter groß, zu schwer, um nur einen Brief zu enthalten. »Ich rate Ihnen dringend, die Anweisungen zu befolgen, Mrs. McDeere.«

Abby nahm den Umschlag, obwohl sie ein ungutes Gefühl dabei hatte. Die Frau wandte sich mit einer raschen Bewegung ab und war an der Tür, bevor Abby etwas sagen konnte. Der Mann mit der gefalteten Zeitung blickte auf. Abby drehte sich wieder um, als wäre nichts geschehen. »Was nehmen Sie?«, fragte der Barista.

»Einen doppelten Latte mit Zimt«, stammelte sie mühsam.

Sie suchte sich einen Stuhl, setzte sich und zwang sich, tief durchzuatmen. Peinlich berührt stellte sie fest, dass ihr der Schweiß auf der Stirn stand. Mit einer der auf dem Tisch bereitliegenden Papierservietten tupfte sie sich das Gesicht ab und musterte dabei ihre Umgebung. Den Umschlag hielt sie immer noch in der linken Hand. Wieder atmete sie tief durch. Dann verstaute sie den Umschlag in ihrer großen Schultertasche und beschloss, ihn im Büro zu öffnen.

Eigentlich hätte Abby am liebsten Mitch angerufen, aber sie hatte das Gefühl, dass sie besser noch ein paar Minuten wartete. Zumindest, bis sie den Umschlag geöffnet hatte, weil der Inhalt mit Sicherheit auch ihn betraf. Als ihr Latte fertig war, nahm sie den Becher von der Theke und ging. Draußen auf dem Bürgersteig schaffte sie ein paar Schritte, blieb dann aber wie erstarrt stehen. Jemand musste sie beobachtet haben, beobachtete sie noch, belauerte sie, verfolgte sie. Jemand kannte ihren Namen, den Namen ihres Mannes, seinen Beruf, wusste, welchen Weg sie nahm, wenn sie zu Fuß ins Büro ging, und wo sie sich ihren Kaffee holte. Diese Person war nicht verschwunden, sondern hielt sich ganz in der Nähe auf.

Geh weiter, sagte sie sich selbst, und tu so, als wäre alles in Ordnung.

Der Albtraum war zurück. Unfassbar, dass sie wieder so tun musste, als wäre alles in Ordnung, obwohl sie wusste, dass sie beobachtet und belauscht wurde. Fünfzehn Jahre waren seit dem Bendini-Desaster in Memphis vergangen, und es hatte lange gedauert, bis sie sich sicher und nicht mehr ständig verfolgt fühlte. Jetzt konnte sie, während sie auf der Madison Avenue den entgegenkommenden Fußgängern auswich, kaum der Versuchung widerstehen, sich umzudrehen und nach Verfolgern Ausschau zu halten.

Fünf Minuten später öffnete sie in der Seventy-Fourth Street die durch kein Schild gekennzeichnete Tür von Epicurean Press, wechselte ein paar Worte mit den Kollegen und hastete zu ihrem Büro. Ihre Assistentin war noch nicht da. Sie zog die Tür zu, schloss leise ab, setzte sich an den Schreibtisch, atmete noch einmal tief durch und öffnete den Umschlag. Er enthielt ein Mobiltelefon und ein Blatt Druckerpapier.

An Abby McDeere

1. Das Schlimmste, was Sie tun können, ist, sich an irgendeine staatliche Stelle zu wenden. Dann würde Giovanna, und vielleicht nicht nur sie, garantiert ein furchtbares Ende finden. Ihrer Regierung ist nicht zu trauen, das gilt für Sie wie für jeden anderen.

2. Informieren Sie Mitch und seine Kanzlei mit ihren Beziehungen und finanziellen Mitteln. Ja, Mitch und seine Kanzlei können es schaffen, die Geschichte zu einem guten Ende zu bringen. Informieren Sie niemanden sonst.

3. Für Sie bin ich Noura. Ich bin der Schlüssel zu Giovanna. Befolgen Sie meine Anweisungen, dann kommt sie frei. Sie wird nicht misshandelt. Die anderen hatten den Tod verdient.

4. Das beiliegende Mobiltelefon ist extrem wichtig. Behalten Sie es stets bei sich, selbst wenn Sie schlafen. Ich werde zu den ungewöhnlichsten Zeiten anrufen. Verpassen Sie keinen Anruf. Benutzen Sie das Ladegerät Ihres eigenen Handys. Der Zugangscode ist 871. Das Menü enthält eine Fotogalerie, die Sie interessieren dürfte.

Abby legte das Papier beiseite und griff nach dem Handy. Es war nicht gekennzeichnet und ungefähr so groß wie andere Handys, nichts erschien ihr auffällig oder verdächtig. Sie gab 871 ein, und ein Menü wurde angezeigt. Sie tippte auf FOTOS und fühlte sich schlagartig hundeelend. Das Bild zeigte sie, Clark und Carter, wie sie sich vor nicht einmal einer Stunde auf dem Bürgersteig vor der River Latin School, vier Straßen von ihrer Wohnung entfernt, voneinander verabschiedeten. Sie holte noch einmal tief Luft und griff nach einer Flasche Wasser – nicht nach dem Kaffee. Sie schraubte den Deckel ab, trank einen Schluck und verschüttete dabei Wasser über ihrer Bluse. Einen Augenblick lang schloss sie die Augen und scrollte dann langsam weiter. Das nächste Foto war eine Außenaufnahme des Stadthauses, in dem sie gerade saß. Es folgte eine Außenansicht ihres Apartmentgebäudes, von der Kreuzung der Sixty-Ninth Street mit der Columbus Avenue aus aufgenommen. Dann kam ein aus der Ferne aufgenommenes Foto der Broad Street 110, wo Scully & Pershing residierte. Das letzte Foto zeigte Giovanna, die allein in einem abgedunkelten Raum saß, einen schwarzen Schleier trug, einen Löffel in der Hand hielt und in eine Schale starrte, die offenbar Suppe enthielt.

Die Zeit verging, ohne dass Abby es merkte. Ihre Gedanken überschlugen sich. Ihr Herz pochte wie ein Presslufthammer. Sie schloss erneut die Augen und rieb sich die Schläfen, wobei ihr bewusst wurde, dass jemand leise an die Tür klopfte.

»Ich komme gleich«, rief sie, und das Klopfen hörte auf. Sie rief Mitch an.

Wie gebannt und zu angespannt, um sich zu bewegen, starrten sie auf den großen Bildschirm und warteten darauf, dass Abbys Video angezeigt wurde. Dann war es so weit: eine Großaufnahme von Nouras gedruckter Nachricht an Abby. Sie überflogen sie rasch, dann ein zweites Mal, aber langsamer. Die Kamera wanderte zu dem geheimnisvollen Mobiltelefon auf Abbys Schreibtisch, das neben dem Umschlag lag, in dem es gekommen war. Nach zweiundzwanzig Sekunden war das Video zu Ende.

Erst jetzt atmete Mitch wieder aus, holte dann Luft und ging zu dem Fenster von Jack Ruchs Büro. Jack starrte auf seinen schmalen Konferenztisch, es hatte ihm die Sprache verschlagen. Cory, der seit dem Bombenanschlag in Athen unter höchstem Druck gearbeitet hatte, fixierte den leeren Bildschirm und versuchte, einen klaren Gedanken zu fassen. »Und auf dem Handy waren fünf Fotos?«, fragte er, ohne Mitch anzusehen.

»Ja«, erwiderte Mitch, ohne sich umzudrehen.

»Sagen Sie ihr, sie soll die Fotos nicht schicken, okay?«

»Okay. Aber was sage ich ihr dann?«

»Das weiß ich noch nicht genau. Wir müssen davon ausgehen, dass alles überwacht wird, was mit dem Handy zu tun hat. Und dass Abby damit überall und jederzeit geortet werden kann, auch wenn das Gerät ausgeschaltet ist. Dass damit selbst bei ausgeschaltetem Handy alles in der Umgebung mitgehört und aufgezeichnet werden kann.«

»Diese Leute haben meine Kinder heute Morgen auf dem Schulweg fotografiert«, sagte Mitch, als hätte er nichts gehört.

Cory warf Jack einen Blick zu, der schüttelte nur den Kopf. Noch saß der Schock zu tief, als dass sie klar hätten denken können.

»Mein Instinkt sagt mir, auf der Stelle ein Taxi zu nehmen, zur Schule zu fahren, mir meine Kinder zu schnappen, mit ihnen an einen sicheren Ort zu fahren und mich einzuschließen.« Mitch sprach noch immer zum Fenster gewandt.

»Völlig verständlich, Mitch«, entgegnete Cory. »Tun Sie das, wenn Sie nicht anders können. Wir werden Sie nicht aufhalten. Aber zuerst müssen wir das Handy sehen. Ist Ihr eigenes Handy sicher?«

»Keine Ahnung. Ihre Leute haben doch diese ganzen Antivirenprogramme installiert.«

»Auch auf Abbys Handy?«

»Ja. Wenn das heutzutage überhaupt noch möglich ist, müssten wir eigentlich vor Hackern geschützt sein.«

»Ich habe eine Idee«, meldete sich Jack zu Wort. »Das Carlyle Hotel ist in der Seventy-Sixth, in der Nähe der Park Avenue, ungefähr da, wo Abby ihr Büro hat. Rufen Sie Abby an und verabreden Sie sich mit ihr zum Mittagessen im Carlyle. Sie soll das neue Handy mitbringen. Wir nehmen uns einen Konferenzraum und inspizieren das Ding, während Sie beim Essen sind.«

»Gute Idee«, stimmte Cory zu.

Mitch drehte sich um. »Das geht also klar?«

»Ja.«

Mitch zückte sein Handy, rief Abby an, sprach so mit ihr, als würden sie belauscht, und sagte, er werde in der Mittagspause bei ihr in der Gegend sein. Sie solle ihn um zwölf Uhr im Carlyle treffen. Dann könnten sie besprechen, ob sie wegen der Schule etwas unternehmen sollten. »Können sie unsere Telefone und E-Mails hacken?«, fragte er Cory, als er aufgelegt hatte. »Hören sie mit?«

»Höchst unwahrscheinlich, Mitch. Heutzutage ist zwar alles möglich, aber ich bezweifle es.«

»Warum auch?«, fragte Jack. »Denen ist es egal, wo Sie zu Mittag oder zu Abend essen. Jetzt geht es nur noch um Geld. Wenn sie Giovanna hätten töten wollen, hätten sie es längst getan, oder, Cory?«

»Wahrscheinlich, aber wer weiß das schon?«

»Für mich ist das eine völlig neue Situation. Wir haben endlich vom Gegner gehört, und dieser Gegner will mit uns reden. Reden bedeutet Verhandlungen, also Geld. Was könnten sie sonst mit Giovanna erreichen? Dass Gaddafi ermordet wird? Dass ein Friedensvertrag für den Nahen Osten ausgehandelt wird? Dass noch mehr Öl in der Wüste gefördert wird? Nein. Ihr Leben hat einen Preis, und die Frage ist, wie hoch er ist.«

»So einfach ist das nicht, Jack«, wandte Mitch ein. »Es geht auch darum, wann der Druck so groß wird, dass wir nachgeben müssen. Ganz abgesehen von den Morden – wenn ich mich nicht verzählt habe, waren es elf – wurde ein Bombenanschlag auf unsere Niederlassung in Athen verübt. Und jetzt sind sie hier, in New York.«

»Nichts überstürzen«, warnte Cory. »Das Sagen haben nicht wir, sondern die anderen. Solange Noura nicht wiederauftaucht, können wir nicht viel tun.«

»Ach ja? Ich habe jedenfalls vor, meine Familie zu schützen.«

»Das verstehe ich, Mitch. Niemand verübelt Ihnen das. Haben Sie irgendwelche Vorschläge?«

»Sie sind doch der Sicherheitsexperte! Was würden Sie denn tun?«

»Ich überlege noch.«

»Dann überlegen Sie schneller.«

»Was ist mit Crueggal?«, fragte Jack. »Sollen wir sie hinzuziehen?«

Mitch zuckte mit den Schultern, als ginge ihn das nichts an. Er stellte sich wieder ans Fenster und blickte auf die Straßen hinunter. Dutzende gelbe Taxis schoben sich durch den dichten Verkehr. In wenigen Minuten wollte er in einem davon sitzen und dem Fahrer seine Anweisungen zubrüllen.

»Wann haben Sie zuletzt mit Darian gesprochen?«, fragte Jack.

»Um neun heute Morgen«, erwiderte Cory. »Jeder Tag beginnt für mich mit einem fünfzehnminütigen Briefing, bei dem Darian nichts Neues zu sagen hat. Die Leute von Crueggal hören sich um, warten, hören sich wieder um. Wir müssen ihn einweihen, und zwar bald. Der Gegner hat Kontakt aufgenommen, Jack. Genau darauf haben wir gewartet. Sie kennen sich mit diesem Spiel viel besser aus als wir.«

»Die Frage ist, ob sie vertrauenswürdig sind. Auf der Gehaltsliste von Crueggal stehen jede Menge ehemalige Spione und CIA-Agenten. Sie geben doch immer damit an, dass sie Kontaktleute in jedem Winkel der Erde haben. Wenn sich nun jemand verplappert?«

»Das wird nicht passieren. Darian ist in New York. Ich rufe ihn an und sage ihm, er soll uns im Carlyle treffen.«

»Mitch?«

»Solange meine Kinder nicht in Sicherheit sind, bin ich nicht viel wert. Abby ist völlig am Ende.«

»Verstanden«, sagte Jack. »Treffen Sie sich mit ihr zum Mittagessen. Wir werden dort sein und uns einen Plan überlegen.«

22

Mitch wartete in der Lobby des Carlyle, als Abby um zehn Minuten vor zwölf hereingerauscht kam. Er winkte sie zu sich, und beide verschwanden wortlos in der Bemelmans Bar, die zu den bekanntesten der Stadt zählte. Um diese Uhrzeit war sie allerdings fast leer. Sie setzten sich einander gegenüber auf Hocker an der Bar und bestellten Diätlimos. Abby war den Tränen nahe und offensichtlich außer sich vor Sorge. Mitch tat sein Bestes, um ruhig zu bleiben. Beide waren nicht leicht aus der Fassung zu bringen, aber bisher hatte auch nie jemand ihre Kinder bedroht.

Auf ein Zeichen von ihm legte sie ihre Schultertasche auf den Boden unter ihrem Hocker. »Könnte sein, dass du durch dein neues Handy geortet werden kannst, wo immer du dich aufhältst«, sagte er leise. »Und es ist durchaus möglich, dass es alles mithört und aufzeichnet, selbst wenn es ausgeschaltet ist.«

»Ich würde das Ding gern loswerden. Hast du schon in der Schule angerufen?«

»Nein, noch nicht.« Er nickte ihr zu, stand auf und gab ihr ein Zeichen, ihm zu folgen. Sie gingen ein paar Meter, wobei sie die Tasche stets im Auge behielten. »Wir treffen uns in ein paar Minuten oben mit unseren Sicherheitsleuten.« Mitch flüsterte fast. »Vielleicht fällt denen etwas ein.«

Sie biss die Zähne zusammen. »Lass uns die Jungen holen und so schnell wie möglich aus der Stadt verschwinden. Wir können uns doch für ein paar Tage irgendwo verstecken.«

»Klingt gut. Das Problem ist nur, dass du nicht wegkannst. Du könntest über das Handy geortet werden, und das musst du ständig bei dir tragen. Du bist die Verbindung, Abby. Sie haben dich gewählt.«

»Ich fühle mich geehrt.« Plötzlich standen ihr Tränen in den Augen. »Das ist doch unfassbar, Mitch! Sie sind uns heute Morgen zur Schule gefolgt. Sie wissen, wo wir leben und arbeiten. Wie konnten wir in so eine Lage geraten?«

»Leider ist es so, aber wir kommen da raus, das verspreche ich dir.«

»Keine Versprechungen, Mitch. Du weißt auch nicht mehr als ich. Ich will Giovanna wirklich helfen, aber im Augenblick sorge ich mich nur um meine beiden Jungs. Lass sie uns holen und abhauen.«

»Vielleicht später, jetzt müssen wir uns erst mal oben mit dem Team treffen.«

Die beiden Konferenzräume im Businesscenter waren belegt, deshalb hatte Cory eine Suite im zweiten Stock reserviert. Dort wartete er mit Jack und Darian. Alle stellten sich kurz vor. Abby kannte Jack vom jährlichen Weihnachtsessen für die Partner, einer hochoffiziellen Veranstaltung, auf der sich praktisch niemand amüsierte. Cory war sie bei einer Sicherheitsüberprüfung der Kanzlei vor einigen Jahren begegnet.

Aus offensichtlichen Gründen fühlte sich Abby im Augenblick sehr verletzlich. Und nun stand sie plötzlich einem völlig Fremden gegenüber, mit dem sie ihr Privatleben erörtern sollte. Darian, der die Dinge immer gern in die Hand nahm, fackelte nicht lang. »Wir müssen Ihre Konfrontation mit Noura im Detail besprechen«, sagte er forsch.

Abby warf ihm einen vernichtenden Blick zu. »Ihr Ton gefällt mir nicht.«

Für einen Augenblick stockte allen der Atem. Mitch fühlte sich verpflichtet, die Wogen zu glätten. »Hören Sie, Darian, es war ein harter Morgen, und wir sind alle angespannt. Was genau wollen Sie wissen?«

»Wer sagt, es war eine Konfrontation?«, fragte Abby.

Darian setzte eilig ein falsches Lächeln auf. »Sie haben recht, Ms. McDeere. Ich habe mich ungeschickt ausgedrückt.«

»Okay.«

»Können wir das Handy sehen?«, fragte er betont höflich.

»Von mir aus.« Es lag unten in ihrer großen Tasche vergraben, und es dauerte eine Weile, bis sie es herausgefischt hatte. Sie legte es mitten auf einen kleinen runden Tisch. Darian legte den Zeigefinger auf die Lippen, damit niemand etwas sagte. Er nahm das Handy in die Hand, untersuchte das Gehäuse und hebelte mit einem kleinen Schraubenzieher die Rückseite ab. Dann machte er mit seinem eigenen Handy Fotos und schickte sie an jemanden, der für Crueggal arbeitete. Er klappte einen Laptop auf, hämmerte wie ein Wilder auf die Tastatur ein und war mit dem Ergebnis offenkundig hochzufrieden. Er drehte den Bildschirm, sodass die anderen ihn sehen konnten. Die Produktbezeichnung war »Jakl«, das Gerät wurde in Vietnam für ein ungarisches Unternehmen hergestellt. Die Liste der technischen Daten war klein gedruckt und zog sich über mehrere Seiten hin. Die Botschaft war klar: Es handelte sich um ein kompliziertes Spezialgerät, das nicht für den durchschnittlichen Verbraucher bestimmt war. Darian hämmerte weiter auf der Tastatur herum und suchte. Sein Handy klingelte, und er sagte etwas in einer Art Geheimsprache, dann lächelte er und legte auf.

»Es hört uns nicht ab«, sagte er erleichtert. »Aber es sendet ein Ortungssignal, auch wenn es ausgeschaltet ist.«

»Die wissen also, dass das Handy im Carlyle Hotel ist?«

»Sie können bis auf fünfzig Meter genau sagen, wo sich das Telefon befindet. Wahrscheinlich wissen sie nicht, dass es hier oben im Zimmer ist und nicht im Restaurant.«

Abby schnaubte angewidert und schüttelte den Kopf.

Darian gab das Handy an Cory weiter, der es so hielt, dass er und Mitch das Display sehen konnten. Er berührte kurz eine Taste, um die Fotos aufzurufen – und da waren die Jungen mit ihrer Mutter, auf dem Weg in einen neuen Schultag. Mitch schüttelte bei allen fünf Fotos ungläubig den Kopf. »Abby«, sagte er, als er genug gesehen hatte, »warum erzählst du uns nicht genau, wie diese Begegnung mit Noura abgelaufen ist?«

Sie sah Darian an. »Tut mir leid, dass ich Sie so angefahren habe. Ich bin ziemlich angespannt.«

»Sie brauchen sich nicht zu entschuldigen, Abby. Wir sind hier, um Ihnen zu helfen.«

Abby schilderte die Begegnung in allen Einzelheiten. Darian zeichnete ihren Bericht auf, während sich die anderen Notizen machten. Er hakte nach mit Fragen zu Nouras Aussehen: Größe – ungefähr so wie Abby, 1,70 Meter. Gewicht – angesichts der wallenden Gewänder unmöglich zu sagen. Alter – jung, unter dreißig, aber auch das lasse sich wegen der dichten Verschleierung nicht sagen. Akzent – perfektes Englisch, vielleicht mit kaum merklichem nahöstlichem Akzent. Irgendwelche Besonderheiten an Händen, Armen, Schuhen? Nichts, alles war bedeckt gewesen. Hatte Noura Essen oder Getränke bestellt? Nein.

Während Abby weiter ausgefragt wurde, ging Jack in das andere Zimmer und fing an herumzutelefonieren.

»Das ist alles«, sagte Abby, als sie den Vorfall ausführlich geschildert hatte. »Mehr war nicht. Ich komme mir vor wie im Zeugenstand. Ich hätte gern etwas Zeit allein mit meinem Ehemann.«

»Gute Idee«, sagte Cory. »Gehen Sie nach unten und essen Sie, während wir die nächsten Schritte planen.«

»Das klingt gut, Cory«, wandte Mitch ein, »aber für uns kommen unsere Kinder zuerst. Giovanna ist wichtig, aber im Augenblick hat die Sicherheit von Clark und Carter höchste Priorität.«

»Das sehen wir genauso, Mitch.«

»In Ordnung. Und ohne meine Zustimmung passiert gar nichts, okay?«

»Geht klar.«

An Essen war nicht zu denken, aber sie mussten zumindest etwas bestellen. Sie entschieden sich für Salat und Eistee. Unwillkürlich vergewisserten sie sich immer wieder, dass sie niemand aus dem Dowling's, einem Gourmetrestaurant, beobachtete. Niemand sah auch nur in ihre Richtung.

Obwohl das verflixte Jakl-Handy ganz unten in Abbys Schultertasche steckte, die unter ihrem Stuhl stand, unterhielten sie sich im Flüsterton. Die Frage war, wohin? Nicht ob oder wann oder wie, sondern wohin. Sie mussten einen sicheren Ort finden, wo sie sich mit den Jungen verstecken konnten. Das Haus von Abbys Eltern in Kentucky, in dem sie aufgewachsen war, kam ihnen in den Sinn, aber das war zu naheliegend. Abbys Chef, der Verleger von Epicurean, hatte ein Haus auf Martha's Vineyard. Praktisch jeder ihrer Bekannten hier in der Stadt hatte ein Wochenendhaus in den Hamptons, im nördlichen Bundesstaat New York oder irgendwo in New England, und die Liste der infrage kommenden Optionen wurde im Laufe des Gesprächs immer länger. Es fielen ihnen jede Menge mögliche Zufluchtsorte ein, allerdings mussten sie sich erst noch mit ihren Freunden absprechen.

Mitch bezweifelte, dass Abby die Stadt verlassen konnte. Sie hatten keine Ahnung, wann sich Noura wieder melden würde, und wenn sie ihr einen Treffpunkt nannte, musste Abby alles stehen und liegen lassen. Mitch dagegen war mehr als bereit, sich die Jungen zu schnappen und seine Arbeit anderen zu überlassen.

Der Direktor der River Latin School war Giles Gatterson, ein Veteran des komplexen Privatschulwesens von New York. Mitch saß im Ausschuss für rechtliche Fragen und Richtlinien und kannte ihn daher gut. Er würde ihn später anrufen und ihm erklären, dass sie sich in einer Ausnahmesituation befanden, wie sie in den Vorschriften nicht vorgesehen war. Aus Sicherheitsgründen würden sie mit den Jungen für einige Tage, vielleicht eine Woche, die Stadt verlassen. Er würde sich so vage wie möglich ausdrücken und Giles nichts davon sagen, dass die Jungen beobachtet, verfolgt und möglicherweise bedroht wurden. Kein Grund, sonst jemanden an der Schule zu alarmieren. Vielleicht würde er die Sache später genauer erklären, aber nicht jetzt.

Für die siebenundfünfzigtausend Dollar Schulgebühren im Jahr, die sie für jedes Kind zahlten, konnte die Schule ruhig ein wenig flexibel sein. Die Hausaufgaben der Jungen würden von den Eltern persönlich überwacht und online von den Lehrern kontrolliert werden.

Es war Zeit, die Stadt zu verlassen. Die einzige Frage war: wohin?

Im Restaurant wurde das Essen nicht angerührt. Oben in der Suite dachte niemand ans Essen. Cory, Jack und Darian saßen um einen kleinen Couchtisch und gingen verschiedene Szenarien durch. Nur der Vollständigkeit halber brachte Darian die Frage ins Spiel, ob sie FBI und CIA benachrichtigen sollten. Crueggal hatte enge Verbindungen zu beiden Organisationen und war sicher, dass die Informationen dort gut aufgehoben waren. Er sprach sich nicht ausdrücklich dafür aus, wollte die Möglichkeit aber nicht unter den Tisch fallen lassen. Das offenkundigste Argument dagegen war, dass Giovanna Sandroni keine amerikanische Staatsbürgerin war. Jack war fest davon überzeugt, dass sich in Anbetracht der angespannten Beziehungen zu Libyen und der geringen Wahrscheinlichkeit, dass die Sache zu einem guten Ende geführt werden konnte, weder FBI noch CIA einschalten würden. Die CIA hatte in der letzten Zeit genügend Operationen in den Sand gesetzt und würde kein Risiko eingehen wollen. Darian stimmte ihm zu. Während seiner langen Berufszeit im Geheimdienst hatte er miterlebt, dass die CIA in zahlreichen Krisen höchst unglücklich agiert oder diese gar selbst ausgelöst hatte. Er hatte kein Vertrauen darauf, dass der Geheimdienst sich zurückhalten und im Fall der Fälle Giovanna schützen würde.

Jack beschloss daher, erst später Kontakt mit den amerikanischen Behörden aufzunehmen, falls es erforderlich werden sollte. Und er wies Darian und Cory eindringlich darauf hin, nichts zu unternehmen, das nicht von der Kanzlei und Mitch McDeere abgesegnet war.

Dann überlegten sie, ob Luca informiert werden sollte. Das war eine schwierige Entscheidung, weil er immerhin Giovannas Vater und ein geschätzter Partner war. Jeder Vater hätte bei diesen heiklen Gesprächen hinzugezogen werden wollen. Aber Luca war krank und gebrechlich und nicht in der gewohnten Form. Außerdem hatten die Entführer sich eben nicht an die Familie gewandt. Luca war ein reicher Mann, egal, welchen Maßstab man anlegte, aber auch er jonglierte nicht mit Millionen. Dagegen verfügte Scully als größte Kanzlei der Welt über enorme Mittel oder tat zumindest so. Weltweit forderten ihre Anwälte in Prozessen Schadenersatz in Milliardenhöhe von Großkonzernen und Staaten. Da lag die Vermutung nahe, dass die Kanzlei jedes Lösegeld zahlen konnte, wenn es denn um Geld ging.

Es gab kein Drehbuch, keine Regeln. Darian hatte in seiner Berufszeit mehrere Entführungen erlebt, aber jede war völlig anders als die anderen. Die meisten waren gut ausgegangen.

Sie beschlossen, vierundzwanzig Stunden zu warten und dann wieder über Luca zu sprechen.

Keine vierzig Minuten, nachdem Abby und Mitch zum Mittagessen gegangen waren, kehrten sie in die Suite zurück und mussten feststellen, dass sich nichts verändert hatte. Jack hielt ein Blatt Papier in die Höhe, das er mit Notizen vollgekritzelt hatte. »Wir haben ein paar Ideen für die nächsten vierundzwanzig Stunden«, verkündete er.

»Raus damit«, sagte Mitch.

»Sie holen die Jungen heute von der Schule ab wie üblich, wir werden ganz in der Nähe sein.« Er nickte Cory zu, der übernahm.

»Unsere Leute werden vor Ort sein, Mitch. Holen Sie die Kinder normalerweise ab?«

»Selten.«

»Und Abby?«

»Ständig.«

»Gut. Dann holt sie die Jungen heute um 15.15 Uhr ab und geht mit ihnen auf dem üblichen Weg nach Hause.«

»Ich warte zu Hause auf sie«, sagte Mitch.

»Packen Sie für ein langes Wochenende, ein sehr langes. Morgen ist Freitag, und die beiden werden mit Ihnen aufs Land fahren, Mitch. Abby, Sie sollten die Stadt gegenwärtig nicht verlassen. Es geht um das Telefon. Sie müssen vor Ort bleiben.«

Abby zuckte nicht mit der Wimper. »Sie sollen also morgen zur Schule gehen?«

»Ja. Wir gehen davon aus, dass sie in Sicherheit sind.«

»Sie gehen normal zur Schule, aber nur bis zur Mittagspause«, sagte Mitch. »Abby und ich sprechen heute Abend mit der Schule und erklären die Lage. Sie bringt sie morgen zur Schule. Ich hole sie in der Mittagspause ab und verlasse das Gebäude durch die Hintertür.«

»Wissen Sie schon, wohin Sie wollen, Mitch?«, fragte Jack.

»Nein, eigentlich nicht. Noch nicht.«

»Ich habe einen guten Vorschlag.«

»Nur zu.«

»Mein Bruder Barry war an der Wall Street und ist vor zehn Jahren in den Ruhestand gegangen, nachdem er ein Vermögen verdient hatte.«

»Ich kenne Barry.«

»Stimmt. Er hat ein schönes Haus in Maine, sehr abgeschieden. Auf Islesboro, einer kleinen Insel an der Atlantikküste in der Nähe von Camden. Nur mit der Fähre erreichbar.«

Das klang wirklich sicher und abgeschieden, und Mitch und Abby fühlten sich zumindest ein wenig erleichtert.

»Ich habe gerade mit ihm gesprochen«, fuhr Jack fort. »Er verbringt den Sommer da, bleibt ungefähr fünf Monate, bis zum ersten Schnee. Wir besuchen ihn jedes Jahr im August und genießen das Wetter. Er ist seit letzter Woche dort.«

»Und er hat genügend Platz?«

»Das Haus hat achtzehn Schlafzimmer und jede Menge Personal. Ein paar Boote gibt es auch. Der Sommertourismus hat noch nicht angefangen, es sind also nicht allzu viele Leute auf der Insel. Wie gesagt, sie ist ziemlich abgeschieden.«

»Achtzehn Schlafzimmer?«, wiederholte Mitch.

»Ja. Barry erzählt jedem, wir hätten eine große Familie. Dass er die anderen nicht ausstehen kann, behält er für sich. Ich bin sein einziger Verbündeter. Er und seine Frau laden Freunde aus Boston in das Haus ein. Sie sind alle schon älter und sitzen am liebsten in der kühlen Brise auf der Veranda und genießen die Aussicht, während sie Hummer essen und Rosé trinken.«

»Wir werden ebenfalls Leute vor Ort haben, Mitch«, sagte Cory. »Sie werden nicht viel von ihnen sehen, aber sie werden in der Nähe sein.«

Mitch sah Abby an, und sie nickte. *Ja.*

»Danke, Jack. Das klingt gut. Ich brauche aber ein Flugzeug.«

»Kein Problem, Mitch. Was immer Sie wollen.«

23

Nachdem Carter und Clark endlich realisiert hatten, dass ein Wochenende auf einer abgelegenen Insel in Maine ein großartiges Abenteuer sein würde und dass das Spiel der Bruisers am Samstag vermutlich wegen Regen abgesagt werden würde und dass sie in einer Villa mit achtzehn Schlafzimmern und zwei am Steg festgemachten Booten wohnen würden und dass sie zuerst einen kleinen Privatjet und dann eine Fähre nehmen würden und dass ihre Großeltern dort sein würden, um mit ihnen zu spielen, und ihr Vater auch, und dass ihre Mutter aus irgendeinem unbestimmten Grund in der Stadt bleiben musste, waren die Jungen einverstanden. Als sie widerwillig ins Bett gingen, plapperten sie immer noch aufgeregt durcheinander.

Das nächste Gespräch war genauso kompliziert, aber vierzig Minuten kürzer. Nachdem einige E-Mails hin- und hergegangen waren, um alles zu organisieren, rief Mitch um genau 21.30 Uhr Giles Gatterson von River Latin an. Er entschuldigte sich noch einmal für die späte Störung und kam sofort zur Sache. So vage wie möglich erklärte er, dass es bei einem seiner Fälle, einem internationalen, zu einem »Sicherheitsproblem« gekommen sei, weshalb die Jungen am nächsten Tag vor Unterrichtsende und möglichst diskret die Schule verlassen müssten und vermutlich eine Woche oder so nicht in New York sein würden. Giles half bereitwillig. Die Schule war voller Kinder wichtiger Persönlichkeiten, die um die Welt reisten und mit ungewöhnlichen Situationen konfrontiert wurden. Falls jemand wegen der Abwesenheit der Jungen Fragen stellte, würde er die Antwort bekommen, dass sie sich mit Masern angesteckt hätten und in Quarantäne seien. Das sollte die Neugierigen in Schach halten.

Den nächsten Anruf machte Abby, die zum dritten Mal innerhalb der letzten Stunden mit ihren Eltern telefonierte. Am Samstag um vierzehn Uhr würden sie von einem Privatjet in Louisville abgeholt und nonstop nach Rockland, Maine, geflogen werden, wo ein Chauffeur auf sie wartete, der sie zum Hafen in Camden brachte.

Während Abby sprach, dachte Mitch die ganze Zeit über an die achtzehn Schlafzimmer. Er war heilfroh darüber, dass das Sommerhaus groß genug war, um seinen Schwiegereltern aus dem Weg zu gehen. Nur die Drohung einer Terrororganisation konnte ihn zwingen, ein Wochenende mit Harold und Maxine Sutherland zu verbringen, »Hoppy« und »Maxie« für die Jungen. Sein Therapeut würde den Grund dafür wissen wollen, und Mitch überlegte sich bereits eine Ausrede. Die Tatsache, dass er immer noch eine Menge Geld ausgab, um mit seinen »Schwiegerelternproblemen« umgehen zu können, ärgerte ihn maßlos. Aber Abby bestand darauf, und er liebte seine Frau.

Wie auch immer, seine Abneigung gegenüber Hoppy und Maxie schien im Moment ziemlich unwichtig zu sein.

Als alle Telefongespräche erledigt waren, neigte sich ein denkwürdiger Tag endlich dem Ende zu. Mitch goss zwei Gläser Wein ein, dann machten sie es sich auf dem Sofa bequem.

»Wann wird sie anrufen?«, fragte Abby.

»Wer?«

»Na, wer wohl?«

»Ach, ja.«

»Genau, Noura. Wie lange wird sie warten?«

»Woher soll ich das wissen?«

»Niemand weiß es, okay? Also: Was schätzt du?«

Mitch trank Wein und runzelte die Stirn, als wäre er tief in Gedanken versunken und würde genau berechnen, wie die Terroristen vorgingen. »Innerhalb von achtundvierzig Stunden.«

»Und worauf stützt du dich dabei?«

»Das haben sie uns im Jurastudium beigebracht. Wie du weißt, war ich in Harvard.«

»Wie konnte ich das nur vergessen?«

Er nahm noch einen Schluck. »Sie haben schon bewiesen, dass sie Geduld haben. Die Entführung ist jetzt siebenundzwanzig Tage her, und heute hat der erste Kontakt stattgefunden. Andererseits macht es eine Menge Arbeit, eine Geisel zu haben. Sie halten sie vermutlich in einer Höhle oder einem Verschlag gefangen, was bestimmt nicht angenehm ist. Was, wenn sie krank wird? Nach einer Weile werden die Entführer sie loswerden wollen. Sie ist eine Menge Geld wert, und diese Leute wollen Kasse machen. Warum noch länger warten?«

»Dann geht es um Lösegeld?«

»Hoffentlich. Wenn sie vorgehabt hätten, ihr öffentlichkeitswirksam etwas anzutun, wäre es schon passiert. Vermutlich. Laut unserer Experten auf jeden Fall. Und was hätten sie dadurch erreicht?«

»Mitch, das sind Barbaren. Sie haben es bereits geschafft, die ganze Welt zu schockieren. Warum sollten sie es nicht auf eine Steigerung abgesehen haben?«

»Stimmt, aber die Männer, die sie getötet haben, waren nicht viel wert, finanziell gesehen. Bei Giovanna ist das anders.«

»Dann geht es also nur um Geld?«

»Wenn wir Glück haben.«

Abby hatte Zweifel. »Und warum haben sie dann die Niederlassung in Athen in die Luft gejagt?«

»Noch etwas, was wir in meinem Jurastudium nicht behandelt haben … Abby, ich weiß es nicht. Du verlangst von mir, wie ein

Terrorist zu denken. Diese Leute sind Fanatiker und komplett irre. Andererseits sind sie klug genug, um eine Organisation aufzubauen, die es schafft, eines ihrer Mitglieder in einen Coffeeshop in Manhattan zu schicken und dir einen Umschlag in die Hand zu drücken.«

Abby schloss die Augen und schüttelte den Kopf. Sie schwiegen eine ganze Weile. Hin und wieder nahm einer von beiden einen Schluck aus dem Weinglas, ansonsten bewegte sich nichts.

»Mitch, hast du Angst?«, fragte sie schließlich.

»Schreckliche Angst.«

»Ich auch.«

»Ich brauche unbedingt eine Pistole.«

»Mitch, ich bitte dich!«

»Das meine ich ernst. Diese Leute haben jede Menge Waffen. Ich würde mich sicherer fühlen, wenn ich auch eine in der Tasche hätte.«

»Du hattest noch nie in deinem Leben eine Waffe in der Hand. Wenn du eine hättest, würdest du die halbe Stadt in Gefahr bringen.«

Er lächelte und streichelte ihr Bein. Dann starrte er die Wand an und erwiderte: »Das stimmt nicht. Als Kind hat mich mein Vater andauernd auf die Jagd mitgenommen.«

Abby holte tief Luft und dachte über das nach, was er gesagt hatte. Sie waren jetzt seit fast zwanzig Jahren zusammen, und gleich zu Anfang hatte sie gelernt, ihn nicht nach seiner Kindheit zu fragen. Er sprach nie darüber, vertraute sich ihr nie an, teilte die Erinnerungen an diese schwere Zeit nie mit ihr. Sie wusste, dass sein Vater bei einem Grubenunglück gestorben war, als er sieben gewesen war. Seine Mutter war daran kaputtgegangen. Sie hatte schlecht bezahlte Jobs angenommen, aber nie lange behalten können. Die Familie war häufig umgezogen, von einer billigen Mietwohnung zur nächsten. Ray, sein älterer Bruder, hatte die Schule abgebrochen und war zum Kleinkriminellen geworden. Einmal hatte Mitch etwas von einer Tante erzählt, bei der er eine Weile gewohnt hatte, bevor er weggelaufen war.

»Wir sind in den Bergen aufgewachsen, mit sechs Jahren ist dort jedes Kind auf die Jagd gegangen. Waffen haben zum Leben dazugehört. Du kennst doch Dane County.«

Richtig. Das County lag in den Appalachen. Abby dagegen war ein Stadtkind, dessen Vater jeden Tag in Anzug und Krawatte zur Arbeit gegangen war. Ihre Familie besaß ein schönes Haus mit zwei Autos in der Einfahrt.

»Wir sind das ganze Jahr über losgezogen, egal, was der Jagdaufseher gesagt hat. Wenn wir ein Tier gesehen haben, aus dem man einen guten Eintopf machen konnte, war es tot. Kaninchen, Truthähne, meinen ersten Hirsch habe ich mit sechs geschossen. Ich konnte mit Waffen umgehen – Gewehre, Pistolen, Schrotflinten. Aber nach dem Tod meines Vaters wollte meine Mom uns nicht mehr auf die Jagd lassen. Sie hatte Angst, dass uns was passiert, und der Gedanke daran, auch noch einen ihrer Söhne zu verlieren, war zu viel für sie. Sie hat alle Waffen weggegeben. Du hast also recht, Schatz: Wenn ich jetzt eine Waffe hätte, würde ich vermutlich unabsichtlich irgendjemanden verletzen. Aber in einem irrst du: Ich hatte schon jede Menge Waffen in der Hand.«

»Mitch, vergiss die Waffen.«

»Okay. Uns wird nichts passieren. Vertrau mir, Abby.«

»Das tue ich.«

»Dort oben wird uns niemand finden. Cory und seine Männer sind immer in der Nähe. Und da das Haus in Maine ist, wird es voller Waffen sein. Geht man da nicht auf Elchjagd?«

»Soll das eine Frage sein?«

»Nein.«

»Mitch, lass die Finger von Waffen.«

»Versprochen.«

24

Punkt sechs Uhr am nächsten Morgen drückte Cory auf die Türklingel der McDeeres und wurde von Mitch hereingelassen. Abby schenkte Kaffee am Frühstückstisch ein und bot Joghurt und Müsli an. Niemand hatte Hunger.

Cory erklärte ihnen, wie der Tag ablaufen würde, und gab jedem der beiden ein kleines grünes Klapptelefon. »Die Handys können weder gehackt noch geortet werden. Es gibt nur fünf davon – die beiden hier, eines habe ich, die anderen Ruch und Alvin.«

»Alvin?«, fragte Abby, die von dem Spionagekram sichtlich genervt war. »Kennen wir einen Alvin?«

»Er arbeitet für mich. Sie werden ihn vermutlich nicht kennenlernen.«

»Natürlich.« Abby hielt ihre neueste technische Spielerei hoch und starrte sie frustriert an. »Noch ein Handy.«

»Tut mir leid«, meinte Cory. »Ich weiß, es werden immer mehr.«

»Und wenn ich einen Fehler mache und das falsche aus der Tasche ziehe?«

Mitch sah sie stirnrunzelnd an. »Abby, bitte.«

»Ich dachte, unsere Handys können weder gehackt noch geortet werden«, sagte sie zu Cory.

»Soweit wir wissen, ist das richtig. Die Handys hier sind lediglich eine zusätzliche Sicherheitsmaßnahme. Tun Sie einfach, was wir sagen, okay?«

»Ich bin ja schon ruhig.«

»Der Plan sieht vor, dass Sie, Abby, um genau acht Uhr mit Carter und Clark zusammen das Gebäude durch den Haupteingang verlassen, wie immer, ein ganz normaler Schulweg. Auf der Columbus bis runter zur Sixty-Seventh, dann zwei Blocks nach Westen bis zur Schule. Wir werden jeden Ihrer Schritte beobachten.«

»Warum?«, fragte Mitch. »Sie glauben doch wohl nicht ernsthaft, dass diese Typen mitten auf einem belebten Bürgersteig etwas Dummes anstellen werden, oder?«

»Nein, das werden sie sehr wahrscheinlich nicht tun. Aber wir wollen wissen, von wem Abby beobachtet wird. Noura arbeitet bestimmt nicht allein. Es war ein ganzes Team erforderlich, um Abby und die Jungen gestern zu beschatten, die Fotos zu machen, ihr durch den Park zu folgen und ungefähr zur gleichen Zeit im Coffeeshop anzukommen. Jemand hat ihr das Jakl gegeben, ein ziemlich seltenes Mobiltelefon. Noura hat irgendwo einen Boss. Diese Zellen werden nicht von Frauen geführt.«

»Und was passiert, wenn Ihnen zufällig jemand auffällt, der Abby heute folgt?«

»Wir werden ihn oder sie verfolgen, so gut es geht.«

»Wie viele Ihrer Leute sind gerade im Einsatz?«

»Das darf ich Ihnen nicht sagen, Mitch. Tut mir leid.«

»Okay, okay. Reden Sie weiter.«

»Sie, Mitch, verlassen die Wohnung auch zur üblichen Zeit, nehmen die Subway ins Büro, alles wie immer. Um zehn wartet in der Nähe der Kanzlei ein Wagen auf Sie, und ich rufe Sie mit Anweisungen an.« Er nahm sein grünes Handy, lächelte und sagte: »Wir werden die hier benutzen. Ich hoffe, sie funktionieren.«

»Ich kann es kaum erwarten.«

»Sie kehren hierher zurück, betreten das Gebäude durch eine Tür im Keller, holen das Gepäck und laufen zurück zum Wagen.

Um elf betreten Sie die Schule durch den Nebeneingang in der Sixty-Seventh, holen die Jungen und gehen wieder. Wir treffen uns am Flughafen von Westchester County, wo wir in ein hübsches kleines Flugzeug steigen. Fünfunddreißig Minuten später landen wir in Rockland, Maine. Gibt es bis jetzt irgendwelche Fragen?«

»Sie sehen müde aus, Cory«, sagte Mitch. »Bekommen Sie genug Schlaf?«

»Soll das ein Witz sein? Eine Anwältin von Scully wird seit einem Monat irgendwo in Nordafrika gefangen gehalten – wie soll ich da schlafen? Mein Telefon fängt um ein Uhr morgens an zu klingeln, wenn da drüben die Sonne aufgeht. Ich gehe auf dem Zahnfleisch.«

Mitch und Abby sahen sich an. »Danke für alles, was Sie tun, Cory«, sagte sie.

»Sie stehen ziemlich unter Druck«, stellte Mitch fest.

»Stimmt. Wir stehen alle unter Druck. Aber wir werden diese Sache durchstehen. Sie, Abby, sind der Schlüssel. Die Entführer haben Sie ausgewählt, und Sie müssen dafür sorgen, dass es klappt.«

»Ich glaube, heute ist mein Glückstag.«

»Und ich werde auf Elchjagd gehen«, verkündete Mitch lachend. Die beiden anderen fanden es nicht witzig.

Der Weg zur Schule dauerte siebzehn Minuten und verlief ohne Zwischenfälle. Abby schaffte es, mit den Jungen zu plaudern und auf den Verkehr zu achten, ohne sich ständig umzusehen. Einmal kam ihr der Gedanke, dass die Zwillinge keine Ahnung hatten, wie viele Leute sie beobachteten, während sie zu ihrer Schule gingen. Und sie würden es auch nie erfahren.

Cory und sein Team waren fast sicher, dass Abby und die Jungen nicht beschattet wurden. Für ihn war das keine Überraschung.

Die Drohung war am Tag zuvor übermittelt worden. Warum sollte man noch mehr Fotos machen? Fünf reichten völlig. Doch genau wie gute Spionagearbeit erforderte ein erstklassiger Personenschutz, dass sie Abby lückenlos überwachten. Sie durften sich keinen Fehler leisten, den sie nicht wiedergutmachen konnten.

Als Mitch in der Kanzlei war, rief er Luca in Rom an. Seine Stimme klang müde und schwach und erinnerte Mitch daran, dass seine Tochter seit einem Monat verschwunden war. Mitch versicherte ihm, dass er in ständigem Kontakt mit den Sicherheitsberatern stand. Das Gespräch dauerte keine fünf Minuten, und als es vorbei war, hatte Mitch wieder das Gefühl, dass es ein Fehler sein würde, Luca von Noura zu erzählen. Vielleicht morgen.

Um 9.15 Uhr rief Cory an, auf dem grünen Handy, und informierte Mitch, dass das Team niemanden bemerkt habe, der Abby und den Jungen gefolgt sei. Mitch ging in Jacks Büro und brachte ihn auf den neusten Stand. Um zehn Uhr verließ er die Kanzlei und stieg an der Ecke Pine und Nassau in den Fond eines schwarzen SUV. Cory saß auf der Rückbank. Nachdem sie losgefahren waren, nickte er ein. Mitch musste lächeln. Cory tat ihm leid, aber er war froh über die Stille. Er schloss die Augen, atmete tief durch und versuchte, die Ereignisse der letzten vierundzwanzig Stunden noch einmal in Gedanken durchzugehen. Vorgestern Morgen hatte niemand in seinem Umfeld je etwas von einer Noura gehört.

Um 11.10 Uhr kam Mitch mit Clark und Carter zusammen aus der Schule. Eine graue Limousine wartete auf ihn, mit einem anderen Fahrer. Vierzig Minuten später hielten sie am Flughafen von Westchester County vor dem Tor zum Terminal für Geschäfts- und Privatflugverkehr. Der Wachmann winkte den Wagen durch, und sie fuhren über das Vorfeld zu einem wartenden Learjet 55. Die Jungen rissen die Augen auf und konnten es kaum erwarten loszufliegen. »Wow, Dad, ist das unser Flugzeug?«, fragte Clark.

»Nein, wir leihen es uns nur«, sagte Mitch.

Cory stand vor dem Learjet und warf einen Blick auf seine Uhr. Er begrüßte die Jungen mit einem breiten Lächeln und half ihnen beim Einsteigen. Dann stellte er sie den beiden Piloten vor und legte ihnen auf den dick gepolsterten Ledersitzen die Sicherheitsgurte an. Mitch und Cory setzten sich den Jungen gegenüber. Ein fünfter Passagier, Alvin, saß im hinteren Teil der Maschine. Als sie zu rollen begannen, holte Cory Kaffee für Mitch und Kekse für die Jungen, die jedoch viel zu sehr damit beschäftigt waren, aus dem Fenster zu starren, und sich durch nichts ablenken ließen. In sechstausend Meter Höhe nahm Cory Carter mit ins Cockpit, um die Piloten zu besuchen. Die bunte Instrumententafel mit Schaltern, Knöpfen und Bildschirmen beeindruckte den Jungen ungemein. Carter hatte mindestens hundert Fragen, doch die Piloten nahmen Einstellungen vor, waren mit dem Funkverkehr beschäftigt und konnten sich nicht lange unterhalten. Nach ein paar Minuten war Clark an der Reihe.

Die Aufregung darüber, mit einem kleinen Jet zu fliegen, schien die Reise noch kürzer zu machen, und bald darauf gingen sie in den Landeanflug über. Als die Maschine über die Piste rollte und an dem kleinen Terminal für Privatflugzeuge hielt, fuhr ein schwarzer SUV heran, um die Passagiere und ihr Gepäck abzuholen. Die Jungen verließen den Learjet nur widerwillig und stiegen in den SUV. Die nächsten zwei Tage würden sie von nichts anderem mehr reden als davon, Pilot zu werden, wenn sie groß waren.

Es war der 13. Mai, ein Freitag, und die Küste Maines hatte gerade erst einen ihrer langen Winter hinter sich gebracht. Die pittoreske Kleinstadt Camden erwachte langsam zum Leben und war dabei, die Überreste vom letzten Schneefall des Frühlings wegzuräumen. Der malerische Hafen war bereits gut gefüllt mit Fischern, Seglern und Leuten, die auf die Inseln zu ihren Sommerresidenzen wollten.

Einer von Corys Männern hatte einen Tisch in einem Restaurant am Wasser für sie frei gehalten. Als sie eintrafen, verschwand er, und Mitch wollte beinahe wieder fragen, wie viele Personen im Team waren. Während er die grandiose Aussicht auf den Hafen, die Hügel in der Ferne und Penobscot Bay genoss, hätte er fast vergessen, warum sie hier waren.

Ohne das wachsame Auge ihrer Mutter und in einer Art Urlaub hatten Clark und Carter keine Skrupel, Hamburger, Pommes frites und Milchshakes zu bestellen. Mitch nahm einen Salat, Cory das Gleiche wie die Jungen. Der Service war langsam; vielleicht lag es auch daran, dass es in Maine gemächlicher zuging. Aber sie hatten es nicht eilig. Die große Stadt war weit weg, und sie würden schon bald dorthin zurückkehren. Weil Freitagnachmittag war, hätte Mitch gern ein Bier getrunken. Doch Cory war im Dienst und lehnte ab. Da Mitch nicht gern allein trank, widerstand er der Versuchung.

Zweimal während des Mittagessens entschuldigte sich Cory, um einen Anruf entgegenzunehmen. Als er wiederkam, wollte Mitch ihn jedes Mal fragen, ob es etwas Neues gebe, konnte seine Neugier jedoch zügeln. Er ging davon aus, dass Cory mit seinem Team telefonierte, das irgendwo in der Nähe war, und vermutlich keine Anrufe aus Tripolis erhielt.

Die Fähre nach Islesboro ging fünfmal am Tag und brauchte zwanzig Minuten. Um 14.30 Uhr sagte Cory: »Wir sollten uns in die Schlange stellen.«

Die Insel war knapp dreiundzwanzig Kilometer lang und an einigen Stellen fast fünf Kilometer breit. Ihr östliches Ende ragte in den Atlantik hinein und bot eine beeindruckende Aussicht auf die felsige Küste. Mitch und die Jungen standen auf dem Oberdeck der Fähre und bewunderten die anderen Inseln, an denen sie vorbeifuhren. Cory gesellte sich zu ihnen, streckte den Arm aus und sagte: »Das, was da gerade in Sicht kommt, ist Islesboro.«

»Ganz schön abgelegen«, erwiderte Mitch mit einem Lächeln.

»Ich hab's Ihnen doch gesagt. Der perfekte Ort, um sich ein paar Tage zu verstecken.«

»Vor wem?«

»Ich weiß es nicht genau. Vermutlich vor niemandem. Aber wir gehen kein Risiko ein.«

Als sie näher kamen, konnten sie die großen Villen am Ufer sehen. Es gab Dutzende davon, die meisten waren vor hundert Jahren gebaut worden, in jenen glorreichen Zeiten, als der Geldadel hierher in die »Sommerfrische« reiste. Familien aus New York, Boston und Philadelphia ließen pompöse Herrenhäuser errichten, um der Hitze und Feuchtigkeit der Städte zu entkommen, und natürlich brauchten sie genügend Schlafzimmer und jede Menge Personal, um Verwandte und Freunde zu beherbergen, die oft mehrere Wochen blieben. Die Häuser wurden immer noch benutzt und waren immer noch so prächtig wie früher; einige waren sogar von Prominenten gekauft worden. Fünfhundert Einheimische wohnten das ganze Jahr über auf der Insel. Die meisten Erwachsenen arbeiteten entweder »in den Häusern« oder auf Hummerfangbooten.

Sie rollten von der Fähre herunter und waren bald auf dem einzigen Highway, der sich über die gesamte Länge der Insel zog. Nach zehn Minuten bogen sie auf eine schmale, asphaltierte Zufahrt ab und passierten ein Schild, auf dem WICKLOW stand.

»Wissen Sie zufällig, wo ›Wicklow‹ herkommt?«, fragte Mitch Cory.

»Das ist der Name der irischen Grafschaft, in der der erste Besitzer geboren wurde. Er hat ein Vermögen damit gemacht, während der Prohibition irischen Whiskey ins Land zu schmuggeln, das Haus hier gebaut und ist dann jung gestorben.«

»Leberzirrhose?«

»Keine Ahnung. Es hat mehrfach den Besitzer gewechselt, aber alle haben den Namen übernommen. Mr. Ruch hat es vor etwa fünfzehn Jahren bei einer Versteigerung erworben und renoviert. Jack zufolge hat er zehn Schlafzimmer in einem anderen Flügel stillgelegt.«

»Und jetzt hat er noch achtzehn?«

»Nur achtzehn.«

Nach kurzer Zeit erreichten sie eine kreisförmige Auffahrt vor einem riesigen alten Haus, das direkt aus einem Reisemagazin zu kommen schien. Es war klassische Cape-Cod-Architektur: zwei Geschosse mit steilen Dächern und Seitengiebeln, ein breiter, mittig platzierter Eingang, verwitterte, blassblau gestrichene Schindelverkleidung, Dachgauben und vier Kamine in der Mitte. Dahinter nichts, nur das schimmernde Blau des Atlantiks.

Barry Ruch kam persönlich heraus und umarmte Mitch so herzlich, als wären sie gute Freunde. Das waren sie nicht, jedenfalls noch nicht. Mitch hatte ihn vor ein paar Jahren auf der Geburtstagsparty für seinen jüngeren Bruder Jack kennengelernt. Es waren noch mindestens fünfzig andere Gäste dort gewesen, und Mitch und Barry hatten kaum zwei Sätze miteinander gewechselt. Er galt als sehr zurückgezogen lebender Milliardär, der Publicity hasste. Laut einem alten Artikel in *Forbes* hatte er sein Vermögen durch Spekulation mit lateinamerikanischen Währungen gemacht.

Was auch immer das bedeuten mochte.

Alle gaben sich die Hand und begrüßten sich. Carter und Clark drückten den Rücken durch und sagten: »Schön, Sie kennenzulernen«, wie es ihnen ihre Eltern beigebracht hatten. Ihr Vater war stolz auf sie.

Barry führte die Gruppe ins Haus. In der Eingangshalle wurden sie von Tanner erwartet, dem Butler-Portier-Fahrer-Mann-für-alles und Bootskapitän. Außerdem war er Hummerfischer in Teilzeit, der sich in seinem marineblauen Jackett und dem weißen Hemd nicht richtig wohlzufühlen schien. Zum Glück erlaubte ihm Mr. Ruch, Kakihosen zu tragen.

Tanner kümmerte sich um das Gepäck und die Zimmerverteilung, während Barry die McDeeres in eines der zahlreichen Wohnzimmer führte, in dem ein gewaltiges Feuer im Kamin brannte. Er machte Witze über den Schnee, der vor zwei Tagen gefallen war, und versprach, dass bis Oktober kein weißes Zeug mehr vom Himmel fallen würde. Vielleicht auch bis November.

Während sich die Männer über das Wetter unterhielten und Spekulationen darüber anstellten, wie Jack wohl mit seinem bevorstehenden Ruhestand zurechtkommen würde, bewunderten Carter und Clark einen riesigen ausgestopften Elchkopf über dem Kamin, der auf sie herunterstarrte.

»Ich habe ihn nicht getötet, Jungs«, sagte Barry, als es ihm auffiel. »Er war schon im Haus, als ich es gekauft habe. Tanner glaubt, dass er seit etwa dreißig Jahren dort hängt. Vermutlich stammt er vom Festland.«

»Gibt es Elche auf der Insel?«, wollte Carter wissen.

»Na ja, ich habe noch keinen gesehen, aber wenn ihr wollt, können wir nach ihnen suchen. Tanner sagt, dass der Wind sich legen wird und eine Warmfront kommt. Wir warten zwei Stunden, und dann machen wir eine Bootsfahrt.«

Die Jungs hatten Mühe, so lange zu warten.

25

Mitchs Schuss ins Blaue, der angeblich auf seinem teuren Studium beruhte, war bemerkenswert genau gewesen. Noura wartete keine achtundvierzig Stunden, sondern genau siebenundvierzig und rief Abby am Samstagmorgen um 7.31 Uhr auf dem Jakl an.

Abby stand gerade auf ihrer Yogamatte im Fernsehzimmer, dehnte sich etwas halbherzig und versuchte, sich daran zu erinnern, wann sie die Wohnung zum letzten Mal für sich allein gehabt hatte. Sie vermisste ihre Männer, und unter normalen Umständen hätte sie sich keine Sorgen um sie gemacht. Am Freitagabend hatte sie zweimal mit Mitch gesprochen, am grünen Handy, und war über alles, was passiert war, informiert worden. Die Jungen hatten viel Spaß in »Mr. Barrys« Villa, während Mitch und der Besitzer des Hauses kubanische Zigarren rauchten und Single Malts tranken.

Sie fühlten sich völlig sicher. Niemand konnte sie finden.

Abby suchte das richtige Handy aus ihrer Sammlung heraus, die sie auf dem Beistelltisch ausgebreitet hatte und immer in der Nähe behielt. Sie hob das Jakl ans Ohr und meldete sich mit: »Hallo.«

»Abby McDeere? Hier ist Noura.«

Wie begrüßt man eine Terroristin an einem verregneten Samstagmorgen in Manhattan? Abby war zwar irgendwie erleichtert, dass der Anruf endlich gekommen war, wollte aber auf keinen Fall Interesse zeigen. »Ja, hier ist Abby«, sagte sie lediglich.

Offenbar hielten Terroristen nichts von Begrüßungen, denn Noura kam direkt zur Sache. »Wir sollten uns morgen vor zwölf Uhr treffen. Geht das?«

Habe ich eine Wahl? »Ja.«

»Die Eislaufbahn im Central Park. Um 10.15 Uhr gehen Sie auf den Haupteingang zu. Auf der linken Seite, der Ostseite, steht ein Eisverkäufer. Stellen Sie sich dort hin und warten Sie. Ihr Mann ist ein Fan der Mets, richtig?«

Ein Tritt in den Bauch hätte sie weniger erschüttert. Wie viel wussten diese Leute über sie? »Ja«, brachte sie gerade noch heraus.

»Tragen Sie eine Baseballmütze mit dem Logo der Mets.«

Mitch hatte mindestens fünf davon im Kleiderschrank liegen. »Kein Problem.«

»Wenn Sie jemanden mitbringen, werden wir das sofort wissen.«

»Okay.«

»Das wäre ein furchtbarer Fehler, Mrs. McDeere. Verstanden?«

»Ja, natürlich.«

»Sie müssen allein kommen.«

»Werde ich.«

Eine lange Pause trat ein. Abby wartete. »Werde ich«, wiederholte sie schließlich.

Stille. Noura hatte das Gespräch beendet.

Abby legte das Jakl aus der Hand, nahm das grüne Handy und ging ins Schlafzimmer. Dann schloss sie die Tür und rief Mitch an.

Wicklow war offensichtlich für Erwachsene gebaut worden, doch es gab Anzeichen dafür, dass hier auch Kinder zu Gast gewesen waren. Mindestens eines der Schlafzimmer war mit zwei Stockbetten, bunten Regenbögen an den Wänden, veralteten Videospielen und einem großen Fernseher ausgestattet. Tanner führte die Jungen herum, und es dauerte nicht lange, bis sie dem Haus ihr Okay gaben. Als es Zeit zum Abendessen wurde, war Tanner ihr neuer bester Freund.

Am Samstagmorgen schliefen sie bis fast acht Uhr, dann folgten sie den Gerüchen und gingen nach unten ins Frühstückszimmer, wo sie ihren Vater fanden, der Kaffee trank und mit Mr. Cory redete. Miss Emma kam aus der Küche und fragte, was sie zum Frühstück haben wollten. Nach einigem Hin und Her entschieden sie sich für Waffeln mit Speck.

Cory aß sein Omelett auf und entschuldigte sich. Mitch fragte die Jungen, wie sie geschlafen hätten, und bekam als Antwort, alles sei super gewesen. Die beiden wollten unbedingt Stockbetten bei sich zu Hause haben. »Darüber könnt ihr mit eurer Mutter reden. Für Möbel und Einrichtung ist sie zuständig.«

»Wo ist Mr. Barry?«, fragte Clark.

»Ich glaube, er ist in sein Arbeitszimmer gegangen.«

»Wo ist sein Arbeitszimmer?«

»Da lang«, erwiderte Mitch, während er mit der Hand hinter sich zeigte, als wäre das Arbeitszimmer sehr weit weg, aber immer noch unter demselben Dach. »Ich möchte nicht, dass ihr überall im Haus herumlauft, okay? Wir sind Gäste, und das hier ist kein Hotel. Ihr geht nur in ein Zimmer, wenn euch jemand dazu auffordert.«

Sie hörten aufmerksam zu und nickten. »Dad, warum sind die Zimmer hier so groß?«, fragte Carter.

»Na ja, vielleicht, weil Mr. Barry eine Menge Geld hat und sich große Häuser mit großen Zimmern leisten kann. Außerdem lädt er oft Gäste ein, die dann wochenlang bleiben, und ich vermute, dass sie viel Platz brauchen. Aber vielleicht kommen euch die Zimmer auch deshalb so groß vor, weil ihr aus einer Stadt kommt, in der fast alle in Wohnungen leben. Die sind normalerweise kleiner.«

»Können wir auch eine Villa kaufen?«, wollte Clark wissen.

Mitch lächelte. »Ganz bestimmt nicht«, erwiderte er. »Nur sehr wenige Leute können sich so ein Haus leisten. Wollt ihr wirklich achtzehn Schlafzimmer haben?«

»Die meisten davon sind leer«, warf Carter ein.

»Hat Mr. Barry eine Frau?«, fragte Clark.

»Ja. Sie ist sehr nett und heißt Millicent. Sie ist noch in New York, kommt aber Ende des Monats.«

»Hat er Kinder?«

»Kinder und Enkel, aber sie leben alle in Kalifornien.«

Jack zufolge hatte Barry keinen Kontakt mehr zu seinen beiden erwachsenen Kindern. Die Familie stritt sich schon seit Jahren um sein Vermögen.

Die Waffeln mit Speck wurden auf zwei großen Platten serviert, von denen jede für eine kleine Familie gereicht hätte. Die Jungen verloren das Interesse an Mr. Barry. Mitch ließ sie am Tisch sitzen und ging nach draußen zu einem überdachten Holzdeck, das sich ganz in der Nähe des Stegs zum Bootsanleger befand. Cory war dort und telefonierte natürlich. Als er sein Gespräch beendet hatte und das Handy wegsteckte, fragte Mitch: »Wie sieht der Plan aus?«

»Wir sollten heute Nacht noch hierbleiben, damit die Großeltern sich ein bisschen eingewöhnen können, dann geht es morgen früh wieder nach New York. Das eben war Darian, er wird auch dort sein. Wir werden die Kontaktaufnahme vom Everett Hotel in der Fifth aus beobachten, es liegt direkt gegenüber der Eislaufbahn.«

»Wie oft denken Sie daran, dass wir keine Ahnung haben, mit wem wir es zu tun haben, bis auf eine Frau namens Noura?«, fragte Mitch.

»Alle dreißig Sekunden einmal.«

»Und wie oft fragen Sie sich, ob Noura das alles vorgetäuscht haben könnte?«

»Alle dreißig Sekunden einmal. Aber sie hat das nicht vorgetäuscht, Mitch. Sie hat Ihre Frau in einem Coffeeshop in

Manhattan gefunden. Abby wurde beschattet. Großer Gott, diese Leute haben Ihre ganze Familie beschattet. Sie hat ihr das Handy gegeben. Sie hat das nicht vorgetäuscht.«

»Und wie viel Geld werden sie verlangen?«, wollte Mitch wissen.

»Vermutlich mehr, als wir uns vorstellen können.«

»Wird Abby mit den Entführern verhandeln müssen?«

»Ich habe keine Ahnung. Mitch, wir haben hier nicht das Sagen. Die Entführer bestimmen, wo es langgeht. Wir können nur reagieren und hoffen, dass wir es nicht in den Sand setzen.«

Harold und Maxine Sutherland waren noch nie in Maine gewesen, aber der Bundesstaat stand auf ihrer Liste. Seit sie im Ruhestand waren, hatten sie viel Spaß dabei, an die Orte zu reisen, von denen sie schon immer geträumt hatten. Ohne Hunde oder Katzen, mit einem kleinen Haus auf dem Land und einem gut gefüllten Bankkonto wurden sie von sämtlichen ihrer Freunde beneidet, wenn sie ihre Koffer fast so schnell wieder packten, wie sie sie auspackten. Zum Glück waren sie gerade zu Hause gewesen, als Abby am Donnerstagnachmittag angerufen und gesagt hatte, es sei dringend.

Tanner holte sie von der Fähre ab und brachte sie nach Wicklow. Mitch und die Jungen begrüßten sie an der Haustür. Wieder einmal war Mitch gerührt, als er sah, wie sehr die Zwillinge sich freuten, Hoppy und Maxie zu sehen, die sich natürlich noch viel mehr freuten als ihre Enkelsöhne. Alle halfen mit dem Gepäck, und Tanner führte sie in eine schöne Suite, die dem Zimmer mit den Stockbetten direkt gegenüberlag. Die Jungen konnten es gar nicht erwarten, ihren Großeltern Mr. Barrys Haus zu zeigen. Nach vierundzwanzig Stunden benahmen sie sich, als würde die Villa ihnen gehören, und ignorierten die Mahnung ihres Vaters, nicht überall herumzulaufen. Ein spätes Mittagessen war angebracht, und aus irgendeinem abgelegenen Winkel des Hauses tauchte Mr. Barry auf und leistete den McDeeres und den Sutherlands Gesellschaft. Er war ein vollendeter Gastgeber und besaß das seltene Talent, völlig Fremden das Gefühl zu geben, in seinem Haus willkommen zu sein. Mitch vermutete, es lag daran, dass er seit Jahren jede Menge Freunde in Wicklow zu Gast hatte, aber er war auch ein sehr sympathischer Mensch. Eine Milliarde Dollar auf dem Bankkonto trugen vermutlich ebenfalls zu seiner zurückhaltenden, unaufgeregten Art bei. Mitch hatte schon einige Männer kennengelernt, die ihr Vermögen an der Wall Street gemacht hatten, und den meisten von ihnen würde er privat aus dem Weg gehen.

Mitch behielt die Jungen im Auge. Ihre Mutter hatte ihnen beigebracht, in Gegenwart von Erwachsenen wenn möglich den Mund zu halten und auf ihre Tischmanieren zu achten. Er war froh darüber, dass seine Frau eine gute Kinderstube genossen hatte. Abby war »richtig erzogen«, wie man in Kentucky sagte. Insgeheim bedankte er sich bei ihren Eltern dafür.

Warum fiel es ihm dann so schwer, ihnen zu verzeihen? Und sie gernzuhaben? Weil sie sich nie richtig für die Beleidigungen und Verunglimpfungen von vor zwanzig Jahren entschuldigt hatten und Mitch irgendwann aufgehört hatte, darauf zu warten. Das Letzte, was er jetzt wollte, war eine peinliche Umarmung mit einem tränenreichen »Es tut uns leid!«. Mitchs Therapeut hatte ihn schon fast davon überzeugt, dass es sein Wachstum als reife Persönlichkeit behinderte, wenn er es nicht endlich aufgab, so nachtragend zu sein. Es war für ihn zum Problem geworden, nicht für sie. Er war derjenige, der dadurch beeinträchtigt wurde. Das Mantra des Therapeuten lautete: einfach loslassen.

Beim Mittagessen dauerte es nicht lange, bis mit Fliegenfischen eine Gemeinsamkeit als Gesprächsthema gefunden war. Barry hatte seine Achtzig-Stunden-Arbeitswochen schon vor Jahren aufgegeben und Trost in Gebirgsbächen im ganzen Land gefunden. Harold hatte als Kind damit angefangen und kannte jedes Rinnsal in den Appalachen. Als die Fische immer größer wurden, stellte Mitch fest, dass er kaum noch zuhörte. Er plauderte ein wenig mit Maxine. Es war offensichtlich, dass seine Schwiegereltern sich Sorgen machten und Details erfahren wollten.

Tanner kam herein und schlug vor, wieder eine Bootsfahrt zu machen. Die Jungen waren noch vor ihm am Steg. Mr. Barry zog sich in die Tiefen von Wicklow zurück, um sich das Spiel der Yankees anzusehen, ein tägliches Ritual.

Mitch führte seine Schwiegereltern in die Bibliothek, schloss die Tür und erklärte ihnen, warum sie hier waren. Er hielt sich nicht mit Einzelheiten auf, aber es reichte, um sie in Angst und Schrecken zu versetzen. Sie fanden es schockierend, dass ihre Tochter und ihre Enkelsöhne in Manhattan von Terroristen beschattet und fotografiert wurden.

Falls es notwendig sein sollte, versprachen sie, würden sie sich einen Monat lang mit den Jungen in Maine verstecken.

26

Die Piste von Islesboros Flughafen war keine achthundert Meter lang und damit zu kurz für einen Jet. Am frühen Sonntagmorgen hoben Mitch und Cory in einer King Air 200 ab, einem zweimotorigen Turbopropflugzeug, das für kleinere Flugfelder geeignet war.

Alvin und ein weiterer Mann vom Sicherheitspersonal blieben in Wicklow. Mitch war überzeugt, dass die Jungen an einem Ort versteckt waren, wo man sie nicht finden konnte, und er sagte sich, dass er aufhören müsse, sich Sorgen zu machen. Der Tag würde schon kompliziert genug werden, ohne ständig an seine Söhne zu denken. Aber es war unmöglich, sie aus seinen Gedanken zu verbannen.

Eine Stunde später landeten sie in Westchester County und fuhren nach New York. Um zehn Uhr betraten sie eine große Suite im 14. Stock des Everett Hotel, mit Blick auf die Wollman-Eislaufbahn im Central Park. Darian von Crueggal wartete bereits auf sie, zusammen mit Jack. Bei einer Tasse Kaffee erzählte Mitch Jack das Neueste über dessen Bruder und Wicklow, was nicht viel war. Jack hatte vor, am 31. Juli in den Ruhestand zu gehen und den August auf Islesboro zu verbringen, wo er mit seinem Bruder angeln gehen wollte.

Das Wetter war kühl und klar, der Central Park voll mit Leuten. In der Ferne konnten sie die Eisläufer ausmachen, die auf der Bahn ihre Runden zogen, doch das Hotel war zu weit weg, um jemanden erkennen zu können. Um 10.20 Uhr war Mitch sicher, dass er seine Frau die Fifth Avenue herunterlaufen sah, auf der Parkseite. Sie trug Jeans, feste Stiefel und eine dicke braune

Jacke, die sie schon seit Jahren besaß. Und eine ausgebleichte blaue Baseballmütze mit dem Logo der Mets.

»Da ist sie«, sagte er mit einem flauen Gefühl im Magen. Als sie den Park betrat, verlor er sie aus den Augen. Cory und Darian hatten sich darüber gestritten, ob sie einen ihrer Männer in der Nähe des Eingangs zur Eislaufbahn postieren sollten, um Abby zu beobachten, dann aber beschlossen, es nicht zu tun. Cory war der Meinung gewesen, dass sie dadurch nichts gewinnen würden.

Um 10.30 Uhr ging Abby zu einem Eisverkäufer in der Nähe des Haupteingangs der Eislaufbahn. Sie trug eine große Sonnenbrille und beobachtete durch die dunklen Gläser hindurch ihre Umgebung, während sie versuchte, ungezwungen zu wirken. Es funktionierte nicht, sie war ein Nervenbündel. Das Jakl vibrierte in ihrer Jackentasche, sie zog es heraus. »Abby.«

»Noura. Verlassen Sie die Eislaufbahn, und laufen Sie zur Mall. Gehen Sie an der Statue von Shakespeare vorbei. Dahinter sehen Sie links von sich die von Robert Burns und dann eine lange Reihe von Bänken. Bleiben Sie auf der linken Seite, gehen Sie etwa dreißig Meter weiter, und setzen Sie sich auf eine Bank.«

Einige Minuten später kam Abby an der Statue von Shakespeare vorbei und bog nach rechts auf die Mall ab, eine lange Promenade, die von großen Ulmen gesäumt war. Sie war diesen Weg schon unzählige Male gegangen und musste an ihren ersten Winter in New York denken, als sie und Mitch Arm in Arm durch dreißig Zentimeter hohen Schnee gestapft waren. Zu jeder Jahreszeit hatten sie viele Sonntagnachmittage damit verbracht, im Schatten der Ulmen zu sitzen und die endlose Parade von New Yorkern zu beobachten, die einen Ausflug in den Central Park machten. Als die Zwillinge auf die Welt gekommen waren, hatten sie die beiden in einen Geschwisterwagen gesteckt und sie die Mall hinauf- und hinuntergeschoben.

Doch heute hatte sie keine Zeit für nostalgische Gedanken.

Hunderte Menschen bevölkerten die Mall. An Verkaufsständen wurden heiße und kalte Getränke angeboten. Aus den Lautsprechern eines Karussells in einiger Entfernung dröhnte Musik. Abby zählte beim Gehen dreißig Schritte, suchte sich eine leere Bank und setzte sich so ungezwungen wie möglich hin.

Fünf Minuten vergingen, dann zehn. Sie krallte ihre Finger um das Jakl in ihrer Tasche und versuchte, nicht jeden, der vorbeiging, anzustarren. Sie suchte nach einer Muslima mit langem Gewand und Hidschab, sah aber niemanden, auf den diese Beschreibung passte. Eine Frau, die einen marineblauen Jogginganzug trug und einen Kinderwagen schob, blieb vor der Bank stehen. »Abby«, sagte sie gerade so laut, dass man sie noch verstehen konnte.

Beide Frauen trugen große Sonnenbrillen, stellten aber irgendwie Augenkontakt her. Abby nickte. Sie ging davon aus, dass es Noura war, obwohl sie sie nicht wiedererkannte. Gleiche Größe, gleicher Körperbau, das war aber auch schon alles. Sie hatte sich eine große Baseballmütze tief in die Stirn gezogen.

»Hier herüber«, sagte sie, während sie mit dem Kopf nach rechts wies.

Abby stand auf. »Noura?«

»Ja.«

Sie gingen zusammen weiter. Falls tatsächlich ein Baby in dem Kinderwagen lag, war es nicht zu erkennen. Noura bog nach rechts auf einen kleinen Weg ab, und sie verließen die Mall. Als sie weit weg von den anderen Menschen waren, blieb sie stehen. »Betrachten Sie die Gebäude. Sehen Sie mich nicht an.«

Abby starrte auf die Skyline der Central Park West.

Noura ließ sich Zeit. »Die Rückkehr von Giovanna wird einhundert Millionen Dollar kosten«, sagte sie schließlich. »Der

Preis ist nicht verhandelbar. Das Geld muss in zehn Tagen von heute an gezahlt werden. Am 25. Mai um siebzehn Uhr New Yorker Zeit läuft die Frist ab. Klar?«

Abby nickte. »Ich habe verstanden.«

»Wenn Sie zur Polizei oder zum FBI gehen oder auf irgendeine Weise Ihre Regierung informieren, wird es keine Rückkehr geben. Giovanna wird hingerichtet werden. Verstanden?«

»Ja.«

»Gut. In fünfzehn Minuten wird ein Video an Ihr Handy geschickt. Es ist eine Nachricht von Giovanna.« Noura drehte den Kinderwagen um und ging weg. Abby sah ihr für einen Moment nach – modischer Adidas-Jogginganzug, rot-weiße Sportschuhe ohne sichtbares Logo, bunte Baseballmütze. Sie hatte nur einen Teil von Nouras Gesicht gesehen und würde sie nicht identifizieren können.

Abby drehte sich in die andere Richtung und lief im Zickzack in nordöstlicher Richtung zur Seventy-Second Street und dann nach Osten auf die Fifth Avenue. Sie betrat das Everett Hotel, ging ins Restaurant und fragte nach dem Tisch, den sie am Morgen reserviert hatte. Ein Tisch für drei. Sie war mit zwei Freunden zum Brunch verabredet. Als ihr Kaffee serviert wurde, verließ sie den Tisch und nahm den Fahrstuhl in den vierzehnten Stock.

Darian schloss das Jakl an einen Laptop mit 18-Zoll-Bildschirm an, dann warteten sie. Währenddessen dachte jeder von ihnen darüber nach, was für eine gewaltige Herausforderung es sein würde, einhundert Millionen Dollar zu beschaffen. Als der Schock sich langsam legte, wurde klar, dass niemand im Raum auch nur die geringste Ahnung hatte, wie sie das anstellen sollten.

Der Bildschirm war für ein paar Sekunden leer, dann war Giovanna zu sehen: Sie saß in einem finsteren Raum und trug ein dunkles Gewand oder Kleid mit einem schwarzen Hidschab, der ihre Haare bedeckte. Sie sah angegriffen aus, fast verängstigt, biss aber die Zähne zusammen und versuchte, tapfer zu wirken. Auf einem Tisch neben ihr brannte eine kleine Kerze. Ihre Hände waren nicht zu sehen. »Ich bin Giovanna Sandroni und arbeite für die Kanzlei Scully & Pershing«, sagte sie, ohne zu lächeln. »Ich bin gesund und bekomme genug zu essen. Der Preis für meine Rückkehr sind einhundert Millionen US-Dollar. Diese Summe ist nicht verhandelbar, und wenn sie nicht bis zum 25. Mai gezahlt wird, werde ich hingerichtet. Heute ist Sonntag, der 15. Mai. Bitte, ich flehe euch an, zahlt das Geld.«

Dann verschwand sie, der Bildschirm war wieder leer. Abby nahm das Jakl, steckte es in ihre Schultertasche und brachte es ins Bad. Mitch stellte sich ans Fenster und sah auf den Central Park hinunter. Darian starrte immer noch auf den Bildschirm. Cory musterte seine Schuhe. Jack saß am Frühstückstisch und trank Kaffee. Keiner von ihnen schien in der Lage zu sein, etwas zu sagen.

Scully & Pershing war eine Anwaltskanzlei, kein Hedgefonds. Sicher, die Anwälte dort verdienten eine Menge Geld, und die langjährigen Partner waren Millionäre, zumindest auf dem Papier, aber weit davon entfernt, Milliardäre zu sein. Sehr weit. Sie besaßen großzügige Wohnungen in der Stadt und schöne Wochenendhäuser auf dem Land, doch sie kauften weder Jachten noch Inseln. Die Privatflugzeuge, die sie benutzten, wurden gemietet, und jeder Flug wurde einem Mandanten in Rechnung gestellt. Im letzten Jahr hatte die Kanzlei einen Umsatz von knapp über zwei Milliarden Dollar gemacht, und nachdem alle Rechnungen bezahlt und die Gewinne aufgeteilt waren, blieb fast nichts übrig. Es war nichts Ungewöhnliches, dass die Kanzlei ihre Kreditlinie in Anspruch nahm, wenn sie in weniger ertragreichen Monaten zusätzliches Geld brauchte. Praktisch jede Großkanzlei ging so vor.

»Wir haben uns gefragt, ob das alles nur vorgetäuscht ist, ob Noura echt ist«, sagte Cory schließlich. »Das hier räumt jeden Zweifel aus. Sie ist Teil einer professionell organisierten Vereinigung, die über eine Menge Kontakte hier bei uns verfügt.«

»Mitch, sind Sie sicher, dass es Giovanna ist?«, fragte Darian.

Mitch schnaubte empört, als wäre die Frage lächerlich. »Kein Zweifel.«

Darian wirkte, als wollte er das Kommando übernehmen, doch das ließ Mitch nicht zu. Die Entführung war eine Angelegenheit von Scully & Pershing, und die Entscheidungen würden von den Partnern gefällt werden. Er drehte sich um und sagte: »Unsere Kommunikationsmöglichkeiten sind stark eingeschränkt. Noura ist unser einziger Kontakt, und ich bezweifle, dass sie verhandeln darf. Wenn wir nicht verhandeln können, müssen wir eine neunstellige Summe aufbringen, was, wie es scheint, unmöglich ist. Bezweifelt jemand, dass diese Verbrecher Giovanna in zehn Tagen auf irgendeine spektakuläre Art umbringen werden?« Er starrte Jack, Cory und Darian an, dann nickte er Abby zu. Alle waren derselben Meinung wie er.

»Sie besitzt die doppelte Staatsbürgerschaft, britisch und italienisch. Wie groß ist die Chance, dass sich die beiden Regierungen am Lösegeld beteiligen werden?«, fuhr er fort.

Darian schüttelte den Kopf. »Sie ist nur sehr gering. Die beiden Regierungen verhandeln nicht mit Terroristen und zahlen kein Lösegeld. Jedenfalls offiziell.«

»Darian, die Entführer verhandeln nicht. Das ist Teil des Problems. Sie benutzen Noura, um Nachrichten an Abby zu übermitteln. Wir sollten beiden Regierungen klarmachen, dass in zehn Tagen aller Voraussicht nach eine Staatsangehörige ihres

Landes, die noch dazu im Fokus der Öffentlichkeit steht, ermordet werden könnte, und das vermutlich vor laufender Kamera.«

»Was meinten Sie mit ›offiziell‹?«, wollte Jack von Darian wissen.

»Die Italiener haben vor einigen Jahren eine Menge Geld gezahlt, um einen Touristen im Jemen freizubekommen. Sie haben es nicht an die große Glocke gehängt und bestreiten es immer noch«, erklärte Darian.

»Sie waren damals als Sicherheitsberater dabei?«, fragte Mitch.

Darian nickte schweigend.

»Dann gibt es also eine Grauzone bei den Regierungen«, stellte Mitch fest und wartete auf eine Antwort. Darian zuckte mit den Schultern, sagte aber wieder nichts. »Wann trifft sich das Leitungsgremium?«, fragte Mitch Jack.

»Morgen früh. Krisensitzung.«

»Gut. Ich fliege nach Rom. Ich muss Luca sagen, dass die Entführer Kontakt aufgenommen haben und Lösegeld verlangen. Ich werde ihm das Video zeigen und versuchen, ihn zu beruhigen. So, wie ich Luca kenne, wird ihm schon etwas einfallen, wie er Geld beschaffen kann.«

Um die Dringlichkeit der Angelegenheit zu betonen und die weltweit größte Anwaltskanzlei zum Handeln zu bewegen, ließen die Terroristen erneut eine Bombe in einer von Scullys Kanzleien hochgehen. Das Timing war perfekt: Genau um elf Uhr vormittags New Yorker Zeit, eine halbe Stunde, nachdem Abby sich mit Noura getroffen hatte.

Es war wieder eine einfache Paketbombe: ein verstärkter Pappkarton, in dem sich Röhren mit einer leicht entflammbaren Flüssigkeit befanden, vermutlich Ammoniumnitrat und Heizöl, was sich aber aufgrund des beträchtlichen Schadens nicht mit Sicherheit feststellen ließ. Die Bombe ähnelte jener in Athen und war nicht dazu konstruiert, Mauern einstürzen zu lassen, Fensterscheiben zu zerschmettern und Menschen zu töten. Sie sollte lediglich ein größeres Feuer auslösen, an einem Sonntag, wenn sich niemand in der Poststelle der Niederlassung in Barcelona aufhielt. Der Raum lag im vierten Stock eines Neubaus, der mit einer hochmodernen Brandschutzanlage ausgestattet war. Die Sprinkler öffneten sich sofort und hielten den Brand unter Kontrolle, bis die Feuerwehr eintraf. Die Büroräume der Kanzlei waren entweder ausgebrannt oder standen unter Wasser, doch im Rest des Gebäudes gab es so gut wie keine Schäden.

Mitch saß gerade in einem Taxi und fuhr zum JFK, um seinen Flug nach Rom zu erwischen, als Cory anrief und ihn auf den neuesten Stand brachte. »Diese Scheißkerle«, murmelte er ungläubig.

»Sie sagen es«, erwiderte Cory. »Wir sind leichte Ziele, Mitch. Sehen Sie sich doch nur unsere schöne Website an. Niederlassungen in jeder Großstadt und in ein paar Kleinstädten auch. Die größte Anwaltskanzlei der Welt, bla, bla, bla. Wir fordern so etwas geradezu heraus.«

»Ab jetzt werden wir ein Vermögen für Sicherheitsmaßnahmen ausgeben.«

»Das tun wir bereits. Wie soll ich zweitausend Anwälte in einunddreißig Niederlassungen schützen?«

»Inzwischen sind es nur noch neunundzwanzig.«

»Ha, ha, sehr lustig.«

27

Das Leitungsgremium der Kanzlei bestand aus neun Seniorpartnern, deren Alter von fünfundfünfzig bis fast siebzig reichte; Jack
Ruch war mit seinen neunundsechzig Jahren der älteste. Für die
Arbeit im Gremium gab es keine zusätzliche Vergütung, und
die meisten Partner versuchten, sich darum zu drücken. Doch
irgendjemand musste die Verantwortung für den laufenden Be-
trieb der Kanzlei übernehmen und die schwierigen Entscheidungen treffen. Allerdings war es in der illustren Geschichte der
Kanzlei noch nie vorgekommen, dass ein Partner mit einer derart kritischen Situation konfrontiert wurde.

Jack hatte sie am Montagmorgen aus dem Bett geklingelt und
für sieben Uhr eine Krisensitzung angesetzt. Gleich zu Beginn
beschränkte er den Teilnehmerkreis auf die neun Seniorpartner,
was bedeutete, dass zwei Sekretärinnen und Cory den Konferenzraum zu verlassen hatten. Er bat einen Partner namens Bart
Ambrose, das Protokoll zu führen, und obwohl es vollkommen
unnötig und fast schon lästig war, erinnerte er alle an die Ge-
heimhaltungspflicht. Er begann mit einer kurzen Bildschirm-
präsentation der Fotos, die Noura am letzten Donnerstag an
Abbys neues Handy geschickt hatte: Abby und die Jungen, das
Gebäude, in dem sie wohnten, das Haus, in dem der Verlag seinen Sitz hatte. Das Beste hob er sich bis zum Schluss auf – das
aus großer Entfernung aufgenommene Bild von Broad Street
110, dem Hochhaus, in dem sie gerade saßen.

»Wir werden beobachtet«, verkündete er theatralisch. »Beobachtet, beschattet, fotografiert und bedroht. Und jetzt zünden

sie auch noch Brandbomben in unseren Niederlassungen auf der anderen Seite der Welt.«

Als die Partner die Bilder anstarrten, stockte ihnen der Atem.

Die Fotos waren vom Donnerstag. Die McDeeres waren am Freitag untergetaucht. Noura, die Kurierin, hatte am Samstag Kontakt aufgenommen, sich am Sonntag mit Abby McDeere getroffen und die Forderung nach einem Lösegeld in Höhe von einhundert Millionen Dollar übermittelt.

Die Stimmung wurde noch düsterer, als den übrigen acht Mitgliedern des Gremiums klar wurde, um wie viel Geld es ging. Und dass die Kanzlei vielleicht einen Teil des Lösegelds aufbringen musste.

Die Stille im Raum dauerte an, während Jack auf einem großen Bildschirm das Video von Giovanna ablaufen ließ. Nur ein paar von ihnen hatten sie schon einmal getroffen, doch ihren Vater kannten alle. Der Anblick einer Anwältin von Scully & Pershing, die als Geisel gehalten wurde, hatte einen durchschlagenden Effekt. In den letzten vier Wochen waren sie über die Entführung auf dem Laufenden gehalten worden, doch nichts hatte sie auf den Schock vorbereitet, Giovannas eingefallenes Gesicht zu sehen und ihre zitternde Stimme zu hören.

Jack stoppte das Video, ließ das Standbild mit Giovannas Gesicht aber auf dem Bildschirm. Er sagte, Mitch sei vor etwa einer Stunde in Rom gelandet und auf dem Weg zu Luca.

Alle bestürmten ihn mit Fragen. Warum hatte man das FBI und die CIA nicht eingeschaltet? Die Kanzlei hatte hervorragende Kontakte im Außenministerium. Was machten die Briten? Was machten die Italiener? Waren Verhandlungen geplant? Die Kanzlei hatte eine Versicherung, die für hoch qualifizierte Geiselverhandler bezahlte. Könnte man nicht so jemanden hinzuziehen? Wie viel wusste man über die Terroristengruppe? War sie überhaupt identifiziert worden? Hatte schon jemand die Banken angerufen?

Jack ging davon aus, dass sich das Gremium weder auf einen Plan noch auf irgendetwas anderes einigen würde, daher machte er keinen Vorschlag. Er ging auf die Fragen ein, die er beantworten konnte, wich den anderen aus, diskutierte, wenn es notwendig war, und ließ zu, dass alle Dampf ablassen und versuchen konnten, sich gegenseitig zu beeindrucken. Nach einer turbulenten ersten Stunde bildeten sich drei oder vier Lager heraus, deren Loyalität allerdings stark schwankte. Die lauteste Gruppe wollte sofort das FBI und die CIA einschalten, doch Jack weigerte sich kategorisch. Einigen Partnern gefiel die Idee nicht, Mitch wie einen einsamen Wolf agieren zu lassen, ohne richtige Kontrolle.

Niemand hielt sich zurück. Meinungen wurden gebildet und wieder verworfen. Einige der Fakten wurden verzerrt. Die Gemüter erhitzten sich zunehmend, doch keiner wurde beleidigend. Dafür waren sie zu sehr Profis, außerdem waren die meisten von ihnen seit Jahrzehnten miteinander befreundet. Früher oder später dachte jedes Mitglied des Gremiums an Giovanna und fragte sich insgeheim: Was, wenn *ich* das wäre? Bart Ambrose sagte mehr als ein Mal: »Sie ist eine von uns.«

Als Jack der Meinung war, dass sie lange genug diskutiert hatten, kam er auf das Thema Sicherheit zu sprechen und holte Cory in den Raum zurück. Der Sicherheitschef verteilte Kopien des vorläufigen Berichts vom Tatort in Barcelona, der überaus anschauliche Fotos der ausgebrannten Büroräume der Kanzlei enthielt.

Einer der Vorteile, die Anwälte einer Großkanzlei genossen, waren häufige Reisen. Ein Seniorpartner konnte praktisch überall hin – zumindest dorthin, wo jemand von Format etwas zu suchen hatte –, das Ganze Arbeit nennen und von der Steuer absetzen. Dazu musste er lediglich in der jeweiligen Niederlassung von Scully vorbeischauen, einen der Partner zum Mittagessen oder Abendessen einladen, vielleicht mit ihm in die Oper oder zu einem Fußballspiel gehen, und schon ließ sich die gesamte Reise abschreiben. Wenn es einen geschäftlichen Anlass gab, konnte man sie zu einem überhöhten Stundensatz einem Mandanten in Rechnung stellen und ihn auch noch die Eintrittskarten bezahlen lassen. Barcelona hatte immer zu den besonders beliebten Zielen gehört, und jedes Mitglied des Leitungsgremiums kannte die eleganten Büroräume der dortigen Niederlassung persönlich. Die verkohlten Überreste der Kanzlei zu sehen war nur schwer erträglich.

Cory erläuterte die Notfallpläne, die verstärkte Sicherheitsmaßnahmen und Überwachungskameras in sämtlichen Niederlassungen vorsahen. Seiner Meinung nach hätten die Terroristen, die immer noch nicht identifiziert worden seien, in Athen und Barcelona zugeschlagen, weil die Kanzleien dort leichte Ziele seien. Kaum Sicherheitsmaßnahmen, einfach zugänglich, unvorbereitet. Es sei zwar ein blutrünstiger Haufen, aber die Entführer hätten sich viel Mühe gegeben, Tote und Verletzte zu vermeiden. Die Brände seien als Warnung gedacht.

Wo waren weitere einfache Ziele? Er nannte Kairo, Kapstadt und Rio, machte aber auch klar, dass es reine Vermutung war. Das wiederum führte zu einer ausgiebigen Diskussion darüber, welche Niederlassungen sicher waren und welche nicht, grenzte aber an Rätselraten. Einer der Partner war von den Sicherheitsmaßnahmen ihrer Niederlassung in München sehr beeindruckt gewesen. Ein anderer war gerade aus Mexico City zurückgekommen und zeigte sich überrascht, dass es dort keine Überwachungskameras gab. Und so weiter. Sie waren erfolgreiche

Anwälte, die stolz auf ihre Intelligenz waren und sich verpflichtet fühlten, ihre Überlegungen kundzutun.

Jack kannte sie gut. Nach einem anstrengenden, zwei Stunden dauernden Marathon konnte er herausfiltern, was gesagt worden war, und einschätzen, was nicht gesagt worden war. Und er wusste, dass Scully letztendlich zahlen würde. Die Frage war nur: Wie viel?

Roberto holte Mitch vom Flughafen in Rom ab und fuhr ihn zu Lucas Villa. Während der Fahrt, die fünfundvierzig Minuten in Anspruch nahm, hatten sie viel zu besprechen. Luca ging es körperlich recht gut, zumindest war sein Zustand einigermaßen stabil, und die Nachricht, dass die Entführer Kontakt aufgenommen hatten und Lösegeld verlangten, hatte seine Stimmung erheblich verbessert. Er hatte keine einhundert Millionen Dollar auf seinen Bankkonten liegen, war aber sicher, dass sich die Entführer herunterhandeln ließen. Er hatte bereits Kontakt zu italienischen Politikern aufgenommen.

Während der Fahrt spielte Mitch das Video von Giovanna auf seinem Handy ab. Roberto schossen sofort Tränen in die Augen, und er musste wegsehen. Er sagte, sie sei wie eine kleine Schwester für ihn, und er habe seit einem Monat kaum geschlafen. Er war sich nicht sicher, ob Luca das Video sehen sollte. Sie vereinbarten, später darüber zu reden.

Luca saß auf der Terrasse im Schatten und telefonierte. Er schien noch mehr abgenommen zu haben, war aber so gut angezogen wie immer. Sein hellgrauer Maßanzug hing an ihm herunter. Es gelang ihm, Mitch zu umarmen und dabei das Telefonat fortzusetzen. Seine Stimme hörte sich kräftiger an. Später, beim Kaffee, berichtete er von den Gesprächen, die er bis jetzt geführt hatte. Er war kein Fan des aktuellen Ministerpräsidenten, kannte aber einen stellvertretenden Minister aus dessen Kabinett. Das Ziel war, die italienische Regierung davon zu überzeugen, einer italienischen Staatsbürgerin zu Hilfe zu kommen. Mit Geld. Eines der dringlicheren Probleme bestand darin, dass es in Italien ein Gesetz gab, welches es der Regierung verbot, mit Terroristen zu verhandeln und Geiseln freizukaufen. Die Gründe dafür waren einfach: Größere Zahlungen an Kriminelle waren ein Anreiz dafür, noch mehr Italiener zu entführen. Die Briten und Amerikaner hatten ähnliche Richtlinien. Luca sagte, sie seien praktisch bedeutungslos. Die Premierminister und Präsidenten würden mit der Faust auf den Tisch hauen, die Terroristen aufs Schärfste verurteilen und ankündigen, kein Lösegeld zu zahlen, doch über inoffizielle Kanäle sei es möglich, Vereinbarungen zu treffen.

Eine drängende Frage war Geheimhaltung. Wie konnte Scully & Pershing Hilfe von den Briten und Italienern erwarten, wenn ihre Regierungen nichts von der Lösegeldforderung wussten?

Die drei – Luca, Mitch und Roberto – hatten lang und breit darüber gesprochen, Lannaks Klage gegen die libysche Regierung zu erweitern und eine Entschädigung zu fordern. Lannak hatte vier langjährige Mitarbeiter verloren. Giovanna wurde jetzt seit einem Monat gefangen gehalten. Der Beklagte, die Republik Libyen, hatte indirekt die Zusage gegeben, ausländische Arbeitskräfte zu schützen.

Luca hatte die Kommission im Oktober letzten Jahres angerufen und vierhundertzehn Millionen Dollar für offene Rechnungen verlangt, zuzüglich zweiundfünfzig Millionen Dollar für aufgelaufene Zinsen aus den letzten drei Jahren. Mitch war der Meinung, dass sie ihre Klage erweitern, eine Entschädigung für das Blutvergießen und die Entführung verlangen und auf einen Vergleich drängen sollten. Als Luca und Roberto schließlich zustimmten, rief Mitch seinen Assistenten an, Stephen Stodghill, der in New York geblieben war und an einem Montagmorgen um vier Uhr doch tatsächlich schlief. Er wies ihn an, die Klage zu erweitern und sich dann mit ihm in London zu treffen.

Um elf Uhr zog sich Luca für ein Nickerchen zurück. Mitch machte einen kleinen Spaziergang um die Piazza und versuchte, Omar Celik in Istanbul zu erreichen, der aber gerade in einem Flugzeug saß, irgendwo in der Nähe von Japan. Daher redete Mitch mit Omars Sohn Adem und informierte ihn über ihre Pläne, eine Entschädigung zu verlangen. Den Kontakt zu den Entführern und die Lösegeldforderung erwähnte er nicht, wollte es aber bald tun.

Um sechs Uhr morgens New Yorker Zeit rief Mitch seine Frau an und wünschte ihr einen guten Morgen. Bei ihr war alles in Ordnung. Abby hatte am Sonntag mindestens dreimal mit ihren Eltern telefoniert und sich vergewissert, dass alle eine schöne Zeit in Maine hatten. Die Jungen vermissten sie nicht. Kein Wort von Noura.

Luca hatte um zwölf Uhr einen Termin bei seinen Ärzten und konnte sie nicht zum Mittagessen begleiten. Mitch und Roberto gingen zu einem Café in einer Seitenstraße, das nicht von Touristen besucht wurde. Roberto kannte den Besitzer und mindestens zwei der Kellnerinnen. Mit gerunzelter Stirn und gesenkter Stimme erkundigten sie sich nach Lucas Gesundheitszustand. Roberto gab die optimistischere Version weiter.

Selbst für einen Italiener schien es Zeitverschwendung zu sein, das tägliche Ritual des Mittagessens zu befolgen. Wer konnte sich in einer solchen Situation entspannen und eine gute Mahlzeit genießen? Die beiden hatten keinerlei Erfahrung mit Verhandlungen bei Geiselnahmen und fühlten sich hilflos. Was würde ein Profi tun? Der Feind war unsichtbar und unbekannt. Es gab nichts, worüber sie verhandeln konnten, niemanden, mit dem sie reden konnten. Noura war lediglich eine Kurierin und hatte nichts zu sagen. Als Anwälte verhandelten sie die ganze Zeit, es war ein Geben und Nehmen, bei dem sich beide Seiten widerwillig einer Lösung annäherten, mit der keiner so richtig einverstanden war. Eine Entführung war etwas ganz anderes, denn dabei musste Mord in die Gleichung miteinbezogen werden. Aber wie viele professionelle Geiselverhandler hatten es mit einem Feind zu tun, der so brutal und unmenschlich war wie dieser? Eine Kettensäge? Auf Video?

Beide brachten kaum einen Bissen von ihrer Pasta hinunter.

Als der Tisch abgeräumt war und sie Espresso tranken, sagte Roberto: »Luca ist ein wohlhabender Mann, aber der größte Teil seines Geldes stammt von seiner Familie. Die Villa hat er geerbt. Das Bürogebäude, in dem sich die Kanzlei befindet, gehört ihm. Außerdem besitzt er ein Landhaus in der Nähe von Tivoli.«

»Ich bin schon einmal dort gewesen«, erwiderte Mitch.

»Er hat heute Nachmittag einen Termin bei einer Bank, um eine Hypothek aufzunehmen, auf alle Immobilien, die er besitzt. Er glaubt, es könnten fünf Millionen werden. Sein flüssiges Kapital beläuft sich in etwa auf die gleiche Summe. Mitch, er legt alles auf den Tisch, was er hat. Wenn ich eine größere Summe aufbringen könnte, würde ich etwas beisteuern.«

»Ich auch. Aber ich würde nicht wollen, dass Luca alles verliert.«

»Er darf seine Tochter nicht verlieren. Alles andere ist unwichtig.«

28

Um vierzehn Uhr hatte Luca zwei doppelte Espressi intus und war einsatzbereit. Er begrüßte einen wichtigen Besucher an der Haustür und führte ihn auf die Terrasse, wo er ihn Roberto und Mitch vorstellte. Der Mann hieß Diego Antonelli, war Roberto zufolge ein hochrangiger Diplomat im Außenministerium und kannte Luca seit vielen Jahren. Angeblich war er höchst vertrauenswürdig und hatte Kontakte im Büro des Premierministers.

Signor Antonelli schien sich unwohl zu fühlen, und Mitch hatte den Eindruck, dass er sich für zu wichtig hielt, um Hausbesuche zu machen. Als es leicht zu regnen begann, gingen sie ins Esszimmer, wo Kaffee und Wasser serviert wurden. Luca dankte Antonelli für sein Kommen und sagte, bei der Entführung habe es eine wichtige Entwicklung gegeben.

Roberto machte sich Notizen. Mitch hörte so konzentriert wie möglich zu. Er schätzte Lucas Italienisch sehr, weil es langsam und gut formuliert und damit leichter zu verstehen war. Auch Signor Antonelli, der zweifellos mehrere Sprachen beherrschte, hatte eine sehr deutliche Aussprache. Roberto dagegen begann jeden Satz, als wäre er auf der Flucht und müsste rasch zum Ende kommen. Zum Glück sagte er nur wenig.

Luca erzählte von der geheimnisvollen Noura und der Kontaktaufnahme mit Abby McDeere in New York: die Treffen, die Fotos, die Handys und schließlich die Lösegeldforderung. Die Frist laufe am 25. Mai ab, und angesichts der jüngsten Ereignisse seien sie davon überzeugt, dass die Entführer nicht zögern würden, ihre Geisel hinzurichten.

Er machte klar, dass die Terroristen weder ihn noch sonst jemanden in Italien oder Großbritannien kontaktiert hatten. Sie hatten sich an die Kanzlei Scully & Pershing gewandt und auf amerikanischem Boden Verbindung aufgenommen. Seiner Meinung nach wäre es deshalb nicht klug, die Polizei oder die Geheimdienste Italiens oder Großbritanniens zu informieren.

Antonelli machte sich keine Notizen, griff weder zu seinem Stift noch zu seiner Kaffeetasse. Er nahm jedes Wort konzentriert in sich auf und schien die Details in seinem Gedächtnis abzuspeichern. Hin und wieder sah er Mitch leicht herablassend an. Er meinte offenbar, Mitch wäre bei dieser Besprechung fehl am Platze.

Luca bat ihn, den Außenminister zu informieren, der dann den Ministerpräsidenten unterrichten sollte.

»Woher wissen Sie, dass sie noch lebt?«, fragte Antonelli.

Luca nickte Roberto zu, der einen Laptop zu sich zog, eine Taste drückte und das Video von Giovanna abspielte. Als es zu Ende war und der Bildschirm schwarz wurde, sagte Luca: »Das ist gestern nach New York geschickt worden. Unsere Sicherheitsexperten haben die Echtheit bestätigt.«

»Einhundert Millionen Dollar«, wiederholte Antonelli, der keinen überraschten Eindruck machte. Ihn schien nichts zu überraschen, und falls doch, würde es niemand erfahren. »Die zweite Frage ist: Mit wem verhandeln Sie?«

Luca wischte sich mit einem Taschentuch über die Augen und holte tief Luft. Der Anblick seiner Tochter hatte ihn für einen Moment aus der Fassung gebracht. »Es gibt keine Verhandlungen. Wir wissen nicht, wer die Terroristen sind. Aber wir wissen, dass sie meine Tochter haben, Lösegeld fordern und nicht zögern werden, sie zu töten. Das dürfte ausreichen, um die italienische Regierung einzuschalten.«

»Es ist uns ausdrücklich verboten, in einer solchen Situation einzugreifen.«

»Sie können nichts tun, außer mit dem Lösegeld zu helfen. Diego, sie ist italienische Staatsbürgerin und steht zurzeit im Fokus der Öffentlichkeit. Können Sie sich den Aufschrei in den Medien vorstellen, wenn die Regierung nichts tut und sie hingerichtet wird?«

»Es verstößt gegen das Gesetz, Luca, Sie kennen die Bestimmungen. Sie gelten seit über zwanzig Jahren. Wir verhandeln nicht mit Terroristen, und wir zahlen kein Lösegeld.«

»Das Gesetz hat Schlupflöcher. Ich zeige sie Ihnen gerne. Es gibt zehn Möglichkeiten, dieses Gesetz zu umgehen, und ich kenne jede einzelne davon. Zum jetzigen Zeitpunkt bitte ich Sie lediglich darum, mit dem Außenminister zu sprechen.«

»Natürlich. Er macht sich große Sorgen um Giovanna. Wir machen uns alle Sorgen. Bis jetzt hatten wir noch nichts gehört.«

»Danke.«

»Darf ich fragen, ob die britischen Behörden eingeschaltet wurden?«

Luca wirkte mit einem Mal erschöpft. Er sah blass aus und ließ die Schultern hängen. »Mitch.«

»Ich fliege heute Abend nach London. Wir haben dort eine große Niederlassung, und viele unserer Partner waren früher für die Regierung tätig. Wir werden uns morgen mit Vertretern der entsprechenden Stellen treffen und ihnen das sagen, was wir Ihnen gerade gesagt haben. Wir werden sie bitten, zu unserem Lösegeldfonds beizutragen. Scully & Pershing hat eine Lösegeldversicherung in Höhe von fünfundzwanzig Millionen Dollar abgeschlossen, die Versicherungsgesellschaft ist bereits in Kenntnis gesetzt worden. Unsere Kanzlei wird einen größeren Betrag beisteuern, aber die gesamte Summe können wir nicht aufbringen. Wir brauchen Hilfe von der italienischen und der britischen Regierung.«

»Ich verstehe«, erwiderte Antonelli auf Englisch. »Ich werde heute Nachmittag mit dem Außenminister sprechen. Das ist alles, was ich tun kann. Ich bin nur der Kurier.«

»Vielen Dank.«

»Danke, Diego«, murmelte Luca leise. Er war so erschöpft, dass er sich hinlegen musste.

Der zweite Befreiungsversuch war in etwa so erfolgreich wie der erste.

Am 16. Mai sprangen nach Einbruch der Dunkelheit zwei Teams libyscher Kommandotruppen mit dem Fallschirm über der Wüste ab und landeten drei Kilometer südlich der kleinen, trostlosen Ortschaft Ghat in der Nähe der algerischen Grenze. Sie wurden von einem dritten Team erwartet, das seit vierundzwanzig Stunden in der Gegend war und Fahrzeuge, Ausrüstung und noch mehr Waffen dabeihatte.

Beobachter und Informanten hatten bestätigt, dass die Geisel »mit hoher Wahrscheinlichkeit« in einem behelfsmäßigen Camp am Ortsrand von Ghat gefangen gehalten wurde. Adheem Barakat und etwa hundert seiner Kämpfer versteckten sich ebenfalls dort. Sie waren gezwungen, ständig ihren Aufenthaltsort zu wechseln, da die libysche Armee das Netz immer weiter zuzog.

Barakats Informanten waren allerdings zuverlässiger als die Gaddafis.

Während die drei Teams, insgesamt dreißig Männer, in der Nähe von Ghat Stellung bezogen, wurden sie von feindlichen Drohnen beobachtet. Ihr Plan sah vor, Mitternacht abzuwarten, sich dem Camp dann bis auf fünfzig Meter zu nähern und von drei Seiten anzugreifen. Daraus wurde nichts, da hinter ihnen plötzlich Schüsse fielen. Der Lkw ihrer Kolonne mit der Ausrüstung und den Waffen explodierte, der Feuerball erhellte die Nacht. Barakats Männer stürmten mit Kalaschnikows aus dem Camp und eröffneten das Feuer. Die Soldaten traten den Rückzug an und sammelten sich hinter einigen Dattelpalmen, deren Stämme zu dünn waren, um ausreichend Deckung zu bieten. Von dort aus gelang es ihnen, die Aufständischen zurückzuhalten, während sie von allen Seiten unter Beschuss standen. Verletzte Männer schrien in der Dunkelheit nach Hilfe. Scheinwerfer schwenkten über das Gelände, lenkten aber nur noch mehr Schüsse auf sich. Als Granatwerfer abgefeuert wurden, mussten sich die Soldaten noch weiter zurückziehen. Der Anführer der Trupps empfing ein Signal von einer der Drohnen, und es gelang ihnen, außer Reichweite des Gewehrfeuers zu kommen und ihre Lkw zu erreichen. Einer brannte immer noch. Ein weiterer war beschossen worden, die Reifen platt. Die Soldaten zwängten sich in den dritten Lkw und traten den unrühmlichen Rückzug an. Die sorgfältig geplante und geprobte Rettung der Geisel war zum Desaster geworden.

Sie ließen acht Kameraden zurück. Fünf wurden für tot gehalten. Von den restlichen drei fehlte jede Spur.

Giovanna wurde von einer Explosion geweckt, dann hörte sie voller Entsetzen dem Feuergefecht zu, das eine Stunde andauerte. Sie wusste, dass sie sich in einem winzigen, dunklen Raum hinter einem kleinen Haus am Rand eines Dorfs befand, aber das war schon alles. Ihre Entführer brachten sie alle drei oder vier Tage an einen anderen Ort.

Sie lauschte den Schüssen und begann zu weinen.

Aus einer Reihe von Gründen entschieden sich die Libyer dafür, nicht über den Einsatz zu berichten. Sie hatten schon wieder versagt, waren von einer zusammengewürfelten Bande aus Wüstenkämpfern blamiert worden und hatten mehrere Männer in dem Chaos verloren. Und sie hatten niemanden gerettet.

Adheem Barakat hatte gute Gründe, um lauthals zu triumphieren, doch er schwieg. Er besaß jetzt etwas viel Wertvolleres: drei libysche Soldaten. Und er wusste schon genau, was er mit ihnen machen würde.

29

Die Niederlassung von Scully & Pershing in London hatte ihre Büros mitten in Canary Wharf, dem modernen Geschäftsviertel an der Themse. Ähnlich wie in Lower Manhattan wurden dort immer mehr Hochhäuser gebaut, von denen keine zwei gleich aussahen. London und New York lieferten sich einen erbitterten Kampf darum, das größte Finanzzentrum der Welt zu sein. Im Moment lagen die Briten vorn, was am Öl lag. Die Araber fühlten sich in Großbritannien willkommener und parkten ihre Milliarden dort.

Scully hatte seine hundert Anwälte im oberen Drittel eines ausgefallenen Hochhauses untergebracht, dessen Design an einen senkrecht gestellten Torpedo erinnerte. Kritiker und Puristen hassten das Gebäude. Der chinesische Eigentümer machte damit das Geschäft seines Lebens. Jeder Quadratmeter war auf Jahre hinaus vermietet, und der »Torpedo« hatte sich als Gelddruckmaschine erwiesen.

Mitch war schon oft dort gewesen, und bei jedem seiner Besuche blieb er kurz in der schluchtartigen Eingangshalle stehen und lächelte. Er wollte nie den Moment vor elf Jahren vergessen, als er das Gebäude zum ersten Mal betreten, den Kopf in den Nacken gelegt und nach oben geblickt hatte. Er und Abby hatten drei Jahre in Cortona in Italien gelebt, anschließend zwei in London. Und dann hatten sie die Entscheidung getroffen, sich nicht länger der Realität zu verweigern, mit dem Herumreisen aufzuhören, Wurzeln zu schlagen und eine Familie zu gründen. Unter erheblichen Anstrengungen war es Mitch gelungen, ein dreißigminütiges Vorstellungsgespräch für eine Position als angestellter Anwalt zu ergattern, eine reine Höflichkeit, die ohne den Harvard-Abschluss undenkbar gewesen wäre. Zwei längere Gespräche folgten, und im Alter von dreißig Jahren begann er seine Karriere als Anwalt zum zweiten Mal.

Der nostalgische Moment war gleich wieder vorbei. Es gab Wichtigeres zu tun. Er fuhr in den dreißigsten Stock, verließ den Fahrstuhl und wurde von bewaffneten Sicherheitsleuten in Empfang genommen, die ihre Aufgabe sehr ernst nahmen. Sie wollten seine Aktentasche, sein Handy und sämtliche anderen Gegenstände aus Metall haben. Mitch fragte, ob er die Schuhe anbehalten könne, aber niemand lachte. Er erklärte, dass er einer der Partner der Kanzlei sei, woraufhin einer der Sicherheitsleute sagte: »Danke, und jetzt gehen Sie bitte weiter.« Er wurde von einer Maschine gescannt, die so groß war, dass sie den Gang blockierte. Da weder Waffen noch Bomben gefunden wurden, blieb es ihm erspart, abgetastet zu werden. Während er davoneilte, tröstete er sich damit, dass auch in sämtlichen anderen Niederlassungen von Scully & Pershing Anwälte, Sekretärinnen, Assistenten, Mitarbeiter und Kuriere so behandelt wurden. Die Kanzlei konnte sich keinen weiteren Bombenanschlag leisten.

Er ging ins Büro von Riley Casey, dem geschäftsführenden Partner. Riley begleitete ihn in einen kleinen Konferenzraum, in dem Sir Simon Croome gerade ein üppiges Frühstück verzehrte. Er stand nicht auf, grüßte nicht und hörte auch nicht auf zu essen. »Bitte setzen Sie sich«, sagte er lediglich, während er mit seiner weißen Leinenserviette in Richtung einiger Stühle auf der anderen Seite des Tisches wedelte.

Als junger Mann war Sir Simon Mitglied des Parlaments gewesen, dann dreißig Jahre lang Richter am High Court, hatte eine Handvoll Premierminister beraten und war ein enger Freund des aktuellen zweiten Kronanwalts. In bereits fortgeschrittenem Alter war er von Scully als »Rechtsberater« eingestellt worden, ein Titel, der ihm ein beeindruckendes Büro, eine Sekretärin, ein Spesenkonto und lediglich ein oder zwei Mandanten verschaffte, mit denen er sich die Zeit vertreiben konnte. Die Kanzlei zahlte dem Zweiundachtzigjährigen einhunderttausend Pfund pro Jahr für seinen Namen und seine Verbindungen und gestattete ihm, sich in den Büroräumen herumzudrücken, in erster Linie für Frühstück und Mittagessen.

Mitch lehnte das Angebot ab, etwas zu essen, nahm aber gern einen starken Kaffee, den er hinunterkippte, während er und Riley darauf warteten, dass Sir Simon mit Kauen und Schlucken aufhörte. Rührei, Würstchen, Vollkorntoast, eine Tasse Tee und ein kleines Glas, in dem sich anscheinend Champagner befand.

Das Leben einer Legende, die die richtigen Leute kannte.

Mitch hatte den alten Herrn seit mindestens fünf Jahren nicht mehr gesehen und stellte mit Bedauern fest, dass er schlecht alterte. Außerdem hatte er stark zugenommen.

»Mitch, so, wie ich das sehe, haben Sie es mit einem schönen Schlamassel zu tun.« Simon hielt sich für witzig und lachte etwas zu laut. Mitch und Riley blieb nichts anderes übrig, als mitzumachen.

»Ich habe gestern Abend mit Jack Ruch gesprochen, recht lange sogar, und er hat mir alles Notwendige gesagt. Guter Mann.« Er stopfte sich noch eines der Würstchen in den Mund. Mitch und Riley nickten und bestätigten, dass Jack Ruch in der Tat ein guter Mann war.

»So, wie ich das sehe, ist Gaddafi der Schlüssel zum Ganzen. Sicher, er ist unberechenbar, das war er schon immer, aber ich glaube keine Sekunde lang, dass er etwas mit der Entführung von Giovanna zu tun hat. Wissen Sie, ich habe sie sehr gern, und ihren Vater kenne ich seit Jahrzehnten. Ein echter Gentleman.«

Noch mehr Kopfnicken, um zu bestätigen, dass Luca in der Tat ein echter Gentleman war.

»So, wie ich das sehe, will Gaddafi uns unbedingt die Geisel übergeben. Dann steht er natürlich als Held da, und das braucht er als Größenwahnsinniger. Aber bedenken Sie, Mitch, dass wir etwas haben, was er nicht hat. Wir haben Kontakt zu den Terroristen. Wir wissen nicht, wer sie sind, und werden es vielleicht auch nie erfahren, aber sie sind zu uns gekommen, nicht zu ihm.«

»Dann sollen wir also Gaddafi unter Druck setzen?«, fragte Mitch.

»Gaddafi lässt sich von niemandem unter Druck setzen. Er lässt niemanden in seine Nähe, mit Ausnahme seiner Familie. Er hat ein paar Söhne von verschiedenen Frauen, und es gibt ständig Streit in seinem Clan, genau wie in meiner Familie, allerdings aus ganz anderen Gründen … Aber er lässt sich von niemandem etwas sagen. Diese verdammte Brücke zum Beispiel. Irgendein armer Kerl, ich glaube, es war ein Architekt, hat das Projekt als Dummheit bezeichnet, und da hat der Oberst ihn erschießen lassen. Das hat sämtliche Kritiker zum Schweigen gebracht, alle haben nun zugestimmt. Als das Ding halb fertig war, ist Gaddafi endlich klar geworden, dass es nicht einmal genug Wasser gab, um einen Pisseimer vollzukriegen, und alle Flüsse ausgetrocknet waren.«

Mitch war beeindruckt, dass Sir Simon so viel über seinen Fall wusste. Und er wurde wieder einmal daran erinnert, dass der alte Herr die ärgerliche Angewohnheit hatte, fast jeden seiner Sätze mit »So, wie ich das sehe« zu beginnen.

»So, wie ich das sehe, Mitch, sollten wir den libyschen Botschafter hier bei uns und den in Rom unter Druck setzen und verlangen, dass diese verdammte Klage beigelegt wird, und zwar schnell. Die Libyer schulden unserem Mandanten Geld, und das sollen sie jetzt endlich rausrücken. Hat es schon Vergleichsverhandlungen gegeben?«

»Überhaupt keine. Wir haben gerade unsere Klage erweitert und verlangen eine Entschädigung. Die Kommission wird frühestens in einem Jahr entscheiden.«

»Und die Libyer lassen sich immer noch von Reedmore vertreten?«

»Ja. Jerry Robb.«

Sir Simon verzog das Gesicht, als er an den Anwalt der Gegenseite dachte. »Höchst bedauerlich. Ich nehme an, er ist noch so störrisch wie eh und je?«

»Robb ist in der Tat ein unangenehmer Mensch, aber von der Verhandlungsphase sind wir noch weit entfernt.«

»Führen Sie die Verhandlungen an ihm vorbei. Er wird sowieso nur alles blockieren.« Er riss ein Stück von einer Toastscheibe herunter und überlegte einen Moment. »So, wie ich das sehe, Mitch, ist das eine diplomatische Angelegenheit. Wir sollten uns mit den Leuten im Außenministerium unterhalten und ein paar von ihnen zu den Libyern schicken. Kriegen wir das hin, Riley?«

»Wir sind gerade dabei«, erwiderte Riley, der froh war, endlich einmal etwas sagen zu können. »Wir haben einen zuverlässigen Kontakt dort, und ich warte auf einen Rückruf von ihr. Der Premierminister ist zurzeit in Asien unterwegs und erst in einer Woche wieder da. Sein Büro arbeitet ganz großartig, wir bekommen fast jeden Tag einen Anruf mit dem neuesten Bericht. Das gilt auch für den Geheimdienst. Giovanna hat seit dem ersten Tag Priorität, aber bis jetzt hat sich nichts bewegt. Inzwischen haben wir eine Lösegeldforderung und ein Ultimatum. Aber niemand weiß, wer hinter der Entführung steckt.«

»Können wir mit Geld von der britischen Regierung rechnen?«, fragte Mitch. »Wir lassen den Hut herumgehen, Mr. Croome.«

»Ich verstehe. Nun, so, wie ich das sehe, sollte unsere Regierung behilflich sein. Allerdings wäre es zu viel verlangt, dass das Außenministerium etwas beisteuert, wenn sie keine Ahnung haben, wo das Geld hinfließen wird. Unsere Geheimdienste können nichts tun. Wir haben keine Ahnung, wer diese Leute sind. Wir wissen nicht einmal genau, ob es sie überhaupt gibt. Nach allem, was wir wissen, könnte das Ganze auch vorgetäuscht sein.«

»Es ist kein Schwindel«, widersprach Mitch.

»Das weiß ich. Allerdings kann ich jetzt schon hören, wie der Außenminister Einwände erhebt. Doch wir haben keine andere Wahl. Wir müssen ihn um Geld bitten, und zwar schnell.«

»Es gibt ein Gesetz, das Manöver dieser Art verbietet«, warf Riley ein. »Nur, damit das allen klar ist.«

»So, wie ich das sehe, wurde dieses Gesetz erlassen, damit die Terroristen Bescheid wissen. Offiziell verhandeln wir nicht, und wir zahlen auch nicht. Aber unter bestimmten Umständen tun wir es doch. Und hier, meine Herren, liegen außergewöhnliche Umstände vor. Sie haben die Artikel in der Boulevardpresse gelesen. Wenn Giovanna etwas Furchtbares geschieht, werden wir uns das nie verzeihen können. Mitch, Sie müssen das hinbekommen.«

Mitch hielt den Mund und holte tief Luft. Danke für die Blumen. So sehe ich es auch.

Das Beste, was sie erreichen konnten, war eine Dritte Sekretärin namens Mona Branch. Ihrem Titel zufolge hatte sie eine Position, die ungefähr in der Mitte der Karriereleiter im Außenministerium anzusiedeln war. Sie war nicht Rileys erste Wahl, aber die Erste, die bereit gewesen war, dreißig Minuten in einem vollen Terminkalender freizuschaufeln, um mit zwei Anwälten von Scully & Pershing zu sprechen.

Um 10.50 Uhr betraten sie das Außenministerium in der King Charles Street und warteten zwanzig Minuten in einem winzigen Raum, während sie sich vorstellten, wie Mona ihren Schreibtisch aufräumte und Platz für sie schuf. Es war aber auch gut möglich, dass sie und ihre Kollegen nur Tee tranken.

Schließlich kam Ms. Branch herein und lächelte höflich, während Hände geschüttelt und Namen genannt wurden. Mitch und Riley folgten ihr in ein Büro, das noch kleiner war als der Raum, in dem sie gewartet hatten, und setzten sich ihr gegenüber an einen mit Akten überladenen Schreibtisch. Sie zog die Kappe von einem Filzschreiber, rückte einen Notizblock zurecht und sagte: »Ms. Sandroni ist Bestandteil unseres Morgenberichts, und das bedeutet, dass ihre Entführung Priorität hat. Der Premierminister wird täglich auf den neuesten Stand gebracht. Sie sagten, Sie hätten neue Informationen?«

Riley, der Brite, sollte den größten Teil des Gesprächs bestreiten. »Wie Sie wissen«, sagte er, »hat es keinen Kontakt zu den Entführern gegeben. Bis jetzt.«

Der Stift verharrte auf dem Papier. Ms. Branch blieb der Mund offen stehen, obwohl sie sich alle Mühe gab, die übliche diplomatische Contenance zu vermitteln. Sie kniff die Augen zusammen und starrte Riley an. »Die Entführer haben Kontakt aufgenommen?«

»Ja.«

Eine Pause, während sie wartete. »Darf ich fragen, wie?«

»Über unsere Kanzlei in New York.«

Sie drückte den Rücken durch und legte ihren Stift weg. »Und wann?«

»Donnerstag letzter Woche. Dann ein zweites Mal am Sonntag. Es gibt eine Lösegeldforderung und ein Ultimatum. Mit einer Drohung.«

»Eine Drohung?«

»Hinrichtung. Die Uhr tickt.«

Ms. Branch wurde der Ernst der Situation bewusst. Sie holte tief Luft, und plötzlich veränderte sich ihr Auftreten. »Was kann ich für Sie tun?«, fragte sie.

»Wir müssen sofort mit dem Außenminister sprechen«, sagte Riley.

Sie nickte. »In Ordnung, aber ich brauche mehr Informationen. Wie hoch ist das Lösegeld?«

»Darüber können wir nicht sprechen. Wir haben genaue Anweisungen von den Entführern, und wir tun gerade das, was wir nicht tun sollen: die Regierung einschalten. Diese Sache muss so vertraulich wie möglich behandelt werden.«

»Wer sind die Entführer?«

»Das wissen wir nicht. Ich bin sicher, dass das Außenministerium eine Liste mit Verdächtigen führt.«

»Die üblichen. In Libyen wimmelt es nur so von Kriminellen. Aber wie sollen wir mit jemandem verhandeln, den wir nicht kennen?«

»Ms. Branch, bitte. Dieses Gespräch müssen wir mit dem Außenminister führen.«

Das Diplomatengesicht kehrte zurück, als Ms. Branch das Unvermeidliche akzeptierte. Ihr Dienstgrad war zu niedrig, die Angelegenheit zu wichtig. Sie hatte keine andere Wahl, als die Sache an ihren Vorgesetzten abzugeben. »Na schön. Ich werde sehen, was ich tun kann«, sagte sie mit einem Kopfnicken.

»Die Zeit drängt«, sagte Riley.

»Das habe ich verstanden, Mr. Casey.«

Zum Mittagessen gingen sie in ein Pub, suchten sich einen Tisch in einer Ecke und bestellten Guinness und Sandwiches mit Speck. Mitch hatte schon vor Jahren festgestellt, dass Alkohol beim Mittagessen schwerwiegende Auswirkungen auf den Nachmittag hatte und ihn müde machte. Doch für die Briten hatten zwei Pints am Mittag die gleiche Wirkung wie zwei Espressi am Morgen. Das Gebräu lud ihre Batterien wieder auf und stärkte sie für die Unbilden, die der restliche Tag vielleicht mit sich brachte.

Während sie auf das Essen warteten, zogen sie ihre Handys heraus und begannen zu telefonieren. Angesichts des Ultimatums der Entführer war es ihnen unmöglich, einfach nur in einem Pub zu sitzen und Bier zu trinken. Riley rief Sir Simon an und gab ihm eine kurze Zusammenfassung des Treffens mit Ms. Branch. Beide waren der Meinung, dass es Zeitverschwendung gewesen sei. Sir Simon telefonierte einem ehemaligen Botschafter hinterher, der Berge versetzen könne und so weiter. Mitch rief Roberto in Rom an und erkundigte sich, wie Luca vorankam. Sie hatten wenig Glück mit ihren Kontakten im Büro des Ministerpräsidenten. In das italienische Außenministerium vorzudringen würde genauso mühsam sein, wie eine Audienz bei dessen Pendant in London zu bekommen.

Als sie die Hälfte ihrer Sandwiches gegessen hatten und Riley noch ein Pint bestellte, während Mitch ablehnte, rief Darian mit Neuigkeiten aus Tripolis an. Unbestätigt natürlich. Crueggals Quellen hatten einen zweiten erfolglosen Kommandoeinsatz der libyschen Armee gemeldet, irgendwo in der Wüste nahe der algerischen Grenze. Barakat war entkommen. Eine Geisel hatte man nicht gefunden. Gaddafi tobte und entließ reihenweise Generäle.

Darian befürchtete, dass der Oberst überreagieren und seine Truppen in einen regelrechten Krieg schicken würde. Wenn die

Bombardierungen losgingen, würde es unzählige Opfer und ein unberechenbares Nachbeben geben.

Nun bestellte Mitch doch noch ein zweites Pint. Nach dem Mittagessen, das länger ausfiel als geplant, und einer Runde Kaffee gingen er und Riley wieder in den Torpedo und versuchten, etwas Produktives zu tun. Mitch telefonierte mit Abby und fragte, wie es der Familie gehe. Dann rief er in der Kanzlei in New York an und redete mit seiner Sekretärin und einem Assistenten.

Riley erschien in der Tür von Mitchs Büro und teilte ihm mit, dass sich im Außenministerium etwas tat. Sie hatten um siebzehn Uhr einen Termin mit einer Madam Hanrahan, einer Zweiten Sekretärin.

»Großartig«, sinnierte Mitch. »Wir haben mit einer Dritten Sekretärin angefangen, und jetzt sind wir bei einer Zweiten. Der Nächste wird vermutlich ein Erster Sekretär sein. Und dann? Was kommt dann? Wie viele Ebenen gibt es dort?«

»Mitch, das Außenministerium hat zehnmal so viele Abteilungen wie Scully. Wir haben gerade erst angefangen. Es könnte Monate dauern, bis wir an die richtigen Leute geraten, und je mehr wir reden, desto gefährlicher wird es.«

»Wir haben acht Tage.«

»Ich weiß.«

30

Das Fünf-Uhr-Treffen mit der Zweiten Sekretärin, Madam Sara Hanrahan, begann um 17.21 Uhr und war zehn Minuten später zu Ende. Sie beklagte sich darüber, einen langen Tag gehabt zu haben, sah müde aus und wollte nach Hause. Mitchs Ansicht nach, die er für sich behielt, hatte sie die glasigen Augen einer Alkoholikerin, und vermutlich waren sie in ihre Happy Hour geplatzt. Madam Hanrahan war von der Dritten Sekretärin unterrichtet worden und vertrat ganz entschieden die Ansicht, dass »ihre Regierung« sich nicht an einem Lösegeldfonds beteiligen werde, wenn sie von den Verhandlungen ausgeschlossen sei. Sie behauptete, Expertin für Libyen zu sein und alles zu wissen, was es über die Entführung von Giovanna Sandroni zu wissen gab. Ihre Abteilung werde jeden Morgen über den aktuellen Stand informiert und habe schlimmste Befürchtungen.

Für Mitch und Riley war der einzig erfolgreiche Teil des ansonsten sinnlosen Gesprächs das Versprechen Madam Hanrahans, die Angelegenheit nach oben weiterzugeben, und zwar schnell.

Nachdem sie das Außenministerium verlassen und auf der Rückbank eines schwarzen Jaguars mit einem von Scullys Fahrern am Steuer Platz genommen hatten, warf Riley einen Blick auf sein Handy und murmelte: »Das wird bestimmt lustig.« Er hörte eine Nachricht ab, schnaubte ein paarmal und sagte zum Fahrer: »Connaught Hotel.«

»Sieht so aus, als wären wir zum Tee mit Sir Simon verabredet. Er hat einen alten Freund ausfindig gemacht.«

Das Connaught war ein legendäres Londoner Hotel im Herzen von Mayfair. Mitch hatte noch nie dort übernachtet, weil er es sich nicht leisten konnte und Scully die Kosten nicht übernahm. In den eleganten Bars des Hotels gab es die teuersten Drinks der Stadt. Das Restaurant hatte drei Michelin-Sterne. Die Angestellten waren die Verkörperung von Tradition und Präzision.

Sir Simon schien sich im Teesalon des Hotels wie zu Hause zu fühlen. Auf dem Tisch vor ihm standen eine Platte mit kleinen Sandwiches und eine Teekanne. Sein Freund, ein gepflegter kleiner Mann, der mindestens so alt war wie er oder noch älter, saß neben ihm. Er stellte ihn als Phinney Gibb vor.

Riley kannte ihn und wurde sofort misstrauisch. Sir Simon erklärte Mitch, dass Phinney unter Thatcher stellvertretender Minister irgendeines Ressorts gewesen sei und immer noch gute Verbindungen habe. Doch ein Blick auf den alten Herrn genügte, und es war klar, dass er nur noch zum Perlmuttgriff seines Gehstocks Verbindung hatte.

Mitch schwieg, während Sir Simon seinen Plan skizzierte. Phinney sei immer noch in der Lage, die inoffiziellen Kanäle zu bearbeiten, und habe Kontakte zum Büro des Premierministers. Außerdem kenne er einen hochrangigen Sekretär im Außenministerium. Mitch und Riley wechselten einen Blick. Sie hatten schon den ganzen Tag mit wichtigen Sekretären gesprochen. Phinney kannte angeblich auch Libyens Botschafter in Großbritannien.

Phinney war sicher, ein Treffen mit dem Büro des Premierministers arrangieren zu können. Das Ziel sei natürlich, den Premierminister davon zu überzeugen, dass die Regierung einen Teil des Lösegelds zahlen solle, um eine britische Staatsbürgerin zu retten.

Mitch hörte aufmerksam zu, trank Tee, den er immer noch nicht ausstehen konnte, knabberte an einem Gurkensandwich und machte sich wieder einmal Sorgen, dass zu viele Menschen von der Entführung erfuhren. Und je mehr Leute sie trafen und je mehr Leuten sie zuhörten, desto mehr Zeit wurde verschwendet. Es war Dienstagabend, 18.35 Uhr. Zwei Tage waren bereits verstrichen, acht Tage hatten sie noch, und bis auf Lucas Anteil war der Topf mit dem Lösegeld nach wie vor leer.

Phinney redete endlos darüber, was für ein feiner Mensch der libysche Botschafter sei. Riley fragte, ob er für den nächsten Tag ein Treffen mit ihm arrangieren könne. Phinney wollte es versuchen, aber der Botschafter sei vermutlich gar nicht in London.

Samir Jamblad nach Rom einzuladen war ein kalkuliertes Risiko. Unter Verweis auf ihre alte Freundschaft bat Luca ihn, zu einem Besuch zu kommen, der, wie er durchblicken ließ, vielleicht ihr letztes Zusammentreffen sein werde. Vor dreißig Jahren hatten sie häufig zusammengearbeitet und sich zu langen Abendessen in Tripolis, Bengasi und Rom getroffen. Luca hatte bereits damals gewusst, dass Samir ein Informant der Regierung war, so wie viele Geschäftsleute in Libyen, und immer darauf geachtet, was er sagte. Jetzt, wo er dringend Informationen über seine Tochter brauchte, hoffte er, dass Samir vielleicht etwas in Erfahrung gebracht hatte, was Crueggal und die anderen nicht wussten.

Samir kam zum Abendessen. Roberto Maggi ging ihm an der Haustür entgegen, stellte ihn Bella vor und führte ihn dann auf die Terrasse, wo Luca in einem Sessel saß. Sein Rollstuhl war nirgends zu sehen. Die beiden begrüßten sich herzlich und begannen den üblichen Small Talk über das schöne Wetter und so weiter. Samir hatte damit gerechnet, Luca blass und abgemagert vorzufinden, und war nicht überrascht. Eine Hausangestellte brachte ein Tablett mit drei kleinen Gläsern Weißwein, die aber nicht angerührt wurden.

Luca nickte ein. Samir warf einen besorgten Blick zu Roberto, der die Stirn runzelte und fortfuhr, über italienischen Fußball zu reden. Einige Minuten vergingen, Luca schlief immer noch.

»Es tut mir leid«, flüsterte Roberto. Er winkte Bella heran und sagte zu ihr: »Er braucht Ruhe. Wir essen dann in der Küche.«

Als Luca sich zurückgezogen hatte, griffen Roberto und Samir zu ihren Weingläsern und tranken einen Schluck. »Es tut mir leid, Samir, aber er ist sehr krank. Seine Ärzte glauben, dass er keine drei Monate mehr hat«, sagte Roberto.

Samir schüttelte den Kopf und ließ den Blick über die Dächer Roms schweifen.

»Ich wünschte, ich könnte etwas tun«, meinte er schließlich.

Die brennende Frage war: Sollten die Libyer darüber informiert werden, dass die Terroristen Kontakt mit Scully aufgenommen hatten? Luca, Mitch, Roberto, Jack, Cory und Darian hatten so lange darüber diskutiert, dass eine Einigung irgendwann unmöglich geworden war. Alle, die dafür waren, vertraten die Meinung, dass die libysche Regierung, besser gesagt Gaddafi, alles tun würde, um eine Freilassung Giovannas zu erreichen, weil es im Ausland einen guten Eindruck machen würde. Alle, die dagegen waren, begründeten das damit, dass sie den Libyern nicht trauten. Niemand wusste, wie Gaddafi reagieren würde, wenn er erfuhr, dass die Entführer Lösegeld in seinem Reich verlangt hatten.

Erschwerend kam hinzu, dass Gaddafi offenbar vorhatte, Barakat und dessen Männer zu vernichten, ohne Rücksicht auf Kosten oder Opfer. Geriet Giovanna ins Kreuzfeuer, war das eben Pech.

Die Entscheidung hatte dann Mitch getroffen.

»Können Sie uns etwas Neues sagen?«, fragte Roberto.

»Leider nein. Nach dem, was ich gehört habe, ist das Militär davon überzeugt, dass es Adheem Barakat war, ein widerwärtiger Kerl mit einer wachsenden Armee. Aber soweit ich weiß, hat es bis jetzt keinen Kontakt zu ihm gegeben. Wie immer wird in Libyen streng kontrolliert, was für Informationen nach außen dringen.«

»Warum kann die Armee Barakat nicht einfach liquidieren?«

Samir lächelte und zündete sich eine Zigarette an. »So einfach ist das nicht, Roberto. Mein Land ist eine gewaltige Wüste mit unzähligen Schlupfwinkeln. Die Grenzen sind durchlässig, die Nachbarn meistens nicht sehr freundlich und häufig auch noch hinterhältig. Es gibt viele Warlords, Stämme, Banden, Terroristen und Diebe, die seit Jahrhunderten durch die Wüste ziehen. Es ist unmöglich, mit harter Hand dagegen vorzugehen, selbst einem brutalen Diktator wie Gaddafi gelingt es nicht.«

»Und die erste Kommandooperation war kein Erfolg.«

»Nein, trotz der anderslautenden Berichte. Anscheinend ist nichts wie geplant gelaufen.«

»War das Ziel, Giovanna zu befreien?«

»Den Gerüchten nach schon, aber die meisten Gerüchte, die vom Militär in die Welt gesetzt werden, sind nicht gerade zuverlässig.« Samir hörte sich an wie ein unbeteiligter Mann auf der Straße und nicht wie ein berufsmäßiger Informant.

»Was ist beim zweiten Befreiungsversuch passiert?«

»Beim zweiten?«, fragte Samir mit hochgezogenen Augenbrauen. Es war ein schwacher Versuch, Unwissenheit vorzutäuschen.

»Der von gestern Abend, in der Nähe von Ghat an der algerischen Grenze. Sie haben sicher davon gehört, obwohl der Einsatz offenbar von der Regierung verheimlicht wird. Anscheinend ist die Armee schon wieder in eine Falle getappt, und alles ist schiefgelaufen. Giovanna wird nicht erwähnt.«

»Roberto, Ihre Quellen sind besser als meine.«

»Manchmal. Wir zahlen ihnen aber auch ein kleines Vermögen.«

»Ich weiß nur, was ich in der Zeitung gelesen habe, und das ist selten richtig.«

Roberto nickte, als würde er ihm glauben. »Samir, ich sehe folgende Gefahr: Die Armee weiß nicht, wo Giovanna ist und wer sie gefangen hält. Die Libyer haben zweimal einen Befreiungsversuch gestartet, um sie zu retten, aber außer zahlreichen Opfern und der Blamage haben sie nichts vorzuweisen. Sie sind verzweifelt. Es wäre gut möglich, dass Gaddafi durchdreht und einen regelrechten Krieg beginnt. Wenn das passiert, werden eine Menge Leute sterben. Einschließlich Giovanna.«

Samir nickte und stimmte Robertos Argumentation zu. »Er dreht ständig durch. Das ist schon zur Gewohnheit geworden.«

Roberto zündete sich eine Zigarette an, trank einen Schluck Wein und ließ einige Sekunden verstreichen. »Samir, ich muss Ihnen etwas sagen. Es ist von äußerster Wichtigkeit und muss streng vertraulich behandelt werden.«

»Immer zu Ihren Diensten.«

Und zu Diensten Gaddafis … »Die Entführer haben Kontakt aufgenommen. Nicht hier, zur Familie, aber in New York, über die Kanzlei Scully & Pershing.«

Samir konnte seine Überraschung nicht verbergen und sah ihn entgeistert an. Er holte tief Luft, während sein Kopf leicht nach rechts zuckte, hatte sich aber sofort wieder unter Kontrolle. »Die Terroristen haben sich gemeldet?«

»Ja. Wir haben eine Lösegeldforderung und ein Ultimatum mit der Androhung einer Hinrichtung erhalten. Uns bleiben acht Tage.«

»Wer sind sie?«

»Das wissen wir nicht. Die Kommunikation erfolgt über einen geheimnisvollen Kontakt in New York. Ziemlich genial eigentlich.«

»Wie hoch ist das Lösegeld?«

»Das kann ich Ihnen nicht sagen. Sehr hoch. Mehr, als Luca und unsere Kanzlei zusammenkratzen können. Samir, ich weiß, dass Sie überall in Libyen Kontakte haben. Können Sie den richtigen Leuten eine Nachricht zukommen lassen?«

»Und wer sind die richtigen Leute?«

»Die Leute, die die endgültigen Entscheidungen in Libyen treffen.«

»Gaddafi persönlich?«

»Wenn Sie das sagen.«

»Ich habe keine Verbindung zu ihm und will auch keine haben.«

»Aber Sie können es schaffen, Samir. Die Nachricht besteht aus zwei Teilen: Erstens, lassen Sie die Terroristen in Ruhe, bis Giovanna in Sicherheit ist. Zweitens, sorgen Sie dafür, dass die Lannak-Klage so schnell wie möglich und zu unseren Bedingungen beigelegt wird.«

Bella kam auf die Terrasse und sagte auf Italienisch: »Meine Herren, das Essen ist fertig.« Roberto nickte, doch keiner der beiden Männer stand auf.

»Die Klage?«, fragte Samir.

»Ja. Die Regierung schuldet Geld. Sie kann jetzt zahlen und die Angelegenheit abschließen oder ein Vermögen für Anwälte ausgeben und das Geld in drei Jahren zahlen. Wenn die Klage jetzt beigelegt wird, hilft uns das möglicherweise dabei, Giovanna nach Hause zu bringen.«

»Ich fürchte, ich kann Ihnen nicht ganz folgen.«

»Das Lösegeld, Samir. Es geht um das Geld. Wir versuchen gerade, eine Menge Geld zusammenzubekommen. Lannak beteiligt sich ebenfalls.«

»Sie wollen, dass die libysche Regierung das Lösegeld zahlt?«

»Natürlich nicht. Wir wollen, dass die Regierung ihre Verträge erfüllt und das Geld zahlt, das dem Kläger rechtmäßig zusteht, um den Rechtsstreit beizulegen.«

Samir stand auf und trat an den Rand der Terrasse. Er zündete sich noch eine Zigarette an und starrte vor sich hin ins Leere. Nach ein paar Minuten gesellte sich Roberto zu ihm und sagte: »Wir sollten jetzt essen.«

»Okay. Roberto, meine Verbindungen sind vielleicht nicht ganz so gut, wie Sie glauben. Ich weiß nicht so richtig, an wen ich mich mit dieser Nachricht wenden soll.«

»Das wissen wir auch nicht. Und genau deshalb wollte Luca, dass Sie herkommen. Morgen geht es ihm bestimmt besser.«

Mitch ließ das Abendessen ausfallen und machte einen Spaziergang durch die Charlotte Street in Fitzrovia. Er und Abby hatten früher in dem gehobenen Stadtteil gewohnt, und es war immer noch ihre Lieblingsgegend von London.

Im Moment hatte er jedoch keine Zeit, um in Erinnerungen zu schwelgen. Der Tag war keine komplette Zeitverschwendung gewesen, doch bis jetzt hatten sie trotz ihrer Anstrengungen nur wenig erreicht. Ein Treffen mit dem Außenminister oder einem seiner hochrangigen Berater war nicht geplant. Luca hatte beim Pendant in Rom keine Fortschritte gemacht. Die libyschen Botschafter beider Länder waren entweder zu Hause in Libyen oder irgendwo in der Welt auf Dienstreise. Scully & Pershing unterstützte ihn zwar, gab sich aber damit zufrieden, ihm sämtliche Entscheidungen zu überlassen. Niemand wusste, was zu tun war. Es gab kein Handbuch und keine Richtlinien. Kein Anwalt seiner Kanzlei war diesen Weg je gegangen. Luca war schwer krank und psychisch labil, und das aus gutem Grund. Gesund und mit klarem Kopf hätte er genau gewusst, welche Schritte zu unternehmen waren. Jack Ruch agierte ruhig und besonnen, doch je mehr Zeit verging, desto mehr hielt er sich im Hintergrund, als wollte er sich für den Fall absichern, dass es schlecht ausging.

Mitch traf Entscheidungen auf der Grundlage von zu wenigen Informationen und hatte keine Ahnung, ob sie etwas bewirken konnten. Es war gut möglich, dass es die falschen Entscheidungen waren. Ein schlimmes Ende war so furchtbar, dass er gar nicht daran denken wollte.

Wie immer, wenn er ein Problem mit sich herumschleppte, rief er seinen besten Freund an – Abby. Sie sprachen eine halbe Stunde. Clark und Carter waren mit Tanner angeln gewesen. Ihre Eltern hatten Schwierigkeiten, die Jungen dazu zu bringen, für die Schule zu lernen, amüsierten sich aber ganz großartig. Es war wie ein Urlaub. Barry Ruch hatte die Insel für einige Tage verlassen, und sie hatten das große Haus für sich allein.

31

Mitch checkte im Morgengrauen aus dem Hotel aus und setzte sich in den Fond des Jaguars, mit dem er bereits am Tag vorher herumchauffiert worden war. Zum Glück war der Fahrer eher der schweigsame Typ, sodass die Fahrt nach Heathrow ruhig verlief. Um 8.15 Uhr hob sein Flug mit Turkish Airlines nach Istanbul ab, vier Stunden ohne Zwischenlandung. Am Zoll in Istanbul wartete ein Vertreter von Lannak auf ihn, der ihn zu einer Expressspur begleitete. Dort warf man nur einen flüchtigen Blick auf ihn und winkte ihn durch. Als Mitch die langen Schlangen hinter sich sah, war er wieder einmal froh darüber, dass er für eine Firma wie Scully arbeitete. In der Nähe des Terminals wartete eine schwarze Limousine, und keine zwanzig Minuten nach der Ankunft war Mitch schon am Telefonieren, während sein Fahrer ohne Rücksicht auf Geschwindigkeitsbegrenzungen und andere lästige Vorschriften durch den Verkehr raste.

Ein stolzes, traditionsreiches Unternehmen wie Lannak hatte seinen Hauptsitz natürlich in einem von Istanbuls repräsentativen Geschäftsvierteln. In der weitläufigen Stadt mit elf Millionen Einwohnern gab es mehrere davon. Maslak war wohl das bekannteste. Dort hatte Omar Celik 1990 ein Hochhaus mit vierzig Stockwerken hochgezogen und die obere Hälfte für Lannak reserviert, die Holdinggesellschaft der Familie.

Omar war geschäftlich in Indonesien unterwegs. In seiner Abwesenheit leitete sein Sohn Adem das Unternehmen, doch es war bestens bekannt, dass praktisch alle Entscheidungen von seinem Vater getroffen wurden. Adem sollte die Firma eines Tages übernehmen, aber Omar hatte noch viel vor. Seine engsten Mitarbeiter gingen davon aus, dass er nach seinem Tod versuchen würde, die Geschäfte vom Grab aus zu führen.

Adem war zweiundvierzig und mit einer Amerikanerin verheiratet, die er beim Studium in Princeton kennengelernt hatte. Er hatte zwei Teenagersöhne, die in Schottland auf ein Internat gingen, und überall auf der Welt Freunde. Er und seine Frau pflegten das Image eines internationalen Paars und reisten viel. Obwohl sie ein Apartment in New York besaßen, waren sie noch nie bei Mitch und Abby zu Gast gewesen, doch eine Einladung war geplant.

Adem begrüßte Mitch in seinem opulenten Büro in der vierunddreißigsten Etage und fragte, ob er Hunger habe. Es war fast vierzehn Uhr, und Mitch hatte noch nicht zu Mittag gegessen. Adem auch nicht. Zu Fuß gingen sie zwei Stockwerke nach oben in den kleinen, privaten Speisesaal der Firma, wo ein Kellner ihre Bestellung entgegennahm und Eiswasser servierte. Die übrigen sechs Tische waren leer. Nach ein paar Minuten mit obligatorischem Small Talk berichtete Mitch von den neuesten Entwicklungen. Die Terroristen hätten Kontakt aufgenommen. Es gebe eine Lösegeldforderung in Höhe von einhundert Millionen Dollar und ein Ultimatum mit der Androhung einer Hinrichtung. Adem begann, Fragen zu stellen, von denen Mitch jede einzelne vorausgeahnt hatte. Das Essen wurde serviert, doch sie ignorierten es, während das Gespräch weiterging.

Mitch hatte keine Ahnung, warum »sie« Noura als Kurierin benutzten. Sie hatten sich Scully & Pershing ausgesucht, weil die Kanzlei leicht erreichbar, bekannt und wohlhabend war. Geld von Scully zu verlangen war weitaus erfolgversprechender, als es bei Luca zu versuchen, doch das Lösegeld war viel zu hoch. Die britischen und italienischen Regierungen waren über die meisten

Details informiert worden, aber beide hatten kein Interesse daran, sich in eine vertrackte Situation hineinziehen zu lassen, über die sie keine Kontrolle hatten. Zögerlich hatten sie sich einverstanden erklärt, auf diplomatischem Weg Druck auf die Libyer auszuüben, um einen Vergleich zu erreichen, doch diese Bemühungen kamen selbst an einem guten Tag nur im Zeitlupentempo voran. Bis jetzt schienen alle davon überzeugt zu sein, dass die Terroristen ihre Drohung wahr machen würden. Die Libyer hatten beide Befreiungsversuche verpfuscht.

Die Entführung war nicht vorgetäuscht. Mitch zog sein Handy heraus und zeigte Adem das Video, in dem Giovanna um Hilfe bat. Datum und Uhrzeit waren von einem privaten Sicherheitsdienst geprüft und bestätigt worden. Wo man das Video aufgenommen hatte, war natürlich nicht bekannt.

Nach dem Essen gingen sie nach unten in Adems Büro und legten die Jacketts ab. Mitch gab ihm ein kurzes Memo, in dem Lannaks Verluste und Forderungen aus dem Brückenprojekt aufgeführt wurden. Adem kannte den Inhalt bereits.

Schließlich kam Mitch zur Sache. »Unser Plan besteht darin, auf einen sofortigen Vergleich zu drängen. Die Erfolgsaussichten sind gering, aber zurzeit gilt das auch für alles andere. Als Ihr Anwalt ist es meine Aufgabe, Ihnen so viel Geld wie möglich zu verschaffen. Die Frage lautet …«

»Wie viel würden wir akzeptieren?«, fragte Adem mit einem Lächeln.

»Wie viel würden Sie akzeptieren?«

»Na ja, die Libyer schulden uns vierhundertzehn Millionen Dollar. Das ist die Summe, von der wir ausgehen. Sie sind der Meinung, dass Sie das vor Gericht beweisen können, richtig?«

»Ja. Die Libyer werden diese Summe natürlich zurückweisen, aber dafür gibt es ja Gerichte und Verfahren. Ich bin ziemlich sicher, dass wir gewinnen werden.«

»Wir haben Anspruch auf fünf Prozent Zinsen auf alle unbezahlten Rechnungen.«

»Korrekt.«

»Und der geschuldete Betrag ist seit fast zwei Jahren in den Büchern ausgewiesen.«

»Korrekt.«

»Sie haben zweiundfünfzig Millionen als Zinsen berechnet.« Adem wedelte mit dem Memo herum. Die Zahlen waren eindeutig.

»Außerdem haben wir unsere Klage erweitert und verlangen jetzt auch eine Entschädigung für die getöteten Personenschützer und die Entführung. Alles in allem sind es eine halbe Milliarde Dollar. Ich gehe nicht davon aus, dass wir so viel bekommen werden, denn die Libyer werden argumentieren, dass sie für den Überfall und die Morde nicht haftbar gemacht werden können. Diese Sache ist strittig. Die libysche Regierung hat zwar indirekt die Zusage gegeben, ausländische Arbeitskräfte zu schützen, aber bis jetzt war die Schiedskommission nicht sonderlich beeindruckt davon.«

»Dann werden die vier Familien also nichts bekommen?«

»Vermutlich nicht, aber wir werden es versuchen. Ich bin sicher, dass Ihr Unternehmen sich um die Hinterbliebenen kümmern wird.«

»Selbstverständlich. Aber die Libyer sollten auch zahlen.«

»Ich werde das natürlich geltend machen. Ich werde *alles* geltend machen, Adem«, fügte Mitch mit einem Lächeln hinzu. »Dafür werde ich bezahlt. Aber bis zu einer Verhandlung könnte es noch Monate dauern, vielleicht auch ein Jahr oder noch länger. In der Zwischenzeit verliert Ihr Unternehmen Geld zum aktuellen Zinssatz. Es wäre sinnvoll, die Sache jetzt beizulegen.«

»Sie wollen weniger Entschädigung verlangen?«

»Vielleicht, aber nur, wenn es den Vergleich erleichtern würde. Hier kommt die Summe ins Spiel, die Sie zu akzeptieren bereit sind. Außerdem besteht die durchaus reelle Gefahr, dass Sie gar nichts bekommen.«

»Das hat Luca bereits in aller Deutlichkeit gesagt.«

»Die Entscheidung der Schiedskommission ist nicht bindend. Sie stellt keine Verpflichtung dar. Es gibt Mittel und Wege, den Schiedsspruch durchzusetzen und die Libyer zu zwingen, die Zahlungen zu leisten, aber das könnte Jahre dauern. Wir würden von der Kommission weitere Sanktionen verlangen, von den Türken, Briten, Italienern, selbst von den Amerikanern, aber Gaddafi lebt schon seit vielen Jahren mit Sanktionen. Ich glaube nicht, dass er deshalb schlaflose Nächte hat.«

»Mit Libyen sind wir fertig«, sagte Adem angewidert.

»Das kann ich Ihnen nicht verdenken.«

»Was raten Sie uns?«

»Können Sie mit vierhundert Millionen leben?«

Adem lächelte. »Wir wären begeistert.«

»Wir senken unsere Forderung auf vierhundert Millionen, aber nur für die Vergleichsverhandlungen. Lannak bekommt die ersten vierhundert. Wenn Sie Ihr Einverständnis dazu geben, werde ich mehr verlangen, und der Überschuss fließt in den Lösegeldfonds. In der Zwischenzeit bitten Sie Ihre Regierung, Druck auf den libyschen Botschafter auszuüben, damit sich in Tripolis etwas bewegt.«

Adem schüttelte den Kopf. »Mitch, das haben wir schon getan, und zwar mehrfach. Unser Botschafter in Libyen hat mehr als einmal mit Gaddafis Leuten gesprochen und unseren Fall erläutert. Es hat nichts gebracht. Unser Ministerpräsident hat sich hier in der Stadt mit dem libyschen Botschafter getroffen und versucht, auf ihn einzuwirken. Nichts. Uns ist zu Ohren gekommen, dass das Brückenprojekt Gaddafi peinlich ist und er allen Beteiligten die Schuld dafür gibt, einschließlich unseres Unternehmens. Sie wissen, dass er einen seiner Architekten erschossen hat?«

»Das habe ich gehört. Erschießt er auch seine Anwälte?«

»Ich hoffe nicht.« Adem warf einen Blick auf seine Uhr und kratzte sich am Kinn. »Mein Vater ist gerade in Jakarta und uns drei Stunden voraus. Er wird heute am späten Abend zurück sein. Wenn wir die Forderung reduzieren wollen, brauche ich seine Zustimmung.«

»Vielleicht sollten wir beide mit ihm sprechen.«

»Zuerst rede ich mit ihm. Ich sehe da kein Problem.«

Wenn Mitch allein in einer Stadt unterwegs war, die er noch nicht kannte, und ein paar Stunden Zeit hatte, mietete er oft eine Limousine mit Fahrer, um sich die wichtigsten Sehenswürdigkeiten und Wahrzeichen wenigstens im Schnelldurchlauf anzusehen. Auf dem Flug nach Istanbul hatte er einen Reiseführer über die Türkei gelesen und war fasziniert von dem Land. Er sagte zu Abby, dass es definitiv einen zweiten Blick wert sei und verdiene, in ihre Wunschliste aufgenommen zu werden.

Doch jetzt kam eine Stadtbesichtigung nicht infrage. Er wollte keine Zeit verschwenden. Als er wieder in seinem Hotelzimmer war, räumte er einen Beistelltisch frei, den er als Schreibtisch benutzte, und begann zu telefonieren. Zuerst Abby, nur, um sich kurz zu melden. Bei Jack Ruch war es genauso. Roberto in Rom teilte ihm mit, dass Luca mit Fieber, Dehydrierung und vermutlich weiteren Symptomen und Beschwerden ins Krankenhaus eingeliefert worden sei. Er schlafe unruhig und stehe unter ständiger Beobachtung. Samir sei noch in der Stadt, sie hätten ein paar Stunden zusammen verbracht. Diego Antonelli habe angerufen, aber nicht viel zu sagen gehabt. Er hatte offenbar Schwierigkeiten, jemanden im Führungszirkel des Ministerpräsidenten zu finden, mit dem er reden konnte. Cory war in New York und hatte gerade mit Darian die tägliche Besprechung hinter sich gebracht. Aus Libyen gab es nicht viel zu berichten, lediglich ein paar Schnipsel zu dem letzten schiefgelaufenen Befreiungsversuch. Die Regierung hielt den Einsatz immer noch geheim. Gerüchten zufolge hatte Barakats Bande drei libysche Soldaten gefangen genommen. Keine Spur von Giovanna, wie gehabt. In London war Riley Casey immer noch auf der Ochsentour durch die unzähligen Hierarchien des Außenministeriums, um jemanden zu finden, der wirklich etwas zu sagen hatte. Während sie miteinander telefonierten, war Sir Simon Croome gerade beim Mittagessen mit einem gebürtigen Libyer, einem Geschäftsmann, der seit Jahrzehnten in Großbritannien lebte und dort eine Menge Geld gemacht hatte. Es wäre möglich, dass dieser alte Freund und Mandant seinen Einfluss geltend machen und Tripolis dazu bringen könne, die Rechnungen zu begleichen und die Lannak-Klage beizulegen. Mitch fand die Idee absurd. Vermutlich nahmen die beiden Tattergreise ihr Mittagessen in flüssiger Form zu sich, genehmigten sich dann ein langes Nickerchen und vergaßen, worüber sie geredet hatten.

Nach zwei Stunden am Telefon war Mitch völlig fertig und schlief ein.

Als es Zeit fürs Abendessen war, hatte er sich wieder erholt. Adem schlug vor, sich um zweiundzwanzig Uhr in einem Restaurant mit asiatisch inspirierter Speisekarte und einem Michelin-Stern zu treffen. Mitch war versucht, die Einladung anzunehmen, weil seine Frau von ihm erwartete, neue Restaurants zu testen und die Speisekarten mitzubringen, wenn er im Ausland war. Sie kannte natürlich einen türkischen Koch, mit dem sie gerade ein Projekt für ein Kochbuch hatte. Allerdings ging Mitch nur ungern nach zwanzig Uhr essen, und er wollte nicht zu spät ins Bett. Daher trafen sie sich in der Brasserie des St. Regis Hotel, in dem er übernachtete. Adem hatte davon gesprochen, dass seine Frau vielleicht mitkommen werde. Mitch war erleichtert, als er ohne sie erschien.

Bei einem Whiskey Sour berichtete Adem von dem Telefonat, das er am Nachmittag mit seinem Vater geführt hatte. Omar hatte genug von den Libyern, und er wollte jeden Cent haben, der ihm für die Brücke zustand, aber er war Pragmatiker. Vierhundert Millionen Dollar sofort würden in ein paar Jahren vielleicht wie ein gutes Geschäft aussehen. Wenn Mitch so viel bekommen konnte, war Omar einverstanden, alles, was sich zusätzlich herausschlagen ließ, als Lösegeld für Giovannas Freilassung zu verwenden.

Sie gaben sich die Hand, obwohl beide wussten, dass die Chancen auf einen Vergleich schlecht standen.

32

Am Mittwoch um 23.55 Uhr war Abby noch wach und las Zeit-schriften, während sie im Bett lag. Sie war die viel zu ruhige Woh-nung leid, und sie war es auch leid, allein zu sein. Sie wollte ihre Zwillinge umarmen, sich im Bett an ihren Mann kuscheln und endlich Schluss machen mit diesem furchtbaren Drama, auf das sie liebend gern verzichtet hätte. Sollte sich doch jemand anders mit diesem Spionagekram beschäftigen.

Als das Jakl auf dem Nachttisch brummte, zuckte sie zusammen. Es hatte seit Sonntagmorgen keinen Laut von sich gegeben. Sie nahm es und ging zu einem kleinen Tisch im Fernsehzimmer, wo sie es neben ihr Handy legte. Sie tippte auf beide Telefone. Darian hatte ihr erklärt, dass eine App auf ihrem Handy das Gespräch auf-zeichnen würde, ohne dass das Jakl etwas davon mitbekam.

»Hallo.«

»Hier spricht Noura. Sind Sie allein?«

Kennst du die Antwort nicht schon? Beobachten uns deine Leute denn nicht die ganze Zeit? »Ja.«

»Haben Sie das Geld?«

»Äh, nein, aber wir sind dabei, es zu beschaffen.«

»Gibt es ein Problem?«

Wie viele Leute hörten wohl am anderen Ende mit? Sei vorsichtig, überlege dir jedes Wort. Es gibt vielleicht Sprach-schwierigkeiten, und sie könnte etwas missverstehen oder in den falschen Hals bekommen.

»Nein, kein Problem, es ist nur schwierig, so viel Geld aufzu-bringen.«

»Man sollte doch meinen, dass es ganz einfach ist.« Noura hatte definitiv einen britischen Akzent.

»Warum glauben Sie das?« Sorge dafür, dass sie weiterredet.

»Reiche Anwälte, die größte Kanzlei der Welt, überall Niederlassungen. Steht alles auf der Website. Zwei Milliarden Umsatz im letzten Jahr.«

Es wäre besser gewesen, wenn Scully & Pershing das nicht an die große Glocke gehängt hätte. »Die Kanzlei hat kürzlich zwei Niederlassungen verloren, falls Sie noch nichts davon gehört haben«, sagte Abby.

»Das ist bedauerlich, aber es wird weitergehen, bis wir das Geld haben.«

»Ich dachte, das Geld sei für die Freilassung Giovannas.«

»Ist es auch. Geben Sie uns das Geld, dann wird alles gut.«

»Hören Sie, ich arbeite nicht für die Kanzlei. Mein Mann ist in Europa und versucht, das Geld zu beschaffen, aber mehr weiß ich nicht. Ihnen ist bekannt, dass ich Lektorin bin?«

»Ja. Es hat eine Planänderung gegeben.« Eine Pause. Sag etwas, Abby.

»Okay … Was für eine Änderung?«

»Sie müssen eine Anzahlung machen, als Zeichen Ihres guten Willens.« Noch eine Pause.

»Ich höre.«

»Zehn Millionen Dollar bis Freitag, zwölf Uhr mittags, von einer Bank hier in New York.«

Abby holte tief Luft. »Okay. Ich sage es meinem Mann, das ist alles, was ich tun kann. Ich habe keine Kontrolle über das, was dann geschehen wird.«

»Freitag um zwölf. Ich werde Ihnen Anweisungen schicken. Und ich werde Ihnen ein neues Video von Giovanna schicken, damit Sie wissen, dass sie in guten Händen ist.«

In guten Händen? Waren das vielleicht dieselben Hände, die die Kettensäge gehalten hatten?

Irgendwann hatte Jack Ruch Erbarmen. Es war schon ärgerlich genug, dass sich das Leitungsgremium täglich zu einer Krisensitzung treffen musste, aber um sieben Uhr morgens anzufangen war zu viel. Für Donnerstag verschob Jack den Beginn auf 9.30 Uhr und setzte zum vierten Mal in Folge eine ordentliche Sitzung an. Die meisten Seniorpartner fragten sich insgeheim, ob es wirklich notwendig war, sich jeden Tag zu treffen, aber schließlich war eine Krise dieser Art noch nie da gewesen. Bis jetzt hatte noch niemand den Mut aufgebracht, Jacks Entscheidung infrage zu stellen. Alle neun waren anwesend.

»Es gibt eine neue Entwicklung«, sagte Jack als Erstes. »Noura hat gestern Abend Abby kontaktiert und ihr mitgeteilt, dass wir eine Anzahlung leisten müssen, als Zeichen unseres guten Willens. Zehn Millionen bis morgen, Freitag, zwölf Uhr mittags.«

Die Nachricht hing wie bleierne Schwere im Raum. Alle starrten auf den Tisch vor sich.

Jack räusperte sich und fuhr fort: »Ich habe vor einer Stunde mit Mitch gesprochen. Er verlässt Istanbul und fliegt nach Rom. Luca wurde ins Krankenhaus gebracht.«

»Und wir wissen immer noch nicht, mit wem wir es zu tun haben, richtig?«, fragte Ollie LaForge. »Wir sollen also einfach so zehn Millionen springen lassen und hoffen, dass es gut geht?«

»Haben Sie eine bessere Idee?«, gab Jack zurück.

»Hat Mitch seit gestern etwas erreichen können?«, wollte Mavis Chisenhall wissen.

»Wenn Sie mich fragen, ob Mitch Zusagen für Geld bekommen hat, lautet die Antwort Nein. Aber er versucht es. Das ist alles, was ich sagen kann.«

Die Kanzlei hielt jeden Monat etwa fünfzehn Millionen Dollar für Notfälle und andere unvorhergesehene Ereignisse bereit. Es gab noch eine größere Rücklage für die regelmäßigen Bonuszahlungen am Jahresende, doch dieses Geld durfte nicht angerührt werden.

Sheldon Morlock, einer der Partner, die über mehr Einfluss im Gremium verfügten, sagte: »Es muss doch eine Möglichkeit geben, mit diesen Leuten zu verhandeln. Die Lösegeldforderung ist eine Unverschämtheit und übersteigt unsere Mittel. Und Sie können mich nicht davon überzeugen, dass die Entführer einfach aufgeben, wenn sie nicht alles bekommen, was sie verlangen. Angenommen, wir kratzen irgendwie die Hälfte von dem Geld zusammen – werden sie Nein sagen?«

»Genau darum geht es«, erwiderte Jack. »Wir wissen es nicht. Wir können es nicht voraussagen. Dies ist keine normale Geschäftstransaktion mit vernünftigen Leuten auf beiden Seiten. Sie könnten Giovanna jederzeit umbringen.«

»Jack, wollen Sie damit etwa sagen, dass wir unsere Kreditlinie ausreizen und uns das Geld leihen sollten?«, fragte Piper Redgrave, eine von drei Frauen im Gremium.

»Ja, das ist genau das, was ich sage. Wir sollten uns fünfundzwanzig Millionen leihen, denn diese Summe wird von unserer Versicherung gedeckt. Dann geben wir ihnen morgen zehn Millionen und fangen an zu beten.«

»Ich habe mit der Citibank gesprochen«, warf Bart Ambrose ein. »Sie halten sich bereit, brauchen aber von jedem von uns eine persönliche Bürgschaft.«

Die Seniorpartner stöhnten, seufzten und schüttelten frustriert den Kopf. Ein Kredit musste mit einer Zweidrittelmehrheit genehmigt werden.

»Das ist nichts Neues. Einwände?«, sagte Jack.

»Stimmen wir ab?«, fragte Morlock.

»Ja. Ist jemand dagegen, dass wir unsere Kreditlinie nutzen und fünfundzwanzig Millionen von der Citi leihen?«

Die neun Seniorpartner sahen sich hektisch um. Morlock hob kurz die Hand und ließ sie dann wieder sinken. Dann bewegte sich die Hand von Ollie LaForge langsam nach oben.

»Noch jemand?«, erkundigte sich Jack mit einem verächtlichen Blick auf die beiden. »Okay, es haben sieben dafür und zwei dagegen gestimmt. Richtig?«

Es gab keine weitere Diskussion. Die Mitglieder des Leitungsgremiums verließen schweigend den Konferenzraum und eilten in ihre Büros.

Die Entscheidung war einfach gewesen. Jeder einzelne Cent würde von der Lösegeldversicherung der Kanzlei erstattet werden.

Zumindest glaubten sie das.

Nach der Sitzung rief Jack die Versicherungsgesellschaft an, um sie auf den neuesten Stand zu bringen. Er wurde in die Warteschleife geschaltet und musste auffallend lange warten. Als sich der Vorstandsvorsitzende persönlich meldete und ihm einen guten Morgen wünschte, wurde Jack stutzig. Was er als Nächstes hörte, war ernüchternd. Ihr Anspruch wurde mit der Begründung abgelehnt, dass Giovanna von Terroristen und nicht von einer kriminellen Bande entführt worden sei und gefangen gehalten werde. Terrorakte seien in der Police ausdrücklich ausgeschlossen.

»Das glaube ich nicht!«, brüllte Jack ins Telefon.

»So steht es da aber, schwarz auf weiß«, erwiderte der Vorstandsvorsitzende seelenruhig.

»Entführung ist Entführung«, wandte Jack ein und versuchte, seinen Zorn unter Kontrolle zu bekommen. »Die verdammte Police deckt eine Entführung!«

»Unseren Quellen zufolge ist es die Tat einer Terrororganisation. Und deshalb lehnen wir ab. Tut mir leid.«

»Ich kann das einfach nicht glauben.«

»Unser Anwalt ist gerade dabei, Ihnen ein Ablehnungsschreiben zu schicken.«

»Dann sehen wir uns vermutlich vor Gericht.«

»Das steht Ihnen natürlich frei.«

33

Nach einigen Stunden im Krankenhaus hatte sich Lucas Zustand gebessert. Verschiedene Medikamente stabilisierten seinen Blutdruck. Eine Infusion sorgte dafür, dass Flüssigkeit in seinen Körper gelangte. Ein starkes Beruhigungsmittel versetzte ihn in einen langen, dringend benötigten Schlaf. Die beste Medizin war jedoch die ständige Aufmerksamkeit einer dreißigjährigen Krankenschwester mit atemberaubender Figur, die einen kurzen weißen Rock trug. Bella saß neben Lucas Bett auf einem Stuhl, sah sich das Ganze an und schüttelte den Kopf. Manche Männer waren ein hoffnungsloser Fall.

Luca versuchte gerade, eine Vereinbarung zu treffen, bei der ein zurückgezogen lebender italienischer Milliardär, den er seit Langem kannte, eine wichtige Rolle spielte. Er hieß Carlotti und war Erbe eines großen Familienvermögens, das mit Olivenöl gemacht worden war. Seine politische Einstellung war Luca zuwider, doch wenn es um Geld ging, hatten die beiden immer über ihre Differenzen hinweggesehen. Carlotti war mit dem Ministerpräsidenten befreundet und finanzierte ihn seit Jahren. Auf Lucas Drängen hin hatte Carlotti sich bereit erklärt, den Ministerpräsidenten zur Teilnahme an einem komplizierten Konstrukt zu überreden, das vorsah, Geld aus der Staatskasse in einen Lösegeldfonds fließen zu lassen, dessen Eigentümer eine Firma in Spanien war, wo Carlotti die meiste Zeit lebte. Der Milliardär hatte Bedenken, weil Zahlungen an Entführer in Italien gegen das Gesetz verstießen, wenn auch nicht in Spanien. Aber er hatte Giovanna sehr gern und würde alles tun, um ihr zu helfen. Und der Ministerpräsident hatte Bedenken, weil ein weiterer Skandal das Potenzial hätte, seine schwache Regierung zu stürzen. Ein schlimmer Ausgang der Entführung könne jedoch noch mehr Schaden anrichten, wie Luca vehement argumentierte. Dann werde der Ministerpräsident in eine Situation gedrängt, in der keiner gewinnen könne. Luca war sicher, dass er das Gesetz umgehen und den Staatsanwälten – falls notwendig – später eine schlüssige Erklärung liefern konnte. Mitch verzog jedes Mal, wenn jemand das Wort »Staatsanwälte« erwähnte, das Gesicht.

Der nächste Schritt war ein Gespräch mit Diego Antonelli, dem Diplomaten, mit dem sie sich am Montagnachmittag in Lucas Villa getroffen hatten. Seine Dienststelle lag in einem unscheinbaren Gebäude in der Nähe eines Palazzo, in dem mehrere Päpste gelebt hatten, wie Roberto erklärte. Er hatte die lästige Angewohnheit, alle Nicht-Römer in seiner unmittelbaren Umgebung auf völlig nebensächliche historische Fakten hinzuweisen.

Bei seinem Hausbesuch am Montag war Signor Antonelli alles andere als freundlich gewesen. Und eine Besprechung um 18.30 Uhr an einem Donnerstagabend missfiel ihm ganz offensichtlich auch. Er ließ sie zwanzig Minuten warten, und als er sie endlich in einen kleinen Konferenzraum in der Nähe seines Büros winkte, gab er ihnen zwar die Hand, lächelte aber nicht.

»Dieses Treffen ist inoffiziell«, begann er mit finsterem Gesicht. Dann sah er sich tatsächlich um, als würde er sich vergewissern wollen, dass niemand lauschte. Die Tür war geschlossen und verriegelt. Mitch vermutete, dass überall Wanzen installiert waren.

»Falls sich jemand erkundigt – es hat nie stattgefunden.«

Wieder einmal fragte sich Mitch, in was er da hineingeraten war. Wenn Bestechungsgelder oder illegale Zahlungen im Spiel waren, warum saß er dann in diesem Raum? Luca hatte angedeutet, dass das entsprechende Gesetz genügend Schlupflöcher hatte, um die

Lösegeldforderung erfüllen zu können. Doch Mitch hatte gedacht, dass so etwas nur Luca und dessen italienische Freunde etwas anging. Scully & Pershing durfte auf keinen Fall mit einem Komplott in Verbindung gebracht werden, mit dem versucht wurde, die Gesetze eines Landes zu umgehen. Mitch schauderte bei dem Gedanken daran, dass sich die Staatsanwälte in Manhattan wie die Hyänen auf so eine Anklage stürzen würden.

Luca zufolge bestand der Zweck des Gesprächs darin, mit Antonelli »die Vereinbarung« durchzusprechen, bei der er als Mittelsmann zwischen Carlotti und dem Ministerpräsidenten fungieren würde. Das Außenministerium würde einer gesichtslosen, in Luxemburg eingetragenen Firma, die von einem von Carlottis Söhnen kontrolliert wurde, aus einem seiner zahlreichen Töpfe fünfzig Millionen leihen. Eine Rückzahlungsvereinbarung würde unterschrieben, aber irgendwo in den Akten vergraben werden. Das Geld würde dann zwischen verschiedenen Banken hin und her überwiesen und auf einem Konto geparkt werden, bis es gebraucht wurde.

Antonelli schien alles andere als begeistert zu sein, und er redete nur mit Roberto, auf Italienisch. Mitch war es egal. Er konnte dem Gespräch zur Genüge folgen, hätte es aber vorgezogen, gar nicht dabei zu sein.

»Und Ihrer Meinung nach entspricht dieses Vorgehen den gesetzlichen Anforderungen und wird seitens des Justizministeriums keine Bedenken aufkommen lassen?«, fragte Antonelli.

»Ich sehe da kein Problem«, erwiderte Roberto im Brustton der Überzeugung, obwohl alle drei wussten, dass hinter jeder Ecke Ärger lauerte.

»Die Anwälte des Ministerpräsidenten werden das Ganze heute Abend prüfen. Es wäre durchaus möglich, dass sie anderer Meinung sind.«

»Dann werden Sie Luca sicher darüber informieren.«

Das Gespräch dauerte keine zehn Minuten, und beide Seiten hatten es eilig, zur Tür hinauszukommen. Mitch verabschiedete sich auf der Straße von Roberto und nahm ein Taxi zum Flughafen. Seine Sekretärin hatte wieder einmal ein kleines Wunder vollbracht und ihn auf einen Flug nach Frankfurt und dann auf einen zum JFK gebucht. Als er im Taxi saß, schloss er die Augen. Ihm grauste vor den nächsten zehn Stunden.

Und was war mit den nächsten fünf Tagen? Der Topf mit dem Lösegeld war immer noch leer, und er hatte auch noch ein erhebliches Leck bekommen. Die morgen fällige »Anzahlung« von zehn Millionen Dollar war ein einfacher Schritt, allerdings ärgerte sich Mitch darüber, dass zwei Mitglieder des Leitungsgremiums mit Nein gestimmt hatten. Die Versicherungsgesellschaft hatte ihnen den Boden unter den Füßen weggezogen und nicht nur in böser Absicht gehandelt, was ein Thema für später war, sondern auch alle potenziellen Szenarien für die Beschaffung des Lösegelds durcheinandergebracht. Die Vereinbarung mit Carlotti war bestenfalls heikel und schlimmstenfalls illegal und würde vermutlich bald platzen. Mitch würde Jack Ruch darüber informieren müssen, und dieser würde mit Sicherheit Luca anrufen und zu brüllen anfangen. Alle versuchten, Giovanna zu retten, doch für Scully & Pershing kam es nicht infrage, gegen Gesetze zu verstoßen. Die britische Regierung hatte sich trotz der zahlreichen Kontakte von Scully, die Druck auf den Außenminister ausübten, keinen Zentimeter bewegt. Riley Casey hatte sich am Nachmittag mit Jerry Robb von der Kanzlei Reedmore getroffen, um vorzufühlen, ob es Interesse an einem schnellen Vergleich in der Lannak-Klage gab. Wie von Robb zu erwarten, war das Gespräch kurz, angespannt und komplette Zeitverschwendung gewesen.

34

Mitch hatte schon vor Jahren festgestellt, dass er den Jetlag am besten durch einen ausgiebigen Lauf im Central Park bekämpfen konnte. Viel Schlaf funktionierte bei ihm nicht, erst recht nicht, wenn die Zeit drängte, seine Söhne sich verstecken mussten und seine Frau zunehmend nervös wurde. Abby war dabei, als sie den Park in der Morgendämmerung von der Seventy-Second Street aus betraten und sich hinter einer Gruppe von Frühaufstehern in Bewegung setzten. Sie redeten wenig und genossen lieber die ersten Sonnenstrahlen und die kühle Frühlingsluft New Yorks. Für diese langen Läufe hatten sie immer weniger Gelegenheit. Die Jungen wurden älter, das Leben war wichtiger.

Als sie noch in Cortona gelebt hatten, in der Zeit vor den Kindern, anstrengenden Jobs und dergleichen, waren sie jeden Morgen durch die Felder, Weinberge und Dörfer gelaufen. Sie hielten häufig an, um mit einem Bauern zu reden, weil sie wissen wollten, ob sie dessen Italienisch verstanden, oder in dem kleinen Café eines Dorfs ein Glas Wasser oder einen Espresso zu trinken. Oft winkte ihnen der Besitzer eines kleinen Weinguts zu, der sich über die merkwürdige Angewohnheit der Amerikaner wunderte, freiwillig durch die Straßen zu rennen, schwitzend, in Schweiß gebadet und ohne Ziel. Mehrmals lud er sie in den kleinen Innenhof seines Guts ein, wo seine Frau kalten Rosé einschenkte und darauf bestand, dass sie ein Stück Buccellato probierten, ein süßes Hefebrot mit Sultaninen und Anis. Diese Stopps gingen für gewöhnlich in ausgiebige Weinproben über, und jeder Gedanke an gelaufene Kilometer und Durchschnittstempo war vergessen. Nach einer Weile bestand Abby darauf, dass sie ihre Route änderten.

Sie umrundeten das Reservoir und machten sich auf den Weg nach Hause. New York erwachte langsam zum Leben, der Verkehr wurde stärker. Sie hatten nicht vor, bei Dunkelheit noch in der Stadt zu sein.

Um elf Uhr nahmen sie ein Taxi zu einer Filiale der Citibank in der Lexington Avenue nahe der Forty-Fourth Street. Dort brachte sie der Fahrstuhl fünfundzwanzig Stockwerke nach oben ins Büro von Ms. Philippa Melendez, die Vizepräsidentin irgendeiner Abteilung und Expertin für Geldüberweisungen war. Sie führte die beiden in einen Konferenzraum, in dem Cory und Darian saßen und Kaffee tranken. Nach ein paar Minuten kam Jack, der den Transfer als geschäftsführender Partner der Kanzlei unterschreiben musste. Philippa bestätigte, dass die zehn Millionen Dollar bereitstanden. Sie warteten nur noch darauf, dass Noura sich meldete.

Sie rief um 11.30 Uhr an und fragte, ob Abby ihren Laptop dabeihabe. Ihr war vorher mitgeteilt worden, dass sie ihn mitbringen solle. Unmittelbar darauf traf die E-Mail mit den Anweisungen für den Transfer des Geldes ein. Corys Hackerteam würde die Nachricht später zu einem Internetcafé in Newark zurückverfolgen, doch zu dem Zeitpunkt war die Absenderin natürlich längst weg. Jack Ruch unterschrieb im Namen der Kanzlei eine Genehmigung. Die zehn Millionen würden auf ein Nummernkonto in Panama gehen.

»Fertig?«, fragte Philippa an Jack gewandt. Er nickte mit ernster Miene, und Scully & Pershing verabschiedete sich von dem Geld.

»Unmöglich nachzuverfolgen?«, fragte Abby, während alle auf den Bildschirm ihres Laptops starrten.

Philippa zuckte mit den Schultern. »Nicht unmöglich, aber es würde nicht viel bringen. Der Empfänger ist eine Briefkastenfirma in Panama, davon gibt es Tausende. Das Geld ist weg.«

Sie warteten acht Minuten, bis das Jakl wieder klingelte. »Das Geld ist angekommen«, sagte Noura.

Es war schnell, effizient und fast schmerzlos gegangen. Sämtliche Anwesenden holten tief Luft und versuchten, sich an den Gedanken zu gewöhnen, dass eine Menge Geld sich gerade in Luft aufgelöst hatte, und das ohne jede Gegenleistung, jedenfalls im Moment. Sie verabschiedeten sich und gingen.

Unten auf der Straße stiegen Abby und Cory in einen schwarzen SUV, der nach Norden zur Wohnung der McDeeres fuhr. Mitch und Darian nahmen einen zweiten schwarzen SUV und machten sich auf den Weg zum Financial District, der in entgegengesetzter Richtung lag.

Abby hatte ihren kleinen Koffer bereits gepackt. Sie setzte sich an den Küchentisch und schickte über das Jakl eine Textnachricht an Noura, in der sie ihr mitteilte, dass sie bis Sonntagmittag nicht an das Telefon gehen könne. Dann versteckte sie das Jakl und ihr eigenes Handy im Kleiderschrank und verließ rasch die Wohnung.. Sie schlich sich durch eine Tür im Keller aus dem Gebäude und stieg wieder in den SUV, in dem Cory wartete. Der Fahrer verließ die Stadt über die George Washington Bridge und nahm eine Route durch den Norden von New Jersey. Cory war sicher, dass ihnen niemand gefolgt war. In Paramus hielten sie an einem kleinen Flughafen an, bestiegen eine King Air und hoben ab. Neunzig Minuten später landeten sie auf Islesboro, wo Carter und Clark ihre Mutter auf dem Flugfeld erwarteten. Sie hatten sich eine Woche lang nicht gesehen.

Um 12.30 Uhr eröffnete Jack den fünften Tag in Folge die Sitzung des Leitungsgremiums. Alle neun waren anwesend. Die Stimmung war angespannt und gedrückt. Die Kanzlei hatte gerade zehn Millionen Dollar Verlust gemacht.

Er teilte den Seniorpartnern mit, was sich am Vormittag ereignet hatte, und öffnete die Tür. Mitch kam herein und begrüßte die Mitglieder des Gremiums. Sie waren froh, ihn zu sehen, und hatten jede Menge Fragen. Er sagte ein paar Worte über Lucas Gesundheitszustand, informierte sie über den aktuellen Stand des Lannak-Verfahrens in Genf und gab die neuesten Gerüchte aus Tripolis weiter.

In Sachen Lösegeld hatte es nur geringe Fortschritte gegeben. Die Regierungen in Italien und Großbritannien mauerten immer noch und hofften, dass die Krise vorbeiging oder sich irgendwie in Luft auflöste. Da sie nicht an den Verhandlungen beteiligt waren und keine Ahnung hatten, mit wem sie es eigentlich zu tun hatten, zögerten sie, finanzielle Mittel für das Lösegeld bereitzustellen, was verständlich war.

Da die Entführer eine Anzahlung in beträchtlicher Höhe erhalten hatten, wollte Mitch sie um Aufschub bitten. Das Ultimatum endete am kommenden Mittwoch, dem 25. Mai. Sein Bauchgefühl sagte ihm, dass es vergeblich sein würde, da die Terroristen bis jetzt keinerlei Interesse an Verhandlungen gezeigt hatten.

Nachdem er die Situation in düsteren Farben geschildert hatte, ging es mit einem unschönen Thema weiter. Während er vor dem großen schwarzen Bildschirm auf und ab ging, kam er schließlich zum Kern der Sache. Alle neun hatten damit gerechnet.

»Es ist zwingend notwendig, dass die Kanzlei all ihre Mittel für die sichere Rückkehr von Giovanna Sandroni einsetzt. Und dazu muss sie dafür bürgen, dass die Forderungen der Entführer voll und ganz erfüllt werden, unabhängig davon, wie sie letztendlich aussehen. Bis jetzt sind es neunzig Millionen Dollar.«

Jeder Seniorpartner hatte im letzten Jahr durchschnittlich 2,3 Millionen Dollar brutto verdient, was sie auf den dritten Platz der landesweiten Ranglisten brachte. Sie arbeiteten viel und gaben auch viel aus. Einige legten mehr zurück als andere. Fast alle waren finanziell konservativ, doch bei ein paar hielten sich Einnahmen und Ausgaben angeblich die Waage. Auf dem Papier waren sie alle reich, und vor nicht allzu langer Zeit, vor zwanzig Jahren oder so, hätte man sie als Wall-Street-Millionäre bezeichnet. Inzwischen wurde ihr Einkommen von dem der neuen Könige der Finanzwelt in den Schatten gestellt, die ihr Vermögen mit Hedgefonds, Beteiligungsgesellschaften, Risikofinanzierung, Währungsspekulationen und Rentenpapieren machten.

Der erste Kommentar kam von Ollie LaForge, der der Situation aus unerfindlichen Gründen etwas Humorvolles abgewinnen konnte. Er lachte in sich hinein und murmelte: »Das soll wohl ein Witz sein.«

Mitch hütete sich zu antworten. Er hatte genug gesagt, die Diskussion über dieses Thema war Aufgabe des Gremiums. Er setzte sich, aber nicht an den Tisch, sondern auf einen Stuhl an der Wand.

»Ich werde doch nicht alles, wofür ich gearbeitet habe, riskieren und die finanzielle Sicherheit meiner Familie gefährden, indem ich für einen Bankkredit über neunzig Millionen Dollar bürge«, empörte sich Sheldon Morlock. »Das kommt nicht infrage.« Er vermied es, Mitch anzusehen.

»Sheldon, ich bin sicher, dass wir alle so empfinden, aber niemand erwartet von dir, so viel Geld herauszurücken«, wandte Piper Redgrave ein. »Schuldner des Kredits wird die Kanzlei sein, und ich bin sicher, dass wir das schon irgendwie hinbekommen, wenn wir uns ein wenig einschränken und ein paar Opfer bringen. Bart, wie würden die Bedingungen des Kredits aussehen?«

Einschränken und Opfer bringen, sagte sich Mitch insgeheim. Als ob die Partner von Scully & Pershing auf ein Wochenende in den Hamptons oder ein Essen in einem Sternerestaurant verzichten würden.

»Fürs Erste wäre es eine Kreditlinie über neunzig Millionen, drei Prozent Zinsen, in der Größenordnung«, gab Bart Ambrose Auskunft. »Wenn alle dabei sind, können wir einen langfristigen Schuldtitel daraus machen.«

»Sheldon, es werden keine neunzig Millionen sein«, sagte Bennett McCue. »Um einen üblen Rechtsstreit mit der Versicherungsgesellschaft werden wir nicht herumkommen, aber irgendwann werden sie zahlen. Das wären dann fünfundzwanzig Millionen.«

»Das könnte Jahre dauern«, erwiderte Morlock. »Und es ist nicht sicher, dass wir gewinnen.«

»Ich hasse Schulden, das wissen alle hier«, warf Ollie LaForge ein. »Ich habe keine. Und ich hatte auch nie welche. Als ich zwölf war, ist mein Vater bankrottgegangen, und wir haben alles verloren. Ich hasse Banken, und ihr habt das alles schon mehr als einmal gehört. Ohne mich. Ich bin draußen.« Er lebte immer noch in einem bescheidenen Bungalow in Queens und kam mit dem Zug zur Arbeit. Und weil er so knauserig war, konnte er mit Sicherheit mehr Geld auf die Seite legen als jeder andere im Raum.

Auch Mavis Chisenhall war so ein Geizkragen. Sie sah Mitch an und fragte: »Mitch, würden Sie eine persönliche Bürgschaft unterschreiben?«

Die Frage war perfekt. Mitch hatte sehnlichst darauf gewartet. Er stand auf, zog ein zusammengefaltetes Blatt Papier heraus und warf es in die Mitte des Tisches. »Ich habe sie bereits unterschrieben. Hier ist sie.«

Während die Seniorpartner die Bürgschaftserklärung anstarrten, zog er ein weiteres Blatt hervor und warf es ebenfalls auf den Tisch. »Und das ist die von Luca.«

Er musterte die Gesichter der Seniorpartner, obwohl die meisten auf ihre Notizblöcke starrten. Wenn er schon das Wort hatte, wollte er versuchen, die Sache zum Abschluss zu bringen. »Diese Bürgschaften sind aus einem ganz bestimmten Grund so wichtig. Es besteht die Chance, dass wir uns aus anderen Quellen Geld beschaffen können, aber das ist alles andere als sicher. Vielleicht bekommen wir dementsprechende Zusagen, aber nicht rechtzeitig. Wir brauchen Sicherheit, und diese Sicherheit lässt sich im Moment nur dadurch erreichen, dass wir das Geld auf dem Konto haben. Und nur Scully & Pershing kann dafür sorgen, dass es dort hinkommt. Ich fliege am Sonntag nach London, anschließend nach Rom und dann wer weiß wohin. Ich werde den Hut herumgehen lassen, ich werde mich auf die Straße stellen und betteln, was immer nötig ist. Aber wenn ich es nicht schaffe, haben wir wenigstens das Geld auf der Bank. Die ganze Summe. Ich weiß nicht, ob die Entführer uns mehr Zeit geben werden. Ich weiß nicht, ob sie mit dem Lösegeld heruntergehen und sich mit weniger zufriedengeben werden. Wir können nicht vorhersehen, was in den nächsten fünf Tagen geschehen wird. Aber wir können dafür sorgen, dass das Lösegeld bereitsteht.«

Als er fertig war, nickte Jack in Richtung Tür. Die beiden verließen den Konferenzraum und blieben davor stehen. »Gute Arbeit. Sie sollten jetzt vermutlich gehen. Es könnte eine Weile dauern.«

»Okay. Dann fliege ich zu Ihrem Bruder Barry. Ich will meine Söhne sehen.«

»Grüßen Sie die Jungen von mir. Ich rufe Sie an.«

Der Fahrer nahm die Brooklyn Bridge und kam nur zentimeterweise vorwärts. Es war Freitagnachmittag Ende Mai, halb Manhattan war in Richtung Long Island unterwegs. Eine Stunde später hatten sie den Republic Airport erreicht, ein kleines Flugfeld für Geschäfts- und Privatflugzeuge außerhalb von Farmingdale. Mitch bedankte sich bei dem Fahrer, und als der Wagen davonrollte, fiel ihm ein, dass er nicht auf den Verkehr hinter sich geachtet hatte. Was war er doch für ein lausiger Spion. Er hatte es satt, ständig einen Blick über die Schulter zu werfen.

Ein Pilot, der aussah, als wäre er vor Kurzem erst fünfzehn Jahre alt geworden, nahm seinen Koffer, führte ihn zu einer zweimotorigen Beech Baron und half ihm beim Einsteigen. Das Flugzeug war klein, aber komfortabel und nicht zu vergleichen mit den Falcons und Gulfstreams und Lears, die Scully häufig mietete. Mitch war es egal. Er nahm sich vierundzwanzig Stunden frei und würde Zeit mit seiner Familie verbringen. Als der Pilot auf eine kleine Kühlbox wies, dachte Mitch: warum nicht? Das Wochenende hatte begonnen. Er öffnete den Deckel und holte ein kaltes Bier heraus. Während sie über das Vorfeld rollten, rief Mitch Roberto in Rom an und fragte, ob es Neuigkeiten gebe. Luca sei wach und nörgele an allem Möglichen herum, erwiderte Roberto. Den Krankenschwestern sei es lieber, wenn er schlafe.

Fast zwei Stunden lang flogen sie in zweitausendfünfhundert Meter Höhe. Keine Wolke stand am Himmel. Als der Pilot über die Küste von Maine in den Sinkflug überging, starrte Mitch nach unten und bestaunte das Meer, das zerklüftete Ufer, die ruhigen Buchten und die idyllischen Fischerdörfer. Tausende kleiner Segelboote schoben sich über das azurblaue Wasser. Sie überflogen das malerische Camden mit seinem geschäftigen Hafen und drehten dann nach Islesboro ab. Aus einhundertfünfzig

Meter Höhe konnte Mitch einige Sommerhäuser erkennen, und dann tauchte Wicklow auf. Clark und Carter standen mit Abby auf dem Steg und winkten, als sie die Baron über sich entdeckten. Eine halbe Stunde später saß Mitch am Pool und sah zu, wie die Jungen im Wasser schwammen und sich mit Abby und ihren Großeltern unterhielten.

Die Woche war wie ein Sommerlager für die Zwillinge gewesen. Harold und Maxine gaben zu, dass sie mit dem Unterricht und den Hausaufgaben nicht sehr streng gewesen waren. Auch die Schlafenszeit war eher flexibel gewesen, und Miss Emma in der Küche hatte immer das gekocht, was die Jungen am liebsten aßen. Mitch und Abby war es vollkommen egal. Die beiden standen so unter Stress, dass jede Hilfe der Großeltern willkommen war.

Bei einem Drink – Weißwein für Mitch und Abby, Limonade für Harold und Maxine – erkundigten sich die Sutherlands vorsichtig danach, wie lange sie so weit weg von zu Hause noch gebraucht wurden. Mitch ärgerte sich darüber, denn die Sicherheit der Jungen war weitaus wichtiger als alles, was seine Schwiegereltern in Danesboro, Kentucky, vielleicht versäumten. Doch er biss sich auf die Zunge und sagte nur, vielleicht noch ein paar Tage.

Bis zum 25. Mai, um genau zu sein.

Sie sahen zu, wie Tanner ans Ende des Stegs ging, wo ein Boot mit einer Lieferung Hummer frei Haus angelegt hatte.

»Noch mehr Hummer«, stöhnte Harold. »Wir essen dreimal am Tag Hummer.«

Maxine, die ein absolut humorloser Mensch war, fügte hinzu: »Hummer-Quiche zum Frühstück. Hummer-Sandwiches zum Mittagessen. Gebackene Hummerschwänze zum Abendessen.«

»Und Makkaroni mit Käse und Hummer, das mag ich am liebsten«, fügte Carter hinzu, der am Rand des Pools stand und zuhörte.

»Hummercremesuppe, Hummer-Fritters, Hummer-Auflauf«, ergänzte Harold.

»Hört sich großartig an«, sagte Abby.

Maxine war froh, nicht kochen zu müssen. »Miss Emma ist ein echter Schatz.«

»Mom, du solltest ein Hummer-Kochbuch machen. Mit Miss Emma auf dem Titel«, schlug Clark vor.

»Die Idee gefällt mir«, erwiderte Abby. Sie versuchte, sich daran zu erinnern, wie viele Kochbücher über Fisch und Meeresfrüchte sie bereits gesammelt hatte.

Barry Ruch gesellte sich zu ihnen, in Shorts und Segelschuhen, mit einer langen Zigarre in der einen Hand und einem Scotch in der anderen. Er war die ganze Woche über nicht in Wicklow gewesen, und Mitch vermutete, dass er nichts mit der Kinderbetreuung zu tun haben wollte. Oder mit den Großeltern. Er lächelte Mitch an und sagte: »Jack möchte Sie sprechen.«

Mitch ging mit dem grünen Klapphandy in der Hand auf den Steg hinaus und rief Jack an. Als er sich meldete, wurde schnell klar, dass es nichts Gutes zu berichten gab. Es war fast 18.30 Uhr an einem Freitagabend, und ihr langer Tag hatte damit begonnen, dass sie im Konferenzraum der Citibank gesessen und zugesehen hatten, wie sich zehn Millionen Dollar in Luft auflösten.

»Die Sitzung hat fast fünf Stunden gedauert und war mit Sicherheit das Schlimmste, was ich in meinen vierzig Jahren bei Scully erlebt habe«, sagte Jack. »Vier von uns waren dafür, das Geld zu leihen, uns gleich wieder davon zu verabschieden, Giovanna zu retten und uns dann nächste Woche Gedanken darüber zu machen, wie es weitergeht. Die anderen fünf waren nicht umzustimmen. Und natürlich war Morlock ihr Sprachrohr. Es war einfach widerlich. Ich habe heute ein paar Freunde verloren.«

Mitch blieb stehen und sah zu, wie das Hummerboot ablegte. »Ich weiß nicht, was ich sagen soll.«

»Ich freue mich geradezu auf meinen Ruhestand.«

»Wie oft wurde abgestimmt?«

»Ich weiß es nicht mehr, Mitch. Mehrmals. Aber das Ergebnis bleibt gleich. Ich kann Ihnen keine Namen nennen. Genau genommen ist das alles streng vertraulich. Sie dürften gar nicht wissen, was in der Sitzung passiert ist.«

»Ich weiß, ich weiß. Ich bin einfach nur … fassungslos.«

»Sie haben Ihr Bestes getan, Mitch.«

»Und es gibt keinen Weg, das Leitungsgremium zu umgehen?«

»Sie kennen unsere Satzung. Jeder Partner kennt sie. Wir könnten eine Abwahl erzwingen, das Gremium auflösen und so weiter, neue Mitglieder ernennen, wenn wir jemanden fänden, der sich ins Gremium wählen lässt. Aber Sie können mir glauben, dass kein einziger Anwalt von Scully dazu bereit ist, wenn dieses Thema auf dem Tisch liegt.«

»Und was passiert nächste Woche, wenn Giovanna ermordet wird und die ganze Welt das Video davon zu sehen bekommt?«

»Das Übliche. Schuld sind dann natürlich die anderen. Die Terroristen, die Türken, die Außenministerien. Niemand wird je erfahren, dass wir diese Tragödie mit der Zahlung eines Lösegelds hätten verhindern können. Es wird nicht öffentlich gemacht werden. Mit der Zeit werden die Kollegen über den Verlust unserer Mitarbeiterin hinwegkommen. Es gibt jede Menge junge Anwälte, Mitch, Giovanna war nur eine von vielen. Alle sind ersetzbar.«

»Das ist doch krank.«

»Ich weiß. Die Kanzlei widert mich an.«

»Ich glaube, Sie sollten Luca anrufen.«

»Das überlasse ich Ihnen, Mitch. Sie stehen Luca näher als jeder andere.«

»Nein, Jack, tut mir leid. Sie sind der geschäftsführende Partner, und es ist Ihr Gremium. Aber Sie sollten nicht Luca, sondern Roberto anrufen.«

»Mitch, ich kann das nicht. Bitte.«

35

Als Mitch zum Pool zurückkam, sah Abby ihm an, dass das Gespräch nicht gut verlaufen war. Wer auch immer am anderen Ende gewesen war, er hatte schlechte Nachrichten übermittelt. Mitch setzte ein gezwungenes Grinsen auf, als Carter versuchte, ihn mit Wasser zu bespritzen. Harold war gerade dabei, Barry zum x-ten Mal davon zu erzählen, wie er in einem Fluss in Oregon Lachse gefangen hatte.

»Alles okay?«, flüsterte Abby.

»Bestens.« Was natürlich bedeutete, dass gerade etwas den Bach runtergegangen war.

»Wollen die Jungs vielleicht Boot fahren?«, rief Tanner.

»Wir machen jeden Nachmittag, wenn das Meer ruhiger wird, eine kleine Bootsfahrt«, erzählte Maxine, während die Zwillinge aus dem Pool kletterten und nach ihren Handtüchern griffen.

»Ist bestimmt lustig«, brachte Mitch heraus. Im Moment konnte er sich absolut nichts vorstellen, was ihm Spaß machen würde.

»Geht ihr beide mit. Wir sehen von der Veranda aus zu«, sagte Maxine.

Tanner war bereits am Steg und überprüfte den Motor des Boots. Die Zwillinge sprangen an Bord, ohne die Trittleiter zu benutzen. Mitch und Abby waren vorsichtiger. Auf dem Wasser war es kühler, und die Jungen begannen zu frieren. Abby legte ihnen dicke Handtücher um die Schultern, dann gingen die beiden zu ihren Lieblingsplätzen auf Kissen im Bug, während sich ihre Eltern in Deckstühle aus Leder setzten. Mitch versuchte, sich zu entspannen, und sagte zu Tanner: »Das Boot ist nicht schlecht, Tanner. Komplett aus Holz?«

»Ein Klassiker. Es wurde hier in Maine von einem bekannten Bootsbauer namens Ralph Stanley gebaut. Elf Meter lang. Eine echte Schönheit. Allerdings so langsam wie eine Schnecke.«

»Egal.«

Bevor sie ablegten, sagte Tanner: »An einem Freitagnachmittag sind Drinks zwingend vorgeschrieben.«

»Weißwein, bitte«, erwiderte Abby.

»Einen doppelten Bourbon«, sagte Mitch. Tanner nickte und ging in die Kajüte.

»Ein doppelter Bourbon?«, wunderte sich Abby mit hochgezogenen Augenbrauen.

»Das vorhin war Jack Ruch. Das Leitungsgremium hat heute fünf Stunden getagt und entschieden, keinen Kredit aufzunehmen. Der Topf mit dem Lösegeld ist leer. Zehn Millionen sind futsch, jetzt ist nichts mehr da. Und Giovanna ist ihrer Hinrichtung einen Schritt näher gekommen.«

Abby fiel die Kinnlade herunter, doch sie sagte nichts. Stattdessen starrte sie wortlos auf das Meer hinaus.

»Jack hat sich fürchterlich aufgeregt und gesagt, dass er heute ein paar Freunde verloren hat.«

»Das ist furchtbar …«

»Allerdings.«

»Hat er es Luca gesagt?«

»Noch nicht«, erwiderte Mitch. »Willst du ihn anrufen?«

»Ich glaube nicht. Warum?«

Carter hüpfte um die Kajüte herum, verschwand darin, als würde sie ihm gehören, und kam mit zwei kleinen Tüten Popcorn wieder heraus. Er lächelte seinen Eltern zu, bot ihnen aber nichts von dem Snack an. Dann war er weg.

»Die beiden sind außer Rand und Band«, stellte Mitch fest.

»Stimmt. Ich glaube nicht, dass meine Eltern sehr streng mit ihnen sind.«

»Sind wir es denn? Mir tun ihre Lehrer leid, wenn die beiden wieder in die Schule müssen.«

»Wann wird das sein?«

Mitch überlegte. »Noch eine Woche. Können deine Eltern damit leben?«

»Wird schon gehen.«

Tanner servierte die Drinks, auf einem richtigen Tablett. Er stellte ihnen die Gläser hin und rief den Jungen etwas zu. Dann legte er ab. Mitch und Abby, die mit Blickrichtung auf das Heck saßen, sahen zu, wie Wicklow immer kleiner wurde. Das Brummen des Motors dämpfte ihre Stimmen.

»Warum soll ich Luca anrufen, Mitch?«, fragte Abby.

»Weil die anderen alle Feiglinge sind. Sie beschäftigen sich mehr damit, ihr Vermögen zu schützen, als damit, Giovanna zu retten. Wenn sie an ihrer Stelle wären, würden sie sagen, verdammt noch mal, ja, leiht euch das Geld und holt mich hier raus. Über einen längeren Zeitraum hinweg kann die Kanzlei den Verlust verkraften. Aber sie sitzen in ihren schönen Büros in Manhattan und haben Angst, dass ihnen jemand ihr Geld wegnimmt.«

»Wie viel Umsatz hat die Kanzlei letztes Jahr gemacht?«

»Über zwei Milliarden Dollar.«

»Und dieses Jahr? Mehr?«

»Ja, es ist immer mehr.«

»Ich verstehe das nicht!«

»Ich hatte elf gute Jahre bei Scully, und bis jetzt habe ich kein einziges Mal daran gedacht, die Kanzlei zu verlassen.«

Tanner schob den Gashebel ein Stück nach vorn, und das Kielwasser wurde breiter. Sie näherten sich einer kleinen Bucht, die in der Nähe des Atlantiks lag. Das Wasser war dunkelblau und ruhig, doch hin und wieder schickte eine Welle Gischt über das Boot und kühlte alle ab. Mitch streckte die linke Hand aus und nahm Abbys rechte. Mit der freien Hand trank er einen Schluck Bourbon und genoss das leichte Brennen in seinem Mund und dann in seinem Hals. Er rührte Hochprozentiges nur selten an, doch im Moment wirkte es beruhigend.

»Ich wette, du hast einen Plan«, sagte Abby.

»Ach, ich habe eine Menge Pläne, aber keiner funktioniert. Für so etwas gibt es kein Handbuch. Wir tappen alle im Dunkeln.«

»Glaubst du wirklich, dass sie Giovanna etwas antun werden?«

»Ja, definitiv. Diese Leute sind unglaublich brutal, und sie wollen Aufmerksamkeit. Denk nur an die Videos. Wenn sie Giovanna hinrichten, werden wir es mit Sicherheit zu sehen bekommen.«

Abby schüttelte deprimiert den Kopf. »Ich muss die ganze Zeit an sie denken. Ich lebe in einer sicheren Welt, mit meiner Familie und meinen Freunden. Ich gehe, wohin ich will, tue, was ich will, während Giovanna irgendwo in einem dunklen Verschlag hockt und betet, dass wir sie da rausholen.«

»Ich mache mir immer noch Vorwürfe. Die Fahrt zur Brücke hätte sicher irgendetwas gebracht, aber sie war nicht entscheidend. Ich konnte es nicht erwarten hinzufahren, für mich war es ein Abenteuer.«

»Aber Luca hat doch darauf bestanden.«

»Er hat mich richtiggehend dazu gedrängt, aber ich hätte ablehnen oder den Trip auf ein anderes Mal verschieben können. Ob ich die Brücke nun mit eigenen Augen sehe oder nicht, hätte keinerlei Einfluss auf unsere Arbeit für Lannak gehabt.«

»Mitch, du darfst dich nicht so quälen. Damit verschwendest du nur Energie. Du hast dringendere Probleme.«

»Was du nicht sagst.«

Barry schwänzte das Abendessen mit seinen Hausgästen. Anscheinend fand in einer anderen Villa die Straße hinunter eine rauschende Party statt, alte Bekannte aus Boston, die gerade auf der Insel waren und ihre Freunde für eine lange Nacht zusammengetrommelt hatten. Tanner fuhr ihn hin und würde ihn Stunden später, wenn die letzten Zigarren geraucht waren und der Brandy alle war, wieder abholen. Tanners Arbeitstage waren lang, doch Harold zufolge, der keinerlei Hemmungen hatte, sich in das Privatleben anderer einzumischen, war im Winter und im Frühling weniger los, sodass die Angestellten ihre Überstunden abbauen konnten. Wenn die Sommerhäuser benutzt wurden, in der Regel von Mai bis Oktober, kamen die Besitzer und deren Gäste in Wellen, und Achtzehn-Stunden-Schichten waren keine Seltenheit.

Auch Miss Emma schien rund um die Uhr in der Küche zu stehen. Sie schlug vor, das Abendessen draußen auf der Veranda einzunehmen, damit sie den Sonnenuntergang bewundern konnten. Sie und Miss Angie servierten Makkaroni mit Käse und Hummer, dazu Gemüse aus dem Garten.

Zum Glück war Hoppy zum Reden aufgelegt und bestritt den größten Teil des Gesprächs allein. Maxie sagte hin und wieder auch etwas, und Abby gab sich alle Mühe, der Jungen wegen für gute Stimmung zu sorgen. Mitch war schlecht drauf und mit seinen Gedanken woanders. Die ganze Familie war aus ihrem Alltag gerissen worden, und das ging jetzt schon eine Woche so. Mitch verbrachte seine gesamte Zeit in Flugzeugen und wirkte gestresst. Abby vernachlässigte ihren Job. Hoppy und Maxie, die eigentlich mit Freunden zusammen in Utah sein sollten, hatten Islesboro satt. Und niemand konnte ihnen sagen, wann ihr kleiner Abstecher nach Maine zu Ende sein würde.

Ein positiver Nebeneffekt des Ganzen war jedoch, dass Mitch nett zu seinen Schwiegereltern war. Er war ihnen wirklich sehr dankbar dafür, dass sie so kurzfristig eingesprungen waren.

Unmittelbar nach dem Essen zogen sich die Sutherlands in ihre Suite zurück und verriegelten die Tür. Sie wollten endlich einmal einen ruhigen Abend haben, ohne die Kinder. Die McDeeres setzten sich in eines der Wohnzimmer, um zusammen Filme zu schauen. Im Kamin prasselte ein kleines Feuer. Clark suchte sich sofort einen Platz zwischen seinen Eltern auf dem Sofa und kuschelte sich an seine Mutter. Der erste Film war *Shrek*, aber da sie ihn schon oft gesehen hatten, langweilte er sie bald. Sie konnten sich nicht auf den nächsten einigen, bis Abby einen alten Klassiker vorschlug: *E.T.* Sie und Mitch hatten ihn in dem Jahr gesehen, in dem er in die Kinos gekommen war, 1982, bei ihrem zweiten Date. Die Zwillinge protestierten zuerst, vermutlich weil es ein alter Film war, aber nach zehn Minuten starrten sie fasziniert auf den Bildschirm. Carter sagte, ihm sei kalt, und kroch zu ihnen unter die Decke. Es dauerte nicht lange, und Mitch döste ein. Als er irgendwann wieder wach wurde, warf er einen Blick auf seine Frau.

Ihr fielen ebenfalls die Augen zu.

Abby und Mitch waren am Ende ihrer Kräfte, doch gegen den Stress konnte selbst die Müdigkeit nicht viel ausrichten. Sie wechselten sich ab und nickten immer wieder kurz ein, bis die Jungen Hunger bekamen, wie immer. Mitch ging in die Küche und suchte nach Popcorn.

36

Als Tanner am Samstag bei Tagesanbruch zur Arbeit erschien, traf er auf Mitch, der am Frühstückstisch saß und auf die Tastatur seines Laptops einhämmerte. Überall lagen Notizblöcke und Memos herum. »Ich wollte mir einen Kaffee machen, weiß aber nicht, wie die Maschine funktioniert«, sagte Mitch.

»Ich kümmere mich darum. Brauchen Sie sonst noch etwas?«

»Nein. Ich muss in zwei Stunden weg. Abby wird bis morgen bleiben. Wir hoffen, dass wir die Jungen Ende nächster Woche mitnehmen können, wenn das okay ist. Wir haben das Gefühl, dass wir Ihnen zur Last fallen.«

»Aber nein, überhaupt nicht. Dieses Haus wurde für Gäste gebaut, und Mr. Ruch freut sich, dass Sie hier sind. Sie haben eine sehr nette Familie, Mr. McDeere. Niemand drängt Sie, bald wieder abzureisen. Ich habe den Jungen versprochen, dass wir heute Nachmittag angeln gehen, wenn das Wetter hält.«

»Vielen Dank, Tanner. Die beiden sind Stadtkinder und haben eine tolle Zeit hier, für sie ist das wie Ferien. Sie haben eine Engelsgeduld mit ihnen.«

»Die zwei sind großartig, Mr. McDeere. Wir haben viel Spaß zusammen. Emma kommt gleich und kümmert sich dann um das Frühstück, aber kann ich Ihnen bis dahin etwas bringen?«

»Nein, danke. Nur Kaffee.«

Tanner verschwand in der Küche und fing an, mit Geschirr zu klappern. Mitch machte eine Pause und ging nach draußen, um die kühle Morgenluft zu genießen. Dann begann er zu telefonieren. Der erste Anruf galt Stephen Stodghill, der bereits im Büro war. Mitch wollte, dass zwei Anwaltsassistenten auf Abruf bereitstanden. Jack Ruch war auf dem Weg in die Kanzlei. Cory war zu Hause und schlief noch, besser gesagt, er hatte geschlafen, bis Mitch anrief. In Rom war es früher Nachmittag, und Roberto hatte gerade das Krankenhaus verlassen, in dem Luca eine weitere unruhige Nacht verbracht hatte.

Um sieben kam Abby herein und fragte nach Kaffee. Miss Emma bereitete Omeletts mit Käse für sie zu, dann frühstückten sie allein im Esszimmer. Da jeder Tag unvorhersehbar verlief, erschwerte das die Planung, die aber trotzdem sein musste. Mitch würde in einer halben Stunde nach New York und von dort nach Rom fliegen. Abby würde am Sonntagmorgen in die Stadt zurückkehren, um genau zwölf Uhr in ihrer Wohnung sein und das verdammte Jakl anstarren. Sie rechneten mit einem Anruf von Noura, die fragen würde: »Haben Sie das Geld?«

»Ja. Und jetzt?«, würde die Antwort lauten.

Mitch duschte und warf einen Blick in das Zimmer der Jungen. Am liebsten hätte er sie aufgeweckt und wäre mit ihnen nach draußen gegangen, um Baseball zu spielen. Doch das würde warten müssen, hoffentlich nur noch ein paar Tage.

Am Flughafen von Islesboro wartete eine King Air auf ihn.

Bei Lannaks Rechtsstreit gegen die Republik Libyen ging es um unbezahlte Rechnungen in Höhe von vierhundertzehn Millionen Dollar zuzüglich zweiundfünfzig Millionen Dollar für aufgelaufene Zinsen. Nach den Morden und der Entführung hatte Mitch die Klage um eine Entschädigung in Höhe von fünfzig Millionen Dollar erweitert. Diese Summe hatte er willkürlich festgelegt, sie war der »weiche« Teil ihrer Forderung. Auch die täglich anfallenden Zinsen waren eine variable Summe. Die ursprüngliche Forderung, vierhundertzehn Millionen Dollar, setzte sich zur

Hälfte aus Beträgen zusammen, die, zumindest seiner Ansicht nach, unstrittig waren. Dazu gehörten »harte« Kosten für Arbeit, Material, Zement, Stahl, Ausrüstung, Transport, Beratung und so weiter. Diese Kosten waren vom ersten Tag an für das Projekt kalkuliert worden und auch tatsächlich angefallen, sie hatten nichts mit den Streitigkeiten über Änderungsaufträge und Konstruktionsmängel zu tun.

Während der vielen Stunden in diversen Flugzeugen hatten Mitch und Stephen jede Rechnung und jeden Arbeitszeitnachweis überprüft. Dann hatten sie eine vierseitige Zusammenfassung aller von Lannak bezahlten Ausgaben erstellt, die unstrittig waren. Zum Spaß hatten sie darübergeschrieben: Dossier GGBN84. Great Gaddafi Bridge ins Nichts. Clarks Baseball-Trikot trug die Nummer acht. Carter war die Nummer vier.

In Jacks Konferenzraum ließ Stephen den letzten Entwurf des Dossiers herumgehen, während Mitch am Fenster stand. Jack, Cory und Darian sahen sich das Schriftstück an. Draußen im Gang saßen zwei Anwaltsassistenten und warteten auf Anweisungen. Es war 11.45 Uhr an einem schönen Samstagmorgen Ende Mai.

»Wir sind alle Zahlen durchgegangen, damit Sie das nicht tun müssen«, sagte Mitch. »Auf Seite vier unten steht die Gesamtsumme. Wir können geltend machen, dass es unbezahlte Rechnungen in Höhe von mindestens einhundertsiebzig Millionen Dollar gibt, die unstrittig sind. Natürlich sind wir der Ansicht, dass Lannak mindestens eine halbe Milliarde zusteht, und ich bin zuversichtlich, dass ich das in Genf beweisen kann, aber das soll hier nicht weiter vertieft werden.«

»Also ein Teilvergleich?«, fragte Jack.

»Genau. Wir legen das den Libyern vor, heute noch, und verlangen die Zahlung. Und wir machen ihnen klar, dass ein umgehend geschlossener Vergleich möglicherweise zur Freilassung von Giovanna Sandroni beitragen würde.«

Niemand der Anwesenden schien sonderlich beeindruckt zu sein.

Jack legte seine Kopie des Dossiers weg und rieb sich die Augen. »Ich verstehe das nicht. Sie verlangen von den Libyern, dass sie einhundertsiebzig Millionen an Lannak zahlen, damit wir das Lösegeld zahlen können?«

»Nein. Wir verlangen von den Libyern, dass sie diese Summe zahlen, weil sie diese Summe schuldig sind.«

»Verstanden. Aber was ist mit Lannak? Werden sie uns einen Haufen Geld geben, weil sie so herzensgut sind?«

»Nein. Ehrlich gesagt, weiß ich nicht, was sie tun werden, aber sie werden etwas zu dem Lösegeldfonds beisteuern.«

»Darf ich fragen, wer zum jetzigen Zeitpunkt noch zu dem Fonds beiträgt?«, warf Darian ein. »Wir haben zehn Millionen gezahlt, dann wären es noch neunzig Millionen, richtig?«

»Richtig«, erwiderte Mitch. Er sah Jack an, der seinem Blick auswich. Weder Darian noch Cory wusste, dass die Kanzlei Scully & Pershing eine weitere Beteiligung an dem Lösegeldfonds abgelehnt hatte.

»Darian, es bewegt sich gerade vieles«, fuhr Mitch fort. »Wir üben weiter Druck in diplomatischen Kreisen aus, in Rom und in London.«

»Mit welchem Ziel?«

»Mit dem Ziel, beiden Regierungen so viel Geld aus den Rippen zu leiern, dass die Ermordung einer im Fokus der Öffentlichkeit stehenden Geisel verhindert wird. Wir haben gerade erfahren, dass die Briten letztes Jahr etwa zehn Millionen Pfund bezahlt haben, um eine Krankenschwester aus Afghanistan herauszuholen. Das ist in Großbritannien eigentlich rechtswidrig, aber manchmal verhindern Gesetze, dass Leben gerettet werden. Wir haben die Briten und die Italiener um jeweils fünfundzwanzig Millionen gebeten, und wir wissen, dass beide Anfragen vom Premierminister und dem Ministerpräsidenten geprüft werden.«

»Was ist mit der Versicherung? Das wären dann noch einmal fünfundzwanzig Millionen, richtig?«

»Falsch«, sagte Jack. »Die Versicherungsgesellschaft hat die Deckung abgelehnt. Wir werden klagen, aber das dürfte ein paar Jahre dauern. Wir haben vier Tage.«

Cory warf Mitch einen verwunderten Blick zu und fragte: »Woher wissen Sie das mit der Krankenschwester in Afghanistan?«

»Wir haben unsere Quellen. Die Information kommt direkt aus Washington.«

»Können wir uns später darüber unterhalten?«

»Vielleicht. Wenn noch Zeit ist. Im Moment hat es keine Priorität.«

Cory wirkte nachdenklich. Die Sache mit der Krankenschwester war eine Geheiminformation, von der er wissen sollte, nicht die Anwälte von Scully & Pershing.

»Sonst noch etwas?«, fragte Mitch. »Ich habe vor, das Dossier an Roberto in Rom und Riley in London zu schicken und den Druck auf die libyschen Botschaften dort zu erhöhen.«

Jack schüttelte den Kopf. »Mitch, das ist ziemlich aussichtslos.«

»Natürlich ist es ziemlich aussichtslos und höchst unwahrscheinlich und so weiter. Ich hab's verstanden! Hat jemand eine bessere Idee?« Mitch bereute seinen scharfen Ton sofort. Er redete schließlich mit dem Mann, der geschäftsführender Partner der Kanzlei war. Jedenfalls im Moment noch.

»Tut mir leid«, sagte Jack wie ein wahrer Freund. »Ich bin dabei.«

Die Besprechung verlagerte sich vom Konferenzraum der Kanzlei in die Kabine einer Gulfstream G450, die am Teterboro Airport in New Jersey geparkt war. Nachdem sie die Sicherheitsgurte angelegt hatten – dasselbe Team ohne die Anwaltsassistenten –, nahm die Flugbegleiterin ihre Getränkebestellung entgegen und sagte, dass sie in sieben Stunden in Rom landen würden. Das Mittagessen werde serviert, sobald sie die Flughöhe erreicht hätten. Handys und WLAN funktionierten. In der hinteren Kabine gebe es zwei Sofas, falls jemand schlafen wolle.

Kurz nach neunzehn Uhr betrat Roberto Maggi im Südwesten Roms das Caffè dei Fiori im Stadtteil Aventine. Diego Antonelli wohnte um die Ecke und hatte zugestimmt, sich kurz auf ein Glas Wein mit ihm zu treffen. Er und seine Frau hatten etwas später eine Reservierung fürs Abendessen, und er zeigte ganz offen, dass er verärgert darüber war, an einem Samstag belästigt zu werden. Doch auch wenn er sich gestört fühlte, war ihm sehr wohl bewusst, dass es ernst war. Die Regierung, in deren Diensten er stand, wurde mit Ereignissen konfrontiert, über die sie keine Kontrolle hatte. Sie war verpflichtet, eine italienische Staatsbürgerin zu beschützen, die als Geisel gehalten wurde, durfte aber keine Details über die Gefangenschaft und eine mögliche Freilassung wissen. Sie konnte nicht verhandeln. Sie konnte keine Rettungsaktion in Erwägung ziehen. Nur die Amerikaner hatten Kontakt zu den Entführern, und das sorgte bei der italienischen Regierung inzwischen für heftige Irritationen.

Sie setzten sich an einen kleinen Tisch in der Ecke und bestellten zwei Gläser Chianti. »Die Sache mit Carlotti ist vom Tisch«, sagte Roberto als Erstes.

»Es freut mich, das zu hören. Was ist passiert?«

»Carlotti hat kalte Füße bekommen. Seine Anwälte haben ihn davon überzeugt, dass er zu viel riskiert, wenn er versucht, unsere Gesetze zu umgehen. Natürlich will er Luca helfen, aber er will auch keinen Ärger. Zudem ist die amerikanische Seite meiner Kanzlei nervös geworden. Es gibt da ein paar unangenehme Staatsanwälte in New York, die alles dafür geben würden, eine Großkanzlei dabei zu erwischen, wie sie sich die Hände schmutzig macht.«

Antonelli nickte, als würde er sich mit den Beweggründen amerikanischer Staatsanwälte auskennen. Der Wein wurde serviert, sie stießen miteinander an und tranken einen Schluck.

»Da wäre noch etwas«, fuhr Roberto fort.

»Das sagten Sie bereits.« Antonelli sah auf die Uhr. Er war noch keine zehn Minuten da und wollte schon wieder gehen.

»Lannak, der türkische Bauunternehmer, ist unser Mandant.«

»Ja, ja. Ich kenne die Akte. Das Verfahren bei der Schiedskommission. Ich bin mit Luca in Kontakt.«

»Wir wollen die Klage durch einen Teilvergleich beilegen, und das möglichst schnell. Ein Teil des Geldes soll als Lösegeld verwendet werden. Wir möchten, dass sich Ihr Chef so schnell wie möglich mit dem libyschen Botschafter trifft und ihn dazu drängt, Tripolis dazu zu überreden, einem Vergleich zuzustimmen.«

»Zeitverschwendung.«

»Vielleicht, aber was wäre, wenn ein Vergleich zur Freilassung der Geisel führt?«

»Ich kann Ihnen nicht ganz folgen.«

»Geld. Wir nehmen einen Teil davon und werfen ihn in den Topf für das Lösegeld.« Roberto holte einen großen braunen Umschlag aus seinem Aktenkoffer und schob ihn über den Tisch. »Lesen Sie das, dann werden Sie verstehen.«

Antonelli nahm den Umschlag ohne großes Interesse entgegen und trank noch einen Schluck Wein. »Ich werde ihn meinem Chef geben«, sagte er dann.

»Je schneller, desto besser. Es ist sehr dringend.«

»Das habe ich auch schon gehört.«

37

Es war nach drei Uhr am Sonntagmorgen, als die beiden kleinen Shuttlebusse mit dem Scully-Team vor dem Hotel Hassler im Stadtzentrum Roms anhielten. Die müden Reisenden beeilten sich, auszusteigen, einzuchecken und auf ihre Zimmer zu gehen. Mitch war schon einmal hier gewesen und wusste, dass das Hotel am oberen Ende der Spanischen Treppe lag. Sein Zimmer ging nach Osten, und bevor er sich ein paar Stunden Schlaf genehmigte, zog er die Vorhänge zurück und warf einen Blick auf den Brunnen und die Piazza am Fuß der berühmten Treppe. Abby fehlte ihm, und er wünschte, sie hätten den Abend zusammen verbringen können.

Der Tag würde lang und anstrengend werden. Schlaf konnte warten. Das Team traf sich um neun Uhr zum Frühstück in einem privaten Speiseraum. Roberto Maggi gesellte sich zu ihnen und berichtete, dass Luca vorhabe, das Krankenhaus auf eigene Verantwortung zu verlassen und nach Hause zu gehen. Es war unklar, was seine Ärzte davon hielten. Die gute Nachricht des Morgens war ein Anruf von Diego Antonelli vor einer Stunde, der berichtet hatte, der Ministerpräsident persönlich habe mit dem libyschen Botschafter in Italien gesprochen und die Notwendigkeit eines schnellen Vergleichs in der Klage hervorgehoben.

Über das Wochenende hatte Roberto mehrmals mit Denys Tullos telefoniert, dem Chefsyndikus der Familie Celik in Istanbul. Tullos hatte die vielversprechende Neuigkeit weitergegeben, dass der stellvertretende Außenminister der Türkei gestern mit dem libyschen Botschafter in der Türkei beim Abendessen gewesen sei. Das vorrangige Gesprächsthema sei Lannak gewesen.

Demnach wurde also auf die libyschen Botschafter in Italien, der Türkei und Großbritannien auf unterschiedliche Weise Druck ausgeübt, um einen Vergleich zu beschleunigen. Welche Wirkung das in Tripolis haben würde, war völlig offen. Roberto, der mehr Erfahrung in Libyen hatte als alle anderen im Raum, sah selbst für den geringsten Optimismus keinen Grund.

Bis auf Mitch und Jack wusste keiner der Anwesenden, wie viel – oder wie wenig – Geld sich tatsächlich im Topf für das Lösegeld befand. Beide hatten den Eindruck, dass Cory und Darian der Meinung waren, die Kanzlei würde trotz ihrer erheblichen finanziellen Mittel nicht genug unternehmen. Wenn sie nur wüssten … Natürlich würden sie es nie erfahren. Auf der anderen Seite des Atlantiks, im hinteren Teil des Jets, hatte Mitch Jack gefragt, ob er es für möglich halte, das Leitungsgremium zusammenzurufen und noch einmal um Geld zu betteln. Jack hatte mit Nein geantwortet. Jedenfalls nicht zum jetzigen Zeitpunkt.

Als Abby in den Fahrstuhl zu ihrer Wohnung stieg, versuchte sie, ihre Frustration über bewaffnete Sicherheitsleute, schwarze SUVs und den ganzen dummen Spionagekram zu ignorieren. Sie wollte, dass ihr Mann nach Hause kam und die Jungen wieder zur Schule gingen. Sie wollte Normalität.

Und sie wollte das Jakl nehmen und aus dem Fenster auf die Columbus Avenue werfen, damit es dort in tausend Stücke zersprang und sie nie wieder orten konnte. Stattdessen legte sie das Handy auf den Küchentisch. Dann machte sie sich einen Kaffee und versuchte, das Telefon zu ignorieren.

Um 12.05 Uhr, wie von Mitch vorhergesagt, rief Noura an. Zum ersten Mal war sie ein bisschen netter. »Wie war Ihre Reise?«

»Schön.«

»Heute ist Sonntag. Zwölf Uhr. Die Frist läuft am Mittwoch um siebzehn Uhr New Yorker Zeit ab.«

»Wenn Sie es sagen. Ich kann Ihnen da nicht widersprechen.«

»Haben Sie das Geld?«

Die Antwort hatten sie ein Dutzend Mal geübt. Es war unmöglich, Noura schlüssig zu erklären, welche Anstrengungen sie unternahmen, um in einer solchen Zwangslage einhundert Millionen Dollar aufzubringen. Sie und ihre Mitrevolutionäre waren vermutlich naiv genug zu glauben, dass eine Großkanzlei wie Scully & Pershing einfach einen Scheck ausstellen würde, um alles gut ausgehen zu lassen. Sie hatten recht, irrten sich aber.

»Ja.«

Eine Pause in der Leitung, als würde Noura am anderen Ende aufatmen. An Abbys Ende gab es nur Angst und Schrecken.

»Gut. Ich habe ein paar Anweisungen für Sie. Hören Sie bitte gut zu. Sie werden heute Abend nach Marrakesch in Marokko reisen.«

Abby hätte fast das Handy fallen lassen. Stattdessen starrte sie es nur an. Sie war jetzt seit einer Stunde wieder zu Hause. Ihre Familie war überall verstreut. Ihr Job wurde vernachlässigt. Ihre Welt war auf den Kopf gestellt worden, und den nächsten Tag in einem Flugzeug nach Nordafrika zu verbringen, war das Letzte, was sie wollte. »In Ordnung«, murmelte sie. Zum x-ten Mal fragte sie sich: Wie bin ich nur in diese Sache hineingeraten?

»Der British-Airways-Flug mit der Flugnummer 55 geht heute Abend um 17.10 Uhr vom JFK ab. Es gibt noch freie Plätze in der Businessclass, aber buchen Sie jetzt gleich einen. In Gatwick in London haben Sie drei Stunden Aufenthalt, dann bringt Sie ein Nonstop-Flug nach Marrakesch. Sie werden die ganze Zeit beobachtet, aber Sie werden nicht in Gefahr sein. In Marrakesch nehmen Sie ein Taxi in das Hotel La Maison Arabe. Wenn Sie dort sind, warten Sie auf weitere Anweisungen. Haben Sie noch Fragen?«

Nur ein paar Tausend. »Äh, ja, aber geben Sie mir eine Minute.«

»Sind Sie schon einmal in Marrakesch gewesen?«

»Nein.«

»Es soll sehr nett sein. So dekadent, so beliebt bei euch.«

Wer auch immer »euch« waren, es war klar, dass Noura nichts von ihnen hielt. Westler.

Vor zwei Jahren hatte Abby versucht, ein Kochbuch von einem marokkanischen Gastronomen aus Casablanca herauszubringen. Er hatte ein kleines Restaurant in der Lower East Side, und sie und Mitch hatten zweimal dort gegessen. Es war laut und chaotisch und immer brechend voll mit Marokkanern, die an langen Tischen zusammensaßen und Fremde herzlich willkommen hießen. Die Menschen liebten ihr Land, ihre Kultur, ihr Essen und erzählten von ihrem Heimweh. Sie und Mitch hatten überlegt, dort den Urlaub zu verbringen. Sie hatten genug über Marokko gelesen, um zu wissen, dass es eine beeindruckende Geschichte und Kultur besaß und viele Touristen anzog, die meisten davon aus Europa.

»Ich bin sicher, dass dieses Handy auch in Marokko funktionieren wird«, sagte Abby

»Ja, natürlich. Behalten Sie es immer bei sich.«

»Und ich muss jetzt gleich abreisen?«

»Ja. Das Ultimatum endet am Mittwoch.«

»Das höre ich nicht zum ersten Mal. Brauche ich ein Visum?«

»Nein. Im Hotel ist bereits ein Zimmer für Sie reserviert. Erzählen Sie niemandem davon, nur Ihrem Mann. Verstanden?«

»Ja, ja, natürlich.«

»Sie müssen unbedingt allein reisen. Wir werden Sie überwachen.«

»Verstanden.«

»Ich hoffe, Sie wissen, dass es sich um eine äußerst gefährliche Situation handelt. Nicht für Sie, aber für die Geisel. Wenn etwas schiefgeht oder jemand einen Befreiungsversuch unternimmt, wird sie sofort erschossen. Ist Ihnen das klar?«

»Natürlich.«

»Wir werden Sie die ganze Zeit überwachen. Eine falsche Entscheidung, und es wird fatale Folgen für die Geisel haben.«

»Verstanden.«

Abby schloss die Augen. Sie versuchte, ihre zitternden Hände zu beruhigen und tief durchzuatmen. Unzählige Gedanken schossen ihr durch den Kopf. Ihre Söhne: Es spielte keine Rolle, ob sie in New York oder außer Landes war, die Jungen waren in Sicherheit. Mitch: Sie machte sich keine Sorgen um ihn, aber was wäre, wenn er etwas dagegen hatte, dass sie nach Marokko flog? Ein Nein würde sie nicht davon abbringen. Ihr Job: Morgen war Montag, und sie hatte für die ganze Woche einen vollen Terminkalender, wie immer. Der Austausch: Was würde geschehen, wenn Scully das Geld nicht rechtzeitig zusammenbekam? Sie hatte gelogen und gesagt, das Lösegeld stehe bereit, aber sie hatte keine andere Wahl gehabt.

Und Giovanna: Im Grunde genommen war nur »die Geisel« wichtig, sonst nichts.

Sie rief Mitch auf dem grünen Handy an, konnte ihn aber nicht erreichen.

Abby klappte den Laptop auf und buchte den Flug; One-Way, weil sie keine Ahnung hatte, wann sie zurückkommen würde.

Luca verließ die Gemelli-Klinik gegen den Willen seiner Ärzte und machte es sich auf dem Beifahrersitz bequem, während sich Bella durch den römischen Verkehr kämpfte. Als sie zu Hause waren, aß er mit ihr einen Caprese-Salat auf der Terrasse im Schatten eines großen Sonnenschirms. Er bat sie, Roberto anzurufen und in die Villa einzuladen, zusammen mit Mitch und Jack Ruch.

Nach einem Nickerchen kehrte Luca auf die Terrasse zurück und begrüßte seine Kollegen aus New York. Er wollte Details – jede Besprechung, jeden Telefonanruf, die Sitzung der Seniorpartner. Er war wütend darüber, dass die Italiener sich so viel Zeit ließen. Den Briten hatte er nie richtig getraut. Und er war immer noch der Meinung, dass Lannak einen Teil des Lösegelds beisteuern würde.

Als irgendwann klar wurde, dass Jack nicht die Absicht hatte, die schlechte Nachricht zu überbringen, sagte Mitch zu Luca, Scully & Pershing habe es abgelehnt, einen Kredit für das Lösegeld aufzunehmen.

»Luca, ich muss Ihnen leider mitteilen, dass die Partner kein Risiko eingehen wollen und Nein gesagt haben.«

Luca schloss die Augen und schwieg lange. Dann trank er einen Schluck Wasser und sagte mit leiser, heiserer Stimme: »Ich hoffe, ich lebe noch lange genug, um meine Tochter wiederzusehen. Und ich hoffe, ich lebe noch lange genug, um meinen geschätzten Kollegen ins Gesicht zu sagen, dass sie alle Feiglinge sind.«

38

Der vierzigste Tag. Oder war es der einundvierzigste? Sie war
sich nicht mehr sicher, weil es kein Tageslicht gab, nur Dunkelheit. Nichts, woran sie sich orientieren konnte. Wenn sie verlegt
wurde, verband man ihr die Augen, und sie sah nur Dunkelheit.
Sie wurde ständig verlegt, von einem kleinen Unterstand, in dem
es nach Nutztieren roch, in eine Höhle, deren Boden mit Sand
bedeckt war, dann in den abgedunkelten Raum eines Hauses, das,
den Geräuschen nach zu urteilen, in einer Stadt lag, anschließend
in einen feuchten Keller, in dem rostiges Wasser auf ihre Prit-
sche tropfte und Schlaf schwierig machte. Sie blieb nie länger
als drei Nächte an einem Ort. Andererseits wusste sie gar nicht,
ob es Tag oder Nacht war. Sie aß, wenn jemand Obst, Brot und
warmes Wasser brachte, doch es war nie genug. Sie bekam Toi-
lettenpapier und Binden, aber sie hatte noch kein einziges Mal
geduscht oder gebadet. Ihre langen Haare waren verfilzt und
starrten vor Schmutz. Wenn sie etwas gegessen hatte und wusste,
dass man sie ein paar Stunden lang nicht behelligen würde, zog
sie sich aus und versuchte, ihre Unterwäsche mit etwas Wasser zu
säubern. Sie schlief lange, trotz des ständig tropfenden Wassers.

Ihre Aufpasserin war ein junges Mädchen, vermutlich noch
ein Teenager, das nie sprach oder lächelte und versuchte, jeden
Blickkontakt zu vermeiden. Sie war verschleiert und trug immer
dasselbe verwaschene Gewand, das an ihr herunterhing wie ein
Bettlaken und auf dem Boden schleifte. Giovanna hatte ihr den
Spitznamen »Gypsy Rose« verpasst, nach der legendären Strip-
perin aus den 1930ern. Sie bezweifelte, dass das Mädchen sich je

vor einem Mann ausgezogen hatte. Wo Giovanna hinging, ging auch Gypsy Rose hin. Sie hatte versucht, sich mit ihr zu unterhalten, doch man hatte dem Mädchen offensichtlich eingetrichtert, nicht mit der Gefangenen zu reden. Wenn sie verlegt werden sollte, tauchte Gypsy Rose mit einem Paar überdimensionaler Handschellen, einer Augenbinde und einem großen schwarzen Tuch auf. Das Gesicht eines Mannes hatte Giovanna seit den ersten Tagen ihrer Gefangenschaft nicht mehr gesehen. Hin und wieder hörte sie leise Stimmen vor ihrer Tür, doch sie verschwanden gleich wieder.

Sie musste an den Fall Gibbons denken, von dem sie während des Jurastudiums gehört hatte. Gibbons hatte zwanzig Jahre lang im Todestrakt einer Strafanstalt gesessen, in einer zweieinhalb mal drei Meter großen Zelle, aus der er nur einmal am Tag für eine Stunde Hofgang herauskam. Er verklagte den Bundesstaat mit der Begründung, dass Einzelhaft gegen den Achten Verfassungszusatz verstieß, der eine grausame oder ungewöhnliche Bestrafung verbietet. Als der Oberste Gerichtshof der Vereinigten Staaten sich bereit erklärte, die Sache anzuhören und zu verhandeln, löste das eine Welle der Aufmerksamkeit aus, vor allem wegen der vielen Tausend Gefangenen, die in Einzelhaft saßen. Alle hatten etwas dazu sagen: Anwälte von Häftlingen in Todestrakten, Psychiater, Psychologen, Soziologen, Juraprofessoren, Bürgerrechtler und Strafvollzugsexperten. So gut wie jeder war der Meinung, dass Einzelhaft eine grausame und ungewöhnliche Bestrafung sei. Der Oberste Gerichtshof sah es anders. Gibbons wurde schließlich mit einer Giftspritze hingerichtet. Der Fall wurde berühmt und in ein Fachbuch über Verfassungsrecht aufgenommen, das Giovanna während ihres Studiums an der juristischen Fakultät der University of Virginia gekauft und durchgearbeitet hatte.

Nach vierzig oder einundvierzig Tagen Einzelhaft konnte sie alles nachvollziehen. Sie hätte als Sachverständige vor Gericht aussagen und überaus anschaulich erklären können, warum eine solche Unterbringung verfassungswidrig war. Die körperlichen Entbehrungen waren schlimm genug, es fehlte an Essen, Wasser, Seife, Zahnbürsten, Rasierern, Tampons, Bewegung, Büchern, sauberer Kleidung, heißem Wasser. Doch sie hatte sich daran gewöhnt und kam zurecht. Der Umstand, der einen in den Wahnsinn trieb, war der Mangel an menschlichem Kontakt.

Soweit sie sich erinnerte, hatte Gibbons einen Fernseher, ein Radio, Mitgefangene in den Zellen nebenan, Wärter, die dreimal am Tag schlechtes Essen mit einem Nährwert von insgesamt zweitausendzweihundert Kalorien brachten, und jede Menge Bücher und Zeitschriften. Er konnte zweimal in der Woche duschen, bekam uneingeschränkt Besuch von seinem Anwalt und durfte am Wochenende seine Familie sehen. Er wurde trotzdem verrückt, was Arkansas allerdings nicht daran hinderte, ihn hinzurichten.

Wenn sie je wieder freikam, würde sie sich vielleicht überlegen, die Kanzlei zu verlassen und für einen Anwalt zu arbeiten, der sich auf Fälle mit Todesstrafe spezialisiert hatte, oder für eine Organisation, die sich für die Rechte von Strafgefangenen einsetzte. Und sie würde jede Gelegenheit nutzen, vor Gericht oder vielleicht vor Abgeordneten auszusagen und die Schrecken einer Einzelhaft zu schildern.

Gypsy Rose kam mit den Handschellen. Sie hatten es schon so oft gemacht, dass es Routine geworden war. Giovanna runzelte die Stirn, sagte aber nichts. Sie streckte die Arme aus, und Gypsy Rose legte ihr wie ein erfahrener Streifenpolizist die Fesseln an. Giovanna beugte sich vor, um sich die Augen verbinden zu lassen, mit einem dicken Tuch aus Samt, das wie alte Mottenkugeln roch. Ihre Welt wurde wieder schwarz. Gypsy zog ihr die Kapuze über den Kopf und führte sie aus der Zelle. Nach ein paar Schritten wäre Giovanna fast stehen geblieben; jetzt erst wurde ihr bewusst, dass das Mädchen beim Anlegen der Handschellen Tränen in den Augen gehabt hatte. Gypsy Rose zeigte Gefühle. Aber warum? Die entsetzliche Wahrheit war: Nachdem sie so lange für die Geisel gesorgt hatte, war sie ihr ans Herz gewachsen. Doch jetzt war die Gefangenschaft vorbei. Nach vierzig Tagen war der große Moment gekommen. Die Hinrichtung stand bevor.

Sie gingen nach draußen, wo die Luft kühler war. Ein paar Schritte, dann hoben zwei Männer mit starken Händen Giovanna auf die Ladefläche eines Fahrzeugs und setzten sich neben sie. Der Motor wurde angelassen, der Lkw begann zu rollen, und bald rumpelten sie wieder einmal über eine sandige Schotterstraße irgendwo in der Sahara.

Gypsy Rose hatte am Morgen vergessen, ihr die übliche Schale mit Obst zu bringen. Nach einer Stunde begann Giovannas Magen zu knurren. Es gab keine Lüftung auf der Ladefläche des Lkw oder was auch immer es für ein Fahrzeug war. Giovannas Gesicht und Haare tropften vor Schweiß unter dem schweren, dichten Tuch. Manchmal konnte sie kaum noch atmen. Ihr ganzer Körper schwitzte. Ihre Entführer verströmten einen stechenden Körpergeruch, den sie inzwischen schon oft hatte ertragen müssen. Der Gestank von Wüstenkämpfern, die nur selten badeten. Auch sie selbst roch nicht besonders erfrischend.

Als Geisel hatte sie inzwischen mehrere Tausend Kilometer über schlechte Straßen zurückgelegt, ohne auch nur ein einziges Mal ihre Umgebung zu sehen. Doch diese Fahrt war anders.

Der Lkw blieb stehen. Der Motor wurde abgestellt. Ketten rasselten, die Männer hoben sie auf den Boden. Es war heiß, aber wenigstens war sie im Freien. Giovanna hörte Stimmen um sich herum, irgendetwas wurde organisiert. Einer ihrer Wächter hielt sie am rechten Ellbogen fest, der andere hatte den linken gepackt. Sie führten sie hierhin und dorthin, dann ging es einige Stufen nach oben, steile, aus Holz gezimmerte Stufen, obwohl sie ihre Füße nicht sehen konnte. Ihre Aufpasser halfen ihr, indem sie Giovanna an den Armen nach oben zogen. Sie hatte das Gefühl, dass es noch andere gab, die Mühe hatten, die Treppe zu bewältigen. Irgendwo über ihr murmelte ein Mann etwas auf Arabisch. Es klang wie ein Gebet.

Als die Treppe geschafft war, gingen sie ein paar Schritte über Holzbretter und blieben dann stehen. Alles war still. Sie warteten.

Giovannas Herz klopfte wie wild, sie konnte kaum atmen. Als sie ihr eine Schlinge um den Hals legten und fest zuzogen, hätte sie fast das Bewusstsein verloren. Ein Mann in ihrer Nähe betete. Ein anderer weinte.

Wieder einmal hatten die Aufständischen beschlossen, alles zu filmen. Als das Video begann, waren die vier Opfer auf dem Galgen stehend zu sehen, mit Schlingen um den Hals, die Hände auf dem Rücken gefesselt. Die ersten drei, von links nach rechts, trugen Uniformen der libyschen Spezialkräfte. Sie waren vor fünf Tagen bei dem zweiten Kommandoeinsatz in der Nähe von Ghat von Barakats Männern gefangen genommen worden. Die vierte Person ganz rechts hatte einen Rock oder ein Kleid an, keine Uniform. Hinter jedem Gefangenen stand ein maskierter Kämpfer mit einem Sturmgewehr.

Am unteren Rand des Bildschirms wurde der Nachname FARAS angezeigt, Sekunden später wurde Faras von dem Kämpfer hinter ihm nach vorn gestoßen und fiel fast fünf Meter nach unten, bis er von dem Seil um seinen Hals abrupt abgebremst wurde. Er schrie in dem Moment auf, als sein Genick brach, und zuckte noch ein paarmal, dann gab sein Körper auf. Seine Stiefel hingen einen Meter über dem Sand. Ein Mann, der offenbar Kommandant oder etwas Ähnliches war, trat vor und gab zur Sicherheit drei Schüsse in seine Brust ab.

Bei jedem Schuss zuckten die beiden anderen Soldaten zusammen. Sie wären zusammengebrochen, wenn die Schlinge um ihren Hals sie nicht aufrecht gehalten hätten. Die Frau am Ende der Reihe stand steif und regungslos da, als wäre sie zu schockiert, um reagieren zu können.

Hamal war als Nächster an der Reihe. Mit achtundzwanzig Jahren wurde der erfahrene Soldat, der in seinem Heimatort Bengasi eine Frau und drei Kinder hatte, von einer Bande Aufständischer ermordet. Wenige Sekunden später tat Saleel seinen letzten Atemzug.

Die Kamera zoomte auf die Frau: SANDRONI. Sekunden vergingen, dann eine ganze Minute. Nichts bewegte sich, jedenfalls nicht im Video. Dann war aus dem Off das unverkennbare Geräusch einer Kettensäge zu hören.

Der Kämpfer hinter der Frau trat einen Schritt vor, lockerte die Schlinge und hob sie ihr über den Kopf. Er packte sie am Arm, und als sie weggeführt wurde, endete das Video.

39

Es hatte Vorteile, einen echten Römer im Team zu haben. Roberto Maggi kannte alle Restaurants, vor allem die berühmten mit den überschwänglichen Kritiken und schwindelerregend hohen Rechnungen. Aber er wusste auch, wo die einfachen Trattorien zu finden waren, in denen das Essen genauso gut schmeckte. Die Zeit drängte, und am frühen Sonntagabend war niemand in der rechten Stimmung für ein Drei-Stunden-Menü. Roberto entschied sich für ein Lokal namens Due Ladroni, was übersetzt »Zwei Diebe« bedeutete. Nach einem kleinen Bummel über die Via Condotti standen sie fünfzehn Minuten später vor der Tür. Selbstverständlich kannte Roberto die Besitzerin, eine gut gelaunte Irin. Sie hatte kein Problem damit, ein paar Tische umzustellen, damit sie zu sechst im Außenbereich sitzen konnten.

Mitch arbeitete sich gerade durch die Speisekarte, als sein grünes Handy klingelte. Es war Abby.

»Ich muss rangehen«, sagte er und stand auf. »Meine Frau.« Er ging um die Ecke, meldete sich und hatte einen schweren Schlag zu verkraften. Abby wurde in Marokko erwartet. Sie wiederholte ihr Gespräch mit Noura bis ins letzte Detail. Es war fast dreizehn Uhr in New York. Ihr Flug ging um 17.10 Uhr vom JFK. Sollte sie ihn nehmen? Was sollte sie tun? Würde sie sicher sein? Er antwortete spontan mit Nein. Es ist gefährlich. Das Risiko ist zu groß. Denk an die Jungen. Doch dann wurde ihm klar, dass sein Urteilsvermögen durch seinen letzten Besuch in Nordafrika getrübt war. Abby hatte bereits im Internet recherchiert und war überzeugt, dass sie mit der Reise kein allzu großes Risiko eingehen würde. Schließlich flog sie mit British Airways. Das Hotel war teuer und wurde in Reisemagazinen und auf Websites in den höchsten Tönen gelobt. Je mehr sie über das Land las, desto attraktiver wurde Marrakesch, obwohl sie sich die ganze Zeit angreifbar fühlen würde. Schließlich würde sie nicht die typische Touristin sein.

Ihr Selbstvertrauen beruhigte seine Nerven, doch ihn quälte immer noch die Frage, was seiner Frau alles passieren konnte, wenn sie das Geld nicht zusammenbekamen. Der Topf war immer noch leer. Aber die Terroristen würden doch nicht auch noch Abby entführen. Nicht aus einem Vier-Sterne-Hotel. Und warum sollten sie? Wenn Mitch und sein Team das Geld für *eine* Geisel nicht aufbringen konnten, warum sollten sich die Entführer dann die Mühe mit einer zweiten machen?

Während Mitch mit Abby sprach, ging er zum Tisch zurück und sagte zu Roberto: »Ich nehme die Cioppino, die Fischsuppe.« Es war sein Lieblingsgericht, aber dann fiel ihm der Fischeintopf in Tripolis wieder ein. »Es gibt Neuigkeiten«, informierte er Jack. Und verschwand wieder um die Ecke.

Abby musste nach Marrakesch. Definitiv. Sie war von Anfang an die Kurierin gewesen, und sie war es Giovanna schuldig, den Anweisungen zu folgen. Auch Abby sah es so. Mitch versprach, in einer Stunde wieder anzurufen. Abby begann zu packen, obwohl sie keine Ahnung hatte, wie lange sie in Marokko bleiben würde. Dort waren es jetzt schon über dreißig Grad. Wo waren ihre Sommersachen?

Als Mitch an den Tisch zurückkehrte, wartete das Team schon gespannt auf die Neuigkeiten. Sein Bericht wurde zuerst mit Begeisterung, dann mit Bedenken aufgenommen. Dass Abby nach Marokko reisen sollte, um den Austausch durchzuführen, waren gute Nachrichten. Aber was sollte sie ohne Geld tun?

Cory sagte nicht viel, dachte aber gründlich darüber nach. Mitch fragte ihn: »Wie sieht die Sicherheitslage aus? Für Abby?«

»Geringes bis mäßiges Risiko. Sie ist in einem guten Hotel untergebracht, jede Menge Touristen aus Europa. Wenn sie etwas tun soll, was ihr nicht gefällt, sagt sie Nein. Und wir werden dort sein.« Er sah Darian an. »Ich glaube, ich muss nach Marokko, mit einem Flugzeug und einer Krankenschwester. In ein Hotel in der Nähe einchecken. Kontakt mit Abby aufnehmen und sie beschatten. Sie haben Leute in Marokko, richtig?«

»Richtig«, bestätigte Darian. »Ich gebe ihnen Bescheid.«

»Eine Krankenschwester?«, wunderte sich Roberto.

Cory nickte. »Wir haben keine Ahnung, in welcher Verfassung Giovanna ist.«

»Wenn möglich, sollte immer eine Krankenschwester dabei sein. Ich werde hier beim Team bleiben«, fügte Darian hinzu.

»Natürlich.«

»Jack, können wir den Jet haben?«

Jack, der nicht mit der Frage gerechnet hatte, zögerte kurz, als wollte er das Flugzeug nicht hergeben. »Ja, klar. Es gibt jede Menge Mietjets.«

Während sie versuchten, das Essen zu genießen, sprachen sie über einige andere Ideen. Der Optimismus wuchs und ebbte wieder ab. Mal waren sie von Abbys Reise nach Marokko begeistert, dann wieder machten sie sich Sorgen wegen des Lösegelds.

Nach Einbruch der Dunkelheit, als sie in der milden Abendluft zu Fuß zum Hassler zurückgingen, brummte Robertos Handy in seiner Tasche. Es war Diego Antonelli. Roberto blieb zurück und hörte aufmerksam zu, während Antonelli auf Italienisch loslegte. In Tripolis tat sich etwas. Irgendwo in den Tiefen des Regimes war ein hochrangiger Botschafter von den libyschen Botschaften in Rom, London und Istanbul kontaktiert worden, die alle die gleiche Handlungsempfehlung gaben. Der Diplomat hatte ein offenes Ohr bei Gaddafi gefunden, und man erwartete, dass dem Vergleich zugestimmt wurde.

Eine Stunde später meldete sich Riley Casey aus London, der Mitch Ähnliches berichtete. Sir Simon Croome war von einem alten Freund im Außenministerium angerufen worden. Es gehe das Gerücht um, der libysche Botschafter in Großbritannien sei darüber informiert worden, dass seine Regierung beschlossen habe, einem Vergleich in dem Verfahren mit Lannak zuzustimmen, und zwar sofort.

Mitch, Jack und Roberto trafen sich in einer dunklen Ecke der Bar des Hassler, um über ihren Mandanten zu sprechen. Falls es zu einem Vergleich kommen sollte – sie waren vorsichtig genug, nichts vorauszusetzen –, brauchten sie eine Strategie, um Lannak dazu zu bringen, mit dem Geld Giovanna freizukaufen. Roberto, der die Familie wegen ihrer langen Geschäftsbeziehung zu Luca am besten kannte, hielt es für wahrscheinlich, dass die Celiks zustimmten. Allerdings nur mit einer Garantie dafür, dass sie die vierhundert Millionen Dollar letztendlich auch bekamen. Alle drei wussten, dass es bei einem Gerichtsverfahren keine Garantien gab. Ein Anwalt, der Zusicherungen dieser Art machte, war ein Idiot.

Roberto brauchte ein paar Antworten. »Kann Scully das Geld über einen Kredit beschaffen?«, fragte er Jack. »Ich weiß, dass Sie es schon versucht haben, aber können Sie es noch einmal versuchen?«

»Vielleicht, aber was die Kanzlei angeht, bin ich gerade kein Optimist.«

»Das ist beunruhigend. Luca ist am Boden zerstört und fühlt sich verraten und verkauft.«

»Aus gutem Grund«, warf Mitch ein.

»Würde das Gremium anders entscheiden, wenn es sich um das Kind eines amerikanischen Partners handeln würde?«

»Tolle Frage«, murmelte Mitch.

»Ich weiß es nicht«, erwiderte Jack. »Aber ich bezweifle es. Der Mehrheit der Seniorpartner geht es eher darum, ihr Vermögen zu schützen. Ich glaube, der Gedanke daran, für einen Kredit in dieser Höhe zu bürgen, war einfach zu viel für sie. Ich habe es versucht, Roberto.«

»Luca ist dabei, zehn Millionen zu beschaffen. Er hat auf alles, was er besitzt, eine Hypothek aufgenommen. Er hat mehr von der Kanzlei erwartet.«

»Ich auch. Es tut mir sehr leid.«

Kaum hatte Abby die Lounge von British Airways im JFK betreten, suchte sie auch schon nach jemandem, von dem sie beobachtet wurde. Nicht jemand, der ihr folgte, es musste jemand sein, der sie »überwachte«, wie Noura gesagt hatte. Als sie niemanden entdeckte, der ihr verdächtig vorkam – wobei ihr natürlich klar war, dass jemand, der sie beschattete, überhaupt nicht verdächtig aussehen würde –, entspannte sie sich, bestellte einen Espresso und griff zu einer Zeitschrift.

Sie war immer gern mit British Airways geflogen und froh, dass die Fluggesellschaft sie bis nach Marrakesch bringen würde. Mit leichter Belustigung erinnerte sie sich an Mitchs umständliche Route von New York nach Tripolis im letzten Monat. Er war dreißig Stunden unterwegs gewesen und hatte drei verschiedene Fluggesellschaften nehmen müssen. Sie würde nur eine brauchen, und BA gehörte zu denen, mit denen sie gerne flog. Die Businessclass war einigermaßen bequem. Der Champagner war hervorragend. Die Mahlzeiten waren genießbar, aber was Essen anging, war sie inzwischen so ein Snob geworden, dass sie nichts, was in einem Flugzeug serviert wurde, als köstlich bezeichnen würde.

Abby musste an ihre Söhne denken, die begeistert davon waren, dass Miss Emma immer genau das kochte, was sie essen wollten, und dass ihre Großeltern nichts oder nur sehr wenig dagegen unternahmen. Es gab nicht viele Kinder, die jeden Tag Hummer bekamen.

Der Zwischenstopp im Londoner Flughafen Gatwick dauerte drei Stunden und zwanzig Minuten. Um die Zeit totzuschlagen, machte Abby ein kleines Nickerchen in einem Sessel, sah sich den Sonnenaufgang an, las Zeitschriften und arbeitete an einem laotischen Kochbuch. Ihr fiel ein Mann aus Nordafrika auf, der einen weißen Leinenanzug und blaue Espadrilles trug und versuchte, den größten Teil seines Gesichts unter einem Strohhut zu verstecken. Als sie ihn das dritte Mal dabei erwischte, wie er in ihre Richtung sah, war sie sicher, dass er einer ihrer »Überwacher« war. Sie nahm es gelassen und dachte, dass ihr bestimmt noch dramatischere Momente bevorstanden.

40

Samir rief Mitch am Montagmorgen an und sagte, er habe gute Nachrichten. Mitch lud ihn zum Frühstück mit Roberto im Hassler ein, und die drei trafen sich um 9.30 Uhr im Restaurant.

Mitch war in den letzten zehn Tagen so aus dem Takt geraten, dass er nicht mehr sicher war, wer für was zahlte. Er hatte den Überblick über seine Spesen verloren, eine Todsünde für den Anwalt einer Großkanzlei. Das Hassler kostete siebenhundert Dollar die Nacht, dazu kamen Mahlzeiten und Getränke. Er ging davon aus, dass diese Kosten irgendwann Lannak in Rechnung gestellt wurden, was ihm aber nicht ganz fair vorkam. Schließlich waren die Celiks nicht dafür verantwortlich, dass Giovanna entführt worden war. Scully & Pershing würde vielleicht auf den Spesen sitzen bleiben, was Mitch völlig in Ordnung fand, weil er von seiner Kanzlei zunehmend enttäuscht war.

Samir strahlte über das ganze Gesicht, als sie sich setzten, und verlor keine Zeit. »Ich habe heute Morgen einen Anruf aus Tripolis bekommen, von meinem Freund im Außenministerium«, informierte er sie mit gesenkter Stimme. »Er hat gestern am späten Abend gehört, dass die Regierung beschlossen hat, einem Vergleich im Verfahren mit Lannak zuzustimmen, und das so schnell wie möglich.«

Mitch schluckte und fragte: »In welcher Höhe?«

»Zwischen vier- und fünfhundert Millionen.«

»Das ist eine ziemliche Bandbreite.«

»Großartige Neuigkeiten, Samir«, sagte Roberto. »Ist der Vergleich kurzfristig machbar?«

»Mein Freund glaubt, ja.«

Sie bestellten Kaffee, Orangensaft und Eierspeisen. Mitch warf einen Blick auf sein Handy. Eine Textnachricht von Abby. Sie war pünktlich von Gatwick abgeflogen. Ein paar neue E-Mails, von denen keine etwas mit Giovanna zu tun hatte und daher nicht so wichtig war. Er musste Omar Celik in Istanbul anrufen und ihn auf den neuesten Stand bringen. Es sah nach einem Vergleich aus, doch Mitch beschloss, noch eine Stunde zu warten.

Sein Frühstück ließ er stehen.

Eine Stunde später wurde ihre Euphorie über die Erfolgsaussichten eines schnellen Vergleichs durch ein Zwei-Minuten-Video zerstört, das als Anhang einer Textnachricht an zwei Londoner Zeitungen geschickt wurde, den *Guardian* und den *Daily Telegraph*, außerdem an zwei italienische Zeitungen, *La Stampa* und *La Repubblica*, und an die *Washington Post*. Wenige Minuten später ging das Video viral. Ein angestellter Anwalt von Scully & Pershing in Mailand sah es und rief sofort Roberto an.

Im Konferenzraum des Hotels klappte Mitch eilig seinen Laptop auf und wartete. Roberto sah ihm über die linke Schulter zu, Jack über die rechte. Darian stand in der Nähe. Sie starrten ungläubig auf den Bildschirm, als die drei mit Kapuzen verhüllten Soldaten, die die Uniform der libyschen Kommandotruppen trugen, von dem behelfsmäßigen Galgen gestoßen wurden und zuckend an den Seilen hingen. Faras, Hamal, Saleel. Bei jedem Schuss in die Brust fuhren sie zusammen.

Roberto rang nach Luft, als er »Sandroni« sah. Ganz rechts stand eindeutig eine Frau in einem Rock oder Kleid, mit einem schwarzen Tuch über dem Kopf und einer Schlinge um den Hals. *»Madonna mia«,* murmelte er. Dann sagte er noch etwas auf Italienisch, das Mitch noch nie gehört hatte. Sekunden verstrichen, schließlich nahm ihr einer der Kämpfer die Schlinge ab und führte sie weg. Sie wurde verschont.

Die drei sahen sich das Video noch einmal an. Als Roberto sich einigermaßen erholt hatte, rief er Bella an und schärfte ihr ein, Luca von seinem Handy, seinem Computer und dem Fernseher fernzuhalten. Er und Mitch würden so schnell wie möglich kommen.

Sie sahen sich das Video zum dritten Mal an.

Mitch war sofort klar, dass die Libyer keinerlei Interesse mehr daran haben würden, einen dicken Scheck für Lannak und dessen Anwälte auszustellen. Er war fast sicher, dass Samir weitergegeben hatte, was Roberto ihm im Vertrauen gesagt hatte: dass die Entführer Kontakt zu Scully & Pershing aufgenommen hatten. Es war durchaus möglich, dass das Regime den ganzen Schlamassel jetzt der Kanzlei in die Schuhe schieben würde.

Der kaltblütige Mord an drei weiteren libyschen Soldaten, noch dazu auf libyschem Boden, würde Gaddafi zu einem Wutanfall und Racheaktionen treiben. Die Beilegung eines peinlichen Rechtsstreits, sowieso ein Ärgernis für ihn, hatte jegliche Bedeutung verloren. Der Oberst wurde vor der ganzen Welt verspottet.

Mitch klappte den Laptop zu. Dann starrten beide Anwälte auf ihre Handys.

Samir rief aus seinem Hotel an und vergewisserte sich, dass sie das Video gesehen hatten. Er sagte zu Roberto, dass er keine Möglichkeit sehe, die Aufnahme zu ihrem Vorteil zu nutzen. Er bange um Giovannas Leben. Er sei dabei, mit Quellen in Tripolis zu reden, und rufe sofort an, wenn er etwas Wichtiges höre.

Im Laufe des Vormittags telefonierten sie oft und lange, weil es sonst wenig zu tun gab. Jack führte ein ausgiebiges Gespräch mit jemandem im Außenministerium in Washington, was aber nicht viel ergab, über das es sich zu diskutieren lohnte. Mitch redete mit Riley Casey in London. Riley sagte, dass bei Scully & Pershing gerade niemand arbeite. Alle starrten auf ihre Computerbildschirme und waren so fassungslos, dass sie nur miteinander flüstern konnten. Einige der Frauen weinten. Sie konnten nicht glauben, dass in dem grauenhaften Video tatsächlich ihre Kollegin zu sehen war. Roberto versuchte, Diego Antonelli zu finden. Offenbar waren die libyschen Diplomaten, die Gesprächen am Wochenende abgeneigt gewesen waren, plötzlich gar nicht mehr zu erreichen.

Cory saß in einem Firmenjet nach Marokko, um jeden Schritt von Abby zu verfolgen. Mitch malte sich aus, was alles passieren könnte, wenn sie ohne Lösegeld in Marrakesch ankam. Darian nahm einen Anruf aus Tel Aviv entgegen. Einer Quelle in Bengasi zufolge hatte Gaddafi seine Luftstreitkräfte losgeschickt und nahm gerade Ziele in Grenznähe des Tschad und Algeriens unter Beschuss, wo er Terroristen vermutete. Die Bombardierung war großflächig, ganze Dörfer wurden dem Erdboden gleichgemacht. Im Moment war niemand auf einem Kamel sicher.

Sir Simon rief Mitch aus London an und erklärte in viel zu heiterem Tonfall, dass den Terroristen seiner Meinung nach ein genialer Schachzug gelungen sei. Der Anblick der jungen Giovanna auf dem Galgen mit den drei soeben ermordeten Soldaten neben sich habe die Nation schockiert. Er wisse ganz sicher, dass der Premierminister das Video vor drei Stunden gesehen und den Außenminister in die Downing Street beordert habe. Es gehe mit Sicherheit um Geld.

Zehn Minuten später rief Riley Casey mit der überraschenden Nachricht an, dass auch er in die Downing Street zitiert worden sei. Der Premierminister wolle Details. Mitch nickte Jack zu, der erwiderte: »Gehen Sie hin! Und sagen Sie ihm alles.«

Um sechs Uhr morgens New Yorker Zeit rief Jack Senator Elias Lake in dessen Privathaus in Brooklyn an und hinterließ eine Nachricht auf der Mailbox. Zehn Minuten später rief der Senator zurück. Einer seiner Mitarbeiter hatte ihn gerade geweckt und das Video geschickt. Jack bat ihn, die Außenministerin anzurufen und ihr vorzuschlagen, sich mit ihren britischen und italienischen Amtskollegen zusammenzutun und aus irgendwelchen Töpfen Geld zu beschaffen.

Abby hatte nur Handgepäck bei sich und kam nach der Landung in Marrakesch schnell durch die Kontrollen im Flughafen Menara. Sie folgte den in Arabisch, Englisch und Französisch beschrifteten Hinweisschildern zum Taxistand. Als sie durch die Drehtür nach draußen ging, schlug ihr ein Schwall feuchter, heißer Luft entgegen. Am Bordstein warteten ein Dutzend schmutziger Taxis; sie nahm das erste. Sie war sich nicht sicher, in welcher Sprache sie mit dem Fahrer reden sollte, daher drückte sie ihm einen Zettel mit der Adresse des Hotels La Maison Arabe in die Hand.

»Danke. Kein Problem«, sagte er auf Englisch.

Fünfzehn Minuten später kam sie an dem Hotel an und bezahlte den Taxifahrer in US-Dollar, die er mit Freude entgegennahm. Es war fast achtzehn Uhr, die Lobby war leer. Die Rezeptionistin schien sie zu erwarten. Jemand hatte für drei Nächte eine große Eck-Suite im ersten Stock für sie reserviert. Endlich wusste Abby, wie lange sie bleiben würde. Sie nahm den Fahrstuhl nach oben, betrat ihr Zimmer und verriegelte die Tür. Bis auf die Rezeptionistin hatte sie noch niemanden gesehen. Sie zog die Vorhänge auf und warf einen Blick in den schönen Innenhof. Als jemand an die Tür klopfte, zuckte sie zusammen. »Wer ist da?«, rief sie automatisch.

Keine Antwort. Abby öffnete die Tür, ließ die Sicherheitskette aber vorgelegt. Ein Hotelpage in Uniform lächelte sie durch den Spalt hindurch an. »Ein Brief für Sie.«

Sie nahm den Brief, bedankte sich und schloss die Tür. Auf Briefpapier des Hotels hatte jemand in Druckbuchstaben eine Nachricht geschrieben: *Bitte essen Sie heute Abend mit mir im Hotelrestaurant. Hassan, ein Freund von Noura.*

Sie rief Mitch mit dem grünen Handy an, dann sprachen sie über die neuesten Entwicklungen. Es gab jede Menge Aktivitäten, aber kaum Fortschritte. Er beschrieb ihr das Video und sagte, es habe offenbar alle Bemühungen zunichtegemacht, einen Vergleich in der Lannak-Klage zu erreichen. Die Libyer waren nicht mehr in der Stimmung für Verhandlungen oder irgendetwas anderes, die Suche nach den Terroristen war das Einzige, was sie jetzt interessierte. Mitch und die anderen glaubten, dass die US-Außenministerin persönlich mit ihren Amtskollegen in Großbritannien und Italien gesprochen hatte. Luca ging es etwas besser, er telefonierte bereits wieder. Jack hatte jedes einzelne Mitglied des Leitungsgremiums angerufen und sich dafür eingesetzt, den Kredit doch noch genehmigen zu lassen, aber keinen Erfolg gehabt. Dann überraschte Mitch seine Frau mit der Neuigkeit, dass Cory ebenfalls in Marrakesch war und sie bald kontaktieren würde.

Cory in der Stadt zu haben war eine Erleichterung.

Abby packte ihren Koffer aus und hängte zwei Kleider auf, die sie auf Reisen immer dabeihatte, das eine weiß, das andere rot, beide knitterfrei. Die Minibar enthielt nur Wasser und Softdrinks, doch sie brauchte etwas Stärkeres. Marokko war ein muslimisches Land und Alkohol streng verboten. Es war aber auch eine ehemalige französische Kolonie und ein historischer Schmelztiegel aus Kulturen, Religionen und Sprachen aus Europa, Afrika und dem Nahen Osten. In Marrakesch wurden jedes Jahr über zweihundert Tonnen Alkohol getrunken. Im Restaurant würde sie bestimmt ein Glas Wein bekommen. Sie machte ein kleines Nickerchen, nahm dann ein langes, heißes Bad in einer Wanne mit Klauenfüßen, wusch sich die Haare, föhnte sie trocken und zog das rote Wickelkleid an.

Warum war ihr flau im Magen, wenn sie doch das Gefühl hatte, dass ihr nichts passieren konnte?

Das Restaurant war ein prachtvoller, verschwenderisch dekorierter Speisesaal mit einer blauen Decke im persischen Stil. Es war klein, mit wenigen Tischen, die in großzügigem Abstand voneinander aufgestellt waren, und wirkte eher wie ein privater Club.

Hassan stand auf, als sie auf ihn zuging, und sah ihr mit einem beeindruckenden Lächeln entgegen. »Hassan Mansour, Mrs. McDeere.« Sie befürchtete schon, dass er zu der üblichen Umarmung mit Wangenküsschen ansetzen würde, doch er gab sich mit einem kurzen Händeschütteln zufrieden. Hassan rückte ihr den Stuhl zurecht, dann nahm er ihr gegenüber Platz. Die nächsten Gäste saßen zehn Meter von ihnen entfernt.

»Freut mich, Sie kennenzulernen«, log Abby, weil sie etwas Höfliches sagen musste. Wer immer dieser Mann war und was immer er tat, er steckte mit dem Feind unter einer Decke. Sie würde nur ein paar Stunden in seiner Gegenwart verbringen müssen und war fest entschlossen, ihn nicht zu mögen, egal, wie charmant er sich gab. Er war um die fünfzig, mit kurzen grauen Haaren, die streng nach hinten gekämmt waren, und kleinen schwarzen Augen, die zu eng zusammenstanden.

Hassan musterte sie ausgiebig. Ihm gefiel, was er sah. »Wie war Ihr Flug?«, fragte er.

Kein Ehering, aber ein funkelnder Diamant am rechten kleinen Finger. Teurer Designeranzug, hellgrau, vermutlich Leinen. Weißes

Hemd, das einen starken Kontrast zu seiner dunklen Haut bildete. Teure Seidenkrawatte. Passendes Einstecktuch. Alles, was dazugehört.

»Ganz okay. Die Briten wissen, wie man eine Fluggesellschaft führt.«

Er lächelte, als hätte sie einen Scherz gemacht. »Ich bin häufig in London und fliege immer gern mit BA. Und mit Lufthansa. Die beiden gehören zu den besten.« Perfektes Englisch mit einem leichten Akzent, der aus irgendeiner Gegend Nordafrikas stammen könnte. Abby würde eine Menge Geld darauf wetten, dass sein Name nicht Hassan Mansour war. Es war ihr egal. Er war nur ein Mittelsmann, eine Verbindung zwischen dem Geld und der Geisel. Sollte sie ihn je wiedersehen, würde er vielleicht Handschellen tragen.

»Darf ich fragen, wo Sie leben? Über mich wissen Sie bestimmt eine ganze Menge. Wohnung, Arbeitsplatz, Schule der Kinder, solche Dinge.«

»Mrs. McDeere, wir könnten Stunden damit verbringen, uns gegenseitig Fragen zu stellen, aber ich fürchte, es würde nicht viele Antworten geben, jedenfalls nicht von meiner Seite aus«, erwiderte er immer noch lächelnd.

»Wer ist Noura?«

»Ich habe sie nie kennengelernt.«

»Das habe ich nicht gefragt. Wer ist sie?«

»Sagen wir, sie ist eine Soldatin der Revolutionstruppen.«

»Sie zieht sich aber nicht an wie eine Soldatin.«

Ein Kellner trat an ihren Tisch und fragte, ob sie einen Aperitif wollten. Abby warf einen Blick in die kurze Weinliste und sagte: »Chablis.« Hassan bestellte Kräutertee. Als der Kellner gegangen war, beugte er sich leicht vor und sagte: »Mrs. McDeere, ich weiß nicht so viel, wie Sie sich vielleicht vorstellen. Ich bin kein Mitglied der Organisation. Ich bin kein Soldat der Revolutionstruppen. Ich bekomme ein Honorar, um ein Geschäft auszuhandeln.«

»Ich bin sicher, dass Sie das letzte Video gesehen haben. Es wurde heute Morgen veröffentlicht.«

Er lächelte immer noch. »Ja, natürlich.«

»Giovanna mit einem Seil um den Hals. Drei Männer, die vor laufender Kamera ermordet werden. Das Geräusch einer Kettensäge im Hintergrund. Das Timing war perfekt, und es war offensichtlich dazu gedacht, noch mehr Druck auf Giovannas Freunde auszuüben.«

»Mrs. McDeere, ich habe absolut nichts mit den Ereignissen zu tun, die in diesem Video zu sehen sind. Ist Ihr Mann für die Handlungen seiner Mandanten verantwortlich?«

»Nein, natürlich nicht.«

»Dem habe ich nichts hinzuzufügen.«

»Gesprochen wie ein echter Anwalt.«

Er lächelte und nickte, als würde er zugeben, tatsächlich ein Vertreter dieses Berufsstandes zu sein. »Mrs. McDeere, wir können über viele Dinge reden, aber wir sind nicht aus einem gesellschaftlichen Anlass hier.«

»Stimmt. Gehe ich recht in der Annahme, dass das Ultimatum immer noch um siebzehn Uhr am Mittwoch, dem 25. Mai, ausläuft?«

»Das ist richtig.«

Abby holte tief Luft und sagte: »Wir brauchen mehr Zeit.«

»Warum?«

»Wir haben nicht viel Erfahrung damit, neunzig Millionen Dollar aufzutreiben. Es hat sich als ziemlich kompliziert herausgestellt.«

»Wie viel Zeit?«

»Achtundvierzig Stunden.«

»Die Antwort ist Nein.«

»Vierundzwanzig Stunden. Siebzehn Uhr am Donnerstag.«

»Die Antwort ist Nein. Ich habe meine Anweisungen.«

Abby zuckte mit den Schultern, als wollte sie sagen: Ich hab's versucht.

»Haben Sie das Geld?«

»Ja«, sagte sie mit einer Zuversicht, die durch langes Üben zustande gekommen war. Es gab nur diese eine Antwort. Alles andere hätte Ereignisse auslösen können, die unvorhersehbar waren. »Wir haben Zusagen«, fügte sie schnell hinzu. »Es könnte ein oder zwei Tage dauern, das Geld einzusammeln. Ich verstehe nicht, warum vierundzwanzig Stunden mehr Ihrer Position schaden würden.«

»Die Antwort ist Nein. Gibt es Probleme?« Das Lächeln war verschwunden.

»Nein, es sind keine Probleme, nur einige Herausforderungen. Die Kanzlei kann nicht einfach so einen Scheck ausstellen. Es gibt zahlreiche Aspekte, die verschiedene Abteilungen betreffen.«

Hassan zuckte mit den Schultern, als würde er das verstehen.

Als ihre Drinks serviert wurden, griff Abby hastig nach ihrem Glas, versuchte aber, den Eindruck zu vermeiden, sie hätte den Wein dringend nötig. Hassan spielte mit seinem Teebeutel, als hätte Zeit keine Bedeutung für ihn. Sie hatte an der Rezeption nachgefragt und wusste, dass es Zimmerservice im Hotel gab. Nach fünf Minuten mit Hassan war ein langes, unangenehmes Abendessen mit ihm das Letzte, was sie wollte. Sie würden sowieso nur um den heißen Brei herumreden, wenn es um Themen ging, über die sie nicht sprechen konnten. Abby hatte sogar den Appetit verloren.

»Wollen wir das Essen bestellen?«, fragte er, als könnte er ihre Gedanken lesen.

»Nein, danke. Der Jetlag steckt mir in den Knochen, ich brauche Ruhe. Ich werde mir etwas aufs Zimmer bestellen.« Sie trank noch einen Schluck Chablis. Er hatte seine Teetasse kein einziges Mal angerührt.

Das Lächeln war wieder da, als wäre alles in bester Ordnung. »Wie Sie möchten. Ich habe einige Anweisungen für Sie.«

»Deshalb bin ich hier.«

Endlich hob er die zierliche kleine Tasse an die Lippen und trank einen Schluck. »Ihr Mann wird so schnell wie möglich nach Grand Cayman reisen. Ich glaube, er kennt sich dort aus. Wenn er morgen Nachmittag dort ankommt, wird er zur Trinidad Trust in George Town gehen und nach einem Bankangestellten namens Solomon Frick fragen. Er wird erwartet werden. Mr. Frick vertritt meinen Mandanten, und Ihr Mann wird genau das tun, was er sagt. Er wird sofort wissen, ob jemand versucht, die Überweisungen nachzuverfolgen. Falls es auch nur den geringsten Hinweis darauf gibt, dass jemand die Transaktion beobachtet, und falls dieser Jemand das FBI, Scotland Yard, Interpol, Europol oder eine andere dieser Organisationen sein sollte, deren Mitglieder Waffen und Dienstmarken tragen, wird Ihrer Freundin etwas sehr Unangenehmes geschehen. Wir haben es bis hierher geschafft, ohne dass Polizei oder Militär eingegriffen haben, und es wäre doch sehr schade, wenn Sie so spät noch etwas Dummes tun. Wenn Sie das Geld haben, Mrs. McDeere, ist Giovanna praktisch schon frei.«

»Wir würden gern einen Beweis dafür haben, dass sie noch lebt.«

»Natürlich. Sie lebt, es geht ihr gut, und sie wird bald nach Hause kommen. Lassen Sie nicht zu, dass eine falsche Entscheidung zu ihrem Tod führt.« Er griff in seine Jackentasche und zog ein gefaltetes Blatt Papier heraus. »Hier habe ich Ihnen die Anweisungen noch etwas detaillierter aufgeschrieben. Ihr Mann muss sie genauestens befolgen.«

»Dann wird er also morgen von New York nach Grand Cayman fliegen.«

Als Hassan ihr das Blatt Papier gab, bedachte er sie mit seinem bisher breitesten Lächeln. »Mitch ist nicht in New York, Mrs. McDeere. Er ist in Rom. Und er hat Zugriff auf einen Privatjet.«

41

Grand Cayman?

Die Cayman Islands sind drei winzige Inseln in der Karibik, südlich von Kuba und westlich von Jamaika. Als britisches Überseegebiet halten sie an alten Traditionen fest, und es herrscht immer noch Linksverkehr. Touristen kommen in Scharen, wegen der Strände, der Tauchgebiete und der schönen Hotels. Auf dort verdientes Geld werden keine Steuern erhoben. In George Town, der Hauptstadt, sind mindestens einhunderttausend Firmen registriert, mehr als eine pro Einwohner. Milliarden Dollar werden auf Bankkonten geparkt, wo sie weitere Milliarden an Zinsen generieren, steuerfrei natürlich. Hoch bezahlte Steueranwälte arbeiten in schönen Kanzleien und genießen die hohe Lebensqualität der Inseln. In der internationalen Finanzwelt ist das Wort »Caymans« gleichbedeutend mit einem sicheren Ort, an dem man Geld verstecken kann, egal, ob es schmutzig oder sauber ist.

Grand Cayman, Little Cayman, Cayman Brac.

Mitch hatte versucht, alle drei zu vergessen.

Es war die zwielichtige Seite der Caymans gewesen, die die Kanzlei Bendini vor Jahren angelockt hatte, in den 1970ern, als Drogengeld auf die Inseln geströmt war. Die Firma hatte Geld für ihre kriminellen Mandanten gewaschen und auf Grand Cayman ein paar kundenfreundliche Banken gefunden. Sie hatte sogar zwei schicke Eigentumswohnungen direkt am Strand gekauft, die ihre Partner benutzen konnten, wenn sie dort »geschäftlich« zu tun hatten.

»Abby, wiederhol noch einmal ganz genau, was er gesagt hat. Wort für Wort.«

»Er hat gesagt: ›Ihr Mann wird morgen früh nach Grand Cayman reisen. Ich glaube, er kennt sich dort aus.‹«

Er kennt sich dort aus.

Mitch ging nur mit seinen Boxershorts bekleidet im Hotelzimmer auf und ab. Er war völlig verwirrt und kurz davor, sich die Haare zu raufen. Wie konnte jemand, vor allem ein Mann wie Hassan oder wie auch immer er hieß, wissen, dass Mitch schon einmal auf den Cayman Islands gewesen war? Das lag fünfzehn Jahre zurück! Er setzte sich auf den Bettrand, schloss die Augen und atmete tief durch.

Ihm gingen einige Details von damals durch den Kopf. Als Bendini aufgeflogen war, hatte es Dutzende Verhaftungen und Berichte in den Nachrichten gegeben. Mitch und Abby hatten sich zu der Zeit mit seinem Bruder Ray zusammen auf einem Segelboot in der Nähe von Barbados versteckt. Vom FBI war Mitch nicht gesucht worden, von der Chicagoer Mafia dagegen schon. Monate später, als die McDeeres endlich wieder an Land gegangen waren, hatte Mitch in einer öffentlichen Bibliothek in Kingston, Jamaika, nach Zeitungsartikeln über die Sache gesucht. In mehreren waren die Caymans in Verbindung mit den kriminellen Aktivitäten der Kanzlei Bendini erwähnt worden. Doch Mitchs Name war nie genannt worden, zumindest nicht in den Berichten, die er hatte finden können.

Das war die einzige Verbindung: die Kanzlei Bendini, Lambert & Locke, für die Mitch kurze Zeit gearbeitet hatte, und ihre mutmaßlichen Missetaten auf den Caymans. Es war eine undurchsichtige Geschichte gewesen, die schon lange her war. Wie war Hassan darauf gestoßen?

Genauso rätselhaft war, woher er wusste, dass Mitch in Rom war und dass er mit einem Privatjet hergeflogen war. Mitch rief einen der Partner in New York an, einen Freund, der Pilot war und sich mit solchen Dingen auskannte. Ohne konkret zu werden, fragte er ihn, wie schwierig es sei, die Flugbewegungen eines Privatjets nachzuverfolgen. Überhaupt kein Problem, wenn man die Hecknummer kannte. Mitch bedankte sich und legte auf.

Aber woher hatten sie gewusst, dass Mitch an Bord der Maschine gewesen war?

Weil sie ihn beobachteten.

Das konnte er Abby nicht sagen. Sie würde sofort an die Jungen denken und ausflippen. Wenn »sie« die McDeeres so genau beobachteten, wie stand es dann um die Sicherheit der Kinder?

Um mehr Privatsphäre zu haben, verlegte Jack die »Einsatzzentrale« in eine große Suite im zweiten Stock des Hassler. Er bestellte Snacks, und das Team verspeiste Fingerfood, während alle gespannt auf Mitch warteten. Als er kam, berichtete er von seinem Gespräch mit Abby und den Ereignissen in Marrakesch. Abby sei in einem schönen Hotel untergebracht, fühle sich sicher und wolle weitermachen. Der Mann namens Hassan sei ein mit allen Wassern gewaschener Profi, der alles unter Kontrolle zu haben scheine. Er wisse, dass Mitch in Rom und nicht in New York sei, und das sei mehr als nur erstaunlich. Das Team wurde wieder einmal daran erinnert, dass es nur reagierte. Die Regeln wurden von ein paar sehr unangenehmen Leuten gemacht, die weitaus besser informiert und organisiert waren als sie selbst.

Mitch und Jack beschlossen, Rom früh am nächsten Morgen zu verlassen und nach New York zu fliegen. Von dort aus würde Mitch nach Grand Cayman reisen, wo er gegen Mittag Ortszeit ankommen würde. Dann rief Jack einen von Scullys Partnern in

New York an und wies ihn an, ihre Schwesterkanzlei auf Grand Cayman zu kontaktieren und einen Bankexperten auf Abruf bereitzuhalten. Sein nächster Anruf galt einem anderen Partner, der Recherchen zu einer Bank namens Trinidad Trust anstellen sollte.

Darian sprach mit Cory, der inzwischen in Marrakesch war und marokkanische Sicherheitsleute beauftragt hatte. Einer der Männer sei jetzt Gast im Hotel La Maison Arabe und habe ein Zimmer zwei Türen von Abbys entfernt. Sie sei angewiesen worden, sich am Dienstag mit Hassan Mansour zum Frühstück zu treffen, um ihn auf den neuesten Stand zu bringen. Die Marokkaner im Team würden Mr. Mansour beschatten, dessen wahre Identität nach wie vor unbekannt sei. Darian riet Cory, seinem Team einzuschärfen, kein Risiko einzugehen. Sie sollten dem Mann lediglich folgen, sich aber auf keinen Fall dabei erwischen lassen.

Kurz nach einundzwanzig Uhr – fünfzehn Uhr an der amerikanischen Ostküste – rief Senator Elias Lake mit der Nachricht an, auf die sie gewartet hatten. Er informierte Jack streng vertraulich darüber, dass der britische Außenminister mit seinen italienischen und amerikanischen Kollegen eine Vereinbarung ausgehandelt hatte, der zufolge die drei Regierungen jeweils fünfzehn Millionen Dollar für das Lösegeld bereitstellen würden. Die Beträge stammten aus Quellen, die so verschleiert waren, dass sie genauso gut auf dem Mars sprudeln konnten, und würden über Banken auf vier verschiedenen Kontinenten weitergeleitet. Am Ende würden sie fast wie von Geisterhand auf einem neu eingerichteten Konto bei einer Bank auf den Caymans auftauchen. Und jede arme Seele, die herauszufinden versuchte, wo das Geld hergekommen war, würde vermutlich den Verstand verlieren.

Jack bedankte sich überschwänglich bei dem Senator und versprach, später zurückzurufen.

Fünfundvierzig Millionen waren die Hälfte von neunzig, ihrem Ziel. Selbst wenn sie Lucas zehn Millionen dazurechneten, waren sie noch weit davon entfernt.

»Was Schmiergeld der Amerikaner angeht, sind fünfzehn Millionen Peanuts«, sagte Darian aufgebracht. »Die DEA zahlt ihren Informanten aus der Drogenszene jeden Monat so viel.«

»Giovanna ist keine amerikanische Staatsbürgerin«, gab Jack zu bedenken.

»Na und? Das sind die Spitzel unten in Kolumbien auch nicht.«

In den letzten Tagen hatten sie viele Stunden lang darüber diskutiert, ob die Entführer ihre Lösegeldforderung vielleicht reduzieren würden. Wie viel würden sie akzeptieren, wenn Scully & Pershing die einhundert Millionen Dollar nicht ganz zusammenbekam? Es war schwer vorstellbar, dass die Terroristen Geld in dieser Menge einfach ablehnen würden. Sie hatten bereits zehn Millionen bekommen. Weitere fünfundfünfzig Millionen waren zum Greifen nah.

Darian zufolge lag der aktuelle Rekord bei achtunddreißig Millionen Dollar, die die Franzosen einer somalischen Bande für einen Journalisten gezahlt hatten. Da es allerdings kein Zentralregister für internationale Geiselnahmen gab, wusste es niemand so genau. Fünfundsechzig Millionen waren eine sehr beeindruckende Summe.

Die Alternative war allerdings so grauenhaft, dass sie gar nicht daran denken wollten.

Mitch ging nach nebenan und telefonierte mit Istanbul.

Die Bombardier Challenger hob am Dienstag, dem 24. Mai, um sechs Uhr morgens von Roms Flughafen Leonardo da Vinci ab. Sowohl Jack als auch Mitch brauchten Schlaf. Die Flugbegleiterin machte zwei Betten in abgetrennten Bereichen im hinteren Teil der Kabine fertig. Doch zuerst hatte Mitch etwas zu sagen: »Lassen Sie uns eine Bloody Mary trinken, nur eine. Und dann unterhalten wir uns. Es gibt etwas, das Sie wissen müssen.«

Ein paar Stunden Schlaf waren alles, was Jack wollte, doch er wusste, dass es um etwas Ernstes ging. Sie baten die Flugbegleiterin um die Drinks. Nachdem sie ihnen zwei Bloody Marys serviert hatte, zog sie sich zurück.

Mitch ließ die Eiswürfel in seinem Glas klirren, nahm ein paar Schlucke und begann: »Vor einigen Jahren haben Abby und ich mitten in der Nacht Memphis verlassen, wir sind im wahrsten Sinne des Wortes um unser Leben gerannt und hätten es fast nicht geschafft. Mein damaliger Arbeitgeber, die Kanzlei Bendini, gehörte der Chicagoer Mafia, und nachdem mir das klar geworden war, wusste ich, dass ich aussteigen musste. Das FBI hatte Ermittlungen laufen, alles brach zusammen. Die Firma hielt mich für einen Informanten des FBI und wollte mich umbringen lassen. Zu dem Zeitpunkt wusste ich, dass Bendini bereits mehrere seiner Anwälte zum Schweigen gebracht hatte. Arbeitete man erst einmal für die Kanzlei, war das für immer. In den zehn Jahren vor meiner Zeit dort hatten mindestens fünf Anwälte versucht, die Firma zu verlassen. Alle waren tot. Ich wusste, dass ich der Nächste war. Bei der Planung meiner Flucht sah ich eine Möglichkeit, einen Teil der Millionen umzuleiten. Gelder von Offshore-Firmen, die auf einem Bankkonto versteckt waren, ausgerechnet auf Grand Cayman, und ich wusste, wie man es auf andere Konten verschiebt. Es war schmutziges Geld, Geld der Firma, Geld der Mafia. Ich hatte Angst, war wütend und stand vor einer sehr unsicheren Zukunft. Meine vielversprechende Karriere war dank Bendini vorbei, und wenn ich überlebte, stand mir ein Leben auf der Flucht bevor. Als

Entschädigung habe ich das schmutzige Geld genommen. Zehn Millionen Dollar davon. Es ist einfach verschwunden, eine Überweisung hat genügt. Einen Teil davon habe ich meiner Mutter geschickt, Abbys Eltern haben auch etwas bekommen, den Rest habe ich auf einem Offshore-Konto versteckt. Später habe ich dem FBI von dem Geld erzählt und angeboten, das meiste davon zurückzugeben. Es war ihnen egal. Sie waren viel zu beschäftigt damit, Gangster vor Gericht zu bringen. Was sollten sie mit dem Geld anfangen? Und im Laufe der Zeit haben sie es dann wohl vergessen.«

Jack nippte an seinem Drink. Er amüsierte sich großartig.

»Nachdem ich bei Scully in London angefangen hatte, habe ich das FBI wieder kontaktiert. Sie hatten jegliches Interesse an dem Geld verloren. Ich habe ein bisschen Druck gemacht, und irgendwann habe ich einen Brief bekommen, eine Verzichtserklärung der amerikanischen Steuerbehörde. Keine Steuerschulden. Der Fall ist abgeschlossen.«

»Das Geld ist immer noch auf dem Offshore-Konto«, sagte Jack.

»Genau. Bei der Royal Bank of Quebec, die zufällig in derselben Straße ist wie Trinidad Trust.«

»Auf Grand Cayman.«

»Auf Grand Cayman. Die Jungs dort nehmen es mit dem Bankgeheimnis sehr genau, das können Sie mir glauben.«

»Und inzwischen sind es erheblich mehr als zehn Millionen.«

»Richtig. Es bringt seit fünfzehn Jahren Zinsen ein, steuerfrei natürlich. Ich habe mit Abby geredet, und wir glauben, dass jetzt der perfekte Zeitpunkt gekommen ist, um den größten Teil dieses Geldes loszuwerden. Aus irgendeinem Grund sind wir immer der Meinung gewesen, dass es uns eigentlich nicht gehört.«

»Das Lösegeld?«

»Ja. Wir steuern zehn Millionen bei. Mit den zehn Millionen von Luca sind wir bei fünfundsechzig, zusätzlich zu den ersten zehn. Kein schlechter Zahltag für eine Bande von Wüstengaunern.«

»Mitch, das ist sehr großzügig.«

»Ich weiß. Glauben Sie, dass die Entführer fünfundsechzig nehmen werden?«

»Ich habe keine Ahnung. Diese Leute interessiert Blut anscheinend mehr als Geld.«

Sie schwiegen lange und nippten an ihren Drinks. »Da wäre noch etwas«, sagte Mitch schließlich.

»Raus damit.«

»Ich habe vor ein paar Stunden Omar Celik angerufen und ihn um zehn Millionen gebeten. Er hat Luca und Giovanna sehr gern, aber ich bin mir nicht sicher, ob ihm diese Zuneigung so viel wert ist. Deshalb habe ich etwas Dummes getan. Ich habe ihm garantiert, dass wir das Geld durch die Klage wieder hereinbekommen werden.«

»Wirklich ziemlich dumm von Ihnen.«

»Das sagte ich ja bereits.«

»Ich mache Ihnen keinen Vorwurf. Außergewöhnliche Zeiten erfordern außergewöhnliche Maßnahmen. Was hat er gesagt?«

»Er wollte eine Nacht darüber schlafen. Also habe ich eins draufgesetzt und etwas getan, was noch verrückter war. Ich habe ihm gedroht, wenn er uns das Geld nicht gibt, werde ich das Mandat niederlegen, und er muss sich eine neue Kanzlei suchen.«

»Türken droht man nicht.«

»Ich weiß. Aber er ist ruhig geblieben. Ich wette, er gibt uns das Geld.«

»Das wären dann fünfundsiebzig Millionen.«

»Wenigstens diese Rechnung ist ganz einfach. Werden die fünfundsiebzig Millionen ablehnen?«

»Würden Sie?«

»Nein. Außerdem sind sie dann die Geisel los. Sie ist bestimmt keine einfache Gefangene.«

Der Alkohol vertrug sich bestens mit der Müdigkeit und dem Jetlag. Eine Stunde nach dem Start schliefen Mitch und Jack tief und fest, in zwölftausend Meter Höhe über dem Atlantik.

42

Für das Treffen am Morgen trug Abby ihr weißes Kleid und keinerlei Make-up. Hassan hatte wieder einen gut geschnittenen Leinenanzug an, dieses Mal in einem hellen Olivgrün. Weißes Hemd, keine Krawatte. Sie setzten sich an den denselben Tisch wie am Abend vorher, den Abby bereits satthatte. Dann bestellten sie Kaffee und Tee und informierten den Kellner, dass sie vielleicht später auch frühstücken würden.

Hassan gab wieder den charmanten Profi und lächelte ununterbrochen, bis Abby sagte: »Wir brauchen mehr Zeit. Weitere vierundzwanzig Stunden.«

Er runzelte die Stirn und schüttelte den Kopf. »Es tut mir leid. Das ist unmöglich.«

»Wir können sonst nicht die gesamten neunzig Millionen aufbringen.«

Das Stirnrunzeln wurde stärker. »Dann wird es kompliziert.«

»Es ist mehr als kompliziert. Wir sammeln Geld aus mindestens sieben verschiedenen Quellen und in mehreren Sprachen ein.«

»Verstehe. Eine Frage. Wenn Sie vierundzwanzig Stunden mehr haben, wie viel Geld können Sie dann zusätzlich zusammenbekommen?«

»Ich weiß es nicht genau.«

Seine kleinen schwarzen Augen waren wie Laser auf sie gerichtet. »Das sagt alles, Mrs. McDeere. Wenn Sie nicht mehr Geld versprechen können, kann ich nicht mehr Zeit versprechen. Wie viel haben Sie?«

»Fünfundsiebzig. Plus die angezahlten zehn natürlich.«

»Natürlich. Und diese Summe kann Ihr Mann morgen überweisen?«

Der Kellner war zurück und stellte langsam den Tee und den Kaffee vor sie auf den Tisch. Er erkundigte sich wieder, ob sie frühstücken wollten, doch Hassan verscheuchte ihn mit einer Handbewegung.

Dann sah er sich um, erblickte aber wohl niemanden, der ihm verdächtig vorkam. »Nun gut. Ich werde mit meinem Mandanten sprechen. Das sind keine guten Neuigkeiten.«

»Es sind die einzigen Neuigkeiten, die ich habe. Ich will Giovanna sehen.«

»Ich bezweifle, dass das möglich sein wird.«

»Dann gibt es keinen Deal. Keine fünfundsiebzig Millionen. Keine Überweisung morgen. Ich will sie heute noch sehen, und ich werde das Hotel nicht verlassen.«

»Mrs. McDeere, Sie verlangen zu viel. Wir werden nicht in eine Falle gehen.«

»Eine Falle? Sehe ich aus wie jemand, der Ihnen eine Falle stellen könnte? Ich bin Kochbuchlektorin aus New York.«

Er lächelte wieder und schüttelte belustigt den Kopf. »Es ist unmöglich.«

»Dann sorgen Sie dafür, dass es möglich ist.«

Abby stand abrupt auf, nahm ihren Kaffee und verließ mit der Tasse in der Hand das Restaurant. Hassan wartete, bis sie außer Sichtweite war, dann zog er sein Handy heraus.

Zwei Stunden später, als Abby gerade an dem kleinen Tisch in ihrem Zimmer arbeitete, vibrierte das Jakl. Es war Hassan mit der unerfreulichen Nachricht, sein Mandant sei äußerst beunruhigt darüber, dass seine Forderungen nicht erfüllt würden. Der Deal sei vom Tisch.

Allerdings sei es anzuraten, dass Mitch seine Aktivitäten auf Grand Cayman fortsetze. Er solle ein Konto bei der Trinidad Trust einrichten und auf weitere Anweisungen warten.

Der Deal war also nicht vom Tisch.

Mitch war gerade irgendwo über den Wolken und das Funknetz des Jets außer Reichweite.

Die Challenger landete um 7.10 Uhr in Westchester County, fast genau sieben Stunden nach dem Start in Rom. Zwei schwarze Limousinen warteten bereits. Eine fuhr mit Jack, der in Pound Ridge wohnte, Richtung Norden. Mitch nahm die andere Richtung Süden, in die Stadt.

In Marokko war es vier Stunden später als in New York. Er rief Abby an, die sich auf ihr Hotelzimmer verkrochen hatte und an einem Kochbuch arbeitete. Sie erzählte ihm von dem Treffen mit Hassan und ihrem Gespräch. Natürlich sei er enttäuscht gewesen, als er die Summe gehört habe, aber auf eine solche Entwicklung sei er mit Sicherheit vorbereitet worden. Er habe ausweichend geantwortet, ein echter Profi, und sie sei einfach nicht schlau geworden aus ihm. Sie hatte keine Ahnung, ob er die fünfundsiebzig Millionen akzeptieren würde, aber das Gefühl, dass er bei den Verhandlungen eine weitaus größere Rolle spielte, als er zugab.

Eine Stunde nach der Landung betrat Mitch die Wohnung in der Sixty-Ninth Street, die seit sieben Jahren ihr Zuhause war und ein Ort, den er über alles liebte. Er kam sich vor wie ein Eindringling. Wo war seine Familie? In alle Winde zerstreut. Für einen Moment sehnte er sich nach seinem Alltag zurück. Die Stille war beängstigend. Doch er hatte keine Zeit für Melancholie. Er duschte und zog Freizeitkleidung an. Dann holte er die schmutzige Wäsche aus seinem Koffer und packte ein paar saubere

Sachen hinein. Kein Jackett, keine Krawatte. Wenn er sich richtig an seine letzte Reise auf die Cayman Islands vor fünfzehn Jahren erinnerte, trugen dort nicht einmal die Bankangestellten Anzüge.

Er rief Abby ein zweites Mal an und sagte ihr, die Wohnung gebe es noch. Sie waren sich darüber einig, dass sie ihr altes Leben zurückhaben wollten.

Die Limousine wartete auf der Sixty-Ninth Street. Mitch verstaute seine Sachen im Kofferraum und sagte: »Los geht's.« Stadtauswärts zu fahren, ging erheblich schneller, und nach vierzig Minuten waren sie wieder am Flughafen von Westchester County. Die Challenger war bereits aufgetankt und startklar.

Die Warterei ging Abby allmählich auf die Nerven. Seit ihrem Treffen mit Hassan waren vier Stunden vergangen. Ihr Zimmer wurde immer kleiner, und jetzt wollte das Zimmermädchen auch noch putzen. Abby wanderte im Hotel herum, wohl wissend, dass sie beobachtet wurde. Die Rezeptionistin am Empfang, der Concierge in seiner kleinen Nische, der uniformierte Page – alle sahen wie beiläufig zu ihr hin und warfen dann schnell noch einen zweiten Blick auf sie. Es war vierzehn Uhr, die kleine, dunkle Bar war um diese Zeit leer. Der Barkeeper lächelte sie an, als sie sich mit dem Rücken zur Tür setzte, ließ sich aber Zeit, bis er an ihren Tisch kam.

»Weißwein«, sagte sie.

Wie lange dauert es, ein Glas Wein einzuschenken, wenn man keine anderen Gäste hat?

Mindestens zehn Minuten. Abby steckte die Nase in eine Zeitschrift und wartete ungeduldig.

43

Bei seinem ersten Aufenthalt auf den Caymans, vor etwa fünfzehn Jahren, war Mitch in Begleitung seines Mentors Avery Tolar gewesen. Sie waren mit Cayman Airways von Miami aus geflogen, zusammen mit einer Gruppe grölender Taucher, die Rumpunsch in sich hineingekippt und alles gegeben hatten, um noch vor der Landung betrunken zu sein. Avery hatte die Reise damals mehrmals im Jahr gemacht, und obwohl er verheiratet war und Bendini Frauengeschichten missbilligte, war er jedem Rock hinterhergerannt. Außerdem hatte er getrunken. Eines Morgens, als er mit einem heftigen Kater aufgewacht war, hatte er sich bei Mitch entschuldigt und gesagt, seine unglückliche Ehe mache ihn fertig.

Mit den Jahren hatte Mitch es geschafft, die Erinnerungen an den Albtraum in Memphis zu verdrängen, doch es gab Momente, in denen alles wieder zurückkam. Als die Challenger durch die Wolkendecke stieß und er die strahlend blaue Karibik unter sich sah, dachte er daran, wie viel Glück er in seinem Leben gehabt hatte. Ohne eigenes Verschulden war er kurz davor gewesen, entweder umgebracht zu werden oder im Gefängnis zu landen. Trotzdem war es ihm gelungen, sich aus allem hinauszumanövrieren. Die Bösen hatte es erwischt, sie hatten es verdient, und während sie hinter Gittern saßen, hatten Mitch und Abby noch einmal von vorn angefangen.

Stephen Stodghill war von Rom über Miami nach George Town geflogen und vor vier Stunden angekommen. Er wartete vor dem Terminal in einem Taxi, das sie in die Stadt brachte.

Noch eine Erinnerung. Der erste Schwall warmer Tropenluft, der durch das offene Fenster des Taxis hereinwehte, während der Fahrer leise Reggae laufen ließ. Genau wie vor fünfzehn Jahren.

»Unser Anwalt heißt Jennings«, sagte Stephen. »Brite, scheint ganz nett zu sein. Ich habe mich vor zwei Stunden mit ihm getroffen, er ist auf dem Laufenden. Laut unseren Leuten ist er einer der besten Anwälte auf den Caymans und kennt alle Banken und die Feinheiten von Geldüberweisungen. Solomon Frick, unseren neuen Freund bei der Trinidad Trust, kennt er auch. Vermutlich waschen sie nebenher zusammen Geld.«

»Das ist nicht witzig. Meinen Recherchen nach haben die Banken auf den Caymans in den letzten zwanzig Jahren Ordnung in ihre Geschäfte gebracht.«

»Interessiert uns das?«

»Nein. Beim Abendessen werde ich Ihnen alles über meine erste Reise hierher erzählen.«

»Geht's dabei um Bendini?«

»Ja.«

»Ich kann es kaum erwarten. Bei Scully geht die Legende um, dass die Mafia Sie fast umgebracht hätte, aber Sie hätten sie ausgetrickst. Ist das wahr?«

»Ich war ein bisschen schneller als die Mafia, das stimmt. Übrigens habe ich nicht gewusst, dass ich Stoff einer Legende bin.«

»Nicht wirklich. Wer hat bei Scully schon Zeit für solche Abenteuergeschichten? Es geht nur darum, den Mandanten fünfzig Stunden pro Woche in Rechnung zu stellen.«

»Sechzig sollten es schon sein, Stephen.«

Das Taxi bog um eine Ecke, und vor ihnen lag der Ozean. »Das da ist die Hog Sty Bay, dort haben die Piraten mit ihren Schiffen angelegt und sich dann auf der Insel versteckt«, sagte Mitch.

»Stimmt, das habe ich irgendwo gelesen«, erwiderte Stephen ohne jedes Interesse.

»Wo sind wir untergebracht?« Mitch war froh, keine Sehenswürdigkeiten mehr erklären zu müssen.

»Im Ritz-Carlton am Seven Mile Beach. Ich habe uns bereits eingecheckt. Schönes Hotel.«

»Es ist ein Ritz.«

»Und?«

»Dann muss es doch schön sein, oder?«

»Ich nehme es an. Woher soll ich das wissen? Ich bin nur angestellter Anwalt, und normalerweise übernachte ich in billigeren Hotels. Aber weil ich jetzt mit einem richtigen Partner unterwegs bin, darf es etwas Besseres sein. Allerdings musste ich immer noch Linie fliegen. Economy, keine First-Class.«

»Es werden bessere Zeiten für Sie kommen.«

»Das sage ich mir auch immer.«

»Gehen wir zu Jennings.«

»Die Kanzlei ist gleich da vorn.« Stephen gab Mitch eine Akte. »Britische Firma, ein Dutzend Anwälte.«

»Sind nicht alle Kanzleien auf der Insel britisch?«

»Ich glaube schon. Da fragt man sich, warum wir nicht eine von ihnen gekauft haben und sie im Briefkopf aufführen.«

»Bei der Geschwindigkeit, mit der wir Kanzleien verlieren, ist das vielleicht keine schlechte Idee.«

Die Kanzlei war im zweiten Stock eines modernen Bankgebäudes untergebracht, das nur ein paar Blocks vom Hafen entfernt lag. Sie wurden in einen Konferenzraum mit Blick aufs Meer geführt, der atemberaubend gewesen wäre, wenn in der Hog Sty Bay nicht drei riesige Kreuzfahrtschiffe vor Anker gelegen hätten. Jennings war ein Spießer mit näselnder Aussprache, der sich schwer damit tat zu lächeln. Er trug Jackett und Krawatte und schien Gefallen daran zu finden, besser angezogen zu sein als seine amerikanischen Gäste. Er sagte, seiner Meinung nach sei es die beste Strategie, ein Bankkonto bei der Trinidad Trust zu eröffnen, die er gut kenne. Solomon Frick sei ein Bekannter. Viele Banken auf den Caymans weigerten sich, Geschäfte mit Amerikanern zu machen, daher sei es am besten, wenn Scullys Niederlassung in London das Konto eröffne und sämtliche Angelegenheiten vom FBI ferngehalten würden.

»Der amerikanische Fiskus ist bekannt dafür, schwierig zu sein«, nuschelte er.

Mitch zuckte mit den Schultern. Was hätte er auch tun sollen? Die US-Steuerbehörde verteidigen? Wenn sie das Geld zusammenhatten, hoffentlich am nächsten Morgen, würde es den Anweisungen von Mr. Mansour entsprechend auf ein Nummernkonto bei der Trinidad Trust überwiesen werden. Von dort aus würde es mit einem Tastendruck auf ein noch festzulegendes Konto gehen und für immer verschwinden.

Nach einer Stunde verließen sie mit Jennings zusammen die Kanzlei und gingen zu Fuß zwei Blocks weiter zu einem ähnlich aussehenden Gebäude, in dem sie sich mit Solomon Frick trafen, einem sehr gesprächigen, jovialen Mann aus Südafrika. Eine schnelle Hintergrundprüfung von Frick hatte ein paar Alarmglocken bei Scully läuten lassen. Er hatte für Banken in Singapur, Irland und der Karibik gearbeitet und war häufig umgezogen, wobei er in der Regel ein Trümmerfeld hinterlassen hatte. Sein aktueller Arbeitgeber, die Trinidad Trust, war allerdings seriös.

Frick gab Mitch und Jennings die notwendigen Formulare, die diese überprüften und per E-Mail an Riley Casey schickten, der an seinem Schreibtisch in London saß. Er unterschrieb an den dafür vorgesehenen Stellen und schickte alles an Frick zurück. Scully & Pershing hatte jetzt ein Konto auf den Caymans.

Mitch schickte eine E-Mail an seine Kontaktperson bei der Royal Bank of Quebec, die nur ein Stück die Straße hinunter lag, und genehmigte die Überweisung von zehn Millionen Dollar, seinem Beitrag zum Lösegeld. Er starrte auf einen großen Bildschirm an der Wand von Fricks Büro. Etwa zehn Minuten später lag sein Geld auf Scullys neuem Konto.

»Ist das Ihr Geld?«, fragte Jennings verwirrt.

Mitch nickte. »Das ist eine sehr lange Geschichte.«

Er rief Riley an, der wiederum seinen Kontakt im Außenministerium anrief. Stephen schickte Roberto Maggi eine E-Mail mit den nötigen Informationen für die Überweisung. Lucas Geld lag auf einem Konto in Martinique, einer anderen Steueroase in der Karibik. Luca hatte mit mehreren dieser Gebiete zu tun gehabt und kannte sich mit Offshore-Transaktionen aus.

Während sie warteten, warf Mitch hin und wieder einen Blick auf den Bildschirm und sah sich den Betrag an, von dem er sich gerade verabschiedet hatte. Aus irgendeinem Grund war es eine Erleichterung, das schmutzige Geld loszuwerden, das er sich damals nie hätte verschaffen sollen. Er konnte sich noch gut an den Moment erinnern, in dem er die Entscheidung dazu getroffen hatte. Er war wie jetzt in einem Bankgebäude in George Town gewesen, keine fünf Minuten zu Fuß von hier entfernt. Er hatte Angst gehabt und war wütend gewesen, weil Bendini ihm seine Zukunft und vielleicht auch sein Leben geraubt hatte. Deshalb hatte er sich eingeredet, dass die Firma ihm etwas schuldig wäre. Er hatte den Zugangscode, die Passwörter und eine schriftliche Vollmacht gehabt – und sich das Geld genommen.

Es tröstete ihn, dass er vielleicht doch noch etwas Gutes damit bewirken konnte.

Er rief Abby an, bei der es sechs Stunden später war, und führte ein langes Gespräch mit ihr. Sie langweilte sich, schlug die Zeit tot und wartete auf Nachricht von Hassan. Sie hatte mit Cory geredet, über das grüne Handy natürlich. Wie sie war er der Meinung, dass kein Geld gezahlt werden sollte, bevor sie sich davon überzeugt hatte, dass Giovanna in Sicherheit war. Natürlich unter der Voraussetzung, dass sie noch lebte und der Deal nicht geplatzt war.

Das Geld der Briten kam um 15.25 Uhr, von einer Bank auf den Bahamas. Zwanzig Minuten später trafen die Millionen der Italiener ein, von einer Bank auf Guadeloupe, der größten Insel der Französischen Antillen. Im Moment waren es fünfzig Millionen Dollar, einschließlich Lucas Beitrag.

Riley rief Mitch aus London an und sagte, das Geld der Amerikaner werde nicht vor Mittwochmorgen eintreffen. Das waren keine guten Nachrichten. Aber da Riley keine Ahnung hatte, wer es schickte und wo es herkam, konnte er sich nicht beschweren.

Mitch hatte E-Mails an Omar Celik und Denys Tullos in Istanbul geschickt, doch keiner der beiden hatte geantwortet. Als es Zeit war zu gehen, telefonierte Mitch mit Jack in New York, nur für den Fall, dass es ihm vielleicht doch noch gelungen war, das Leitungsgremium der Kanzlei umzustimmen. In Jacks Stimme schwang ein verbitterter Unterton mit, der untypisch für ihn war. Er berichtete, es seien zu viele Mitglieder aus der Stadt geflüchtet, sodass das Gremium nicht beschlussfähig sei.

Im Ritz-Carlton wurde Mitch Stephen mit einer Ausrede los und versprach ihm, sich um acht Uhr für ein Abendessen am Pool mit ihm zu treffen. Er zog Shorts und ein Polohemd an und ging die verkehrsreiche Straße hinunter zu einem Motorradverleih, an dem sie mit dem Taxi vorbeigekommen waren. Er suchte sich einen roten Honda-Roller aus und sagte, dass er bei Anbruch der Dunkelheit zurück sei. Motorroller waren auf Grand Cayman allgegenwärtig, und vor Jahren, als er und Abby sich auf der Insel versteckt hatten, waren sie oft damit herumgefahren.

Der Verkehr in George Town war chaotisch, und Mitch schlängelte sich zwischen den Autos hindurch, während er versuchte, aus der Stadt herauszukommen. Er konnte sich nicht daran erinnern, dass es damals schon zu solchen Staus gekommen war. Es gab erheblich mehr Hotels und Eigentumswohnungen, und in den Ladenzeilen wurden Fast Food, T-Shirts und zollfreier Alkohol verkauft. George Town war durch und durch amerikanisch geworden. Auf der anderen Seite der Hog Sty Bay lichtete sich der Verkehr, und Mitch kam schneller voran. Er fuhr durch Red Bay, verließ die Stadt und sah die Wegweiser für Bodden Town. Die Straße führte an der Küste entlang, doch hier gab es keine Strände mehr. Das Meer rollte in sanften Wellen heran und warf sich gegen Felsen und niedrige Klippen. Ohne Strände lichtete sich die Bebauung, und die Aussicht war beeindruckend.

Grand Cayman war etwa fünfunddreißig Kilometer lang, und die Hauptverkehrsstraße führte einmal um die ganze Insel herum. Bei seinen früheren Besuchen hatte Mitch nie Zeit gehabt, sich mehr davon anzusehen, doch im Moment hatte er nichts Besseres zu tun. Die salzige Luft auf seinem Gesicht war erfrischend. Er konnte es sich leisten, für zwei Stunden nicht an Giovanna zu denken, denn die Banken und Bürogebäude hatten geschlossen. Er hielt an der Abanks Dive Lodge außerhalb von Bodden Town und trank ein Bier an der Bar, die direkt am Meer lag. Barry Abanks hatte Mitch, Abby und Ray von einem Pier in Florida abgeholt, als sie auf der Flucht vor der Mafia gewesen waren. Er hatte seine Tauchbasis schon vor Jahren verkauft und war nach Miami gezogen.

Mitch fuhr weiter nach Osten und durchquerte in gemächlichem Tempo die Ortschaften East End und Gun Bay. Die Straße wurde immer schmaler, und manchmal war es so eng, dass zwei Autos kaum aneinander vorbeikamen. George Town lag am anderen Ende der Insel, weit weg. Auf der Leeseite parkte er den Roller und ging zum Rand einer Klippe, wo Touristen ihren Müll hinterlassen hatten. Er setzte sich auf einen Felsen und starrte auf die Brandung, die unter ihm an die Küste prallte. In Rum Point trank er noch ein Bier, ein Red Stripe aus Jamaika, und sah zu, wie eine große, aus Paaren im mittleren Alter bestehende Gruppe ein Barbecue im Freien veranstaltete.

Als es fast dunkel war, fuhr er zum Seven Mile Beach zurück. Stephen wartete, es war Zeit für das Abendessen.

44

Mittwoch, 25. Mai.

Um neun Uhr betrat Abby das Restaurant des Hotels und bat um denselben Tisch wie immer. Als der Kellner sie hinführte, war sie etwas überrascht, denn Mr. Hassan Mansour war nicht da. Sie setzte sich und bestellte Kaffee, Orangensaft, Toast und Marmelade. Dann schickte sie Mitch eine Textnachricht, um ihm einen guten Morgen zu wünschen. Er antwortete umgehend. Abby wunderte das überhaupt nicht, schließlich schlief er seit einem Monat kaum noch.

Ein gut gekleidetes marokkanisches Paar setzte sich an den am nächsten stehenden Tisch. Der Mann arbeitete für Cory. Er streifte sie mit einem flüchtigen Blick, nahm sie ansonsten aber nicht zur Kenntnis.

Schließlich kam Hassan mit einem breiten Lächeln und einer Entschuldigung. Er sei im Verkehr stecken geblieben und so weiter – und sei das Wetter nicht wunderbar? Er bestellte Tee und plauderte ein paar Minuten, als wären sie Touristen. Abby aß trockenen Toast und versuchte, ihre Nervosität zu unterdrücken.

»Also, Mrs. McDeere, wie sieht es aus?« Sie hatte ihn schon mindestens dreimal gebeten, »Abby« zu ihr zu sagen.

»Wir erwarten für heute Morgen zwei Überweisungen, mit denen wir bei fünfundsiebzig Millionen wären, wie versprochen.«

Ein schwacher Versuch, missbilligend die Stirn zu runzeln, folgte, aber es war offensichtlich, dass Hassan und sein Mandant das Geld haben wollten. »Mrs. McDeere, abgemacht waren einhundert Millionen.«

»Ja, das ist uns bewusst. Sie haben einhundert verlangt, und wir haben unser Bestes getan, um diese Summe aufzutreiben. Aber wir haben nicht alles zusammenbekommen. Fünfundsiebzig ist alles, was wir haben. Und ich muss Giovanna sehen, bevor das Geld überwiesen wird.«

»Sie haben ein Konto bei der Trinidad Trust eingerichtet, wie angewiesen?«

»Ja«, erwiderte sie, wohl wissend, dass er die Antwort bereits kannte. Solomon Frick hatte ihn bereits davon unterrichtet, dass das Konto eröffnet worden war; jedenfalls hatte Jennings das zu Mitch gesagt. Frick und die Bank warteten. Alles war vorbereitet. Das Vermögen war zum Greifen nah, und Hassan hatte sichtlich Mühe, seine Aufregung zu verbergen.

»Möchten Sie Toast?«, fragte Abby. Auf dem kleinen Teller lagen vier gebutterte Scheiben.

Er nahm eine davon, bedankte sich und brach sie in der Mitte auseinander.

»Wir haben jede Menge Zeit«, sagte sie. »Das Ultimatum läuft erst in ein paar Stunden ab.«

»Ja, aber mein Mandant besteht auf den einhundert Millionen.«

»Und diese Forderung können wir nicht erfüllen, Mr. Mansour. Es ist ganz einfach. Fünfundsiebzig – nehmen Sie es, oder lassen Sie es bleiben.«

Hassan verzog tatsächlich das Gesicht, vermutlich, weil er sich gerade vorstellte, wie es sein würde, auf so viel Geld zu verzichten. Er nippte an seinem Tee und versuchte, den Eindruck zu vermitteln, dass alles schiefgehen könnte. Sie aßen schweigend Toast. Nach ein paar Sekunden sagte er: »Wir machen Folgendes: Ich werde um sechzehn Uhr in der Lobby auf Sie warten. Sie geben mir Bescheid, ob alle Überweisungen eingetroffen sind und das Geld da ist. Dann verlassen wir zusammen das

Hotel und gehen zu einem sicheren Ort, wo Sie Giovanna sehen können.«

»Ich werde das Hotel nicht verlassen.«

»Wie Sie möchten.«

Um 9.15 Uhr traf eine Überweisung von einer Bank in Zypern ein. Zehn Millionen Dollar, wie von Omar Celik versprochen, von einer Lannak-Niederlassung in Kroatien. Mitch, Stephen, Jennings und Frick lächelten und atmeten auf. Weder Jennings noch Frick kannte die Hintergrundgeschichte. Sie hatten keine Ahnung, wo das Geld hinfloss oder wofür es benutzt wurde. Angesichts der Nervosität von Scullys Anwälten war jedoch klar, dass die Zeit drängte. Jennings, durch und durch Brite, hatte die Vermutung, dass es mit der Scully-Geisel zu tun hatte, doch er war viel zu sehr Profi, um zu fragen. Seine Aufgabe bestand darin, den Mandanten zu beraten und die eingehenden Überweisungen und die große ausgehende Zahlung zu beaufsichtigen.

Mitch rief Riley Casey in London an. Er ging nicht davon aus, dass es etwas Neues gab, fragte aber trotzdem: »Verdammt noch mal, wo bleibt das Geld der Amerikaner?« Natürlich hatte Riley keine Ahnung, was die Amerikaner trieben.

Um 10.04 Uhr kam eine Überweisung von einer Bank in Mexico City. Die letzte Zahlung in Höhe von fünfzehn Millionen Dollar war gerade gutgeschrieben worden. Jetzt war die Frage, was sie mit dem Geld machen sollten. Solomon Frick ging in ein anderes Büro, um seinen Kunden zu informieren. Mitch rief Abby an.

Um 15.45 Uhr hielt Abby es nicht länger aus. Sie war erst seit zwei Tagen hier, aber es kam ihr viel länger vor. So schön das Hotel auch war, sie fühlte sich wie eine Gefangene. Und wenn man Angst hat, das Gebäude zu verlassen, und weiß, dass man rund um die Uhr beobachtet wird, vergeht die Zeit erheblich langsamer.

Um vier ging sie nach unten in die Lobby und lächelte Hassan an. »Wie sieht es aus?«, flüsterte er, obwohl niemand in der Nähe war.

»Es hat sich nichts geändert. Wir haben fünfundsiebzig Millionen.«

Er runzelte die Stirn, weil es zu seiner Rolle gehörte. »Also gut. Wir werden diese Summe akzeptieren.«

»Erst, wenn ich Giovanna gesehen habe.«

»Ja, natürlich, aber wenn Sie sie sehen wollen, müssen Sie das Hotel verlassen.«

»Ich werde das Hotel nicht verlassen.«

»Dann haben wir ein Problem. Es ist zu riskant, sie herzubringen.«

»Warum?«

»Weil ich Ihnen nicht trauen kann, Mrs. McDeere. Man hat Ihnen gesagt, dass Sie allein kommen sollen, aber wir vermuten, dass einige Ihrer Freunde ganz in der Nähe sind. Trifft das zu?«

Abby war so überrascht, dass sie keine überzeugende Lüge parat hatte. Ihr Zögern verriet sie. »Äh, nein. Ich weiß nicht, was Sie meinen.«

Hassan lächelte und zog sein Handy heraus, anscheinend auch ein Jakl. Er hielt es ihr vors Gesicht und sagte: »Kennen Sie diesen Mann?«

Es war ein Foto von Cory, der gerade das Hotel durch den Vordereingang verließ. Er war selbst mit Sonnenbrille und Baseballmütze zu identifizieren. Gute Arbeit, Cory.

Sie schüttelte den Kopf. »Nein, nie gesehen.«

»Ach ja?«, erwiderte Hassan mit einem boshaften Grinsen, während er das Handy einsteckte und sich in der Lobby umsah. Sie war immer noch leer. »Er heißt Cory Gallant und ist der Sicherheitschef der Kanzlei Scully & Pershing«, sagte er leise. »Ich bin sicher, dass Sie ihn gut kennen. Er ist in der Stadt, in Begleitung von mindestens zwei einheimischen Sicherheitsleuten, von denen er glaubt, dass sie vertrauenswürdig sind. Mrs. McDeere, wir sind nicht so dumm, die Dame hier ins Hotel zu bringen. Wir können Ihnen nicht vertrauen. Die gesamte Operation steht kurz vor dem Scheitern. Giovannas Leben ist in Gefahr. Jetzt, in diesem Moment, ist eine Waffe auf ihren Kopf gerichtet.«

Abby war fassungslos, versuchte aber, klar zu denken. »Mir wurde gesagt, dass ich allein kommen soll, und das habe ich getan. Ich habe nichts damit zu tun, dass dieser Mann hier aufgetaucht ist, und ich habe auch keine einheimischen Sicherheitsleute gesehen. Sie wissen, dass ich allein hergereist bin, schließlich werde ich ja die ganze Zeit beobachtet. Ich habe alles getan, was Ihre Leute von mir verlangt haben.«

»Wenn Sie Giovanna sehen möchten, müssen Sie einen Spaziergang mit mir machen.«

In Abbys Kopf drehte sich alles, doch der vorherrschende Gedanke war: Für so etwas bin ich nicht ausgebildet. Ich habe keine Ahnung, was ich jetzt tun soll. »Ich werde dieses Hotel nicht verlassen«, war alles, was sie herausbrachte.

»Wie Sie wollen, Mrs. McDeere. Ihre Weigerung bringt Giovanna in Lebensgefahr. Ich biete Ihnen an, mit mir zusammen zu ihr zu gehen.«

»Wo ist sie?«

»Ganz in der Nähe. Ein netter Spaziergang an einem schönen Tag.«

»Ich fühle mich nicht sicher.«

»Wie fühlt sich wohl Giovanna?«

Mit einer Waffe am Kopf? Abby hatte keine Zeit, weder zum Überlegen noch zum Verhandeln. »Okay«, stimmte sie zu. »Ich gehe mit, aber ich werde nicht in ein Auto steigen.«

»Ich habe auch keines erwähnt.«

Sie verließen das Hotel durch den Vordereingang und betraten einen belebten Bürgersteig. Abby wusste, dass das Hotel im Zentrum und in der Nähe der Medina lag, dem von einer Mauer umgebenen ältesten Teil der Stadt. Durch die dunklen Gläser ihrer großen Sonnenbrille versuchte sie, jedes Gesicht und jede Bewegung zu erfassen, doch angesichts der Massen von Menschen gab sie es schnell wieder auf. Sie trug Jeans und Sportschuhe und hatte eine große Designer-Schultertasche dabei, was ihr ein paar neugierige Blicke einbrachte, aber es waren noch andere Touristen unterwegs, vor allem Westler. Sie hoffte inständig, dass Cory und seine Leute in der Nähe waren und alles beobachteten, doch nachdem er sich von Hassan hatte erwischen lassen, war sie sich dessen nicht mehr sicher.

Hassan schwieg, während sie weitergingen. Sie folgte ihm durch ein steinernes Tor in die Medina, ein Labyrinth aus engen, gepflasterten Straßen, auf denen sich Fußgänger und Eselskarren drängten. Es gab ein paar Motorroller, aber keine Autos. Sie wurden von den Menschenmassen weitergeschoben und kamen an endlosen Reihen von Verkaufsständen vorbei, die alle möglichen Waren anboten. Hassan führte sie immer weiter in das Gewirr der Gassen hinein und schien keine Eile zu haben. Abby warf hin und wieder einen Blick hinter sich und versuchte, Orientierungspunkte zu finden, an die sie sich später vielleicht erinnern würde, aber es war unmöglich.

An der Medina war über Jahrhunderte gebaut geworden, und ihre Märkte, Souks genannt, erstreckten sich in alle Richtungen.

Sie gingen an Souks für Gewürze, Eier, Textilien, Kräuter, Lederwaren, Teppiche, Töpferwaren, Schmuck, Metallgegenstände, Fisch, Geflügel und Tiere vorbei, von denen einige bereits tot und verzehrfertig waren, andere dagegen noch am Leben und auf der Suche nach einem neuen Zuhause. In einem großen, schmutzigen Käfig gaben ein paar Berberaffen ein ohrenbetäubendes Kreischen von sich, doch niemand schien sich daran zu stören. Ein Dutzend Sprachen schwirrte durch die Luft, während die Menschen lautstark und manchmal auch brüllend über Preise, Menge und Qualität verhandelten. Abby hörte ein paar Worte auf Englisch, einige mehr auf Italienisch, doch das meiste davon war unverständlich. Manche Händler herrschten ihre Kunden an, die sofort dagegenhielten. Während sie sich durch das Gedränge zwängten, rief ihr Hassan über die Schulter zu: »Passen Sie auf Ihre Tasche auf. Hier gibt es viele Diebe.«

Auf einem weiten, offenen Platz gingen sie vorsichtig an einigen Schlangenbeschwörern vorbei, die ihre Kobras mit Flöten aus den Körben lockten. Ganz in der Nähe zeigten Akrobaten und Transvestitentänzer ihr Können, und junge Boxer mit schweren Lederhandschuhen droschen aufeinander ein. Zauberkünstler versuchten, genug Leute für ihre nächste Vorstellung zu interessieren. Musiker spielten auf Ouds und Gimbris. In einem Souk war ein Zahnarzt offenbar gerade dabei, ein paar Zähne zu ziehen. Ein Fotograf drängte Touristen dazu, mit seinem schönen jungen Modell zu posieren. Und überall waren Bettler, die anscheinend rege Geschäfte machten.

Als sie irgendwo im Zentrum der Medina waren, fragte Abby über den Lärm hinweg: »Wo gehen wir eigentlich hin?«

Hassan deutete vor sich, sagte aber nichts. Umgeben von Menschentrauben fühlte sie sich nicht komplett hilflos, doch Sekunden später verlor sie völlig die Orientierung und bekam

Angst. Sie bogen in einen anderen Teil der Medina ein, wieder eine enge Gasse mit niedrigen, heruntergekommenen Gebäuden und einem Souk für Gewürze auf der einen Seite und einem für Teppiche auf der anderen. Aus den offenen Fenstern über ihnen hingen Dutzende bunter Teppiche, mit denen die Verkaufsstände auf der Straße beschattet wurden. Plötzlich legte Hassan ihr die Hand unter den Ellbogen, nickte und sagte: »Hier rein.« Sie gingen durch einen engen, dunklen Durchgang zwischen zwei Häusern, dann durch eine Tür, die mit einem ausgebleichten Teppich bedeckt war. Hassan schob ihn zur Seite. Sie betraten einen Raum, dessen Wände und Boden aus Teppichen bestanden, dann einen zweiten, der genauso aussah. Eine Frau stellte ein Teeservice auf einen kleinen, elfenbeinfarbenen Tisch mit zwei Stühlen. Hassan nickte ihr zu, und sie verschwand.

Er lächelte und deutete auf den Tisch. »Trinken Sie eine Tasse Tee mit mir, Mrs. McDeere?«

Abby konnte kaum Nein sagen, auch wenn Tee jetzt nicht das Getränk ihrer Wahl war. Sie setzte sich auf einen Stuhl und sah zu, wie Hassan zwei Tassen mit Schwarztee füllte, der ziemlich stark zu sein schien und auch so roch.

Er trank einen Schluck, lächelte und stellte seine Tasse auf den Tisch. Dann rief er nach links: »Ali!« Zwei herabhängende Teppiche teilten sich einen Spaltbreit, und ein junger Mann steckte den Kopf durch die Lücke. Hassan nickte kaum merklich und sagte: »Jetzt.«

Die Teppiche wurden noch weiter zurückgeschlagen, sodass keine sechs Meter von Abby entfernt eine Gestalt zu sehen war, die auf einem Stuhl saß. Es war eine Frau in einem schwarzen Gewand, deren Gesicht von einer kleinen Kapuze bedeckt war. Die langen hellbraunen Haare unter der Kapuze fielen ihr bis auf die Schultern. Hinter ihr stand ein ebenfalls in Schwarz gekleideter

Mann mit einer Maske, die sein Gesicht verbarg, und einer Pistole an der Hüfte.

Hassan nickte, und der Mann zog die Kapuze herunter. Giovanna schnappte nach Luft, als es plötzlich hell um sie herum wurde, und blinzelte mehrmals. Abby wusste, dass sie wenig Zeit hatte, und rief: »Giovanna, ich bin es, Abby McDeere. Geht es Ihnen gut?«

Giovanna stand der Mund offen, während sie versuchte, sich zu konzentrieren. »Ja, Abby, mir geht es gut.« Ihre Stimme war schwach und heiser.

»*Andiamo a casa, Giovanna. Luca sta aspettando.*« Wir gehen nach Hause, Giovanna, Luca wartet.

»*Si, okay, va bene, fa quello che vogliono*«, erwiderte sie. Ja, tun Sie, was man Ihnen sagt.

Hassan nickte erneut, und die Teppiche wurden schnell übereinandergeschlagen. Er sah Abby an. »Sind Sie jetzt zufrieden?«

»Ich denke schon.« Wenigstens lebte Giovanna noch.

»Sie sieht gut aus, finden Sie nicht?«

Abby wandte den Blick ab und gab ihm keine Antwort. Diese Leute sperren Giovanna vierzig Tage in einen Käfig, und dann soll ich davon beeindruckt sein, wie gut sie aussieht?

»Jetzt sind Sie an der Reihe, Mrs. McDeere. Bitte informieren Sie Ihren Mann.«

»Wenn ich das tue und wenn Sie das Geld haben, was passiert dann?«

Hassan lächelte und schnippte mit den Fingern. »Wir verschwinden, einfach so. Wir verlassen diesen Ort, und niemand folgt uns. Sie verlassen diesen Ort, und niemand folgt Ihnen.«

»Wie soll ich den Weg heraus finden?«

»Sie schaffen das schon, da bin ich mir sicher. Rufen Sie jetzt bitte an.«

Abby suchte sich aus ihrer Kollektion an Mobiltelefonen ihr eigenes heraus und rief Mitch an.

Mitch steckte das Handy ein, lächelte die anderen an und sagte: »Es kann losgehen.«

Frick nahm ein einseitiges Dokument und gab es Jennings, der jedes einzelne Wort las und das Blatt dann an Mitch weiterreichte, der das Gleiche tat. Ohne die juristischen Floskeln war es eine schlichte Vollmacht, die Mitch und Jennings unterschrieben.

Frick setzte sich an seinen Schreibtisch und klappte einen Laptop auf. »Meine Herren, bitte beobachten Sie den Bildschirm«, sagte er. »Ich überweise jetzt fünfundsiebzig Millionen Dollar von dem Konto ADMP 8859 4454 7376 XBU auf das Konto mit der Nummer 33375 9 856 623. Beide Konten sind bei der Trinidad Trust, Niederlassung auf Grand Cayman.« Während alle auf den Bildschirm starrten, änderte sich der Saldo des ersten Kontos plötzlich auf Null. Ein paar Sekunden später wurden als Saldo des zweiten Kontos fünfundsiebzig Millionen Dollar angezeigt.

45

Hassan hörte einen Moment konzentriert zu, dann legte er sein Handy auf den Tisch. Er goss sich noch Tee ein und fragte: »Möchten Sie?«

»Nein, danke.« Abby hatte nur einen Schluck getrunken. Sie bezweifelte, dass sie je wieder in ihrem Leben eine Tasse Tee anrühren würde.

Hassan zog ein anderes Handy aus einer anderen Tasche und starrte auf das Display. Die Minuten verstrichen quälend langsam. Er trank noch mehr Tee. Schließlich gab sein erstes Handy ein leises Brummen von sich. Er verkniff sich ein Lächeln und nahm beide Handys an sich. »Das Geld ist eingetroffen«, sagte er. »Es war mir ein Vergnügen, mit Ihnen Geschäfte zu machen, Mrs. McDeere. Ich hatte noch nie so eine reizende Gegnerin.«

»Bitte sehr, gern geschehen.«

Hassan stand auf. »Ich werde Sie jetzt verlassen. Es ist am besten, wenn Sie noch einen Moment warten, bevor Sie gehen.«

Hassan machte ein paar Schritte zu zwei herabhängenden Teppichen auf der anderen Seite des Raums und war im Bruchteil einer Sekunde verschwunden. Abby wartete und zählte bis zehn. Dann stand sie auf und lauschte angestrengt. »Giovanna? Sind Sie da?«, fragte sie schließlich.

Keine Antwort.

Abby schlug die Teppiche zur Seite und erstarrte vor Entsetzen.

»Giovanna!«, rief sie. »Giovanna!« Sie zerrte an den Teppichen, suchte nach einem weiteren Raum, fand aber nichts. Abby stand da, starrte den leeren Stuhl an und hätte am liebsten laut geschrien. Doch sie durfte keine Zeit verlieren. Sie musste Giovanna finden, die nicht allzu weit weg sein konnte.

Es gelang ihr, zwischen einigen Teppichen nach draußen zu schlüpfen und den engen Durchgang zu finden. Sie rannte hindurch und befand sich wieder auf der gepflasterten Straße, wo sie stehen blieb. Tausende Menschen gingen in alle möglichen Richtungen. Die überwiegende Mehrheit davon waren Männer, die lange Gewänder in unterschiedlichen Farben trugen, doch Weiß war vorherrschend. Auf den ersten Blick konnte sie keine einzige in Schwarz gekleidete Frau entdecken.

In welche Richtung sollte sie sich wenden? An welcher Stelle sollte sie abbiegen? Abby hatte keine Ahnung, wo sie sich gerade befand. Es war aussichtslos. Dann fiel ihr Blick auf die Kuppel einer Moschee, und sie erinnerte sich daran, vorhin daran vorbeigekommen zu sein. Auf das Gebäude zuzulaufen ergab so viel Sinn wie alles andere.

Sie hatte das Geld und Giovanna verloren. Es war surreal, einfach unglaublich, und Abby hatte keine Ahnung, was sie jetzt tun sollte. Während sie sich von der Menge mitreißen ließ, wurde ihr klar, dass sie Mitch anrufen musste. Vielleicht konnte er die Überweisung stoppen, das Geld zurückholen. Doch sie wusste, dass es vergeblich sein würde.

Plötzlich fing ein Mann an, sie zu beschimpfen, ein Irrer mit weit aufgerissenen Augen und zornrotem Gesicht, der aus irgendeinem Grund wütend auf sie war und einen Wortschwall in einer anderen Sprache auf sie losließ. Er stellte sich ihr in den Weg und kam auf sie zu. Dann stolperte er. Abby wurde klar, dass er betrunken war, aber er hörte einfach nicht auf mit seiner Tirade. Sie wandte sich nach rechts und wurde schneller. Der Mann stolperte wieder, und dieses Mal stürzte er zu Boden. Es gelang ihr wegzulaufen, doch der Vorfall hatte sie schwer erschüttert. Sie hastete weiter. Als sie eine kleine Gruppe bemerkte, die offensichtlich aus Touristen bestand, hielt sie sich in deren Nähe. Es waren Niederländer mit kleinen Rucksäcken und Wanderstiefeln. Abby folgte ihnen für eine Weile, während sie versuchte, ihre Gedanken zu ordnen. Die Niederländer entdeckten ein Café mit Sitzplätzen im Freien und beschlossen, eine Kaffeepause einzulegen. Abby setzte sich an einen Tisch direkt neben ihnen und versuchte, die Touristen zu ignorieren und sich zu beruhigen. Erst jetzt fiel ihr auf, dass sie weinte.

Cory war der Verbündete, der ihr am nächsten war. Als sie ihn mit dem grünen Handy anrief, antwortete er sofort. »Wo sind Sie?«, herrschte er sie nervös an.

»In der Medina, in der Nähe der Moschee. Und Sie?«

»Das wüsste ich auch gern. Ich versuche gerade, meine Leute zu finden. Wir sind, glaube ich, ganz in der Nähe.«

»Sie werden beobachtet.«

»Wie bitte?«

»Cory, hören Sie zu. Das Geld wurde überwiesen, aber Giovanna ist verschwunden.«

»Verdammt!«

»Ich habe sie eine Sekunde lang gesehen, sie lebt. Zumindest hat sie vor ein paar Minuten noch gelebt. Mitch hat die Überweisung veranlasst, und dann hat sie sich in Luft aufgelöst. Ich hab's vermasselt, Cory. Sie ist fort.«

»Sind Sie in Ordnung, Abby?«

»Ja. Bitte kommen Sie. Ich bin in einem Café neben ein paar Verkaufsständen mit Lederwaren.«

»Gehen Sie zur Mouassine-Moschee, die liegt am nächsten. Auf der Nordseite gibt es einen Brunnen. Dort treffen wir uns.«

»Verstanden.« Wo zum Teufel war Norden?

Abby überquerte einen drängend vollen Platz und sah die Kuppel der Moschee in einiger Entfernung vor sich. Es war nicht so nah, wie sie gedacht hatte.

Ein vertrautes Geräusch in ihrer Schultertasche ließ sie zusammenzucken. Es war das Jakl, das sie schon ganz vergessen hatte. Sie blieb neben einem Verkaufsstand für Käse stehen und starrte das Handy an. Natürlich wurde sie immer noch beobachtet.

Es musste Noura sein.

»Ja?«, meldete sich Abby.

»Abby, hören Sie mir genau zu. Drehen Sie sich nach links, und gehen Sie an dem großen Souk mit den Töpferwaren vorbei. Sehen Sie ihn?«

»Noura, wo sind Sie?«

»Hier. Ich beobachte Sie. Sehen Sie die Töpferwaren?«

»Ja. Ich gehe direkt darauf zu. Wo ist Giovanna?«

»In der Medina. Bleiben Sie dran. Gleich kommt ein kleiner Platz mit einer Reihe Eselskarren. Gehen Sie darauf zu.«

»Ich sehe ihn.«

Noura tauchte aus dem Nichts auf und war plötzlich neben ihr. »Gehen Sie weiter«, sagte sie, während sie das Handy einsteckte. Abby verstaute ihres in der Schultertasche. Sie warf einen Blick auf Noura, die genauso aussah wie vor einem Monat, als sie sich zum ersten Mal getroffen hatten, in dem Coffeeshop in Manhattan. Ihr Gesicht war verschleiert, ihre Augen kaum zu erkennen. Abby fragte sich, ob es tatsächlich dieselbe Frau war, aber ihr war klar, dass sie keine Möglichkeit hatte, es herauszufinden. Doch die Stimme kam ihr bekannt vor.

»Noura, was ist hier los?«

»Das werden Sie gleich sehen.«

»Was ist mit Giovanna? Bitte sagen Sie mir, dass ihr nichts passiert ist.«

»Gleich, Abby.«

Sie gingen an den Eselskarren vorbei zu einer Straße in einem Wohngebiet, auf der es ruhiger war und nicht so viele Menschen unterwegs waren. Vor ihnen lag eine der kleineren Moscheen, Sidi Ishaq.

»Bleiben Sie stehen«, sagte Noura. »Auf der rechten Seite der Moschee, da vorn an der Ecke, ist ein kleiner Souk für Kaffee und Tee. Gehen Sie hinein.«

Noura drehte sich abrupt um und verschwand. Abby rannte die Straße hinunter und an der Moschee vorbei, dann betrat sie den Souk. In einer Ecke, fast versteckt, stand Giovanna Sandroni. Sie hatte die Sachen an, die sie auch an dem Tag getragen hatte, als man sie entführt hatte: Jeans, Jacke und feste Stiefel. Sie packte Abby, und die beiden Frauen umarmten sich lange. Der Ladenbesitzer beobachtete sie misstrauisch, sagte aber nichts.

Sie verließen den Souk und gingen auf die Straße hinaus. Abby rief Cory an und informierte ihn, dann war Mitch an der Reihe.

»Sind wir in Sicherheit?«, fragte Giovanna, während sie zum Markt zurückgingen.

»Ja, Giovanna, wir sind in Sicherheit. Sie fliegen gleich nach Rom. Das Flugzeug wartet schon. Brauchen Sie etwas?«

»Nein. Nur etwas zu essen.«

»Das haben wir.«

Abby warf einen Blick in eine Gasse hinter einer Reihe von Verkaufsständen für Obst und Gemüse. Dort stand ein Karton, der halb voll mit verfaulten Waren und anderem Abfall war. Sie ging ein paar Schritte darauf zu und warf das Jakl hinein.

46

»Haben Sie eigentlich mal darüber nachgedacht, was diese Leute mit den fünfundsiebzig Millionen Dollar alles anstellen werden?«, fragte Stephen.

»Genau genommen sind es fünfundachtzig. Ja, das habe ich«, erwiderte Mitch. »Sie werden damit noch mehr Menschen töten. Noch mehr Bomben anschaffen und zünden. Noch mehr Gebäude abbrennen lassen. Sie werden nichts Gutes damit tun. Anstatt Lebensmittel und Medikamente werden sie dafür nur noch mehr Kugeln kaufen.«

»Haben Sie deshalb ein schlechtes Gewissen?«

»Wenn ich das Ganze in diesem Zusammenhang sehen würde, ja. Aber das tue ich nicht. Wir hatten keine andere Wahl, weil es um das Leben Giovannas ging.«

»Ich würde mir deshalb auch keine Gedanken machen. Solange sich die Terroristen gegenseitig umbringen, ist es eigentlich egal.«

Mitch und Stephen saßen an einem kleinen Tisch auf der schattigen Veranda einer Kaffeebar mit Blick auf die Hog Sty Bay. Ein riesiges Kreuzfahrtschiff lag in der Bucht vor Anker, ein weiteres war am Horizont zu sehen. Sie waren nervös und starrten auf Mitchs Handy, das vor ihnen auf dem Tisch lag.

Als es endlich klingelte, griff Mitch sofort danach. Über siebentausend Kilometer von ihnen entfernt sagte Abby: »Wir haben sie und sind schon auf dem Weg zum Flughafen.« Er lächelte Stephen an und streckte den Daumen nach oben.

»Großartig. Geht es ihr gut?«

»Ja. Sie hat mit Luca telefoniert und kann es kaum erwarten, nach Hause zu kommen.«

»Ich werde Roberto anrufen.« Mitch versagte für einen Moment die Stimme, dann fing er sich. »Gut gemacht, Abby. Ich bin sehr stolz auf dich.«

»Eigentlich hatte ich ja keine andere Wahl, oder?«

»Darüber reden wir noch.«

»Du hast keine Ahnung. Nachdem das Geld überwiesen war, ist sie verschwunden. Den Rest erzähle ich dir später.«

»Wir sehen uns in Rom. Ich liebe dich.«

Mitch beendete das Gespräch und sah Stephen an. »Sie fahren gerade zum Flughafen und sind auf dem Weg nach Hause. Wir haben es geschafft.«

Stephen zuckte mit den Schultern. »Ach, das ist bei uns doch Routine.«

»Richtig. Ich rufe Roberto und Jack an. Sie übernehmen Riley in London.«

»Wird gemacht. Wo fliege ich von hier aus hin?«

»Sie fliegen nach New York, ich nach Rom.«

»Wer bekommt den Jet?«

»Nicht Sie.«

»Das habe ich mir schon gedacht.«

»Aber ich werde ein Upgrade auf Businessclass genehmigen.«

»Das ist nett. Vielen Dank.«

Im Flugzeug führte eine Krankenschwester eine schnelle Untersuchung durch und bestätigte, dass Giovanna nichts fehlte. Puls, Blutdruck, Herzfrequenz – alles im normalen Bereich. Sie bot ihr ein Beruhigungsmittel an, doch Giovanna wollte keine Tabletten, nur ein Glas eiskalten Champagner. Während der Pilot auf die Startfreigabe wartete, trank sie das Glas halb leer, dann streckte sie sich auf dem Sofa aus und schloss die Augen. Abby breitete eine Decke über ihr aus. Als sie sie um ihre Beine feststeckte, bemerkte sie, dass Giovanna leise weinte.

Beim Abheben lächelte Abby Cory an, der beide Daumen nach oben streckte. Sie waren in der Luft. Zwanzig Minuten später, als sie die Flughöhe von zwölftausend Metern erreicht hatten, setzte sich Giovanna auf und legte sich die Decke um die Schultern. Abby löste den Sicherheitsgurt und gesellte sich zu ihr. »Im hinteren Teil der Kabine ist eine kleine Dusche«, sagte sie.

»Nein, danke. Sie haben mich gestern Abend in ein Hotel gebracht, und ich durfte zum ersten Mal seit vierzig Tagen baden. Versuchen Sie das mal. Meine Haare bestanden nur noch aus Knoten und Fett. Meine Zähne waren mit einem ekelhaften Belag überzogen. Ich habe von Kopf bis Fuß vor Schmutz gestarrt. Ich bin stundenlang im Bad geblieben.«

Abby berührte den Ärmel ihrer Bluse. »Sieht sauber aus.«

»Ja, aber diese Sachen habe ich nicht tragen dürfen. Haben Sie die Videos gesehen?«

»Ein paar davon.«

»Sie haben mich wie eine Nonne angezogen, komplett mit Hidschab und so. Gestern Abend haben sie mir meine Sachen dann zurückgegeben, gewaschen und gebügelt.«

»Sie sagten vorhin, dass Sie Hunger haben.«

»Ja. Was gibt es zu essen?«

»Seebarsch oder Steak.«

»Ich nehme den Fisch. Und noch mehr Champagner.«

Mitch kam sechs Stunden nach ihnen an. Robert hatte eine Limousine für ihn zum Flughafen von Rom geschickt, zusammen mit der strikten Anweisung Lucas, sofort zur Villa zu kommen, wo eine kleine Feier im Gang war. Mitch traf kurz nach

Mitternacht ein und erdrückte seine Frau fast, als er sie sah. Nachdem sie sich lange umarmt hatten, ging er zu Giovanna. Sie bedankte sich mehrfach. Er entschuldigte sich mehrfach. Dann begrüßte er Luca und dachte, dass der alte Herr plötzlich zehn Jahre jünger aussah.

Außer Roberto und seiner Frau, Cory, Darian und Bella waren etwa ein Dutzend alte Familienfreunde auf der Terrasse. Die Stimmung war euphorisch. Sie hatten so lange das Schlimmste befürchtet, jetzt war es an der Zeit, das Wunder zu feiern. Und niemand wollte damit aufhören.

Ein Freund, der ein Restaurant um die Ecke besaß, kam vorbei und brachte noch eine Ladung Essen mit. Nachbarn, die sich über den Lärm beschwerten, wurden eingeladen mitzufeiern. »Giovanna ist wieder da!«, rief jemand, und bald wusste es das ganze Viertel.

Mitch und Abby schliefen auf einem schmalen Bett in einem der Gästezimmer und wachten beide mit einem leichten Kater auf, den sie mit Mineralwasser und starkem Kaffee bekämpften.

Mitch warf einen Blick auf sein Handy und hätte es am liebsten aus dem Fenster geworfen. Dutzende verpasster Anrufe, Voicemails, E-Mails, Textnachrichten, die alle mit der Freilassung der Geisel zu tun hatten. Er und Roberto steckten die Köpfe zusammen und entwarfen schnell eine Medienstrategie. Sie schrieben eine Pressemitteilung, in der sie das Wichtigste erwähnten – Giovannas Freilassung und Rückkehr –, alle anderen Details aber verschwiegen. Die Meldung ging nach New York und London. Um die italienischen Zeitungen würde sich Roberto kümmern. Niemand hatte vor, auch nur in die Nähe einer Fernsehkamera zu kommen.

Am späten Vormittag gesellte sich Luca zu ihnen auf die Terrasse. Er sagte, Giovanna sei dem Rat seines Arztes gefolgt und werde zwei Tage im Krankenhaus verbringen, für Tests und einige Untersuchungen. Sie habe fast zehn Kilo abgenommen und sei dehydriert. Er und Roberto würden in einer halben Stunde mit ihr aufbrechen.

Luca bedankte sich noch einmal bei Mitch und Abby, und als er die beiden umarmte, hatte er Tränen in den Augen. Mitch fragte sich, ob er ihn je wiedersehen würde.

Ja, er würde ihn wiedersehen. Sobald zu Hause wieder der Alltag eingekehrt war, wollten er und Abby nach Rom zurückkommen und etwas Zeit mit Luca und Giovanna verbringen. Mitch hatte die Entscheidung getroffen, sich eine Weile freizunehmen.

Um die Mittagszeit herum hob die Gulfstream am Flughafen Rom ab. Ziel war New York, wo Cory und Darian aussteigen würden. Nach dem Auftanken würde der Jet wieder in die Luft gehen, für einen kurzen Flug nach Maine, wo die McDeeres wiedervereint ein langes, faules Wochenende genießen würden.

Der Montag würde grausam sein. Die Jungen hinkten in der Schule zwei Wochen hinterher.

47

Als Mitch die Broad Street 110 zum letzten Mal betrat, hielt er kurz inne und ging dann nach rechts, zu den Designerbänken, die wie immer leer waren, und der teuren modernen Kunst, die von allen ignoriert wurde. Er setzte sich, und genau wie sein ehemaliger Kollege Lamar Quin beobachtete er, wie Hunderte junger Angestellter mit dem Handy am Ohr nach oben eilten. Das Gedränge war nicht ganz so groß wie sonst, denn es war schon fast 9.30 Uhr, unerhört spät für den Arbeitsbeginn bei einer Großkanzlei.

In der letzten Woche war Mitch später gekommen und früher gegangen, falls er überhaupt in der Kanzlei gewesen war.

Schließlich fuhr er nach oben zu seinem Büro, wo er einen Blick auf seine Kartons warf und dann ohne ein Wort zu seiner Sekretärin wieder ging. Vielleicht würde er sie später anrufen.

Jack erwartete ihn um 9.45 Uhr.

»Bitte sagen Sie Barry noch einmal Danke von uns«, begann Mitch. »Für seine unglaubliche Gastfreundschaft. Vielleicht besuchen wir ihn im August wieder.«

»Ich werde auf jeden Fall dort sein. Ich höre am 30. Juli auf.«

»Und ich höre jetzt auf, Jack. Ich gehe, ich scheide aus, ich kündige, nennen Sie es, wie Sie wollen. Ich kann hier nicht mehr arbeiten. Gestern habe ich Mavis Chisenhall in der Cafeteria gesehen, und sie hat sich fast das Genick gebrochen bei dem Versuch, von mir wegzukommen. Sie schämt sich so, dass sie nicht mit mir reden will. Ich kann nicht irgendwo arbeiten, wo mir die Leute aus dem Weg gehen.«

»Mitch, ich bitte Sie! Sie sind jetzt ein Held, der Mann des Tages.«

»So fühle ich mich aber nicht.«

»Es stimmt aber. Alle wissen, was das Leitungsgremium getan hat, oder besser gesagt, nicht getan hat. Die ganze Kanzlei ist fassungslos.«

»Scully & Pershing hat sein Rückgrat verloren. Falls es je eines hatte.«

»Mitch, tun Sie's nicht. Lassen Sie ein bisschen Zeit vergehen. Irgendwann werden alle darüber hinwegkommen.«

»Sie haben leicht reden. Sie gehen.«

»Richtig. Aber ich finde es schade, dass Sie in eine andere Kanzlei wechseln wollen.«

»Jack, ich bin draußen. Und Luca auch. Ich habe gestern mit ihm gesprochen, er scheidet aus. Giovanna ebenfalls. Sie zieht wieder nach Rom und wird seine Kanzlei übernehmen …«

»Reagieren Sie bitte nicht so drastisch, Mitch.«

»Und ich behalte Lannak. Die Celiks haben die Nase voll von Scully.«

»Fangen Sie jetzt schon damit an, anderen die Mandanten abzujagen?«

»Nennen Sie es, wie Sie wollen. Sie haben es doch auch getan. Ich kann Ihnen ein paar aufzählen, die Sie geklaut haben. So läuft das Spiel bei den Großkanzleien nun mal.« Mitch erhob sich. »Auf meinem Schreibtisch stehen vier Kartons mit meinem Bürokram. Könnten Sie sie in meine Wohnung bringen lassen?«

»Natürlich. Sie wollen Scully wirklich verlassen?«

»Ich bin schon weg, Jack. Lassen Sie uns als Freunde auseinandergehen.«

Jack stand auf, und die beiden gaben sich die Hand.

»Ich würde mich freuen, wenn ich Sie, Abby und die Jungen im August sehe. Barry rechnet fest mit Ihnen.«

»Wir werden dort sein.«

Anmerkung des Autors

Die Kanzlei Scully & Pershing wurde 2009 gegründet, als ich sie gebraucht habe, um dem Justizthriller jenes Jahres, *Der Anwalt*, Atmosphäre und Authentizität zu verleihen. Romanautoren nehmen Großkanzleien liebend gern ins Visier, und ich bin nicht zimperlich mit meiner umgegangen. Fünf Jahre später habe ich Scully für *Anklage* wieder hervorgeholt.

Es war die perfekte Umgebung für Mitch, für den ich fünfzehn Jahre nach dem Zusammenbruch der Firma in Memphis ein neues Zuhause gesucht habe. Jetzt geht er wieder, und ich weiß noch nicht, wo er als Nächstes auftauchen wird.

Ich war einst Anwalt in einer Kleinstadt, was mit der Welt der Großkanzleien absolut nichts zu tun hat. Da ich immer versucht habe, mich von großen Kanzleien fernzuhalten, habe ich keine Ahnung, wie es dort zugeht. Deshalb habe ich das getan, was ich immer tue, wenn ich Recherchen vermeiden will: Ich habe einen Freund angerufen.

John Levy ist einer der Seniorpartner von Sidley & Austin, einer riesigen Kanzlei in Chicago mit weltweiten Niederlassungen. Er lud mich ein, zum Mittagessen vorbeizukommen und ihn und einige seiner Kollegen mit Fragen zu löchern. Ich habe dort sehr angeregte Gespräche über Bücher und Jura geführt, mit Chris Abbinante, Robert Lewis, Pran Jha, Dave Gordon, Paul Choi, Teresa Wilton Harmon und natürlich Mr. Levy persönlich. John ist einer der besten Anwälte, die ich kenne.

Wenn man es von mir verlangt, werde ich auf die Bibel schwören, dass Sidley nicht das Vorbild für Scully ist.

Dank auch an meine Freunde Glad Jones, Gene McDade und Suzanne Herz.

Ein ganz besonderer Dank gilt den Lesern, die sich von *Die Firma* über die Jahre hinweg gut unterhalten gefühlt und mir freundlicherweise geschrieben haben, um mich zu fragen: Werden wir Mitch und Abby eines Tages wiedersehen?

Werkverzeichnis der im Heyne Verlag erschienenen Titel von John Grisham

© Michael Lionstar

Der Autor

John Grisham wurde am 8. Februar 1955 in Jonesboro/
Arkansas, geboren. Als junger Mann träumte er von einer
Karriere als Profi-Baseballspieler, doch als sich diese Pläne
zerschlugen, studierte er in Mississippi Rechnungswesen und
Jura. 1981 schloss er sein Studium erfolgreich ab und heira-
tete im selben Jahr Renee Jones. Er ließ sich in Southaven/
Mississippi als Anwalt für Strafrecht nieder und engagierte
sich außerdem in der Politik. 1983 und 1987 wurde er in das
Abgeordnetenhaus von Mississippi gewählt.

Der schreckliche Fall einer vergewaltigten Minderjährigen
brachte John Grisham zum Schreiben. In Früh- und Nacht-
schichten entstand sein erster Thriller *Die Jury,* der 1988 in
einem kleinen, unabhängigen Verlag erschien. Sofort nach
Fertigstellung von *Die Jury* begann er mit seinem nächsten
Buch. *Die Firma* wurde der Bestseller des Jahres 1991 und
stand 47 Wochen in Folge auf der *New York Times*-Bestseller-
liste. Seither hat er jedes Jahr ein neues Buch veröffentlicht.
Seine Romane sind ausnahmslos Bestseller und haben sich
weltweit über 300 Millionen Mal verkauft. Sie werden in
fünfundvierzig Sprachen übersetzt, und einige wurden hoch-
erfolgreich verfilmt.

Heute lebt John Grisham mit seiner Frau Renee zurückgezo-
gen in Charlottesville/Virginia und auf einer Farm in Oxford/
Mississippi. Neben dem Schreiben fördert er die Baseball-
Jugend und engagiert sich in karitativen Projekten.

»Grisham bürgt für Hochspannung und Qualität, er ist die
oberste Instanz des Thrillers.«   *Neue Zürcher Zeitung*

Die Romane

Die Jury *(A Time to Kill)*

Clanton, Mississippi: Zwei betrunkene Weiße zerstören das Leben eines zehnjährigen schwarzen Mädchens. Die Männer werden festgenommen, doch der Vater der Kleinen erschießt sie. In einem Sensationsprozess kämpft sein Verteidiger, der junge Jake Brigance, um einen Freispruch – während der Ku-Klux-Klan aufmarschiert und die Gewalt in Clanton jederzeit explodieren kann.

Die Firma *(The Firm)*

Etwas ist faul an der exklusiven Kanzlei, der Mitch McDeere sich verschrieben hat. Der hochbegabte junge Anwalt wird auf Schritt und Tritt beschattet, er ist umgeben von tödlichen Geheimnissen. Als er dann noch vom FBI unter Druck gesetzt wird, erweist sich der Traumjob endgültig als Albtraum.

Die Akte *(The Pelican Brief)*

In einer Oktobernacht werden zwei Richter des obersten Bundesgerichts der USA ermordet. Die Jurastudentin Darby Shaw legt eine Akte über den schlimmsten politischen Skandal seit Watergate an – ein tödliches Dokument für alle, die sie kennen. Eine erbarmungslose Jagd beginnt.

Der Klient *(The Client)*

Der elfjährige Mark beobachtet den Selbstmordversuch eines Mannes. Er will eingreifen, aber es ist zu spät. Der Mann, ein New Yorker Mafia-Anwalt, stirbt, nachdem er ein Geheimnis preisgegeben hat: Er nennt den Ort, an dem der ermordete Senator begraben liegt, dessen mutmaßlicher Mörder vor Gericht steht. Mark gerät in die Zwickmühle: FBI und Staatsanwaltschaft setzen ihn unter Druck, damit er auspackt. Die Mafia ihrerseits versucht mit allen Mitteln das zu verhindern.

Die Kammer *(The Chamber)*

Im Hochsicherheitstrakt des Staatsgefängnisses von Mississippi wartet Sam Cayhall auf die Hinrichtung. Er ist wegen eines tödlichen Bombenanschlags verurteilt. Seine Lage ist hoffnungslos. Nur der Anwalt Adam Hall kann ihm noch eine Chance bieten. Es geht um Tage, Stunden, Minuten.

Der Regenmacher *(The Rainmaker)*

Der Jurastudent Rudy Baylor gewinnt seine ersten »Mandanten«, ein Ehepaar, dessen Sohn an Leukämie erkrankt ist. Die Krankenversicherung weigert sich, für die Therapie zu zahlen. Rudy erkennt, dass er es mit einem riesigen Versicherungsskandal zu tun hat. Er nimmt den Kampf gegen eines der mächtigsten und skrupellosesten Unternehmen Amerikas auf.

Das Urteil *(The Runaway Jury)*

In Biloxi, einer verschlafenen Kleinstadt in Mississippi, findet ein Prozess statt, der weltweit Aufsehen erregt. Der Richter lässt die Geschworenen von der Außenwelt abschotten, weil er fürchtet, dass die Jury von außen kontrolliert wird. Für einen mächtigen Konzern geht es um Milliardengeschäfte.

Der Partner *(The Partner)*

Bevor sie die Falle zuschnappen ließen, hatten sie Danilo Silva rund um die Uhr bewacht. Er führte ein ruhiges Leben in einem heruntergekommenen Viertel einer kleinen Stadt in Brasilien. Nichts deutete darauf hin, dass er neunzig Millionen Dollar beiseitegeschafft hatte.

Der Verrat *(The Street Lawyer)*

Michael Brock ist der aufsteigende Stern bei einer einflussreichen Anwaltskanzlei in Washington. Er führt ein Leben auf der Überholspur, bis eine Geiselnahme alles verändert. Der Geiselnehmer, ein heruntergekommener Obdachloser, wird erschossen. Michael forscht nach den Hintergründen dieser Tat und spürt ein schmutziges Geheimnis auf.

Das Testament *(The Testament)*

Ein milliardenschwerer, lebensmüder Geschäftsmann, eine gierig lauernde Erbengemeinschaft, die im brasilianischen Regenwald arbeitende Missionarin Rachel und ein ehemaliger Staranwalt, der es noch einmal wissen will – das sind die

Akteure in diesem Drama. Es geht um Geld, Macht und Ehre, und es geht um Leben und Tod.

Die Bruderschaft *(The Brethren)*

Drei verurteilte Richter brüten im Gefängnis über einem genialen Coup. Wenn alles klappt, haben sie für die Zeit nach dem Knast ausgesorgt. Sie sind gerissen und haben die richtigen Kontakte, aber ist ihre Strategie wirklich wasserdicht? Meisterhaft entwirft John Grisham ein raffiniertes Szenario, bei dem keiner seiner Helden ungeschoren davonkommt.

Die Farm *(A Painted House)*

In der staubigen Hitze von Arkansas wird ein neugieriger Siebenjähriger plötzlich mit den harten Realitäten des Lebens konfrontiert. Während Luke noch von Baseball träumt, gerät er unvermutet in ein Drama um Liebe und Tod, in dem er selbst eine entscheidende Rolle spielt.

Das Fest *(Skipping Christmas)*

Als Luther und Nora erstmals seit zwanzig Jahren ein kinderloses Weihnachten auf sich zukommen sehen, beschließen sie, das Fest einfach ausfallen zu lassen. Bis am Morgen des 24. Dezembers ein Anruf aus der Ferne alle Pläne durchkreuzt. Eine urkomische Weihnachtskomödie von John Grisham.

Der Richter *(The Summons)*

In diesem Bestseller kehrt John Grisham zurück nach Clanton, Mississippi, der fiktiven Kleinstadt in dem Bezirk, wo der Autor einst selbst als Anwalt tätig war. Dort, im tiefen Süden der USA, muss Ray Atlee das finstere Erbe seines patriarchalischen Vaters, des alten Richters Atlee, antreten. Und schon bald merkt Ray, dass er nicht der Einzige ist, der dessen schreckliches Geheimnis kennt.

Die Schuld *(The King of Torts)*

Clay Carter muss sich schon viel zu lange und mühsam seine Sporen im Büro des Pflichtverteidigers verdienen. Nur zögernd nimmt er einen Fall an, der für ihn schlicht ein weiterer Akt sinnloser Gewalt ist: Ein Mann hat mitten auf der Straße scheinbar wahllos einen Mord begangen. Doch dann stößt Clay auf eine Verschwörung dahinter …

Der Coach *(Bleachers)*

Grishams wohl persönlichstes Buch – ein bewegender Roman um eine väterliche Freundschaft, um Rückkehr und Abschied und um das Spiel des Lebens, das ganz eigenen Regeln gehorcht. Fünfzehn Jahre nach dem tragischen Ende seiner Profi-Karriere kehrt Neely heim, um sich von seinem damaligen Coach zu verabschieden, der im Sterben liegt.

Die Liste *(The Last Juror)*

Ein junger Zeitungsreporter trägt mit exklusivem Material zur Aufklärung eines grausamen Mordes bei. Die Begeisterung ist groß. Bis der mächtige Verurteilte in aller Öffentlichkeit das Leben der Geschworenen bedroht und Rache schwört. Neun Jahre später kommt der Mörder frei und macht sich daran, seine Drohung in die Tat umzusetzen.

Die Begnadigung *(The Broker)*

Als letzte Amtshandlung begnadigt der US-Präsident auf Druck des CIA einen berüchtigten Wirtschaftskriminellen. Wurde Joel Backman freigelassen, weil er zu viel wusste? Der CIA richtet ihm ein neues Leben mit neuer Identität in Italien ein. Und lässt diese Information an feindliche Mächte durchsickern ...

Der Gefangene *(The Innocent Man)*

Debbie Carter arbeitet als Bardame im Coachlight Club in Ada, Oklahoma. Eines Morgens wird die junge Frau vergewaltigt und erwürgt in ihrer Wohnung aufgefunden. Sechs Jahre später werden Ron Williamson, ein Stammgast, und sein Freund Dennis Fritz aufgrund einer Falschaussage verurteilt: Williamson zu Tode, Fritz zu lebenslanger Haft. Beide beteuern ihre Unschuld.

Touchdown *(Playing for Pizza)*

Als einst umjubelter Football-Star steht Rick Dockery plötzlich vor dem Aus. Ein Angebot aus dem fernen Italien kommt ihm da sehr gelegen: Die Parma Panthers suchen einen neuen Spielmacher. Rick zögert nicht, und aus der Reise ins Ungewisse wird der Aufbruch in ein neues Leben.

Berufung *(The Appeal)*

Sie verlor ihre ganze Familie. Um ihren Tod zu sühnen, zieht Jeannette Baker gegen einen der größten Chemiekonzerne der USA vor Gericht. Als ihrer Klage stattgegeben und das Unternehmen zu 41 Millionen Dollar Schadenersatz verurteilt wird, ist die Sensation perfekt. Doch dann geht Krane Chemical Inc. in Berufung, und eine Intrige unglaublichen Ausmaßes nimmt ihren Lauf.

Der Anwalt *(The Associate)*

Kyle McAvoy steht eine glänzende Karriere als Jurist bevor. Bis ihn die Vergangenheit einholt. Eine junge Frau behauptet, Jahre zuvor auf einer Party in Kyles Appartement vergewaltigt worden zu sein. Kyle weiß, dass diese Anklage seine Zukunft zerstören kann. Und er trifft eine Entscheidung, für die er mit allem brechen muss, was bisher sein Leben bestimmt hat.

Das Gesetz *(Ford County)*

In seiner ersten Geschichtensammlung erzählt John Grisham Storys, die ins Herz treffen, und schafft Figuren, die man nie vergisst. Wie etwa Mack Stafford, der kurzentschlossen seinem alten Leben entflieht, oder Adrian Keane, der zum Sterben nach Hause kommt. Ein Meisterwerk!

Das Geständnis *(The Confession)*

Ein Geständnis in letzter Sekunde. Travis Boyette, ein Sexualstraftäter, der mehr als sein halbes Leben hinter Gittern verbracht hat, gesteht einen Mord, für den ein anderer verurteilt wurde: Donté Drumm. Der sitzt seit acht Jahren in der Todeszelle und soll in genau vier Tagen hingerichtet werden. Ein verzweifelter Wettlauf gegen die Zeit beginnt.

Verteidigung *(The Litigators)*

Als Harvard-Absolvent David Zinc bei einer der angesehensten Großkanzleien Chicagos Partner wird, scheint seiner Karriere nichts mehr im Weg zu stehen. Doch der Job erweist sich als die Hölle. Fünf Jahre später kündigt David und heuert bei einer auf Verkehrsunfälle spezialisierten Vorstadtkanzlei an. Aber auch dort geht es plötzlich in einem Prozess um Millionen.

Home Run *(Calico Joe)*

Joe Castle ist ein Ausnahmetalent, er schlägt einen Home Run nach dem anderen. Die Fans sind begeistert, und es dauert nicht lange, bis das ganze Land den jungen Spieler frenetisch feiert. Joes Weg an die Spitze scheint vorgezeichnet zu sein. Bis er auf Warren Tracey trifft, einen mittelmäßigen Werfer, der Joes Erfolg nicht ertragen kann.

Das Komplott *(The Racketeer)*

Der Anwalt Malcolm Bannister sitzt wegen Geldwäsche zu Unrecht im Gefängnis. Das Blatt wendet sich, als ein Bundesrichter und seine Geliebte ermordet aufgefunden werden. Denn als Anwalt mit Knasterfahrung kennt Bannister viele Geheimnisse, darunter auch die Identität des Mörders. Dieses Wissen will er gegen seine Freiheit eintauschen.

Die Erbin *(Sycamore Row)*

Seth Hubbard hat seinen Tod spektakulär inszeniert. Als man ihn eines Morgens an einem Baum aufgehängt findet, ist die Bestürzung im beschaulichen Clanton groß. Hubbards Familie hingegen freut sich auf das Erbe. Doch kurz vor seinem Tod hat Hubbard sein Testament geändert. Alleinige Erbin ist seine schwarze Haushälterin Lettie Lang. Ein erbitterter Erbstreit beginnt.

Anklage *(Gray Mountain)*

Als die erfolgreiche Anwältin Samantha Kofer gefeuert wird, geht sie nach Brady, Virginia, einen 2000-Seelen-Ort. Anders als ihre New Yorker Klienten, die nur Macht und Geld interessierte, kämpfen die Einwohner Bradys um ihr Leben. Ein Kampf, den Samantha bald zu ihrem eigenen macht – und der sie das Leben kosten könnte.

Der Gerechte *(Rogue Lawyer)*

Sebastian Rudd ist Anwalt. Seine Kanzlei ist ein Lieferwagen, eingerichtet mit Bar und Waffenschrank. Rudd arbeitet allein. Er verteidigt jene Menschen, die von anderen als Bodensatz der Gesellschaft bezeichnet werden. Warum? Weil er Ungerechtigkeit verabscheut und überzeugt ist, dass jeder Mensch einen fairen Prozess verdient.

Bestechung *(The Whistler)*

Lacy Stoltz, Anwältin bei der Gerichtsaufsichtsbehörde in Florida, wird mit einem Fall richterlichen Fehlverhaltens konfrontiert, der jede Vorstellungskraft übersteigt. Ein Richter soll über viele Jahre hinweg Bestechungsgelder in schier unglaublicher Höhe angenommen haben. Der Fall ist hochgefährlich. Lacy Stoltz ahnt nicht, dass er auch tödlich enden könnte.

Das Original *(Camino Island)*

Wertvolle Manuskripte von F. Scott Fitzgerald werden aus der Universitätsbibliothek von Princeton gestohlen. Eine heiße Spur führt nach Florida in die Buchhandlung von Bruce Cable. Das Ermittlungsteam heuert eine junge Autorin an, die sich in sein Leben einschleichen soll. Aber die Ermittler haben die Rechnung ohne Bruce Cable gemacht, der sein ganz eigenes Spiel mit ihnen treibt.

Forderung *(The Rooster Bar)*

Zola, Todd und Mark wurden betrogen. Die private Hochschule, an der sie für horrende Gebühren studieren, bietet eine derart mittelmäßige Ausbildung, dass sie das Examen nicht schaffen werden. Aber es gibt eine Möglichkeit, dem Schuldenberg zu entkommen und die Verantwortlichen zur Rechenschaft zu ziehen. Ein geniales Katz- und Mausspiel beginnt.

Das Bekenntnis *(The Reckoning)*

Oktober 1946 in Clanton, Mississippi. Pete Banning ist einer der angesehensten Bürger der Stadt. Eines Morgens fährt er zur Kirche und erschießt den Pfarrer. Es gibt nur eine einzige Frage: Warum? Pete Banning aber schweigt. Ein aufsehenerregender Prozess beginnt, an dessen Ende in Clanton nichts mehr ist, wie es zuvor war.

Die Wächter *(The Guardians)*

Quincy sitzt unschuldig für einen Anwaltsmord ein. Niemand glaubt ihm, bis er nach 22 Jahren bei den Guardian Ministries Gehör findet, einer Hilfsorganisation für unrechtmäßig Verurteilte. Deren Anwalt Cullen Post strengt eine Wiederaufnahme des Falls an – und gerät in eine Verschwörung ungeahnten Ausmaßes.

Das Manuskript *(Camino Winds)*

Hurrikan Leo steuert auf Camino Island zu. Die Insel wird evakuiert, doch der Buchhändler Bruce Cable bleibt trotz der Gefahr vor Ort. Leos Folgen sind verheerend. Eines der Todesopfer ist Nelson Kerr, ein Thrillerautor und Freund von Bruce. Aber stammen Nelsons Kopfverletzungen wirklich vom Sturm? In Bruce keimt der Verdacht, dass die zwielichtigen Figuren in Nelsons neuem Roman realer sind, als er bisher annahm, und er entdeckt etwas, was weit grausamer ist als Nelsons Geschichten.

Der Polizist *(A Time for Mercy)*

Jake Brigance, Held der Bestseller »Die Jury« und »Die Erbin«, ist zurück. Sein Mandant Drew Gamble hat einen Deputy umgebracht – Notwehr oder Mord? Laute Stimmen fordern die Todesstrafe. Dabei ist Drew erst 16 Jahre alt. Jake Brigance versteht schnell, dass er alles tun muss, um den Jungen zu retten. Auch wenn er in seinem Kampf für die Wahrheit alles riskiert.

Das Talent *(Sooley)*

Das 17-jährige Basketballtalent Samuel Sooleyman stammt aus dem Südsudan, einem vom Bürgerkrieg zerrissenen Land. Eines Tages erhält er die Chance seines Lebens: Mit einem nationalen Jugendteam darf er in die USA reisen und an einem Showturnier teilnehmen. Talentscouts werden auf ihn aufmerksam, doch dann erhält er schreckliche Nachrichten von daheim. Sein Dorf wurde überfallen, seine Familie ist auf der

Flucht. Nur wenn er den Erfolg in Amerika erzwingt, kann er sie retten.

Der Verdächtige *(The Judge's List)*

Lacy Stoltz hat als Anwältin bei der Gerichtsaufsichtsbehörde in Florida schon viele Fälle von Korruption erlebt. Doch nun wird sie mit einem Fall konfrontiert, der jenseits des Vorstellbaren liegt: Denn der Richter, gegen den sie ermittelt, nimmt anscheinend keine Bestechungsgelder von Leuten. Er nimmt ihnen das Leben.

Die Heimkehr *(Sparring Partners)*

Packend, humorvoll, berührend: Erstmals legt der Meister des Justizthrillers drei Kurzromane vor! Jake Brigance soll seinem alten Freund Mack Stafford aus der Klemme helfen. Ein junger Mann namens Cody wartet in der Todeszelle auf seine Hinrichtung. Und zwei verfeindete Brüder planen den Ruin ihres Vaters. Ein Band, der belegt, warum Grisham als einer der besten Geschichtenerzähler Amerikas gilt.

Die Feinde *(The Boys From Biloxi)*

Die Einwanderersöhne Keith und Hugh wachsen gemeinsam auf, verbunden durch eine scheinbar unverbrüchliche Freundschaft. Bis sie sich auf den verschiedenen Seiten des Gesetzes wiederfinden: Keith ist Staatsanwalt geworden, Hugh dagegen arbeitet für die Dixie-Mafia. Eine tödliche Feindschaft entsteht, die vor Gericht ein dramatisches Finale findet.

Die Entführung *(The Exchange)*

Fünfzehn Jahre ist es her, dass Mitch McDeere gemeinsam mit dem FBI seine kriminelle alte Firma hat hochgehen lassen. Da holt ihn das Verbrechen wieder ein: Er soll durch eine immense Lösegeldzahlung eine Geiselnahme beenden, doch die Umstände sind dramatisch. Schnell ist nicht nur er selbst in Gefahr, sondern auch die, die ihm nahestehen.

Unschuldig *(Framed)*

Unschuldige, die in die Klauen der Justiz geraten und sich plötzlich in der Todeszelle wiederfinden: In seinem erzählerischen Sachbuch schildert John Grisham gemeinsam mit Jim McCloskey zehn wahre Fälle skandalöser Verurteilungen. Erschütternde Lektüre, perfekt recherchiert und packend geschrieben.

Die Legende *(Camino Ghosts)*

Ein skrupelloses Bauunternehmen will sich eine verlassene Insel nahe Camino Island unter den Nagel reißen. Nur die letzte Bewohnerin der Insel, eine Nachfahrin entflohener Sklaven, stellt sich ihm in den Weg. Mit Hilfe des Buchhändlers Bruce Cable nimmt sie den Kampf vor Gericht auf. Schon bald gibt es die ersten Toten …